静山社ペガサス文庫

パーシー・ジャクソンとオリンポスの神々《かみがみ》　シーズン2

オリンポスの神《かみ》々《がみ》と7人《にん》の英《えい》雄《ゆう》

消《き》えた英雄《えいゆう》〈1-上《じょう》〉

リック・リオーダン 作　金原瑞人・小林みき 訳

消《き》えた英雄《えいゆう》　1・上《じょう》

もくじ

ギリシャ神話《しんわ》とローマ神話《しんわ》

ギリシャ神話《しんわ》には多《おお》くの神《かみ》が登場《とうじょう》するが、その中《なか》でも、最高神《さいこうしん》であるゼウスをはじめとする主《おも》だった十二人《にん》の神々《かみがみ》は「オリンポス十二神《しん》」とよばれる。

オリンポス十二神《しん》は、ゼウスのきょうだいであるポセイドン、ヘラ、デメテルに、ゼウスの子《こ》であるアポロン、アルテミス、アレス、ヘルメス、アテナ、ヘパイストス、ディオニュソス、それにアフロディテの十二人《にん》。

紀元前《きげんぜん》三世紀頃《せいきころ》、ギリシャ神話《しんわ》はローマへと伝《つた》わった。するとローマでは、ギリシャ神話《しんわ》のゼウスが、ユピテルと同一視《どういつし》されるようになるなど、オリンポス十二神《しん》をはじめとするギリシャの神々《かみがみ》と、もともとのローマの神々《かみがみ》とが関係《かんけい》づけられ、その多《おお》くが同一視《どういつし》されるようになっていった。

オリンポス12神

ギリシャ神話	説明	ローマ神話
ゼウス	天空の王、オリンポスの支配者	ユピテル
ヘラ	ゼウスの妻。結婚と出産の女神	ユノ
ポセイドン	海の神	ネプトゥヌス
デメテル	豊穣の女神	ケレス
アテナ	知恵と戦術の女神	ミネルウァ
アルテミス	狩猟の女神	ディアナ
アポロン	予言と弓、医療、音楽の神	アポロ
ヘパイストス	火と鍛冶の神	ウルカヌス
アフロディテ	愛と美の女神	ウェヌス
ヘルメス	旅人、盗人の神、神々の使者	メルクリウス
アレス	軍神、残忍な戦いの神	マルス
ディオニュソス	ぶどうと酒の神	バッコス
ヘスティア	かまど、家庭の女神	ウェスタ
ハデス	冥界の王	プルト

※ディオニュソスに、オリンポス十二神の席をゆずった。

※ゼウスの兄だが、冥界に住むハデスは、オリンポス十二神に入っていない。

主《おも》な登場人物《とうじょうじんぶつ》

ジェイソン……記憶《きおく》を失《うしな》った少年《しょうねん》。
パイパー……褐色《かっしょく》の髪《かみ》の美《うつく》しい少女《しょうじょ》。
リオ……手先《てさき》が器用《きよう》な陽気《ようき》な少年《しょうねん》。
グリースン・ヘッジ……ココハグ校《こう》の教師《きょうし》。
トリスタン・マクリーン……パイパーの父親《ちちおや》。
ジェイン……パイパーの父親《ちちおや》の秘書《ひしょ》。
ティア・カリダ……リオの幼《おさな》い頃《ころ》のベビーシッター。
　黒《くろ》いワンピースに黒《くろ》いショールの女性《じょせい》。
ルパ……ローマの神話《しんわ》に登場《とうじょう》する母《はは》なるオオカミ。
　ジェイソンを見《み》つけ、保護《ほご》し、育《そだ》てたという。

パーシー・ジャクソン……ポセイドンの息子《むすこ》。現在《げんざい》、行方不明《ゆくえふめい》。

アナベス……アテナの娘《むすめ》。ハーフ訓練所《くんれんじょ》のリーダー的存在《てきそんざい》。

タレイア……ゼウスの娘《むすめ》。ハンター隊《たい》の副官《ふくかん》。

レイチェル……ミスト（神話世界《しんわせかい》の出来事《できごと》を人間《にんげん》にはごまかして見《み》せる霧《きり》のようなもの）に惑《まど》わされない人間《にんげん》の少女《しょうじょ》。神託者《しんたくしゃ》。

ケイロン……ハーフ訓練所《くんれんじょ》の教頭《きょうとう》。半人半馬《はんじんはんば》のケンタウロス。

ミスターD《ディー》……ハーフ訓練所《くんれんじょ》の所長《しょちょう》。ディオニュソス。

ウェンティ……嵐《あらし》の精《せい》。何者《なにもの》かの命令《めいれい》でジェイソンたちを襲《おそ》った。

アイオロス……ギリシャ神話《しんわ》に登場《とうじょう》する風《かぜ》の支配者《しはいしゃ》。

フェスタス……リオが修理《しゅうり》をした青銅《せいどう》のドラゴン。

物語をいつも最初に聞いてくれるハリーとパトリックに。

ふたりがいなかったらハーフ訓練所は生まれていなかった。

The Heroes of Olympus 1

The Lost Hero

by Rick Riordan

Permission for this edition was arranged through
Gallt and Zacker Literary Agency, South Orange, New Jersey
via Tuttle-Mori Agency, Inc., Tokyo

1 ジェイソン

この日《ひ》、ジェイソンは電気《でんき》ショックを受《う》ける前《まえ》から不運《ふうん》つづきだった。

目《め》が覚《さ》めたらスクールバスのいちばんうしろの座席《ざせき》に座《すわ》っていた。ここは？　知《し》らない女《おんな》の子《こ》と手《て》をつないでいる。これは不運《ふうん》じゃない。すごくかわいい子《こ》だ。だけど、だれだ？　自分《じぶん》はここで何《なに》をしているんだ？　背筋《せすじ》をのばし、目《め》をこすって思《おも》い出《だ》そうとした。

バスには二、三十人《にん》の生徒《せいと》が乗《の》っている。みんな座席《ざせき》にもたれてアイポッドで音楽《おんがく》を聴《き》いたり、しゃべったり、寝《ね》たりしている。全員歳《ぜんいんとし》は同《おな》じはずだから……十五歳《さい》、いや、十六歳《さい》？　ジェイソンはぞっとした。自分《じぶん》の歳《とし》がわからない。

バスはでこぼこ道《みち》を走《はし》っている。窓《まど》の外《そと》には青空《あおぞら》とうねる砂漠《さばく》がつづいている。こんなところに住《す》んでいた記憶《きおく》はない。けんめいに思《おも》い出《だ》そうとした……最後《さいご》に覚《おぼ》えているのは……。

少女《しょうじょ》がぎゅっと手《て》を握《にぎ》ってきた。「ジェイソン、どうしたの？」

少女《しょうじょ》は色《いろ》あせたジーンズにウォーキングブーツとフリースのジャケット。チョコレート色《いろ》の髪《かみ》は無造作《むぞうさ》に切《き》りそろえただけで、両側《りょうがわ》には細《ほそ》い三《み》つ編《あ》み。顔《かお》はノーメーク。人目《ひとめ》を引《ひ》きたくないのかもしれないが、それは無理《むり》だ。かなりかわいい。瞳《ひとみ》は万華鏡《まんげきょう》のようで——茶《ちゃ》、青《あお》、緑《みどり》と色《いろ》が変《か》わる。

ジェイソンは少女《しょうじょ》の手《て》を放《はな》した。「あの、なんか——」

バスのいちばん前《まえ》で男《おとこ》の人《ひと》が声《こえ》をはりあげた。「いいか、よく聞《き》け！」

体育《たいいく》の先生《せんせい》らしい。目深《まぶか》にかぶった野球帽《やきゅうぼう》の下《した》からこっちをにらんでいる。薄《うす》くあごひげを生《は》やし、苦虫《にがむし》をかみつぶしたような顔《かお》。腕《うで》も胸《むね》も筋肉《きんにく》むきむきでオレンジ色《いろ》のポロシャツがはち切《き》れそうだ。ジャージのズボンとナイキのスニーカーは真《ま》っ白《しろ》。首《くび》からホイッスルをさげ、腰《こし》のベルトにメガホンをはさんでいる。身長《しんちょう》が一メートル五十センチでなかったらけっこう怖《こわ》い。先生《せんせい》が通路《つうろ》に立《た》つと、生徒《せいと》のひとりが大声《おおごえ》でいった。「ヘッジ先生《せんせい》、座《すわ》ってないで立《た》ってー！」

「だれだ？」先生《せんせい》はバスの中《なか》をぐるっと見渡《みわた》した。そしてジェイソンに気《き》づき、さらに顔《かお》をしかめた。

ジェイソンは背筋《せすじ》が寒《さむ》くなった。すぐにもみんなの前《まえ》で「おまえはだれだ、ここで何《なに》をしている？」とたずねられる——ジェイソンはどう返事《へんじ》をしたらいいかわからない。

ところがヘッジ先生《せんせい》はジェイソンから目《め》をそらし、咳払《せきばら》いをした。「あと五分《ふん》で到着《とうちゃく》だ！　事《じ》前《ぜん》に決《き》めたふたりひと組《くみ》で行動《こうどう》すること。質問用紙《しつもんようし》を忘《わす》れずにな。諸君《しょくん》に限《かぎ》ってそんなことはないと思《おも》うが、問題《もんだい》を起《お》こす者《もの》がいたら、学校《がっこう》までかっ飛《と》ばしてやるからな」

ヘッジ先生《せんせい》は野球《やきゅう》のバットを手《て》にとり、ホームランを打《う》つまねをした。

ジェイソンは横《よこ》にいる少女《しょうじょ》を見《み》た。「あれが教師《きょうし》のいうこと？」

少女《しょうじょ》は肩《かた》をすくめていった。「いつものこと。うちの学校《がっこう》は『心《こころ》をはぐくむ学校《がっこう》』だもの。『生《せい》徒《と》は野獣《やじゅう》だ！』でしょ」

少女《しょうじょ》はもう何度《なんど》もくり返《かえ》したジョークのような口《くち》ぶりだ。

「何《なに》かの間違《まちが》いだ」ジェイソンはいった。「ぼくはこの学校《がっこう》の生徒《せいと》じゃない」

前《まえ》の座席《ざせき》の男子生徒《だんしせいと》がふりむき、大声《おおごえ》で笑《わら》った。「だよな、ジェイソン。おれたち全員《ぜんいん》だまされたんだ！　おれは六回《かい》も逃《に》げ出《だ》したことないし、パイパーもBMW《ビーエムダブリュー》を盗《ぬす》んだことはない」

少女《しょうじょ》の顔《かお》が赤《あか》くなる。「やめてよ、リオ。盗《ぬす》んだんじゃないんだってば！」

「おっと、忘《わす》れてた。ディーラーに貸《か》してってって『たのんだ』だけだよな？」リオは〈そんな話《はなし》あると思《おも》うか？〉といいたげな顔《かお》でジェイソンを見《み》た。

リオはラテンアメリカ出身《しゅっしん》のサンタのおともの妖精《ようせい》のようだ。髪《かみ》は黒《くろ》い巻《ま》き毛《げ》で、耳《みみ》は先《さき》がとがっていて、ベビーフェイス。いたずらっ子《こ》のような笑顔《えがお》。こういう笑《わら》い方《かた》をする子《こ》のそばにマッチや先《さき》のとがった物《もの》は置《お》かないほうがいい。器用《きよう》そうな長《なが》い指《ゆび》は落《お》ち着《つ》きがなく——座席《ざせき》をとんとんたたいたり、髪《かみ》を耳《みみ》にかけたり、アーミージャケットのボタンをいじったりしている。生《う》まれつき異常《いじょう》に神経質《しんけいしつ》なのか、水牛《すいぎゅう》が心臓発作《しんぞうほっさ》を起《お》こしそうなくらいブドウ糖《とう》とカフェインを注射《ちゅうしゃ》されたかだ。

「とにかく」リオがいった。「質問用紙《しつもんようし》は持《も》ってるんだろ。おれ、自分《じぶん》のは何日《なんにち》か前《まえ》にティッシュ代《が》わりに使《つか》っちゃってさ。なんでそんな顔《かお》で見《み》てんだよ。おれの顔《かお》にまたなんか描《か》いてあるか？」

「君《きみ》、だれ？」

リオは大《おお》げさに驚《おどろ》いてみせた。「ばれたか。おれはおまえの親友《しんゆう》じゃない。おまえの親友《しんゆう》そっくりの悪者《わるもの》クローンだ」

「リオ・バルデス！」ヘッジ先生《せんせい》が前《まえ》で叫《さけ》んだ。「何《なに》をしゃべっている？」

リオはジェイソンにウィンクした。「見《み》てな」そういって前《まえ》をむく。「すいません！　声《こえ》が聞《き》づらいんですけど。メガホンを使《つか》ってくれませんか？」

ヘッジ先生《せんせい》は小《ちい》さくうなずいた。口実《こうじつ》ができてうれしいらしい。腰《こし》のベルトからメガホンをはずし、話《はなし》をつづけた。しかし声《こえ》はダースベーダーの声《こえ》。生徒《せいと》たちがどっと笑《わら》う。ヘッジ先生《せんせい》はまた話《はな》しだした。ところが今度《こんど》はかん高《だか》い声《こえ》で「牛《うし》がモーモー！」という声《こえ》が流《なが》れた。生徒《せいと》たちはげらげら笑《わら》っている。ヘッジ先生《せんせい》はメガホンをバンと鳴《な》らした。「バルデス！」

パイパーは笑《わら》いをこらえている。「リオったら。どんな手《て》を使《つか》ったの？」

リオは袖《そで》の中《なか》から小《ちい》さなねじ回《まわ》しをするりと出《だ》した。「おれ、天才《てんさい》だからさ」

「ふたりとも、ふざけるのはやめてくれ」ジェイソンはいった。「ぼくはどうしてここにいるんだ？　このバスはどこに行《い》くんだ？」

パイパーが眉《まゆ》をひそめた。「ジェイソン、それ冗談《じょうだん》？」

「ちがう！　本当《ほんとう》にわからないんだ――」

「おもしろい冗談《じょうだん》だな」リオがいう。「ゼリーにシェービングクリームをのせられた仕返《しかえ》しか？」

ジェイソンはぽかんとリオを見《み》た。

「ううん。本気《ほんき》みたい」パイパーがまた手《て》を握《にぎ》ろうとしたが、ジェイソンは手《て》を引《ひ》っこめた。

「ごめん」とジェイソン。「まるでわけが――」

「ようし！」ヘッジ先生《せんせい》がまた声《こえ》をあげた。「うしろの座席《ざせき》の連中《れんちゅう》が自主的《じしゅてき》に昼食《ちゅうしょく》の後片《あとかた》づけをしてくれるそうだ！」

三人以外《にんいがい》は全員大喜《ぜんいんおおよろこ》び。

「嘘《うそ》だろ」リオがぼやく。

ところがパイパーはジェイソンを見《み》つめたまま。ショックと心配《しんぱい》の中間《ちゅうかん》の表情《ひょうじょう》を浮《う》かべている。

「頭《あたま》をぶつけるか何《なに》かした？　本当《ほんとう》にあたしたちのことがわからないの？」

ジェイソンはこまりきった顔《かお》で肩《かた》をすくめた。「それどころか、自分《じぶん》がだれなのかもわからない」

バスは大《おお》きな赤《あか》い漆喰《しっくい》の建物《たてもの》の前《まえ》で生徒《せいと》をおろした。博物館《はくぶつかん》らしいがまわりには何《なに》もない。「国立孤独博物館《こくりつこどくはくぶつかん》」ってとこかな、とジェイソンは思《おも》った。冷《つめ》たい風《かぜ》が赤茶色《あかちゃいろ》の大地《だいち》を吹《ふ》いている。ついさっきまで自分《じぶん》の服装《ふくそう》はほとんど気《き》にしていなかったが、かなり寒《さむ》い。ジーンズにスニーカー、紫《むらさき》のT《ティー》シャツに薄手《うすで》の黒《くろ》のウィンドブレーカー。それだけだ。

「じゃあ、記憶喪失者《きおくそうしつしゃ》むけの集中講義《しゅうちゅうこうぎ》を始《はじ》めようか」リオがいった。同情《どうじょう》したような話《はな》し方《かた》だが本気《ほんき》ではないだろう。「おれたちは『心《こころ》をはぐくむ学校《がっこう》』、通称《つうしょう》『ココハグ校《こう》』の生徒《せいと》だ」――リオは校名《こうめい》を強調《きょうちょう》した。「つまり、おれたちは『不良《ふりょう》』ってこと。家族《かぞく》や裁判所《さいばんしょ》に問題児《もんだいじ》のレッテルを貼《は》られて、このすてきな牢獄《ろうごく》――おっと、失礼《しつれい》――ネバダ州《しゅう》アームピットにある全寮制《ぜんりょうせい》の『ココハグ校《こう》』にほうりこまれた。サボテンの林《はやし》を一日《にち》十五キロ走《はし》ったり、デイジーを編《あ》んで帽《ぼう》子《し》を作《つく》ったり、大自然《だいしぜん》で生《い》きる技術《ぎじゅつ》を学《まな》んでらっしゃい、ってな！　特典《とくてん》として、野球《やきゅう》バットをふりあげて生徒《せいと》をおどすヘッジ先生《せんせい》と一緒《いっしょ》に行《い》く『課外学習《かがいがくしゅう》』遠足《えんそく》つきだ！　これで全部思《ぜんぶおも》い出《だ》したか？」

「いや」ジェイソンはそっとほかの生徒《せいと》たちを見《み》た。男子《だんし》が約《やく》二十人《にん》に、女子《じょし》が約《やく》十人《にん》。だれひとり不良《ふりょう》には見《み》えない。ジェイソンは首《くび》をかしげた。いったい何《なに》をしたせいで非行少年少女専用《ひこうしょうねんしょうじょせんよう》の学校送《がっこうおく》りになったんだ？　なんで自分《じぶん》がこんな学校《がっこう》にいるんだ？

リオはあきれた顔《かお》をした。「いつまでそんな芝居《しばい》をつづけるつもりだ？　わかったよ。おれたち三人《にん》は今学期《こんがっき》からつるんでる。いつも一緒《いっしょ》だ。おまえはおれのいいなりで、デザートはくれるし、宿題《しゅくだい》はやってくれるし——」

「リオ！」パイパーがぴしゃりといった。

「はいはい。最後《さいご》の部分《ぶぶん》は嘘《うそ》。けど、おれたちは仲間《なかま》だ。いや、パイパーはおまえにとっては少《すこ》しそれを越《こ》えてる。何週間《なんしゅうかん》か前《まえ》から——」

「リオ、もういい！」パイパーは真《ま》っ赤《か》になった。ジェイソンも自分《じぶん》の顔《かお》が赤《あか》くなるのがわかった。パイパーみたいな女《おんな》の子《こ》とつき合《あ》っていたら忘《わす》れるはずがないだろ、と思《おも》った。

「記憶喪失《きおくそうしつ》か何《なに》かなのよ」パイパーがいう。「だれかに相談《そうだん》しなくちゃ」

リオがからかうように笑《わら》った。「だれかって、ヘッジ先生《せんせい》か？　思《おも》い出《だ》させてやる、って頭《あたま》をバットで殴《なぐ》られるのがおちだ」

ヘッジ先生《せんせい》はいちばん前《まえ》で大声《おおごえ》で指示《しじ》したり、ホイッスルを吹《ふ》いたりしながら生徒《せいと》を整列《せいれつ》させている。ところが、ときどきジェイソンに目《め》をやっては渋《しぶ》い顔《かお》をする。

「リオ、だれかにジェイソンを診《み》てもらわなくちゃ」パイパーは真剣《しんけん》だ。「きっと脳震《のうしん》とうか何《なに》か――」

「よお、パイパー」一行《いっこう》が博物館《はくぶつかん》にむかって歩《ある》きだすと、男子生徒《だんしせいと》がひとり、うしろにやってきた。リオをつき飛《と》ばし、ジェイソンとパイパーのあいだに割《わ》りこむ。「こんなくず野郎《やろう》と口《くち》をきくなよ。パイパーはおれとペアだろ？」

その男子生徒《だんしせいと》は黒《くろ》い髪《かみ》で、髪型《かみがた》はスーパーマンそっくり。肌《はだ》は浅黒《あさぐろ》く、歯《は》は真《ま》っ白《しろ》。「歯《は》を直《ちょく》接見《せつみ》つめないでください。一生目《いっしょうめ》が見《み》えなくなるかもしれません」と注意書《ちゅういが》きをつけたほうがよさそうだ。服装《ふくそう》はダラス・カウボーイズ（訳注《やくちゅう》：テキサス州《しゅう》ダラスに本拠地《ほんきょち》を置《お》くプロ・アメリカンフットボールチーム）のロゴ入《い》りジャージに、ウエスタン風《ふう》のジーンズとブーツ。この笑顔《えがお》に世界中《せかいじゅう》の不良少女《ふりょうしょうじょ》はとりこさ、とでもいいたげな笑《わら》い方《かた》だ。ジェイソンは一瞬《いっしゅん》でこの男子生徒《だんしせいと》が嫌《きら》いになった。

「あっち行《い》ってよ、ディラン」パイパーがいう。「勝手《かって》にペアにさせられただけなんだから」

「ほら、無理《むり》するなって。今日《きょう》はパイパーのラッキーデーだ！」ディランは勝手《かって》にパイパーと腕《うで》を組《く》み、強引《ごういん》に引《ひ》っぱって博物館《はくぶつかん》の入《い》り口《ぐち》に入《はい》っていく。パイパーは最後《さいご》に「１１０番《ばん》して」といいたげにふり返《かえ》り、そのまま姿《すがた》を消《け》した。

リオが立《た》ちあがり、服《ふく》についた砂《すな》を払《はら》った。「あいつ、馬鹿《ばか》じゃねえの」肘《ひじ》を曲《ま》げてみせる。私《わたし》たちも一緒《いっしょ》に腕《うで》を組《く》んで中《なか》に入《はい》りましょう、とでもいうように。「おれ、ディラン。最高《さいこう》にかっこいい。自分《じぶん》とデートしたいけど、残念《ざんねん》ながらそれは不可能《ふかのう》だ。しかたがないから、君《きみ》、おれとデートしない？　こんなラッキーなこと、めったにないよ！」

「リオって」ジェイソンはいった。「本当《ほんとう》に口《くち》が悪《わる》いな」

「それ、おまえのいつものせりふ」リオはにっと笑《わら》った。「けどおまえがおれを覚《おぼ》えてないなら、こっちは使《つか》い古《ふる》したジョークをまた片《かた》っ端《ぱし》から使《つか》える。さ、行《い》くぞ！」

リオが親友《しんゆう》だとしたら、ぼくの毎日《まいにち》は平和《へいわ》からほど遠《とお》いはずだ。ジェイソンはそう思《おも》いながらリオと一緒《いっしょ》に博物館《はくぶつかん》に入《はい》った。

一行《いっこう》は博物館《はくぶつかん》を見学《けんがく》してまわった。ときどきヘッジ先生《せんせい》がみんなをとめてメガホンを使《つか》って説《せっ》明《めい》する。ところが、スターウォーズのシス卿《きょう》のような声《こえ》で話《はな》すか、いきなりかん高《だか》い声《こえ》で「ブタがブー」といい出《だ》すかのどちらかだ。

リオはアーミージャケットのポケットからナットとボルトとパイプそうじ用《よう》ブラシを出《だ》して何《なに》か作《つく》っている。つねに手《て》を動《うご》かしていないと落《お》ち着《つ》かないらしい。

ジェイソンは頭《あたま》の中《なか》がごちゃごちゃで見学《けんがく》に身《み》が入《はい》らなかった。館内《かんない》の資料《しりょう》はすべて、グランドキャニオンと博物館《はくぶつかん》の所有者《しょゆうしゃ》であるワラパイ族《ぞく》に関《かん》するものだ。ワラパイ族《ぞく》はアメリカ先住民《ネイティブアメリカン》の一部族《いちぶぞく》だ。

数人《すうにん》の女子生徒《じょしせいと》がさっきからパイパーとディランを見《み》てくすくす笑《わら》っている。おしゃれ好《ず》きな女子《じょし》のグループだ。みんな似《に》たようなジーンズで上《うえ》はピンク。ハロウィーンパーティーにも行《い》けそうな厚化粧《あつげしょう》だ。

ひとりがいった。「ねえ、パイパーってこの博物館《はくぶつかん》の所有者《しょゆうしゃ》と同《おな》じ部族《ぶぞく》なんでしょ？　雨乞《あまご》いの踊《おど》りをしたらただで中《なか》を見学《けんがく》できるの？」

まわりの子《こ》たちが笑《わら》う。パイパーの見学《けんがく》パートナー、ディランも笑《わら》いをこらえている。パイパーの両手《りょうて》はフリースの袖《そで》で隠《かく》れているが、中《なか》でこぶしを握《にぎ》っているはずだ。

「パパはチェロキー族《ぞく》」パイパーがいった。「ワラパイ族《ぞく》じゃない。ま、イザベルのこれっぽっちの脳細胞《のうさいぼう》じゃ、ちがいがわからないでしょうけどね」

イザベルは大《おお》げさに驚《おどろ》いた顔《かお》をしてみせた。まるで厚化粧《あつげしょう》したフクロウだ。「あら、ごめんなさい！　ワラパイはママのほうだったっけ？　そっか。ママのことは知《し》らないのよね」

パイパーはイザベルに食《く》ってかかろうとした。ところが言《い》い争《あらそ》いになる前《まえ》にヘッジ先生《せんせい》が大声《おおごえ》でいった。「そこ、いいかげんにしないか！　行儀《ぎょうぎ》よくしないとバットを出《だ》すぞ！」

一行《いっこう》は次《つぎ》の展示物《てんじぶつ》に移動《いどう》した。しかしおしゃれグループはやめようとしない。

「居留地《リザベーション》にもどってこられてうれしい？」ひとりがわざとらしく聞《き》く。

「パパはお酒《さけ》の飲《の》みすぎで仕事《しごと》ができないのよね」別《べつ》の女子《じょし》がいかにも気《き》の毒《どく》そうにいう。「だから泥棒《どろぼう》になったんでしょ」

パイパーは無視《むし》しているが、ジェイソンは殴《なぐ》りつけてやりたかった。パイパーのことは――いや、自分《じぶん》のことさえ覚《おぼ》えていないが、卑劣《ひれつ》なやつらは許《ゆる》せない。

リオがジェイソンの腕《うで》をつかんだ。「落《お》ち着《つ》け。パイパーはおれたちが加勢《かせい》したって喜《よろこ》ばない。それにあのおしゃれグループがパイパーの父《とう》ちゃんの職業《しょくぎょう》を知《し》ったら、全員《ぜんいん》ひれ伏《ふ》して『知《し》らなかったんです。すいません！』っていうぜ」

「なんで？　パイパーのお父《とう》さんはなんなんだ？」

リオは信《しん》じられないというように笑《わら》った。「冗談《じょうだん》だろ？　本当《ほんとう》に覚《おぼ》えてないのか。自分《じぶん》のガールフレンドの父《とう》ちゃんが――」

「だから、思《おも》い出《だ》したいよ。だけどパイパーのことだって覚《おぼ》えてないんだ。お父《とう》さんのことを覚《おぼ》えているはずがない」

リオは口笛《くちぶえ》を吹《ふ》いた。「はいはい。寮《りょう》にもどったらゆっくり話《はな》そう」

ふたりは展示室《てんじしつ》の奥《おく》まで来《き》た。大《おお》きなガラスドアから外《そと》に出《で》られるようになっている。

「さあ」ヘッジ先生《せんせい》がいう。「これからいよいよグランドキャニオン見学《けんがく》だ。くれぐれもグランドキャニオンを破損《はそん》したりすることのないように。展望橋《てんぼうばし》はジャンボジェット機《き》七十台《だい》の重《おも》さに耐《た》えられる。したがって諸君《しょくん》のような軽量級《けいりょうきゅう》は安心《あんしん》していい。ただ、仲間《なかま》を突《つ》き落《お》としたりしないように。余計《よけい》な書類作業《しょるいさぎょう》はさせないでくれ」

ヘッジ先生《せんせい》がガラスドアを開《あ》け、全員外《ぜんいんそと》に出《で》た。グランドキャニオンが目《め》の前《まえ》に広《ひろ》がっている。写真《しゃしん》ではない本物《ほんもの》のグランドキャニオンだ。崖《がけ》から透明《とうめい》なガラスでできたU字型《ユーじがた》の展望橋《てんぼうばし》が張《は》り出《だ》している。谷底《たにぞこ》までまる見《み》えだ。

「げっ」リオがいう。「すげえ迫力《はくりょく》」

ジェイソンもうなずいた。記憶《きおく》はなくしているし、仲間《なかま》に見覚《みおぼ》えもないけれど、グランドキャニオンには感動《かんどう》した。

グランドキャニオンは写真《しゃしん》で見《み》るよりはるかに大《おお》きい。展望橋《てんぼうばし》は高《たか》い位置《いち》にあるため、鳥《とり》は下《した》を飛《と》んでいる。百五十メートル下《した》の谷底《たにぞこ》を川《かわ》が蛇行《だこう》して流《なが》れている。一行《いっこう》が館内《かんない》にいるあいだにせりあがってきた嵐雲《あらしぐも》が、そそり立《た》つ岩肌《いわはだ》に怒《おこ》った顔《かお》のような影《かげ》を落《お》としている。いたるところに赤茶色《あかちゃいろ》と灰色《はいいろ》の峡谷《きょうこく》が走《はし》っている。まるでどこかの狂《くる》った神《かみ》がナイフで切《き》りつけたかのようだ。

ジェイソンは頭《あたま》の奥《おく》がずきんとした。「狂《くる》った神《かみ》……」なぜそんなこと思《おも》ったのだろう？ 何《なに》か大事《だいじ》なことを思《おも》い出《だ》しかけた気《き》がする——忘《わす》れてはいけない何《なに》かを。それだけではない。ジェイソンは身《み》の危険《きけん》を感《かん》じた。

「だいじょうぶか？」リオが聞《き》いた。「谷底《たにぞこ》にむかって吐《は》くつもりか？ だったらカメラ持《も》ってくればよかった」

ジェイソンは手《て》すりをつかんだ。体《からだ》が震《ふる》え、冷《ひ》や汗《あせ》がにじむ。高所恐怖症《こうしょきょうふしょう》だからではない。ジェイソンは目《め》をしばたたいた。すると、頭《あたま》の奥《おく》の痛《いた》みが引《ひ》いた。

「だいじょうぶ」ジェイソンはいった。「頭《あたま》が痛《いた》いだけだ」

頭上《ずじょう》で雷《かみなり》が轟《とどろ》いた。ジェイソンは冷《つめ》たい風《かぜ》にあおられ、よろけそうになった。

「変《へん》だな」リオが黒《くろ》い雲《くも》を見《み》あげて顔《かお》をしかめた。「真上《まうえ》は真《ま》っ暗《くら》だけど、ほかはぜんぜん平気《へいき》だ。おかしくないか？」

ジェイソンは空《そら》を見《み》あげた。本当《ほんとう》だ。展望橋《てんぼうばし》の上空《じょうくう》に黒々《くろぐろ》とした雲《くも》が集《あつ》まっている。しかしまわりはどこも晴《は》れ渡《わた》っている。いやな予感《よかん》がする。

「いいか、諸君《しょくん》！」ヘッジ先生《せんせい》も黒雲《こくうん》を見《み》て心配《しんぱい》そうに顔《かお》をしかめている。「いそいだほうがいい。さっそくお勉強開始《べんきょうかいし》だ！　前《まえ》にいったように、的確《てきかく》な言葉《ことば》で書《か》くように！」

嵐雲《あらしぐも》がごろごろ音《おと》を立《た》てる。ジェイソンはまた頭《あたま》が痛《いた》くなってきた。無意識《むいしき》にジーンズのポケットに手《て》を入《い》れ、硬貨《こうか》を一枚取《まいと》り出《だ》す——金貨《きんか》だ。五十セント硬貨《こうか》くらいの大《おお》きさだが、それより厚《あつ》くて表面《ひょうめん》はでこぼこしている。片面《かためん》には戦斧《せんぷ》の図柄《ずがら》。もう片面《かためん》は月桂冠《げっけいかん》をかぶった男《おとこ》の顔《かお》だ。「IVLIVS（訳注《やくちゅう》：「ユリウス」のローマ字大文字表記《じおおもじひょうき》）」と刻印《こくいん》されている。

「おい、それ本物《ほんもの》の金貨《きんか》？」リオがいう。「どこに隠《かく》してたんだよ」

ジェイソンはポケットに金貨《きんか》をしまった。なぜこんなものを持《も》っているのだろう？　今《いま》にこれが必要《ひつよう》になる、そう思《おも》ったのはどうしてだろう？

「なんでもない」ジェイソンはいった。「ただの硬貨《こうか》だ」

リオは肩《かた》をすくめた。リオの頭《あたま》も手《て》と同《おな》じでつねに活発《かっぱつ》に動《うご》いているにちがいない。「行《い》くぞ。展望橋《てんぼうばし》から下《した》につばを吐《は》けるかやってみな」

ジェイソンもリオも質問用紙《しつもんようし》なんてどうでもよかった。理由《りゆう》のひとつは、ジェイソンは嵐《あらし》が気《き》になってしかたがなかったし、頭《あたま》の中《なか》がごちゃごちゃだったから。さらにもうひとつ。「グランドキャニオンの地層《ちそう》を形成《けいせい》する堆積岩《たいせきがん》を三つあげなさい」とか「侵食《しんしょく》の例《れい》をふたつあげなさい」と聞《き》かれてもこたえようがない。

リオはまったく役立《やくた》たず。パイプそうじ用《よう》ブラシでヘリコプターを作《つく》るのに夢中《むちゅう》だ。

「見《み》てな」リオは完成《かんせい》したヘリコプターを飛《と》ばした。すぐに墜落《ついらく》するだろうと思《おも》ったのに、細長《ほそなが》いブラシで作《つく》ったプロペラは見事《みごと》に回転《かいてん》している。小《ちい》さなヘリコプターは反対《はんたい》の岩壁《がんぺき》まで半分《はんぶん》くらい飛《と》んだところでバランスをくずし、くるくるまわりながら谷底《たにぞこ》に落《お》ちていった。

「よくあんなの作《つく》れるな」ジェイソンはいった。

リオが肩《かた》をすくめる。「輪《わ》ゴムがあったらもっといいやつが作《つく》れたのにな」

「もう一回《かいき》聞くけど、ぼくら本当《ほんとう》に友《とも》だちなのか？」

「聞《き》くまでもない」

「本当《ほんとう》か？　最初《さいしょ》に会《あ》ったのはいつだ？　そのとき何《なに》を話《はな》した？」

「あれは……」リオは顔《かお》をしかめた。「よく覚《おぼ》えてない。おれ、ADHD《エーディーエイチディー》（訳注《やくちゅう》：注意欠陥多動性《ちゅういけっかんたどうせい》障害《しょうがい》）だし。くわしく思《おも》い出《だ》せっていったって無理《むり》」

「だけどぼくはリオのことをぜんぜん知《し》らない。まわりのだれも知《し》らない。もしかりに――」

「ジェイソンのいうとおりで、まわりが全員勘違《ぜんいんかんちが》いしてるとしたら、か？　ジェイソンは今朝《けさ》いきなり現《あらわ》れたのに、みんなはジェイソンがずっと前《まえ》から一緒《いっしょ》にいると思《おも》ってるとしたら？」

ジェイソンの頭《あたま》のどこかで声《こえ》がささやく。〈そうだ、そのとおりだ〉

そんなのありえない。クラスの全員《ぜんいん》がジェイソンとふつうに接《せっ》している。ジェイソンをクラスの一員《いちいん》として扱《あつか》っている――けど、ヘッジ先生《せんせい》だけは別《べつ》だ。

「これ、持《も》っててくれ」ジェイソンはリオに質問用紙《しつもんようし》を渡《わた》した。「すぐにもどる」

リオは何《なに》かいいたそうだったが、ジェイソンは展望橋《てんぼうばし》をすたすた歩《ある》きだした。

展望橋《てんぼうばし》にいるのは生徒《せいと》たちだけだ。観光客《かんこうきゃく》には時間《じかん》が早《はや》すぎるのかもしれない。でなければ嵐《あらし》が近《ちか》づいているせいかも。ココハグ校《こう》の生徒《せいと》たちはふたりひと組《くみ》で展望橋《てんぼうばし》のあちこちに散《ち》らばっている。大部分《だいぶぶん》はふざけたり、しゃべったりしている。手《て》すりから一セント硬貨《こうか》を下《した》に落《お》としている生徒《せいと》もいる。十五、六メートル先《さき》でパイパーが質問用紙《しつもんようし》に何《なに》か書《か》きこもうとしている。ところが、ばかディランが、片手《かたて》をパイパーの肩《かた》にかけ、ぴかぴかの白《しろ》い歯《は》を見《み》せてほほ笑《え》みながらつきまとっている。パイパーは迷惑《めいわく》そうだ。ジェイソンに気《き》づき、「こいつ、絞《し》め殺《ころ》しちゃってよ」と目《め》で訴《うった》えた。

ジェイソンは「ちょっと待《ま》ってて」と合図《あいず》し、ヘッジ先生《せんせい》がいるところまで歩《ある》いていった。ヘッジ先生《せんせい》はバットにもたれて黒雲《こくうん》を見《み》つめている。

「君《きみ》の仕業《しわざ》か？」ヘッジ先生《せんせい》がジェイソンにいった。

ジェイソンは思《おも》わずあとずさった。「何《なん》のことです？」先生《せんせい》は雷鳴《らいめい》をジェイソンのせいにしているようだ。

ヘッジ先生《せんせい》は野球帽《やきゅうぼう》の下《した》から、小《ちい》さな丸《まる》い目《め》を光《ひか》らせてジェイソンをにらんでいる。「ごまかそうとしてもむだだ。ここで何《なに》をしている。なぜ私《わたし》の仕事《しごと》のじゃまをする？」

「てことは……ぼくのことは知《し》らない、そうですね？　ぼくはこの学校《がっこう》の生徒《せいと》じゃないんですね？」

ヘッジ先生《せんせい》はからかうように笑《わら》った。「今日《きょう》が初対面《しょたいめん》だ」

ジェイソンはうれしくて泣《な》きそうになった。少《すく》なくとも頭《あたま》がおかしくなったわけじゃない。何《なに》かの間違《まちが》いでここにいるらしい。「自分《じぶん》がどうやってここに来《き》たのかわからないんです。目《め》が覚《さ》めたらスクールバスに乗《の》っていた。わかっているのは、ぜんぜん知《し》らない場所《ばしょ》にいるってことだけなんです」

「そうか」ヘッジ先生《せんせい》はしわがれ声《ごえ》をひそめた。内緒話《ないしょばなし》でもするように。「君《きみ》がかけたミストは強力《きょうりょく》だ。クラスの全員《ぜんいん》に自分《じぶん》が昔《むかし》からのクラスメートだと思《おも》わせた。しかし、私《わたし》はだまされない。ここ数日《すうじつ》、怪物《かいぶつ》のにおいがしている。侵入者《しんにゅうしゃ》がいるのはわかっていたが、君《きみ》は怪物《かいぶつ》ではない。ハーフのにおいがするからな。では――君《きみ》は何者《なにもの》だ？　どこから来《き》た？」

ヘッジ先生《せんせい》の話《はなし》はちんぷんかんぷんだ。ジェイソンは正直《しょうじき》にこたえることにした。「自分《じぶん》がだれなのかわかりません。記憶《きおく》がないんです。助《たす》けてください」

ヘッジ先生《せんせい》はジェイソンの顔《かお》を見《み》つめている。頭《あたま》の中《なか》を読《よ》みとろうとするかのようだ。

「なるほど」ヘッジ先生《せんせい》がつぶやくようにいった。「君《きみ》は嘘《うそ》はいっていない」

「もちろんです！　それより、怪物《かいぶつ》とかハーフとか、いったいなんの話《はなし》です？　暗号《あんごう》か何《なに》かですか？」

ヘッジ先生《せんせい》はさぐるような目《め》をむけている。ジェイソンはこの先生《せんせい》は頭《あたま》がおかしいのかもしれないと思《おも》う反面《はんめん》、そうでないこともわかっていた。

「いいか」ヘッジ先生《せんせい》がいう。「私《わたし》は君《きみ》がだれなのか知《し》らない。わかっているのは君《きみ》が『何者《なにもの》なのか』ということだけ。それが問題《もんだい》なんだ。今《いま》やふたりどころか三人《にん》を守《まも》らなくてはならなくなった。君《きみ》は特例《とくれい》か？　そうなのか？」

「なんの話《はなし》ですか?」

ヘッジ先生《せんせい》は嵐雲《あらしぐも》に目《め》をやった。展望橋上空《てんぼうばしじょうくう》をおおう黒《くろ》い雲《くも》はいっそう濃《こ》く、厚《あつ》くなっていく。

「今朝《けさ》、訓練所《くんれんじょ》から連絡《れんらく》があった。保護《ほご》チームがこちらにむかっているという話《はなし》だった。特例《とくれい》を保護《ほご》するためとのことだったが、詳《くわ》しくは教《おし》えてもらえなかった。『まあ、いいだろう』と私《わたし》は思《おも》った。今私《いまわたし》が見張《みは》っている二名《めい》はかなりの力《ちから》があり、通常《つうじょう》より年齢《ねんれい》が高《たか》い。バスの中《なか》で怪物《かいぶつ》のにおいがした。つまり、ふたりとも追《お》われている。だから訓練所《くんれんじょ》は急遽《きゅうきょ》この二名《めい》を保護《ほご》するつもりなのだろうと思《おも》った。ところが、そこに突然君《とつぜんきみ》が姿《すがた》を現《あらわ》した。ということは、君《きみ》が特例《とくれい》か?」

ジェイソンはさらに頭《あたま》ががんがんしてきた。〈ハーフ。訓練所《くんれんじょ》。怪物《かいぶつ》〉なんの話《はなし》かさっぱりわからない。しかしその言葉《ことば》を聞《き》いてジェイソンの脳《のう》はフリーズした――突然消《とつぜんき》えてしまったサイトにアクセスしようとしているかのようだ。

思《おも》わずよろけそうになったジェイソンをヘッジ先生《せんせい》が支《ささ》えた。ヘッジ先生《せんせい》は背《せ》は低《ひく》いが手《て》の力《ちから》は強《つよ》い。「まあ、落《お》ち着《つ》け。記憶《きおく》がない、そういったな? いいだろう。保護《ほご》チームがここに到着《とうちゃく》するまで、君《きみ》にも目《め》を配《くば》っておく。この問題《もんだい》は所長《しょちょう》に預《あず》けることにしよう」

「所長《しょちょう》って? なんの訓練所《くんれんじょ》ですか?」

「まあ、座《すわ》って休《やす》め。まもなく援軍《えんぐん》がやってくる。それまでに何《なに》も起《お》きなければいいが――」

上空《じょうくう》で稲妻《いなずま》が光《ひか》った。風《かぜ》が急《きゅう》に強《つよ》くなる。質問用紙《しつもんようし》が飛《と》ばされ、谷間《たにま》に落《お》ちていく。展望橋全《てんぼうばしぜん》体《たい》が揺《ゆ》れだした。生徒《せいと》はみんな転《ころ》びそうになり、手《て》すりにつかまって悲鳴《ひめい》をあげた。

「不安的中《ふあんてきちゅう》だ」ヘッジ先生《せんせい》はぼやき、口《くち》にメガホンをあてた。「全員《ぜんいん》、中《なか》に！　牛《うし》がモー！　展《てん》望橋《ぼうばし》から離《はな》れろ！」

「この展望橋《てんぼうばし》は安全《あんぜん》だっていったじゃないですか！」ジェイソンは風《かぜ》に負《ま》けないよう声《こえ》をはりあげた。

「通常《つうじょう》ならな」ヘッジ先生《せんせい》がうなずく。「状況《じょうきょう》が変《か》わった。さあ、いそげ！」

2　ジェイソン

嵐雲《あらしぐも》は渦《うず》を巻《ま》き、小型《こがた》の竜巻《たつまき》になった。竜巻雲《たつまきぐも》はクラゲの化《ば》け物《もの》のようにくねりながら展望橋《てんぼうばし》にせまってくる。

生徒《せいと》たちは悲鳴《ひめい》をあげ、博物館《はくぶつかん》に逃《に》げている。ノートもジャケットも、帽子《ぼうし》もバックパックも強風《きょうふう》にさらわれていく。ジェイソンもガラスの床《ゆか》に足《あし》をとられてうまく歩《ある》けない。

リオがバランスを失《うしな》い、手《て》すりから落《お》ちそうになっている。ジェイソンはリオのジャケットをつかんで助《たす》けた。

「サンキュ、ジェイソン！」リオが叫《さけ》ぶ。

「みんないそげ！」ヘッジ先生《せんせい》がいった。

パイパーとディランが博物館《はくぶつかん》のドアを開《あ》けておさえ、みんなを中《なか》に入《はい》らせている。パイパーのフリースが大《おお》きくはためき、褐色《かっしょく》の髪《かみ》が顔《かお》にまとわりついている。パイパーは凍《こご》えそうに寒《さむ》いはずなのに冷静《れいせい》で堂々《どうどう》としている——みんなに「だいじょうぶよ」と声《こえ》をかけながら誘導《ゆうどう》している。

ジェイソン、リオ、ヘッジ先生《せんせい》も博物館《はくぶつかん》にいそいだが、砂地獄《すなじごく》を走《はし》るようなものだ。強風《きょうふう》は三人《にん》を襲《おそ》い、押《お》しもどそうとする。

ディランとパイパーが生徒《せいと》をもうひとり中《なか》に押《お》しこんだ瞬間《しゅんかん》、ふたりの手《て》からドアが離《はな》れた。ドアがバタンと閉《し》まり、逃《に》げ道《みち》が閉《と》ざされた。

パイパーはけんめいに取《と》っ手《て》を引《ひ》っぱっている。中《なか》にいる生徒《せいと》たちもガラスのドアをたたいているがドアはびくともしない。

「ディラン、手伝《てつだ》って！」パイパーが叫《さけ》んだ。

ディランはにやにや笑《わら》いながら立《た》っている。ダラス・カウボーイズのジャージが強風《きょうふう》にあおられてはためいている。急《きゅう》に嵐《あらし》が楽《たの》しくなったみたいだ。

「悪《わる》いけど、パイパー」ディランがいう。「手伝《てつだ》うのはここまでだ」

ディランが手《て》を軽《かる》くふった。パイパーはうしろにすっ飛《と》んでドアに激突《げきとつ》し、そのままずるずると展望橋《てんぼうばし》の床《ゆか》に落《お》ちた。

「パイパー！」ジェイソンは駆《か》け寄《よ》ろうとしたが、強風《きょうふう》のせいで前《まえ》に進《すす》めない。すぐにヘッジ先《せん》生《せい》に引《ひ》きもどされた。

「先生《せんせい》、離《はな》してください！」

「ジェイソンもリオも私《わたし》のうしろに」先生《せんせい》がいう。「ここは私《わたし》の出番《でばん》だ。あの生徒《せいと》が怪物《かいぶつ》だったとは」

「え？」リオがいった。質問用紙《しつもんようし》が一枚《まい》飛《と》んできてリオの顔《かお》にへばりつく。リオは質問用紙《しつもんようし》を引《ひ》きはがした。「怪物《かいぶつ》って？」

ヘッジ先生《せんせい》の野球帽《やきゅうぼう》が飛《と》ばされた。巻《ま》き毛《げ》から何《なに》かが二本《ほん》出《で》ている——マンガで頭《あたま》にげんこつを食《く》らったときのたんこぶそっくりだ。ヘッジ先生《せんせい》が野球《やきゅう》のバットをふりあげた——が、ふつうのバットではない。いつのまにか木《き》のこん棒《ぼう》に変《か》わっている。枝《えだ》も葉《は》もついたままのワイルドなこん棒《ぼう》だ。

ディランは気味《きみ》の悪《わる》い笑《え》みを浮《う》かべてヘッジ先生《せんせい》を見《み》ている。「どうしました、先生《せんせい》？　そこにいる生徒《せいと》にやらせたらどうです！　先生《せんせい》みたいな年寄《としよ》りには無理《むり》ですよ。だから不良学校《ふりょうがっこう》に左遷《させん》されたんでしょ？　こっちはまるまる一学期《がっき》、先生《せんせい》のクラスにいたっていうのに、まったく気《き》づいてもらえなかった。鼻《はな》がにぶってるんじゃないですか、おじいちゃん」

ヘッジ先生《せんせい》が怒《おこ》ったヒツジみたいな声《こえ》を出《だ》した。「減《へ》らず口《ぐち》はそのくらいにしておけ。おまえももうおしまいだ」

「ひとりで三人《にん》のハーフを守《まも》る気《き》ですか？」ディランが声《こえ》をあげて笑《わら》った。「せいぜいがんばってください」

ディランがリオを指《ゆび》さした。リオに巻《ま》きつくように小《ちい》さな竜巻《たつまき》が現《あらわ》れる。リオは足《あし》をすくわれて展望橋《てんぼうばし》から吹き飛《ふと》ばされた。宙《ちゅう》で体《からだ》をひねって体勢《たいせい》を立《た》て直《なお》したが、肩《かた》から岩壁《がんぺき》にぶつかった。必死《ひっし》で岩壁《がんぺき》に爪《つめ》を立《た》てているが体《からだ》はずるずるすべり落《お》ちていく。展望橋《てんぼうばし》から十五メートル下《した》でやっととまった。薄《うす》い岩棚《いわだな》に指先《ゆびさき》でぶらさがっている。

「助《たす》けてくれ！」リオが上《うえ》にいるジェイソンたちに叫《さけ》んだ。「ロープをくれ！　バンジーに使《つか》うやつとか、何《なに》かあるだろ？」

ヘッジ先生《せんせい》は小《ちい》さくののしり、ジェイソンにこん棒《ぼう》をほうり投《な》げた。「君《きみ》が何者《なにもの》かは知《し》らないが、けんかが強《つよ》いことを祈《いの》る。あいつの注意《ちゅうい》を引《ひ》いておいてくれ」――指《ゆび》でディランを指《さ》す――「私《わたし》はリオを助《たす》ける」

「どうやって？」ジェイソンが聞《き》いた。「飛《と》んでいくつもりですか？」

「いや。駆《か》けおりる」ヘッジ先生《せんせい》が靴《くつ》を蹴飛《けと》ばすように脱《ぬ》いだ。ジェイソンは心臓《しんぞう》がとまりそうになった。人間《にんげん》の足《あし》ではない。ひづめがある――ヤギのひづめだ。ということは、さっきのはたんこぶじゃない。角《つの》だ。

「ファウヌス」ジェイソンはいった。

「サテュロスと呼《よ》んでくれ！」ヘッジ先生《せんせい》がすかさずいう。「ファウヌスはローマ神話《しんわ》に出《で》てくるやつだ。だが、これについてはまたあとで話《はな》そう」

ヘッジ先生《せんせい》は手《て》すりを跳《と》び越《こ》え、すぐむこうの岩壁《がんぺき》にひづめで着地《ちゃくち》。急斜面《きゅうしゃめん》を駆《か》けおりていく。切手《きって》くらい小《ちい》さなでっぱりを足《あし》がかりに、襲《おそ》いかかってくるつむじ風《かぜ》をかわしながら軽快《けいかい》にリオのいる場所《ばしょ》にむかっていく。

「なかなかやるな！」ディランはジェイソンのほうをむいた。「さあ、今度《こんど》はおまえの番《ばん》だ！」

ジェイソンはこん棒《ぼう》を投《な》げ捨《す》てた。こんな強風《きょうふう》の中《なか》でこん棒《ぼう》は役《やく》に立《た》ちそうにない。ところがこん棒《ぼう》はディランのほうに飛《と》んでいく。かわそうとするディランめがけてカーブまでして、頭《あたま》に直撃《ちょくげき》した。ディランはがっくり膝《ひざ》をついた。

パイパーは思《おも》ったほどのダメージは受《う》けていなかった。自分《じぶん》のそばに転《ころ》がってきたこん棒《ぼう》を握《にぎ》りしめる。ところが、かまえる前《まえ》にディランが立《た》ちあがった。血《ち》が——金色《きんいろ》の血《ち》が——額《ひたい》からしたたり落《お》ちている。

「やるじゃないか」ディランはジェイソンをにらんだ。「だがまだ練習不足《れんしゅうぶそく》だ」

展望橋《てんぼうばし》が揺《ゆ》れだした。ガラスに細《ほそ》い亀裂《きれつ》が走《はし》る。博物館《はくぶつかん》の中《なか》の生徒《せいと》たちはドアをたたくのをやめた。後《あと》ずさり、目《め》を見開《みひら》いてこっちを見《み》ている。

ディランの体《からだ》が溶《と》けて煙《けむり》になっていく。体《からだ》の分子《ぶんし》という分子《ぶんし》が全部《ぜんぶ》ばらけていく。表情《ひょうじょう》は同《おな》じまま、白《しろ》い歯《は》を見《み》せて笑《わら》っているが、全身《ぜんしん》が渦巻《うずま》く黒雲《こくうん》に変《か》わった。両目《りょうめ》は嵐雲《あらしぐも》の中《なか》で光《ひか》る雷光《らいこう》のようだ。背中《せなか》にも黒《くろ》い雲《くも》の翼《つばさ》が生《は》え、体《からだ》が宙《ちゅう》に浮《う》いている。邪悪《じゃあく》な天使《てんし》がいるとしたらきっとこんなふうだろう。

「ウェンティ」ジェイソンは自分《じぶん》でも知《し》らない言葉《ことば》を口《くち》にしていた。「嵐《あらし》の精《せい》か」

ディランが高《たか》らかに笑《わら》う。屋根《やね》が竜巻《たつまき》に引《ひ》きはがされる音《おと》にそっくりだ。「待《ま》ったかいがあった。リオとパイパーのことは数週間前《すうしゅうかんまえ》から知《し》っていた。いつ殺《ころ》してやってもよかったんだが大女神様《だいめがみさま》は、近《ちか》いうちに三人目《にんめ》が現《あらわ》れるはずだ、とおっしゃった――特別《とくべつ》なハーフとのことだった。おまえの命《いのち》と引《ひ》き換《か》えに、多大《ただい》なほうびがいただける！」

ディランの両側《りょうがわ》に竜巻《たつまき》がひとつずつおり立《た》ち、ウェンティに――黒雲《こくうん》の翼《つばさ》と、稲妻《いなずま》の目《め》を持《も》つ人間《にんげん》の形《かたち》をした嵐《あらし》の精《せい》に――変身《へんしん》した。

パイパーは気《き》が遠《とお》くなったふりをしてしゃがみこんでいた。手《て》はまだこん棒《ぼう》をつかんでいる。顔《かお》は青《あお》ざめているが、目《め》はまっすぐジェイソンを見《み》ている。ジェイソンにはパイパーのいいたいことがわかった。〈あの三人《にん》のウェンティの注意《ちゅうい》を引《ひ》きつけておいて。あたしがうしろからこん棒《ぼう》で襲《おそ》いかかるから〉

かわいくて、頭《あたま》がよくて、行動力《こうどうりょく》がある。こんな子《こ》がガールフレンドなら忘《わす》れるはずがないのに。

ジェイソンはこぶしを握《にぎ》り、ウェンティ三人《にん》に飛《と》びかかった。

ディランが片手《かたて》をあげた。指《ゆび》のあいだから電流《でんりゅう》が飛《と》び、ジェイソンの胸《むね》を直撃《ちょくげき》した。

ドスッ！　気《き》づいたらあおむけに倒《たお》れていた。口《くち》の中《なか》で焦《こ》げたアルミホイルの味《あじ》がする。頭《あたま》をあげてみたら服《ふく》から煙《けむり》が出《で》ていた。稲妻《いなずま》は体《からだ》を貫通《かんつう》し、左《ひだり》の靴《くつ》から抜《ぬ》けたらしい。左足《ひだりあし》のつま先《さき》が黒《くろ》く焦《こ》げている。

ウェンティ三人《にん》はげらげら笑《わら》っている。風《かぜ》がいきおいを増《ま》した。パイパーは三人《にん》にむかって何《なに》か叫《さけ》んでいるが風《かぜ》にかき消《け》されてしまう。

ジェイソンの目《め》の端《はし》で、ヘッジ先生《せんせい》がリオを背負《せお》って崖《がけ》をのぼってくるのが見《み》えた。パイパーが立《た》ちあがり、こん棒《ぼう》をふりまわしてウェンティふたりをふり払《はら》おうとしているがまったく歯《は》が立《た》たない。こん棒《ぼう》は相手《あいて》の体《からだ》をすり抜《ぬ》けるだけだ。黒《くろ》い翼《つばさ》と目《め》を持《も》つ竜巻《たつまき》に変身《へんしん》したディランは、ジェイソンにのしかかるように立《た》っている。

「やめろ」ジェイソンはかすれた声《こえ》でいった。よろけながら立《た》ちあがる。ジェイソン自身《じしん》も驚《おどろ》いたがディランも驚《おどろ》いている。

「なぜ生《い》きている？」ディランの姿《すがた》がゆらめく。「あの稲妻《いなずま》で二十人《にん》は殺《ころ》せるはずだ！」

「今度《こんど》はこっちの番《ばん》だ」

ジェイソンはポケットから例《れい》の金貨《きんか》を取《と》り出《だ》した。本能《ほんのう》のまま金貨《きんか》を宙《ちゅう》にほうり投《な》げる。今回《こんかい》で千回目《かいめ》だとでもいうように。手《て》のひらで受《う》けとめると、剣《けん》を握《にぎ》っていた――恐《おそ》ろしく鋭《するど》い両刃《りょうば》の剣《けん》だ。グリップはジェイソンの手《て》にぴったり合《あ》っている。剣《けん》はすべて――柄《つか》も、握《にぎ》る部分《ぶぶん》も、刃《は》も金《きん》でできている。

ディランがうなり、後《あと》ずさる。仲間《なかま》ふたりにむかって叫《さけ》んだ。「何《なに》をしている？　殺《ころ》せ！」

ふたりは一瞬《いっしゅん》顔《かお》をしかめたが、ジェイソンのほうに飛《と》んできた。指先《ゆびさき》に電流《でんりゅう》が走《はし》ってぱちぱち音《おと》を立《た》てている。

ジェイソンはひとり目《め》のウェンティに剣《けん》をふりおろした。黒雲《こくうん》の体《からだ》が真《ま》っぷたつに切《き》れてはじけた。ふたり目《め》は稲妻《いなずま》を投《な》げつけたが、稲妻《いなずま》はジェイソンの剣《けん》に吸《す》いこまれた。ジェイソンは大《おお》きく前《まえ》に踏《ふ》み出《だ》し――すばやく剣《けん》でつくと、ふたり目《め》もはじけて金色《きんいろ》のちりになった。

ディランはくやしがってわめいている。仲間《なかま》が再生《さいせい》するのを待《ま》っているが、金色《きんいろ》のちりは風《かぜ》に舞《ま》うだけだ。「ありえない！　ハーフはハーフでも、おまえは何者《なにもの》なんだ？」

パイパーもあっけにとられている。手《て》からこん棒《ぼう》が落《お》ちた。「ジェイソン、どういうこと……？」

そのとき、ヘッジ先生《せんせい》が軽《かろ》やかな足取《あしど》りで展望橋《てんぼうばし》におり立《た》ち、リオをどさっとおろした。

「嵐《あらし》の精《せい》どもめ、私《わたし》が相手《あいて》になってやる！」ヘッジ先生《せんせい》は二本《ほん》の短《みじか》い腕《うで》をふって準備運動《じゅんびうんどう》をした。ところが相手《あいて》はディランしかいない。

「なんてことだ！」ヘッジ先生《せんせい》はジェイソンにいった。「敵《てき》はひとりだけか？　しかたない、かかってこい！」

リオは肩《かた》で大《おお》きく息《いき》をしながら立《た》ちあがった。すっかり恥《はじ》をかいた、という顔《かお》だ。岩《いわ》に爪《つめ》を立《た》てていたせいで手《て》は血《ち》だらけだ。「あのさ、スーパーヤギ先生《せんせい》だかなんだか知《し》らないけど、こっちはグランドキャニオンから落《お》ちそうになったばかりなんです。敵《てき》をけしかけるのはちょっと待《ま》ってくださいって！」

ディランは舌打《したう》ちした。しかし目《め》は怯《おび》えている。「おまえたちハーフは自分《じぶん》らがどれほど多《おお》くの敵《てき》を目覚《めざ》めさせたか知《し》らない。大女神様《だいめがみさま》はハーフというハーフをすべて滅《ほろ》ぼすおつもりだ。おまえたちがこの戦《たたか》いに勝《か》てるはずがない」

上空《じょうくう》の嵐雲《あらしぐも》がはじけて猛烈《もうれつ》な強風《きょうふう》が吹《ふ》きだした。展望橋《てんぼうばし》にまた亀裂《きれつ》が走《はし》る。大粒《おおつぶ》の雨《あめ》がたたきつける。ジェイソンは足元《あしもと》をとられそうになってしゃがみこんだ。

嵐雲《あらしぐも》に大《おお》きな穴《あな》ができ——黒《くろ》と銀《ぎん》の巨大竜巻《きょだいたつまき》になった。

「大女神様《だいめがみさま》がお呼《よ》びだ！」ディランはにんまり笑《わら》った。「ハーフの若造《わかぞう》、おまえも一緒《いっしょ》に来《こ》い！」

ディランがジェイソンをつかもうとした。しかしパイパーがうしろから体当《たいあ》たりした。ディランの体《からだ》は黒雲《こくうん》でできているのに、なぜかパイパーはぶつかることができ、ふたりとも床《ゆか》に転《ころ》がった。リオ、ジェイソン、ヘッジ先生《せんせい》の三人《にん》が駆《か》け寄《よ》ろうとすると、ディランは怒《いか》りの叫《さけ》びをあげ、滝《たき》のような雨《あめ》をぶつけてきた。ジェイソンもヘッジ先生《せんせい》も尻《しり》もちをつき、ジェイソンの剣《けん》は床《ゆか》をすべっていく。リオは後頭部《こうとうぶ》をぶつけ、うずくまって倒《たお》れた。半分意識《はんぶんいしき》を失《うしな》ってうめいている。

パイパーがあぶない。ディランの背中《せなか》からほうり出《だ》され、手《て》すりにあたって展望橋《てんぼうばし》から転《ころ》げ落《お》ちた。かろうじて片手《かたて》で手《て》すりにつかまっているが、真下《ました》は深《ふか》い谷底《たにぞこ》だ。

ジェイソンがパイパーに駆《か》け寄《よ》ろうとしたとき、ディランが叫《さけ》んだ。「代《か》わりにこいつをもらっていく！」

ディランはリオの腕《うで》をつかんで宙《ちゅう》に浮《う》きあがった。リオは意識《いしき》がもうろうとしたまま運《はこ》ばれていく。竜巻《たつまき》は回転《かいてん》を速《はや》めながら掃除機《そうじき》のようにふたりを吸《す》いあげていく。

「助《たす》けて！」パイパーが叫《さけ》んだ。「だれか！」

手《て》がすべり、パイパーは悲鳴《ひめい》とともに落《お》ちていった。

「ジェイソン、いそげ！」ヘッジ先生《せんせい》が叫《さけ》ぶ。「パイパーをたのむ！」

ヘッジ先生《せんせい》は得意技《とくいわざ》でディランにかかっていった――ディランはひづめキックを食《く》らってリオを離《はな》した。リオは落《お》ちてきたが、代《か》わりにヘッジ先生《せんせい》が腕《うで》をつかまれた。ヘッジ先生《せんせい》はディランに頭突《ずつ》きしたり、蹴《け》ったり、「卑怯者《ひきょうもの》」と呼《よ》んだりしているが、ディランにつかまれたまま、どんどん上昇《じょうしょう》していく。

ヘッジ先生《せんせい》がもう一度《いちど》ジェイソンにむかって叫《さけ》んだ。「パイパーをたのむ！　こいつは私《わたし》にまかせろ！」ヘッジ先生《せんせい》もディランも竜巻《たつまき》に吸《す》いこまれて姿《すがた》を消《け》した。

〈パイパーをたのむ〉？　ジェイソンは思《おも》った。パイパーはもう崖《がけ》の下《した》だ。

しかし、また体《からだ》が勝手《かって》に動《うご》いた。ジェイソンは手《て》すりに駆《か》け寄《よ》ると、自分《じぶん》でも「どうかしている」と思《おも》いながら、手《て》すりを飛《と》び越《こ》えた。

ジェイソンは高《たか》いところは平気《へいき》だ。怖《こわ》いのは百五十メートル下《した》の谷底《たにぞこ》にたたきつけられること。ぼくが生涯《しょうがい》で自慢《じまん》できることってパイパーを助《たす》けようとして死《し》んだってことだけ？　ジェイソンはそう思《おも》いながら両腕《りょううで》を体《からだ》の横《よこ》にぴったりつけ、頭《あたま》から飛《と》びこんだ。岩壁《がんぺき》が早送《はやおく》りでうしろに流《なが》れていく。顔《かお》の皮《かわ》が引《ひ》きはがされそうだ。

ジェイソンはすぐにパイパーに追《お》いついた。パイパーは手足《てあし》をばたつかせている。ジェイソンはパイパーの腰《こし》を抱《かか》え、かたく目《め》をつぶり、最期《さいご》を覚悟《かくご》した。パイパーが悲鳴《ひめい》をあげる。ジェイソンの耳《みみ》の中《なか》で風《かぜ》がうなる。ジェイソンは思《おも》った。死《し》ぬとき何《なに》を感《かん》じるんだろう？　あまりいい気分《きぶん》ではないだろう。底《そこ》にぶつからないでどこまでも落《お》ちていけたらいいのに。

突然風《とつぜんかぜ》の音《おと》がやんだ。パイパーの悲鳴《ひめい》が苦《くる》しそうな息《いき》づかいに変《か》わる。ジェイソンは、「ふたりとも死《し》んだんだ」と思《おも》った。しかしなんの衝撃《しょうげき》も感《かん》じなかった。

「ジェ、ジェイソン」パイパーがかすれた声《こえ》でいった。

ジェイソンは目《め》を開《あ》けた。落《お》ちていない。宙《ちゅう》に浮《う》いている。川《かわ》の二、三十メートル上《うえ》を飛《と》んでいる。

ジェイソンがパイパーの腰《こし》にまわした腕《うで》に力《ちから》をこめると、パイパーも抱《だ》きついてきた。おたがいの顔《かお》がすぐ目《め》の前《まえ》にある。パイパーの心臓《しんぞう》がどきどきしているのがジェイソンにも伝《つた》わってきた。

パイパーの口《くち》からシナモンの香《かお》りが漂《ただよ》ってくる。「どうして空《そら》を飛《と》べ――」

「わかんない」ジェイソンはいった。「自分《じぶん》が飛《と》べるなら忘《わす》れるはずが……」

そのとき、ジェイソンは思《おも》った。〈自分《じぶん》がだれかもわからないのに〉

もっと上《うえ》に。ジェイソンが念《ねん》じたとたん、パイパーが悲鳴《ひめい》をあげた。急《きゅう》に一メートルくらい浮《ふ》上《じょう》したからだ。浮《う》いてるのとはちがう。足《あし》の裏《うら》に感覚《かんかく》がある。間欠泉《かんけつせん》の上《うえ》でバランスをとっているような感《かん》じだ。

「空気《くうき》が下《した》から支《ささ》えてくれている」ジェイソンはいった。

「じゃあもっと助《たす》けてっていってて！　どこかにおろしてってたのんで！」

ジェイソンは下《した》を見《み》た。いちばん簡単《かんたん》なのはそっと谷底《たにぞこ》までおりること。次《つぎ》に上《うえ》を見《み》てみた。雨《あめ》はやんだ。嵐雲《あらしぐも》はさっきより小《ちい》さくなったが、まだ雷《かみなり》が鳴《な》り、稲妻《いなずま》が走《はし》っている。ウェンティ三人《にん》が完全《かんぜん》に姿《すがた》を消《け》したという保証《ほしょう》はない。ヘッジ先生《せんせい》がどうなったかもわからない。リオも半《はん》分意識《ぶんいしき》を失《うしな》ったまま上《うえ》に置《お》き去《ざ》りだ。

「ふたりを助《たす》けなくちゃ」ジェイソンの考《かんが》えていることがわかったかのように、パイパーがいった。「もどれる？」

「やってみる」ジェイソンは「上《うえ》に」と念《ねん》じた。すると一気《いっき》に上昇《じょうしょう》が始《はじ》まった。

こんな状況《じょうきょう》でなければ風《かぜ》を操《あやつ》れる自分《じぶん》に感動《かんどう》したかもしれない。しかし、ショックのほうが大《おお》きかった。ジェイソンとパイパーは展望橋《てんぼうばし》におり立《た》ったとたん、リオのもとに走《はし》った。

リオはパイパーに抱《だ》き起《お》こされてうめき声《ごえ》をあげた。アーミージャケットは雨《あめ》でびしょ濡《ぬ》れ、巻《ま》き毛《げ》ははじけ散《ち》ったウェンティの金色《きんいろ》のちりまみれだ。しかし少《すく》なくとも命《いのち》に別状《べつじょう》はないらしい。

「あの……ヤギおやじ……何《なに》やってんだ」リオがつぶやく。

「ヘッジ先生《せんせい》は？」パイパーが聞《き》いた。

リオは上《うえ》を指《ゆび》さした。「落《お》ちてきやしない。まさか、あいつがおれの命《いのち》の恩人《おんじん》なんていうなよ」

「しかも二度《ど》だ」ジェイソンがいう。

リオは大《おお》きなうめき声《ごえ》をあげた。「何《なに》があったんだ？　竜巻《たつまき》の怪物《かいぶつ》に、金《きん》の剣《けん》……おれは頭《あたま》をぶつけた……だろ？　おれ、幻覚《げんかく》を見《み》てるんだろ？」

剣《けん》のことを忘《わす》れていた。ジェイソンは落《お》ちている剣《けん》に近《ちか》づいて拾《ひろ》いあげた。手《て》にしっくりなじむ。宙《ちゅう》にほうりあげてみた。剣《けん》は回転《かいてん》しながらコインになり、手《て》のひらにもどってきた。

「げっ」リオがいう。「完全《かんぜん》に幻覚《げんかく》だ」

パイパーが身震《みぶる》いした。頭《あたま》の先《さき》から足《あし》の先《さき》までずぶ濡《ぬ》れだ。「ジェイソン、さっきのって——」

「ウェンティ。嵐《あらし》の精《せい》だ」

「そう。なんか……前《まえ》にも見《み》たことがあるようないい方《かた》。ジェイソンって何者《なにもの》？」

ジェイソンは首《くび》をふった。「さっきからいっているとおり、わからない」

嵐雲《あらしぐも》は消《き》えた。博物館《はくぶつかん》の中《なか》にいるココハグ校《こう》の生徒《せいと》たちはガラスドアのむこうから怯《おび》えた表情《ひょうじょう》でこっちを見《み》ている。警備員《けいびいん》が来《き》てドアの取《と》っ手《て》をがちゃがちゃやっているが、ドアはびくともしない。

「ヘッジ先生《せんせい》がいっていた。三人《にん》を守《まも》らなくちゃならないって」ジェイソンはいった。「ぼくたち三人《にん》のことらしい」

「さっきディランは変身《へんしん》して……」パイパーは身震《みぶる》いした。「信《しん》じられない。あんなのにつきまとわれてたなんて。それにあたしたちを、なんだっけ……ハーフって呼《よ》んでなかった？」

リオはあおむけのまま空《そら》を見《み》つめている。起《お》きあがる気《き》になれないようだ。「どういう意味《いみ》か知《し》らないけど、親《おや》が外国人《がいこくじん》だった覚《おぼ》えはないな。ふたりはどうだ？」

小枝《こえだ》が折《お》れるような音《おと》がして、展望橋《てんぼうばし》の亀裂《きれつ》が大《おお》きくなってきた。

「早《はや》く逃《に》げよう」ジェイソンがいった。「もう全部忘《ぜんぶわす》れて……」

「そりゃ無理《むり》だ」リオが横《よこ》からいった。「上《うえ》を見《み》てみな。馬《うま》が空《そら》を飛《と》んでる」

ジェイソンは最初《さいしょ》、リオは相当強《そうとうつよ》く頭《あたま》を打《う》ったな、と思《おも》った。が、そのとき、東《ひがし》の空《そら》から黒《くろ》いものがおりてくるのが見《み》えた——飛行機《ひこうき》にしては遅《おそ》いし、鳥《とり》にしては大《おお》きすぎる。だんだん見《み》えてきた。翼《つばさ》の生《は》えた動物《どうぶつ》——灰色《はいいろ》で四本脚《ほんあし》の、馬《うま》そっくりの動物《どうぶつ》が二頭《とう》。ただ、どちらも翼《つばさ》を広《ひろ》げた幅《はば》は五、六メートルある。二頭《とう》は車輪《しゃりん》がふたつついた色鮮《いろあざ》やかな四角《しかく》い箱《はこ》を引《ひ》いている。二《に》輪戦車《りんせんしゃ》だ。

「援軍《えんぐん》だ」ジェイソンはいった。「ヘッジ先生《せんせい》がいっていた。保護《ほご》チームがこっちにむかっているって」

「保護《ほご》チーム？」リオはよろけながら立《た》った。「まずいな」

「あたしたちを保護《ほご》してどこに連《つ》れていくっていうの？」

二輪戦車《にりんせんしゃ》は展望橋《てんぼうばし》のむこうの端《はし》におり立《た》った。二頭《とう》の空飛《そらと》ぶ馬《うま》は翼《つばさ》をたたみ、今《いま》にもくずれ落《お》ちそうなガラスの通路《つうろ》を恐《おそ》る恐《おそ》る走《はし》ってくる。戦車《せんしゃ》には若者《わかもの》がふたり乗《の》っている——ひとりは背《せ》の高《たか》いブロンドの少女《しょうじょ》。歳《とし》はジェイソンより少《すこ》し上《うえ》のようだ。もうひとりは丸刈《まるが》りで、れんがの壁《かべ》のようなごつい顔《かお》をした大柄《おおがら》の少年《しょうねん》。ふたりともオレンジ色《いろ》のT《ティー》シャツにジーンズをはき、背《せ》中《なか》に盾《たて》を背負《せお》っている。少女《しょうじょ》は戦車《せんしゃ》が完全《かんぜん》にとまる前《まえ》に飛《と》びおりた。手綱《たづな》は少年《しょうねん》にあずけ、ナイフを抜《ぬ》いてこっちに走《はし》ってくる。

「どこにいるの？」少女《しょうじょ》がいった。灰色《はいいろ》の目《め》は鋭《するど》いが、とまどっているようにも見《み》える。

「どこにって、だれが？」ジェイソンが聞《き》いた。

少女《しょうじょ》は眉《まゆ》をひそめた。聞《き》くまでもないでしょ、という顔《かお》だ。リオとパイパーのほうをむく。

「グリースンは？　保護係《ほごがかり》のグリースン・ヘッジっていう人《ひと》がいたでしょ？」

フルネームを初《はじ》めて聞《き》いた。体育《たいいく》の教師兼《きょうしけん》、ヤギ人間兼《にんげんけん》、ハーフの保護係《ほごがかり》のグリースン・ヘッジ。ただ者《もの》じゃない。

リオが咳払《せきばら》いした。「ヘッジ先生《せんせい》は連《つ》れていかれた……竜巻《たつまき》の化《ば》け物《もの》に」

「ウェンティ」ジェイソンがいう。「嵐《あらし》の精《せい》だ」

ブロンドの少女《しょうじょ》はまた眉《まゆ》をひそめた。「アネモイ・テュエライのこと？　ギリシャ神話《しんわ》ではそう呼《よ》ぶのよ。君《きみ》たち、だれ？　何《なに》があったの？」

ジェイソンは少女《しょうじょ》の鋭《するど》い視線《しせん》に緊張《きんちょう》しながら説明《せつめい》を始《はじ》めた。途中《とちゅう》、少年《しょうねん》も戦車《せんしゃ》からおりてやってきた。腕組《うでく》みをしてこちらをにらんでいる。上腕《じょうわん》に描《か》かれた虹《にじ》のタトゥーが少《すこ》し不《ふ》つり合《あ》いだ。

ジェイソンの話《はなし》が終《お》わってもまだブロンドの少女《しょうじょ》は納得《なっとく》しない。「嘘《うそ》！　ここにいるって聞《き》いたから来《き》たのよ。ここに来《く》ればこたえがわかる、そういわれたの」

「アナベス」丸刈《まるが》りの少年《しょうねん》が口《くち》をはさんだ。「ほら、あれ」ジェイソンの足《あし》を指《ゆび》さす。

ジェイソン自身《じしん》ほとんど忘《わす》れていたが、左《ひだり》の靴《くつ》は稲妻《いなずま》に飛《と》ばされたまま。何《なに》もはいていない左《ひだり》足《あし》に痛《いた》みはないが、炭《すみ》のように黒《くろ》く焦《こ》げている。

「片方《かたほう》の靴《くつ》をなくした少年《しょうねん》」丸刈《まるが》りの少年《しょうねん》がいう。「それがこたえだ」

「やめてよ、ブッチ」少女《しょうじょ》がいった。「そんなはずない。だまされたのよ」少女《しょうじょ》はにらむように空《そら》を見《み》た。空《そら》のせいだ、とでもいわんばかりだ。「あたしにどうしろっていうの？　彼《かれ》に何《なに》をしたの？」

展望橋《てんぼうばし》が震《ふる》え、馬《うま》たちが激《はげ》しくいななく。

「アナベス」ブッチがいった。「もう出発《しゅっぱつ》しよう。この三人《にん》を訓練所《くんれんじょ》に連《つ》れていって、それからどうするか考《かんが》えよう。嵐《あらし》の精《せい》がもどってくるかもしれない」

アナベスは口《くち》をとがらせた。「わかった」ジェイソンをじっとにらむ。「またあとで考《かんが》えるから」

アナベスはきびすを返《かえ》し、さっさと戦車《せんしゃ》にむかっていく。

パイパーは首《くび》をふった。「あの人《ひと》、どうしちゃったの？　なんなの？」

「そうとうおかしいな」リオもうなずく。

「君《きみ》たち三人《にん》を連《つ》れていく」ブッチがいった。「途中《とちゅう》でまた説明《せつめい》する」

「あの子《こ》と一緒《いっしょ》なんてお断《ことわ》りだ」ジェイソンはアナベスを指《ゆび》さした。「ぼくを殺《ころ》したいみたいだったし」

ブッチはためらった。「アナベスなら心配《しんぱい》ない。少《すこ》しそっとしておいてくれ。ここに来《き》て、靴《くつ》を片方《かたほう》なくした少年《しょうねん》をさがすように、というメッセージを受《う》けた。それで問題《もんだい》が解決《かいけつ》すると思《おも》ってたんだ」

「問題《もんだい》って？」パイパーがたずねる。

「アナベスは三日前《みっかまえ》から行方不明《ゆくえふめい》の仲間《なかま》をさがしている」ブッチがいう。「アナベスは心配《しんぱい》で頭《あたま》がおかしくなりそうなんだ。ここに来《く》れば会《あ》えると思《おも》ってたからね」

「だれに？」ジェイソンがたずねる。

「アナベスのボーイフレンド」とブッチ。「パーシー・ジャクソンていうやつだ」

3　パイパー

　朝《あさ》から嵐《あらし》の精《せい》ウェンティや半《はん》ヤギ人間《にんげん》が出《で》てきたり、友《とも》だちが空《そら》を飛《と》んだりしたら、ふつうは頭《あたま》がごちゃごちゃになる。しかし、パイパーは「不安《ふあん》」なだけだった。始《はじ》まった。パイパーはそう思《おも》った。夢《ゆめ》で見《み》たとおりだ。

　パイパーはリオ、ジェイソンと一緒《いっしょ》に戦車《せんしゃ》のうしろに立《た》って乗《の》っていた。手綱《たづな》を握《にぎ》るのはブッチ。アナベスは青銅《せいどう》のナビゲーションシステム担当《たんとう》だ。戦車《せんしゃ》はグランドキャニオンを飛《と》び越《こ》え、東《ひがし》にむかった。冷《つめ》たい風《かぜ》がフリースの下《した》まで入《はい》りこんでくる。背後《はいご》では嵐雲《あらしぐも》がまた大《おお》きくなってきた。

　戦車《せんしゃ》がかたむき、グアンと大《おお》きく揺《ゆ》れた。戦車《せんしゃ》にはシートベルトもなければ幌《ほろ》もない。パイパーは思《おも》った。あたしがまた落《お》ちそうになったらジェイソンは抱《だ》きとめてくれる？　今朝《けさ》からいちばんショックだったのは――ジェイソンが空《そら》を飛《と》べることではなく、ジェイソンがあたしを抱《だ》きしめているのに、あたしがだれなのか知《し》らないってこと。

パイパーは新学期《しんがっき》の初日《しょにち》からずっと、ジェイソンとクラスメート以上《いじょう》の関係《かんけい》になりたくてがんばっていた。そしてついに鈍感《どんかん》なジェイソンとのキスに成功《せいこう》した。これまでの数週間《すうしゅうかん》はパイパーの人生《じんせい》で最高《さいこう》だった。ところが、三日前《みっかまえ》、悪夢《あくむ》がすべてを打《う》ちくだいた――恐《おそ》ろしい声《こえ》が、パイパーに恐《おそ》ろしい知《し》らせを伝《つた》えた。パイパーはそれについてまだだれにも話《はな》していない。ジェイソンにも。

今《いま》やジェイソンは赤《あか》の他人同然《たにんどうぜん》だ。ジェイソンの記憶《きおく》はすべて消去《しょうきょ》された。全部最初《ぜんぶさいしょ》からやり直《なお》しだ。パイパーは泣《な》きだしたいくらいだった。ジェイソンはすぐ隣《となり》にいる。空色《そらいろ》の目《め》に、短《みじか》く切《き》ったブロンド。チャームポイントは上《うわ》くちびるの小《ちい》さな傷跡《きずあと》。表情《ひょうじょう》は穏《おだ》やかでやさしいけれど、いつもどこかさびしげだ。ジェイソンはさっきからずっと地平線《ちへいせん》を見《み》つめている。パイパーがいることさえ気《き》づいていない。

リオはいつもながら騒々《そうぞう》しい。「気持《きも》ちいー！」口《くち》に入《はい》ったペガサスの羽《はね》をぺっと吐《は》き出《だ》す。「どこにむかってるんだ？」

「安全《あんぜん》なところ」アナベスがいう。「あたしたちみたいな子《こ》にとって唯一安全《ゆいいつあんぜん》な場所《ばしょ》。ハーフ訓練所《くんれんじょ》よ」

「ハーフ？」パイパーはすぐに聞《き》き返《かえ》した。その表現《ひょうげん》は嫌《きら》い。今《いま》まで何度《なんど》もそう呼《よ》ばれてきた

――チェロキーと白人《はくじん》のハーフ――けっしてほめ言葉《ことば》ではない。「知《し》っててわざといってる？」

「神《かみ》とのハーフ」ジェイソンがいう。「半神半人《はんしんはんじん》ってこと」

アナベスがふり返《かえ》る。「くわしいのね。そうよ、神《かみ》とのハーフ。あたしの母親《ははおや》は知恵《ちえ》の女神《めがみ》アテナで、ブッチの母親《ははおや》は虹《にじ》の女神《めがみ》イリス」

リオは目《め》を丸《まる》くした。「母親《ははおや》が虹《にじ》の女神《めがみ》だって？」

「悪《わる》いか？」ブッチがいう。

「いや」とリオ。「虹《にじ》ね。そりゃ勇《いさ》ましい」

「ブッチは訓練所《くんれんじょ》でいちばん乗馬《じょうば》が得意《とくい》で」アナベスがいった。「ペガサスと仲良《なかよ》しなの」

「虹《にじ》の女神《めがみ》に、かわいいペガサスちゃん、か」リオがつぶやく。

「おい、ほうり出《だ》すぞ」ブッチがいう。

「神《かみ》と人間《にんげん》のハーフ」パイパーがいう。「つまり、あなたたちも……あたしたちも――」

稲妻《いなずま》が光《ひか》った。戦車《せんしゃ》が震《ふる》える。ジェイソンが叫《さけ》んだ。「左《ひだり》の車輪《しゃりん》が燃《も》えている！」

パイパーはあとずさった。本当《ほんとう》だ。車輪《しゃりん》に火《ひ》がつき、白《しろ》い煙《けむり》が出《で》ている。

風《かぜ》がうなる。うしろを見《み》ると、雲《くも》の中《なか》に黒《くろ》い人影《ひとかげ》が見《み》えてきた。さっきより大勢《おおぜい》の嵐《あらし》の精《せい》ウェンティが――今度《こんど》は天使《てんし》ではなく馬《うま》の化《ば》け物《もの》のようだ――渦《うず》を巻《ま》きながら戦車《せんしゃ》を追《お》ってくる。

「どうしてさっきとちがう――」パイパーがいいかけたところでアナベスがいった。

「嵐《あらし》の精《せい》はいろんな姿《すがた》になれるの。場合《ばあい》によって人間《にんげん》になったり馬《うま》になったりする。しっかりつかまってて。猛《もう》スピードで飛《と》ばすから」

ブッチが手綱《たづな》をふると、二頭《とう》のペガサスは一気《いっき》に速度《そくど》をあげた。戦車《せんしゃ》の車体《しゃたい》がぼやけて見《み》える。パイパーは胃《い》がむかむかしてきた。視界《しかい》が真《ま》っ暗《くら》になり、また目《め》の前《まえ》が晴《は》れてくると知《し》らない場《ば》所《しょ》にいた。

左《ひだり》には冬《ふゆ》の灰色《はいいろ》の海《うみ》が広《ひろ》がり、右《みぎ》は銀世界《ぎんせかい》。野原《のはら》も道《みち》も森《もり》も雪《ゆき》におおわれているが、真下《ました》に見《み》える谷《たに》だけは青々《あおあお》としている。北《きた》は海《うみ》、それ以外《いがい》は雪《ゆき》をかぶった小高《こだか》い丘《おか》に囲《かこ》まれ、ここだけ春《はる》の孤島《ことう》のようだ。谷《たに》にはギリシャの神殿《しんでん》のような建物《たてもの》が並《なら》んで建《た》っている。ほかにも青《あお》い大《おお》きな建物《たてもの》、バレーボールコート、湖《みずうみ》、火事《かじ》ではないようだが燃《も》えているロッククライミング練習用《れんしゅうよう》の壁《かべ》もある。しかし「ここ、なんなの?」とパイパーが思《おも》っているうちにとうとう車輪《しゃりん》がはずれ、戦車《せんしゃ》は急降下《きゅうこうか》しだした。

アナベスとブッチは戦車《せんしゃ》を立《た》て直《なお》そうと必死《ひっし》だ。二頭《とう》のペガサスもけんめいに翼《つばさ》をはばたかせているが、どちらも猛《もう》スピードで飛《と》びつづけてつかれきっている。見《み》るからに五人《にん》を乗《の》せた戦車《せんしゃ》を引《ひ》くのがつらそうだ。

「湖《みずうみ》！」アナベスが叫《さけ》んだ。「湖《みずうみ》にむかって！」

パイパーは以前父親《いぜんちちおや》から聞《き》いた話《はなし》を思《おも》い出《だ》した。高《たか》いところから水面《すいめん》に落《お》ちる衝撃《しょうげき》はアスファルトの地面《じめん》に落《お》ちたときと同《おな》じだ。

そして——バッシャーン！

何《なに》より水《みず》の冷《つめ》たさに驚《おどろ》いた。さらに、まわりじゅうどこも水《みず》だと上《うえ》も下《した》もわからない。

「こんな死《し》に方《かた》、ばかみたい」パイパーは思《おも》った。そのとき、緑《みどり》に濁《にご》る水《みず》の中《なか》に顔《かお》が現《あらわ》れた——長《なが》い黒髪《くろかみ》に黄色《きいろ》く光《ひか》る目《め》の少女《しょうじょ》たちだ。少女《しょうじょ》たちはにっこりほほ笑《え》むと、パイパーの腕《うで》を引《ひ》っぱって岸《きし》に引《ひ》きあげてくれた。

パイパーは岸《きし》で倒《たお》れた。息《いき》が苦《くる》しく、体《からだ》は震《ふる》えている。すぐそばの浅瀬《あさせ》でブッチがペガサスの体《からだ》から手綱《たづな》を切《き》ってはずしている。運《うん》よく二頭《とう》ともけがはなさそうだが、翼《つばさ》をばたつかせ、水《みず》を飛《と》び散《ち》らせている。ジェイソン、リオ、アナベスの三人《にん》はパイパーより先《さき》に岸《きし》にあがっていた。大勢《おおぜい》の少年少女《しょうねんしょうじょ》が三人《にん》を囲《かこ》み、毛布《もうふ》を渡《わた》したり質問《しつもん》したりしている。だれかがパイパーの腕《うで》をとって立《た》たせてくれた。この湖《みずうみ》にはよく人《ひと》が落《お》ちるらしい。数人《すうにん》のグループが青銅製《せいどうせい》の大《おお》きな送風機《そうふうき》を持《も》ってきてあっというまにパイパーの服《ふく》を乾《かわ》かしてくれた。

訓練生《くんれんせい》が二十人以上《にんいじょう》集《あつ》まってきた——いちばん年少《ねんしょう》の子《こ》は九歳《さい》くらいで、いちばん年長《ねんちょう》は大学《だいがく》生《せい》くらい。十八歳前後《さいぜんご》だろうか──全員《ぜんいん》アナベスと同《おな》じオレンジ色《いろ》のT《ティー》シャツを着《き》ている。パイパーはまた湖《みずうみ》を見《み》てみた。さっきの少女《しょうじょ》たちが水中《すいちゅう》にもぐろうとしている。長《なが》い黒髪《くろかみ》が海草《かいそう》のように漂《ただよ》っている。少女《しょうじょ》たちは「さようなら」というように手《て》をふり、水中《すいちゅう》に姿《すがた》を消《け》した。と思《おも》ったら、ぼろぼろの戦車《せんしゃ》が湖面《こめん》から飛《と》び出《だ》し、すぐそばの水辺《みずべ》に鈍《にぶ》い音《おと》を立《た》てて着地《ちゃくち》した。

「アナベス！」背中《せなか》に弓矢《ゆみや》を背負《せお》った少年《しょうねん》がみんなをかき分《わ》けて出《で》てきた。「貸《か》してやるといったけど、壊《こわ》していいとはいってないぞ！」

「ごめん、ウィル」アナベスはため息《いき》をついた。「ちゃんと直《なお》して返《かえ》すから」

ウィルはしかめ面《つら》で壊《こわ》れた戦車《せんしゃ》を見《み》ていたが、パイパー、リオ、ジェイソンに気《き》づいていぶかしげな顔《かお》をした。「この三人《にん》が例《れい》の？　十三歳《さい》はとっくに過《す》ぎてる。なんでまだ認知《にんち》されてないんだ？」

「認知《にんち》？」リオが聞《き》いた。

アナベスが説明《せつめい》する前《まえ》に、ウィルがいった。「パーシーの消息《しょうそく》は？」

「何《なに》も」アナベスがこたえた。

訓練生《くんれんせい》たちが少《すこ》しざわついた。パーシーという少年《しょうねん》が何者《なにもの》なのか、パイパーにはわからない。しかし、パーシーが行方不明《ゆくえふめい》になって一大事《いちだいじ》のようだ。

別《べつ》の少女《しょうじょ》が前《まえ》に出《で》てきた――アジア系《けい》で背《せ》が高《たか》く、黒《くろ》い髪《かみ》は巻《ま》いて整《ととの》え、化粧《けしょう》も完璧《かんぺき》、アクセサリーもたくさんつけている。この少女《しょうじょ》が着《き》るとオレンジ色《いろ》のT《ティー》シャツとジーンズもおしゃれだ。リオのことはちらっと見《み》ただけ。ジェイソンには興味《きょうみ》をひかれたらしくしばらく見《み》ていたが、今《こん》度《ど》はパイパーを見《み》て「ふん」と笑《わら》った。一週間前《しゅうかんまえ》にごみ箱《ばこ》に捨《す》てられたブリトーをつまみあげたときのような顔《かお》だ。よくいるタイプの女《おんな》の子《こ》だ、とパイパーは思《おも》った。こういうタイプの子《こ》ならココハグ校《こう》や、父親《ちちおや》がパイパーのために見《み》つけてきたそのほかの学校《がっこう》にも大勢《おおぜい》いた。この子《こ》も強《きょう》敵《てき》になりそうだ。

「ふうん」少女《しょうじょ》がいう。「連《つ》れてきただけ損《そん》って感《かん》じね」

リオがいった。「そりゃ、どうも。おれたちはなんだ？　新《あたら》しいペットか？」

「冗談《じょうだん》じゃない」ジェイソンがいう。「ぼくたち三人《にん》の品定《しなさだ》めをする前《まえ》に、教《おし》えてくれないか？　ここはどこなんだ？　どうしてここに連《つ》れてこられたんだ？　いつまでここにいさせるつもりだ？」

パイパーも同《おな》じ質問《しつもん》をしたいところだったが、大《おお》きな不安《ふあん》が襲《おそ》ってきた。〈連《つ》れてきただけ損《そん》〉パイパーの悪夢《あくむ》のことはだれも知《し》らない。もし知《し》ったら……。

「ジェイソン」アナベスがいう。「質問《しつもん》にはあとでこたえてあげる。それより、ドルー」――黒《くろ》髪《かみ》の少女《しょうじょ》を見《み》て顔《かお》をしかめる――「どんなハーフの子《こ》だって助《たす》けて損《そん》ってことはないのよ。でも、正直《しょうじき》、捜索《そうさく》のほうはむだ足《あし》だった」

「ねえ」とパイパー。「あたしたち三人《にん》とも好《す》きでここに来《き》たわけじゃないのよ」

ドルーがばかにしたように笑《わら》った。「こっちだってお断《ことわ》りよ。その髪《かみ》、まるでアナグマのお化《ば》けじゃない」

パイパーは思《おも》わず一歩《いっぽ》踏《ふ》み出《だ》し、ドルーに手《て》をあげそうになったが、その前《まえ》にアナベスがいった。「パイパー、だめよ」

パイパーはいわれたとおりにした。ドルーはちっとも怖《こわ》くないが、アナベスは敵《てき》にしたくない。

「新《あたら》しい三人《にん》にも早《はや》く訓練所《くんれんじょ》に慣《な》れてもらわなくちゃ」アナベスはもう一度《いちど》ドルーをにらんだ。「ひとりにひとりずつついて訓練所《くんれんじょ》の案内《あんない》をしてあげて。三人《にん》とも今晩《こんばん》のキャンプファイアまでに認知《にんち》されるといいけど」

「ねえ、認知《にんち》ってどういう意味《いみ》？」パイパーが聞《き》いた。

そのとき、訓練生《くんれんせい》たちがいっせいに「あっ」と声《こえ》をあげ、後《あと》ずさった。パイパーは最初《さいしょ》、自分《じぶん》のせいだと思《おも》った。しかしみんなの顔《かお》を見《み》ると、どの顔《かお》も赤《あか》く照《て》らされている。パイパーのうしろにたいまつでもあるかのようだ。パイパーはふり返《かえ》り、そして息《いき》をのんだ。

リオの頭上《ずじょう》にレーザーで描《か》いたような立体画像《りったいがぞう》が浮《う》かんでいる――燃《も》えるハンマーの像《ぞう》だ。

「これが」アナベスがいう。「認知《にんち》するっていうこと」

「おれ、なんかしたか?」リオは湖《みずうみ》にむかって後《あと》ずさっていく。ちらっと上《うえ》を見《み》て、悲鳴《ひめい》をあげる。「おれの髪《かみ》が燃《も》えてるのか?」首《くび》をすくめたが燃《も》えるハンマーはリオから離《はな》れようとしない。リオはめちゃくちゃに頭《あたま》をふりまわしている。頭《あたま》をペンにして火《ひ》で文字《もじ》を書《か》こうとしているかのようだ。

「まずいな」ブッチがつぶやく。「また呪《のろ》いだ――」

「ブッチ、黙《だま》ってて」アナベスがいう。「リオ、おめでとう――」

「リオは神《かみ》の子《こ》だった」ジェイソンが横《よこ》からいった。「さっきのはウルカヌスのシンボルだろ?」

全員《ぜんいん》の目《め》がジェイソンを見《み》た。

「ジェイソン」アナベスがゆっくりいう。「どうしてわかったの?」

「さあ」

「ウルカ、イルカ?」とリオ。「いったい何《なん》の話《はなし》だ?」

「ギリシャ神話《しんわ》のヘパイストスをローマ神話《しんわ》ではウルカヌスって呼《よ》ぶの」アナベスがいった。

「鍛冶《かじ》と火《ひ》の神《かみ》よ」

燃《も》えるハンマーは消《き》えたが、リオはまだ手《て》で払《はら》おうとしている。まだどこかにあるんじゃないか、とでもいいたげだ。「なんの神《かみ》だって？　だれだよ、そいつ？」

アナベスは弓矢《ゆみや》を背負《せお》った少年《しょうねん》のほうを見《み》た。「ウィル、リオに訓練所《くんれんじょ》の案内《あんない》をしてあげてくれる？　九番《ばん》コテージのみんなにも紹介《しょうかい》して」

「了解《りょうかい》」

「きゅうばんコテージ？」リオがいう。「おれ、イカでもタコでもないぞ！」

「いいから来《こ》いって。いろいろ教《おし》えてやるから」ウィルはリオの肩《かた》に手《て》を置《お》き、一緒《いっしょ》にコテージ棟《とう》にむかって歩《ある》きだした。

アナベスは今度《こんど》はジェイソンを見《み》た。いつものパイパーならジェイソンがほかの女《おんな》の子《こ》に見《み》つめられるといい気《き》がしない。しかし、アナベスはジェイソンの外見《がいけん》には興味《きょうみ》がないようだ。複雑《ふくざつ》な図面《ずめん》を見《み》るような目《め》つきだ。ついにアナベスが口《くち》を開《ひら》いた。「腕《うで》を見《み》せて」

パイパーもジェイソンの腕《うで》に目《め》をやり、そして、目《め》を見開《みひら》いた。

ジェイソンはびしょ濡《ぬ》れになったウィンドブレーカーを脱《ぬ》いでしまっていた。むき出《だ》しの右腕《みぎうで》の内側《うちがわ》にタトゥーがある。どうして今《いま》まで気《き》づかなかったのだろう？　パイパーはジェイソンの腕《うで》なら今《いま》まで何《なん》百回《かい》も見《み》たことがある。今日《きょう》急《きゅう》に現《あらわ》れたはずがない。濃《こ》くはっきり彫《ほ》られている。

十数本《すうほん》の線《せん》がバーコードのように並《なら》び、その上《うえ》にワシの絵《え》とＳＰＱＲ《エスピーキューアール》と書《か》かれている。

「こんな図柄《ずがら》は初《はじ》めて」アナベスがいう。「どこで入《い》れたの？」

ジェイソンは首《くび》をふった。「何回《なんかい》もいっているけど、本当《ほんとう》に知《し》らないんだ」

訓練生《くんれんせい》たちはみんなタトゥーを見《み》ようと押《お》し合《あ》っている。どの顔《かお》も不安《ふあん》げだ――ジェイソンのタトゥーが宣戦布告《せんせんふこく》か何《なに》かのように。

「焼印《やきいん》みたいね」アナベスがいった。

「そうなんだ」ジェイソンは黙《だま》った。また頭《あたま》がずきんとした。「いや……そうかもしれない。よく覚《おぼ》えていない」

だれも何《なに》もいわない。訓練生《くんれんせい》たちのリーダーがアナベスなのは一目瞭然《いちもくりょうぜん》だ。みんなアナベスが何《なに》かいうのを待《ま》っている。「ジェイソンには今《いま》すぐケイロンのところに行《い》ってもらう」アナベスがいった。「ドルー、悪《わる》いけど――」

「まかせて」ドルーは腕《うで》をジェイソンの腕《うで》にからませた。「こっちよ。訓練所《くんれんじょ》の教頭《きょうとう》のところに案内《あんない》してあげる。教頭《きょうとう》は……おもしろい人《ひと》なの」ドルーはパイパーにむかって勝《か》ち誇《ほこ》ったようにほほ笑《え》むと、ジェイソンを連《つ》れて丘《おか》の上《うえ》に建《た》つ大《おお》きな青《あお》い建物《たてもの》にむかっていった。

集《あつ》まった訓練生《くんれんせい》たちも帰《かえ》りだし、ついにアナベスとパイパーだけになった。

「ケイロンって?」パイパーは聞《き》いた。「ジェイソンが何《なに》か問題《もんだい》なの?」

アナベスは一瞬《いっしゅん》ためらった。「いい質問《しつもん》ね。パイパーはあたしが案内《あんない》してあげる。話《はな》したいこともあるし」

4　パイパー

アナベスは本当《ほんとう》は案内《あんない》なんてどうでもいいと思《おも》っているのだろう。訓練所《くんれんじょ》ではいろんな楽《たの》しい訓練《くんれん》があるの——たとえば魔法《まほう》の弓矢《ゆみや》を使《つか》ったり、ペガサスに乗《の》ったり、溶岩《ようがん》の流《なが》れる壁《かべ》でロッククライミングをしたり、怪物《かいぶつ》と戦《たたか》ったりね。アナベスは口《くち》ではそう説明《せつめい》しているがまるで楽《たの》しそうに見《み》えない。頭《あたま》は別《べつ》のことを考《かんが》えているようだ。アナベスは「食堂《しょくどう》はあそこ」と、ロングアイランド湾《わん》（そう、ニューヨーク州《しゅう》ロングアイランド。パイパーたち三人《にん》は戦車《せんしゃ》でこんなところまで来《き》てしまった）を見《み》おろす屋外《おくがい》パビリオンの場所《ばしょ》も教《おし》えた。また、ハーフ訓練所《くんれんじょ》にいる訓練生《くんれんせい》の大半《たいはん》は夏《なつ》だけここで過《す》ごすが、一年中滞在《いちねんじゅうたいざい》している子《こ》もいるとのこと。最近《さいきん》では訓練生《くんれんせい》の数《かず》が一気《いっき》に増《ふ》えたため、冬《ふゆ》でも今《いま》のように満員《まんいん》らしい。

パイパーは思《おも》った。この訓練所《くんれんじょ》の経営者《けいえいしゃ》はだれなんだろう？　どうしてあたしたち三人《にん》がハーフだってわかったの？　あたしも夏《なつ》だけじゃなくずっとここにいなくちゃいけない？　訓練《くんれん》にはちゃんとついていける？　怪物《かいぶつ》と戦《たたか》うなんてできる？　パイパーには聞《き》きたいことが山《やま》ほどあったが、アナベスの様子《ようす》を見《み》て今《いま》は聞《き》かないことにした。

ふたりは訓練所《くんれんじょ》のはずれにある丘《おか》にのぼった。途中《とちゅう》でふり返《かえ》ると谷一帯《たにいったい》が見渡《みわた》せた——北西《ほくせい》には広大《こうだい》な森《もり》があり、美《うつく》しい海岸《かいがん》、小川《おがわ》、カヌー湖《こ》、青々《あおあお》とした野原《のはら》、そしてコテージ棟《とう》も見《み》える。一風変《いっぷうか》わった形《かたち》の建物《たてもの》が芝生《しばふ》を三方《さんぽう》から囲《かこ》むように並《なら》び、さらに両端《りょうたん》からも横《よこ》に広《ひろ》がって並《なら》んでいる。ちょうどギリシャ文字《もじ》のΩ《オメガ》の形《かたち》だ。コテージは全部《ぜんぶ》で二十棟《とう》。金色《きんいろ》のコテージに銀色《ぎんいろ》のコテージ。屋根《やね》が芝生《しばふ》のコテージ。有刺鉄線《ゆうしてっせん》と堀《ほり》で囲《かこ》った真《ま》っ赤《か》なコテージもあれば、正面《しょうめん》に緑《みどり》に燃《も》えるたいまつをかかげた黒《くろ》いコテージもある。

訓練所《くんれんじょ》の敷地内《しきちない》はまわりの雪《ゆき》の野山《のやま》とは別世界《べっせかい》だ。

「この谷《たに》は人間《にんげん》の目《め》から守《まも》られてるの」アナベスがいった。「見《み》てわかるとおり、天候《てんこう》もコントロールされてる。各《かく》コテージはいずれかのギリシャの神《かみ》を象徴《しょうちょう》していて——その神《かみ》の子《こ》どもが暮《く》らす場所《ばしょ》なの」

アナベスがパイパーの顔《かお》を見《み》た。パイパーがそれを聞《き》いてどう思《おも》ったか読《よ》みとろうとしている。

「あたしの母親《ははおや》も女神《めがみ》だっていいたいんでしょ」

アナベスがうなずく。「あんまり驚《おどろ》いてないみたいね」

パイパーにはその理由《りゆう》はいえない。しかしこれで何年《なんねん》も前《まえ》から疑問《ぎもん》に思《おも》っていたことが解決《かいけつ》した。「どうしてうちにはお母《かあ》さんの写真《しゃしん》が一枚《まい》もないの？」とか、「お母《かあ》さんはいつ、どうして家《いえ》を出《で》ていったの？」と父親《ちちおや》にたずねてもこたえてくれなかった理由《りゆう》がやっとわかった。しかし何《なに》よりも、以前見《いぜんみ》た夢《ゆめ》が予告《よこく》していた。〈まもなくやつらはハーフのおまえをさがしにくる〉低《ひく》く太《ふと》い声《こえ》がいっていた。〈そのときにはわれわれの指示《しじ》に従《したが》え。われわれに協力《きょうりょく》しろ。そうすれば父親《ちちおや》の命《いのち》は助《たす》けてやってもいい〉

パイパーは大《おお》きく息《いき》をした。「今朝《けさ》のグランドキャニオンのことが本当《ほんとう》なら、アナベスが今《いま》いってることも本当《ほんとう》でしょ。で、あたしの母親《ははおや》はだれなの？」

「そのうちわかると思《おも》う。パイパーは今《いま》――十五歳《さい》くらい？　神《かみ》は自分《じぶん》の子《こ》が十三歳《さい》になるまでに認知《にんち》することになってる」

「ことになってる？」

「神々《かみがみ》はこのあいだの夏《なつ》に約束《やくそく》したの……話《はな》すと長《なが》いんだけど……神々《かみがみ》は今後《こんご》は自分《じぶん》のハーフの子《こ》を見捨《みす》てない、十三歳《さい》になるまでに認知《にんち》するって約束《やくそく》した。時期《じき》が遅《おく》れることもあるけど、リオはここに来《き》たとたんに認知《にんち》された。パイパーもすぐよ。今晩《こんばん》のキャンプファイアでお告《つ》げがあるんじゃないかな」

パイパーは思《おも》った。あたしの頭《あたま》の上《うえ》にも燃《も》える大《おお》きなハンマーが現《あらわ》れる？　あたしのことだからもっと変なものかも。燃えるウォンバットとか。母親《ははおや》がだれにしろ、泥棒《どろぼう》不良娘《ふりょうむすめ》を喜《よろこ》んで認知《にんち》するとは考《かんが》えにくい。「どうして十三歳《さい》なの？」

「成長《せいちょう》するにつれて、怪物《かいぶつ》に見《み》つかって殺《ころ》される危険《きけん》が増《ま》すから。だいだい十三歳《さい》くらいからハーフは怪物《かいぶつ》につきまとわれるようになる。だからあちこちの学校《がっこう》に保護係《ほごがかり》を送《おく》りこんで、ハーフをさがして、手遅《ておく》れになる前《まえ》に訓練所《くんれんじょ》に連《つ》れてくるの」

「ヘッジ先生《せんせい》も保護係《ほごがかり》？」

アナベスがうなずく。「ヘッジ先生《せんせい》は——半《はん》ヤギ半人《はんじん》のサテュロス。サテュロスはハーフをさがしたり、守《まも》ったり、タイミングを計《はか》って訓練所《くんれんじょ》に連《つ》れてきたりするのが仕事《しごと》」

ヘッジ先生《せんせい》が半分《はんぶん》ヤギ、そう聞《き》いてもパイパーは驚《おどろ》かなかった。先生《せんせい》の食事《しょくじ》のしかたを見《み》ればわかる。あまり好《す》きな先生《せんせい》ではなかったが、自分《じぶん》が犠牲《ぎせい》になってパイパーたち三人《にん》を助《たす》けてくれるなんて意外《いがい》だった。

「ヘッジ先生《せんせい》はどうなったの？　あたしたちが雲《くも》に飛《と》びこんだとき、先生《せんせい》はもう……どこかに消《き》えちゃったの？」

「わからない」アナベスはつらそうな表情《ひょうじょう》だ。「嵐《あらし》の精《せい》は……そう簡単《かんたん》に倒《たお》せない。最強《さいきょう》の天上界《てんじょうかい》の青銅《せいどう》の武器《ぶき》で切《き》りつけても体《からだ》をすり抜《ぬ》けるだけ。不意打《ふいう》ちしないと切《き》れない」

「ジェイソンが剣《けん》で切《き》りつけたら、ちりになったけど」

「運《うん》がよかったのね。うまく切《き》れば、怪物《かいぶつ》ははじけてちりになり、魂《たましい》はタルタロスに帰《かえ》る」

「タルタロスって？」

「冥界《めいかい》にある大《おお》きな深淵《しんえん》。邪悪《じゃあく》な怪物《かいぶつ》がひそむ悪《あく》の底《そこ》なし沼《ぬま》みたいなところ。とにかく、いったん怪物《かいぶつ》がはじけたらふつうは再生《さいせい》するまでに数《すう》カ月《げつ》、ときには数年《すうねん》かかる。でもディランってい う嵐《あらし》の精《せい》はうまく逃《に》げたから――ヘッジを生《い》かしておく理由《りゆう》はない。でもヘッジは保護係《ほごがかり》だから、危険《きけん》は承知《しょうち》の上《うえ》だった。サテュロスは不死《ふし》の魂《たましい》を持《も》っているから、木《き》とか花《はな》として生《う》まれ変《か》わるんじゃないかな」

パイパーはパンジーに生《う》まれ変《か》わり、むすっとしているヘッジ先生《せんせい》を想像《そうぞう》してみた。ますます気《き》の毒《どく》だ。

パイパーは眼下《がんか》のコテージを見《み》つめた。また不安《ふあん》になってきた。ヘッジ先生《せんせい》はパイパーをここに送《おく》り届《とど》けるために犠牲《ぎせい》になった。パイパーの母親《ははおや》のコテージはこのどこかにある。つまり、兄弟《きょうだい》や姉妹《しまい》など裏切《うらぎ》らなくてはならない人《ひと》がさらに増《ふ》えてしまう。〈指示《しじ》にしたがえ〉夢《ゆめ》でいわれた。〈さもないと、不幸《ふこう》な結末《けつまつ》が待《ま》っている〉パイパーは手《て》の震《ふる》えをおさえようと、自分《じぶん》の体《からだ》を抱《だ》くように腕《うで》を組《く》んだ。

「だいじょうぶ」アナベスがいう。「訓練所《くんれんじょ》には仲間《なかま》がいるから。あたしたちは全員《ぜんいん》、ふつうだったら考《かんが》えられないような経験《けいけん》をしてきた。パイパーがこの先《さき》どれだけ大変《たいへん》かわかってる」

わかるはずがない、とパイパーは思《おも》った。

「あたしはこの五年間《ねんかん》で五回退学《かいたいがく》になった。パパはあたしの入《はい》れる学校《がっこう》はもうないっていってる」

「たった五回《かい》?」アナベスはふざけているようには見《み》えない。「パイパー、ここにいる全員《ぜんいん》が『トラブルメーカー』っていうレッテルを貼《は》られてる。あたしなんて七歳《さい》で家出《いえで》したんだから」

「嘘《うそ》でしょ?」

「本当《ほんとう》。ほとんど全員《ぜんいん》がADHD《エーディーエイチディー》か難読症《なんどくしょう》。両方《りょうほう》っていう子《こ》も――」

「リオもADHD《エーディーエイチディー》」

「ほらね。だからハーフは生《う》まれつき戦《たたか》うのが得意《とくい》なの。落《お》ち着《つ》きがなくて、衝動《しょうどう》をおさえられない――ふつうの子《こ》とはうまくやっていけない。たとえばパーシーなんて今《いま》まで何度《なんど》も――」アナベスの表情《ひょうじょう》が暗《くら》くなる。「とにかく、ハーフは問題児《もんだいじ》なの。パイパーはどうして退学《たいがく》に?」

今《いま》までのパイパーならそう聞《き》かれるとたいていけんかを始《はじ》めるか、話題《わだい》を変《か》えるか、聞《き》こえないふりをするかだった。しかし今回《こんかい》はなぜか正直《しょうじき》に話《はな》していた。

「あたし、盗《ぬす》み癖《ぐせ》があるの。ううん、盗《ぬす》むのとはちょっとちがうんだけど……」

「お金《かね》にこまってるの？」

パイパーはふっと笑《わら》った。「その反対《はんたい》。盗《ぬす》むのは……どうしてかな。気《き》を引《ひ》くためかも。パパは忙《いそが》しくて、そういうときにしか来《き》てくれないし」

アナベスがうなずく。「わかる。でも、盗《ぬす》むのとはちょっとちがうってどういう意味《いみ》？」

「それが……本当《ほんとう》のことをいってもだれも信《しん》じてくれない。警察《けいさつ》も、学校《がっこう》の先生《せんせい》も——盗《と》られた人《ひと》も。盗《と》られた人《ひと》は恥《はじ》をかきたくないから嘘《うそ》をいう。でも本当《ほんとう》にあたしは何《なに》も盗《ぬす》んでない。たのんだらくれた、それだけ。BMW《ビーエムダブリュー》だって、『ほしいんだけど』ってディーラーの人《ひと》にいったら、『いいよ、持《も》っていきな』って。でもあとになって後悔《こうかい》したんじゃないかな。それで警察《けいさつ》がうちに」

パイパーは口《くち》をつぐんだ。「嘘《うそ》つき」といわれるのは慣《な》れっこだ。ところが、パイパーと目《め》が合《あ》うと、アナベスはうなずいた。

「おもしろい話《はなし》ね。パイパーの父親《ちちおや》のほうが神《かみ》だとしたら、泥棒《どろぼう》の神《かみ》ヘルメスの子《こ》かな。ヘルメスも口《くち》がうまいから。でもパイパーの父親《ちちおや》は人間《にんげん》でしょ……」

「それは確実《かくじつ》」

アナベスは首《くび》をふった。盗《ぬす》み癖《ぐせ》のある女神《めがみ》はいない。「じゃあわからない。運《うん》がよければ今晩《こんばん》、認知《にんち》されるかもね」

パイパーはされたくないくらいだった。母親《ははおや》が女神《めがみ》だとしたら、悪夢《あくむ》についても知《し》っているだろうか。パイパーが何《なに》をいわれたか知《し》っているだろうか。オリンポスの神《かみ》が今《いま》までに悪《わる》いことをした息子《むすこ》や娘《むすめ》を稲妻《いなずま》で吹《ふ》きとばしたり、冥界《めいかい》にほうりこんだりしたことはあっただろうか。

アナベスがじっとこっちを見《み》ている。パイパーは、うっかり口《くち》をすべらせないように気《き》をつけよう、と思《おも》った。アナベスは頭《あたま》の回転《かいてん》がいい。もしだれかに秘密《ひみつ》を知《し》られたら……。

「行《い》くわよ」しばらくしてアナベスがいった。「確認《かくにん》したいことがあるの」

さらに丘《おか》をのぼると頂上《ちょうじょう》の近《ちか》くにほら穴《あな》があった。まわりに骨《ほね》や古《ふる》い剣《けん》が転《ころ》がり、入《い》り口《ぐち》の両側《りょうがわ》にはたいまつ。入《い》り口《ぐち》にはヘビが刺繍《ししゅう》されたベルベットのカーテンがかかっている。怪《あや》しげな人形劇《にんぎょうげき》の舞台《ぶたい》セットのようだ。

「中《なか》に何《なに》かいるの?」パイパーがたずねた。

アナベスはカーテンを少《すこ》し開《あ》けて中《なか》をのぞいたが、ため息《いき》をついて閉《と》じた。「何《なに》も、今《いま》はね。ここに友《とも》だちが住《す》んでるの。二、三日前《にちまえ》から見《み》にきてるんだけど、まだ来《き》てない」

「ほら穴《あな》に住《す》んでるの?」

アナベスはふっと笑《わら》った。「その子《こ》の実家《じっか》はクイーンズにある豪邸《ごうてい》。本人《ほんにん》はコネチカットのお嬢《じょう》さん学校《がっこう》に通《かよ》ってる。でも訓練所《くんれんじょ》に来《き》たときはこのほら穴《あな》で暮《く》らす。彼女《かのじょ》、未来《みらい》を予言《よげん》する訓《くん》練所《れんじょ》の神託者《しんたくしゃ》なの。その子《こ》なら何《なに》か知《し》ってるんじゃないかと――」

「パーシーのことね」

アナベスは大《おお》きく肩《かた》を落《お》とした。今《いま》までなんとか気《き》を張《は》っていたらしい。岩《いわ》に座《すわ》りこんだが表《ひょう》情《じょう》はつらそうだ。パイパーは見《み》てはいけないものを見《み》ているような気《き》がした。

パイパーは目《め》をそらし、ふと丘《おか》の頂上《ちょうじょう》に目《め》をやった。空《そら》をふさぐように松《まつ》の大木《たいぼく》が立《た》っている。下《した》のほうの枝《えだ》にきらきら光《ひか》るものが引《ひ》っかかっている――毛羽《けば》立《だ》った金色《きんいろ》のバスマット？

ちがう……羊毛《ようもう》だ。

そっか。ここはギリシャ神話《しんわ》の訓練所《くんれんじょ》。ということは、金《きん》の羊毛《ようもう》（訳注《やくちゅう》：ギリシャ神話《しんわ》に出《で》てくる魔力《まりょく》を持《も》った羊毛《ようもう》）の複製《ふくせい》か何《なに》か？

そのとき、木《き》の根元《ねもと》に目《め》がいった。最初《さいしょ》は太《ふと》い紫《むらさき》のケーブルが何重《なんじゅう》にも巻《ま》いてあるのかと思《おも》った。しかしケーブルの表面《ひょうめん》は爬虫類特有《はちゅうるいとくゆう》のうろこにおおわれ、かぎづめの生《は》えた足《あし》やヘビの頭《あたま》のようなものまでついている。目《め》は黄色《きいろ》で鼻《はな》から煙《けむり》を吐《は》いている。

「あ、あれは――ド、ドラゴン」パイパーはあわてた。「じゃあ、あの金《きん》の羊毛《ようもう》は本物《ほんもの》なの？」

アナベスはうなずいたがうわの空《そら》だ。すっかり元気《げんき》をなくしている。顔《かお》をさすり、肩《かた》で大《おお》きく息《いき》をした。「ごめん。少《すこ》しつかれた」

「今《いま》にも倒《たお》れそうよ。いつからさがしてるの？」

「三日《みっか》と六時間《じかん》十二分前《ふんまえ》から」

「で、手《て》がかりはないの？」

アナベスはうなだれたまま首《くび》をふった。「パーシーもあたしも今年《ことし》は冬休《ふゆやす》みが早《はや》く始《はじ》まったからうれしくてしかたなかった。ふたりとも火曜日《かようび》に訓練所《くんれんじょ》に来《き》て、これから三週間一緒《しゅうかんいっしょ》に過《す》ごせるのを楽《たの》しみにしてた。キャンプファイアのあと、パーシーはあたしに——お休《やす》みのキスをして、自分《じぶん》のコテージに帰《かえ》って、朝《あさ》になったら消《き》えてた。全員《ぜんいん》で訓練所《くんれんじょ》の端《はし》から端《はし》までさがしたし、パーシーのお母《かあ》さんにも連絡《れんらく》をとった。考《かんが》えられるすべての方法《ほうほう》でパーシーに呼《よ》びかけてみた。でもだめ。行方不明《ゆくえふめい》のまま」

三日前《みっかまえ》。その日《ひ》の夜《よる》、パイパーはあの夢《ゆめ》を見《み》た。「パーシーとアナベスはいつから恋人同士《こいびとどうし》なの？」

「八月《がつ》。八月《がつ》十八日《にち》から」

「それってあたしがジェイソンと会《あ》ったのと同《おな》じ頃《ころ》。でも、あたしたちがつき合《あ》いだしたのはほんの数週間前《すうしゅうかんまえ》」

アナベスがぴくっと反応《はんのう》した。「そのことだけど、ちょっとここに座《すわ》って」

パイパーにはなんの話《はなし》かわかっていた。体《からだ》の奥《おく》から不安《ふあん》がわき起《お》こってくる。「わかってる。ジェイソンは――バスで目《め》を覚《さ》ましたら突然《とつぜん》うちの学校《がっこう》の生徒《せいと》になっていたと思《おも》ってる。でも、ちがう。あたしは何《なん》カ月《げつ》も前《まえ》からジェイソンを知《し》ってる」

「パイパー、それはミストのせいよ」

「ミスド？」

「ミ、ス、ト。人間《にんげん》の世界《せかい》と魔法《まほう》の世界《せかい》を分《わ》ける霧《きり》のベールみたいなもの。人間《にんげん》の頭《あたま》は――神《かみ》や怪物《かいぶつ》のような非現実的《ひげんじつてき》なものを受《う》け入《い》れられない。だからミストをかけて人間《にんげん》の目《め》をだますの。ミストがかかると人間《にんげん》は自分《じぶん》の都合《つごう》のいいように現実《げんじつ》を見《み》る――たとえば人間《にんげん》の目《め》はこの谷《たに》を素《す》通《どお》りしてしまうし、ドラゴンを見《み》てもケーブルが巻《ま》いてあると思《おも》う」

パイパーはごくりとつばを飲《の》んだ。「嘘《うそ》よ。さっきあたしはふつうの人間《にんげん》じゃないっていったじゃない。あたしはハーフだって」

「ハーフだってだまされることがある。よくあることなのよ。怪物《かいぶつ》は学校《がっこう》とかに潜入《せんにゅう》して、人間《にんげん》として生活《せいかつ》する。まわりはみんな、人間《にんげん》のふりをした怪物《かいぶつ》を前《まえ》から知《し》ってると思《おも》う。いつも一緒《いっしょ》にいたと思《おも》う。ミストは記憶《きおく》を変《か》えることができるし、ありもしなかった記憶《きおく》を作《つく》ることだって——」

「でもジェイソンは怪物《かいぶつ》じゃない！　ジェイソンは人間《にんげん》よ。ハーフだかなんだか知《し》らないけど人《にん》間《げん》なの。あたしの記憶《きおく》は間違《まちが》いじゃない。はっきり覚《おぼ》えてる。ふたりでヘッジ先生《せんせい》のズボンに火《ひ》をつけたときのことも、寮《りょう》の屋根《やね》の上《うえ》で流星群《りゅうせいぐん》を見《み》て、あの鈍感《どんかん》なジェイソンがやっとキスをしてくれたときのことも……」

気《き》づくとパイパーはココハグ校《こう》で今学期《こんがっき》あったことをアナベスにすべて話《はな》していた。新学期《しんがっき》に初《はじ》めて会《あ》ったときからジェイソンが好《す》きだった。ジェイソンはとてもやさしい。それにとても忍《にん》耐強《たいづよ》くて、リオが変《へん》なことをしたり、ばかな冗談《じょうだん》をいったりしても絶対怒《ぜったいおこ》らない。あたしのことだって、ときどき問題《もんだい》を起《お》こすのは知《し》ってて本当《ほんとう》のあたしを見《み》ようとしてくれてる。あたしたち、星《ほし》を見《み》ながら何時間《なんじかん》も話《はなし》をした。そして最後《さいご》に——やっと——手《て》をつないだ。どれもこれも嘘《うそ》のはずがない。

アナベスはこまっている。「パイパーの記憶《きおく》がかなり具体的《ぐたいてき》なのは認《みと》める。ミストがそこまでできるなんて驚《おどろ》いた。でも、もしパイパーがそこまでジェイソンを知《し》ってるなら——」

「知《し》ってるわよ！」

「じゃあ、ジェイソンはどこから来《き》たの？」

パイパーは顔面《がんめん》を殴《なぐ》られたような気《き》がした。「聞《き》いたことはあるけど――」

「ジェイソンのタトゥーに気《き》づいたのは今日《きょう》が初《はじ》めて？　両親《りょうしん》のことは？　友《とも》だちは？　前《まえ》に通《かよ》っていた学校《がっこう》は？」

「そ――それは知《し》らないけど――」

「ジェイソンのフルネームは？」

パイパーは頭《あたま》が真《ま》っ白《しろ》になった。ジェイソンの姓《せい》を知《し》らない。そんなことがある？

パイパーは泣《な》きだした。自分《じぶん》でも恥《は》ずかしいけれど、アナベスの隣《となり》に座《すわ》り、泣《な》きくずれた。ひどい。みじめでつまらない人生《じんせい》の中《なか》で楽《たの》しかったことのすべてが、帳消《ちょうけ》しになってしまうの？

〈そうだ〉夢《ゆめ》の声《こえ》がいっていた。〈それがいやなら、われわれの指示《しじ》にしたがえ〉

「ねえ」アナベスがいった。「どうしたらいいか一緒《いっしょ》に考《かんが》えよう。ジェイソンは今《いま》はここにいる。先《さき》のことはわからないでしょ？　もしかしたらふたりは本当《ほんとう》に恋人同士《こいびとどうし》になるかもしれないし」

それはなさそう、とパイパーは思《おも》った。もし夢《ゆめ》が真実《しんじつ》をいっているならありえない。でもあの夢《ゆめ》のことはだれにも話《はな》せない。

パイパーは頬《ほお》の涙《なみだ》をぬぐった。「あたしをここに連《つ》れてきたのは、あたしが泣《な》きわめくのをだれにも見《み》られないように、でしょ？」

アナベスは肩《かた》をすくめた。「パイパーには耐《た》えられないだろうと思《おも》ったから。ボーイフレンドを失《うしな》う気持《きも》ちを知《し》ってるから」

「でもまだ信《しん》じられない……実際思《じっさいおも》い出《で》があるんだもの。それがすべて消《き》えて、ジェイソンはあたしの顔《かお》さえ覚《おぼ》えてない。もし本当《ほんとう》にジェイソンが今日《きょう》、突然現《とつぜんあらわ》れたとしたら、どうして？どうやってうちの学校《がっこう》に来《き》たの？どうして何《なに》も思《おも》い出《だ》せないの？」

「そうよね。ケイロンならわかるかもしれない。とにかく今《いま》はパイパーのコテージを決《き》めなくちゃ。そろそろ下《した》にもどってもだいじょうぶ？」

パイパーは谷《たに》に並《なら》ぶ奇妙《きみょう》なコテージを見《み》つめた。新《あたら》しい家《いえ》、パイパーを理解《りかい》してくれる家族《かぞく》――でもまたすぐにがっかりさせてしまうだけだ。そしてパイパーはまたほうり出《だ》される。〈われわれの指示《しじ》にしたがえ〉声《こえ》はいっていた。〈さもないとおまえはすべてを失《うしな》う〉

迷《まよ》っている場合《ばあい》ではない。

「うん」パイパーは嘘《うそ》をいった。「だいじょうぶ」

コテージ棟《とう》の真《ま》ん中《なか》の芝生《しばふ》で、数人《すうにん》の訓練生《くんれんせい》がバスケットボールをしている。みんなシュートが異常《いじょう》にうまい。ボールはリングに触《ふ》れもしないで入《はい》るし、スリーポイントシュートも当《あ》たり前《まえ》のように入《はい》る。

「あれはアポロンコテージの子《こ》たち」アナベスがいった。「飛《と》び道具《どうぐ》が得意《とくい》なの——矢《や》とか、バスケットボールとか」

ふたりは中央《ちゅうおう》にある炉《ろ》の横《よこ》を過《す》ぎた。炉《ろ》のそばで少年《しょうねん》がふたり剣《けん》で戦《たたか》っている。

「あの剣《けん》、本物《ほんもの》？」パイパーはいった。「危《あぶ》なくないの？」

「危《あぶ》ないかもね。それはそうと、あたしのコテージはあそこ。六番《ばん》コテージ」アナベスは灰色《はいいろ》の建物《たてもの》に視線《しせん》をやった。玄関《げんかん》の上《うえ》に木彫《きぼ》りのフクロウが飾《かざ》ってある。開《ひら》いたドアから中《なか》を見《み》ると、本棚《ほんだな》がたくさん並《なら》び、壁《かべ》にはいろんな武器《ぶき》が飾《かざ》られ、パイパーの学校《がっこう》にあったような電子黒板《スマートボード》もある。少女《しょうじょ》ふたりが地図《ちず》を描《か》いている。戦闘《せんとう》の配置図《はいちず》のようだ。

「剣《けん》っていえば」アナベスがいった。「こっちに来《き》て」

パイパーがアナベスと一緒《いっしょ》にコテージの横《よこ》にまわると、大《おお》きな物置《ものおき》があった。ガーデニングの道具《どうぐ》を入《い》れておくタイプのものだが、中身《なかみ》はガーデニングの道具《どうぐ》ではなかった。トマトの苗《なえ》と戦《せん》争《そう》をしたいなら話《はなし》は別《べつ》だが。物置《ものおき》の中《なか》にはありとあらゆる武器《ぶき》——剣《けん》から槍《やり》、ヘッジ先生《せんせい》が持《も》っていたようなこん棒《ぼう》まで——がそろっていた。

「それぞれのハーフにはそれぞれの武器《ぶき》が必要《ひつよう》なの。ヘパイストスが作《つく》る武器《ぶき》が最高《さいこう》なんだけど、アテナコテージにもけっこういいのがあるわよ。アテナは戦術《せんじゅつ》の女神《めがみ》で――えっと、ふさわしい武器《ぶき》は――どれがいいかな……」

パイパーは武器《ぶき》の品定《しなさだ》めなどしたくはなかったが、アナベスが親切《しんせつ》でやっているのはわかっていた。

アナベスが大《おお》きく重《おも》い剣《けん》を手渡《てわた》した。パイパーは持《も》ちあげるのがやっとだ。

「だめ」ふたりとも同時《どうじ》にいった。

アナベスは少《すこ》し奥《おく》をさがし、また別《べつ》のものを取《と》り出《だ》した。

「散弾銃《さんだんじゅう》？」

「そう、モスバーグM《エム》５００」アナベスはポンプアクションをたしかめた。かなり手馴《てな》れている。

「だいじょうぶ、人間《にんげん》は傷《きず》つけないから。これは天上界《てんじょうかい》の青銅《せいどう》の弾専用《たませんよう》。ダメージをあたえられるのは怪物《かいぶつ》だけ」

「あの、それ、あたしには合《あ》わないと思《おも》うんだけど」

「そうね。派手《はで》すぎるわね」

アナベスは散弾銃《さんだんじゅう》をもとの場所《ばしょ》にもどし、石弓置《いしゆみお》き場《ば》をさがしはじめた。パイパーはふと物置《ものおき》のすみにある物《もの》が気《き》になった。

「あれは？　短剣《たんけん》？」

アナベスはまわりの物《もの》をどかしてパイパーがいった短剣《たんけん》をとり、ふっと息《いき》を吐《は》いてさやからほこりを払《はら》った。何世紀《なんせいき》もここに埋《う》もれていたようだ。

「どうかな」アナベスはいぶかしげだ。「パイパーにはむかないと思《おも》う。ふつうは剣《けん》のほうが使《つか》いやすいし」

「アナベスはナイフを使《つか》ってるじゃない」パイパーはアナベスのベルトに差《さ》してあるナイフを指《ゆび》さした。

「そうだけど……」アナベスは肩《かた》をすくめた。「気《き》になるなら見《み》てみる？」

短剣《たんけん》のさやはすり切《き》れた黒《くろ》い革《かわ》で、ブロンズ色《いろ》の革《かわ》ひもでかがってある。おしゃれでも、派手《はで》でもない。磨《みが》きあげた木製《もくせい》の柄《つか》はパイパーの手《て》にしっくりなじんだ。さやから抜《ぬ》いてみると約《やく》四十五センチの三角刃《さんかくば》の短剣《たんけん》だった。青銅《せいどう》の刃《は》は昨日磨《きのうみが》いたように輝《かがや》いている。刃先《はさき》は恐《おそ》ろしく鋭《するど》い。パイパーは刃《は》に映《うつ》る自分《じぶん》の姿《すがた》を見《み》て驚《おどろ》いた。前《まえ》より大人《おとな》びた、まじめな顔《かお》つき。内心《ないしん》とちがってけっこう落《お》ち着《つ》いている。

「ぴったりね」アナベスもそういった。「パラゾニウムっていう短剣《たんけん》。ギリシャ軍《ぐん》の高官《こうかん》が主《おも》に儀式用《ぎしきよう》として身《み》につけていた。持《も》ち主《ぬし》の力《ちから》と地位《ちい》を象徴《しょうちょう》する剣《けん》だけど、戦《たたか》いの場《ば》でも身《み》を守《まも》るのに使《つか》える」

「これがいい。どうしてさっき、あたしにはむかないっていったの？」

アナベスは大《おお》きくため息《いき》をついた。「この短剣《たんけん》には長《なが》い物語《ものがたり》があって、ふつうの人《ひと》は使《つか》いたいなんていわない。最初《さいしょ》の持《も》ち主《ぬし》は……なんていうか、ちょっと不幸《ふこう》な思《おも》いをした。ヘレネっていう女《おんな》の人《ひと》なんだけどね」

パイパーは少《すこ》し考《かんが》えた。「待《ま》って、あのヘレネ？　トロイアのヘレネ（訳注《やくちゅう》：ギリシャ神話《しんわ》に出《で》てくる絶世《ぜっせい》の美女《びじょ》）？」

アナベスがうなずく。

パイパーははそんな貴重《きちょう》な短剣《たんけん》を素手《すで》で持《も》っている。「それが物置《ものおき》に？」

「古代《こだい》ギリシャのものがいろいろあるけど、ここは博物館《はくぶつかん》じゃない。古代《こだい》ギリシャの武器《ぶき》は――使《つか》うために作《つく》られた。あたしたちハーフはそれを受《う》け継《つ》いでいるわけ。この短剣《たんけん》はヘレネの最初《さいしょ》の夫《おっと》メネラオスが結婚《けっこん》の記念《きねん》に贈《おく》ったもので、ヘレネはカトプトリスと名《な》づけた」

「どういう意味《いみ》？」

「ギリシャ語《ご》で鏡《かがみ》っていう意味《いみ》。ヘレネは自分《じぶん》の姿《すがた》を映《うつ》すのに使《つか》ってたから。戦《たたか》いの場《ば》では使《つか》わなかったみたい」

パイパーは短剣《たんけん》の刃《は》に目《め》をもどした。鏡《かがみ》に映《うつ》った自分《じぶん》と目《め》が合《あ》った、と思《おも》ったら、別《べつ》のものが見《み》えてきた。炎《ほのお》と、岩《いわ》から彫《ほ》り出《だ》したようなグロテスクな顔《かお》。夢《ゆめ》で聞《き》いた笑《わら》い声《ごえ》。轟々《ごうごう》と燃《も》えるかがり火《び》の横《よこ》に立《た》つ柱《はしら》に、父親《ちちおや》が鎖《くさり》でしばりつけられている。

パイパーの手《て》から短剣《たんけん》が落《お》ちた。

「どうしたの？」アナベスは中庭《なかにわ》にいるアポロンコテージの子《こ》たちを呼《よ》んだ。「衛生係《えいせいがかり》！　今《いま》すぐこっちに来《き》て！」

「ううん、だ――だいじょうぶ」パイパーはかすれた声《こえ》でいった。

「本当《ほんとう》に？」

「うん。ただ……」冷静《れいせい》にならなくちゃ。パイパーは震《ふる》える指先《ゆびさき》で短剣《たんけん》を拾《ひろ》いあげた。「ちょっとつかれただけ。今日《きょう》はいろいろなことがあったから。でも……この短剣《たんけん》、もしよかったら持《も》っていたい」

アナベスは一瞬《いっしゅん》ためらったが、アポロンの子《こ》たちに「やっぱりいい」と手《て》で合図《あいず》した。「パイパーがそういうならだいじょうぶかも。でも顔《かお》が真《ま》っ青《さお》。発作《ほっさ》か何《なに》かかと思《おも》っちゃった」

「平気《へいき》」そういったがまだ心臓《しんぞう》がどきどきしている。「そういえば……訓練所《くんれんじょ》に電話《でんわ》はある？

パパに電話《でんわ》したいんだけど」

アナベスの灰色《はいいろ》の目《め》は短剣《たんけん》の刃《は》と同《おな》じくらいざわついている。頭《あたま》をフル回転《かいてん》させてパイパーの考《かんが》えていることを読《よ》もうとしている。

「訓練所《くんれんじょ》では電話《でんわ》は使《つか》えないの。ハーフが携帯電話《けいたいでんわ》を使《つか》うと、怪物《かいぶつ》に信号《しんごう》を送《おく》って自分《じぶん》の居場所《いばしょ》を教《おし》えることになる。でも……ここに」アナベスはポケットから携帯電話《けいたいでんわ》を出《だ》した。「訓練所《くんれんじょ》の規則《きそく》に反《はん》するけど、みんなに黙《だま》っててくれるなら……」

パイパーは手《て》の震《ふる》えを隠《かく》し、ありがたくそれを受《う》けとった。その場《ば》から少《すこ》し離《はな》れ、コテージ棟《とう》のほうをむいた。

父親《ちちおや》の個人電話《こじんでんわ》にかけた。やっぱり留守番《るすばん》メッセージだ。夢《ゆめ》を見《み》た夜《よる》から三日間《みっかかん》、何度《なんど》も電話《でんわ》をした。ココハグ校《こう》では一日《にち》一回《かい》しか電話《でんわ》を使《つか》えないが、パイパーは毎晩《まいばん》かけた。父親《ちちおや》は出《で》なかった。

パイパーはしかたなく別《べつ》の番号《ばんごう》にかけた。すぐに父親《ちちおや》の個人秘書《こじんひしょ》が出《で》た。「マクリーン事務所《じむしょ》でございます」

「ジェイン」パイパーは歯《は》ぎしりした。「パパは?」

ジェインはしばらく黙《だま》ったまま。電話《でんわ》を切《き》ろうかどうしようか迷《まよ》っている。「パイパー、学校《がっこう》から電話《でんわ》をかけちゃだめでしょ」

「学校《がっこう》にはいないのかも。森《もり》の動物《どうぶつ》たちと暮《く》らすために逃《に》げ出《だ》したのかもよ」

「そう」ジェインは無関心《むかんしん》だ。「では、電話《でんわ》があったことは伝《つた》えておくわね」

「パパはどこ？」

「外出中《がいしゅつちゅう》よ」

「本当《ほんとう》は知《し》らないんでしょ？」パイパーは声《こえ》をひそめた。アナベスが聞《き》き耳《みみ》を立《た》てるような子《こ》じゃないといいけど。「いつ警察《けいさつ》に知《し》らせるつもり？　パパは事件《じけん》に巻《ま》きこまれたのかもしれない」

「マスコミに騒《さわ》がれたらこまるのよ。お父様《とうさま》はだいじょうぶ。ときどき勝手《かって》に休暇《きゅうか》をとるけど、いつもすぐもどってくるから」

「じゃあ、やっぱり。でもどこにいるかは――」

「もう切《き》るわね。楽《たの》しい学校生活《がっこうせいかつ》をね」

電話《でんわ》が切《き》れた。パイパーは悪態《あくたい》をついた。アナベスがいるところにもどり、電話《でんわ》を返《かえ》す。

「悪《わる》い知《し》らせ？」アナベスが聞《き》いた。

パイパーは返事《へんじ》をしなかった。口《くち》を開《ひら》いたらまた泣《な》きだしてしまいそうだ。

アナベスは電話《でんわ》の画面《がめん》にちらっと目《め》をやり、首《くび》をかしげた。「マクリーン事務所《じむしょ》？　ごめん、つい見《み》ちゃった。でもそういう名前《なまえ》の有名人《ゆうめいじん》がいたな、と思《おも》って」

「ありふれた名前《なまえ》だもの」

「そうよね。お父《とう》さんは何《なに》をしてるの？」

「美大卒《びだいそつ》の」パイパーは自動的《じどうてき》にこたえる。「チェロキー族《ぞく》で、アーティスト」

いつもどおりの返事《へんじ》だ。嘘《うそ》ではないが、百パーセント事実《じじつ》でもない。パイパーの返事《へんじ》を聞《き》くと、ほとんどの人《ひと》はパイパーの父親《ちちおや》は居留地《きょりゅうち》の道端《みちばた》の露天《ろてん》でネイティブアメリカンのおみやげ——シッティング・ブル（訳注《やくちゅう》：北米《ほくべい》ネイティブアメリカン、ハンクパパ族《ぞく》の指導者《しどうしゃ》）の首《くび》ふり人形《にんぎょう》や、貝殻《かいがら》で作《つく》ったネックレスや、子《こ》ども用《よう》ノートなど——を売《う》っていると考《かんが》える。

「ふうん」アナベスはまだ何《なに》かいいたそうだったがとりあえず携帯電話《けいたいでんわ》をしまった。「だいじょうぶ？　見学《けんがく》はこのへんでやめとく？」

パイパーは短剣《たんけん》をベルトに差《さ》し、自分《じぶん》にいい聞《き》かせた。あとで、ひとりになったらまたどうすればいいか考《かんが》えよう。「ううん。全部案内《ぜんぶあんない》して」

どのコテージも個性的《こせいてき》だったが、パイパーに「あたしのコテージかも」と思《おも》えるものはなかった。頭《あたま》の上《うえ》に光《ひか》る画像《がぞう》は——ウォンバットでもなんでも——まだ現《あらわ》れない。八番《ばん》コテージはすべて銀《ぎん》で、月光《げっこう》のように輝《かがや》いている。

「アルテミスのコテージ？」パイパーはいった。

「ギリシャ神話《しんわ》は知《し》ってるのね」

「パパが映画《えいが》の役作《やくづく》りで読《よ》んでいた本《ほん》をあたしも少《すこ》し読《よ》んだから」

「チェロキー族《ぞく》のアーティストじゃなかったっけ？」

パイパーは、いけない、と思《おも》った。「そ、そうよ。でも——ほら、ほかにもいろいろやってるから」

ばれてしまったかもしれない。マクリーン、ギリシャ神話《しんわ》。ありがたいことにアナベスは気《き》づいていないようだ。

「それはいいとして」アナベスは話《はなし》をつづけた。「アルテミスは月《つき》の女神《めがみ》、そして狩《か》りの女神《めがみ》。でもアルテミスコテージにはだれもいない。永遠《えいえん》のおとめだから、子《こ》どもはいないの」

「そうなの」パイパーは少《すこ》しがっかりした。アルテミスにまつわる話《はなし》はどれもおもしろくて、アルテミスが母親《ははおや》だったらいいな、と思《おも》っていた。

「ただ、アルテミスのハンター隊《たい》は」とアナベス。「訓練所《くんれんじょ》にもときどき来《く》るわよ。ハンター隊《たい》はアルテミスの子《こ》じゃないけど、アルテミスに仕《つか》えているの——全員《ぜんいん》十代《だい》の少女《しょうじょ》で、基本的《きほんてき》に不《ふ》死《し》。一緒《いっしょ》に冒険《ぼうけん》をしたり、怪物《かいぶつ》を狩《か》ったりしてる」

パイパーはぴくっとした。「うらやましい。死《し》なない体《からだ》になれるの？」

「戦《たたか》いで致命傷《ちめいしょう》を受《う》けたり、誓《ちか》いをやぶったりしなければね。一生《いっしょう》おとめでいるって誓《ちか》わなきゃいけない、それはいったっけ？　男《おとこ》の子《こ》とのデートは禁止《きんし》——絶対《ぜったい》に。永久《えいきゅう》に」

「じゃあ、あたしは無理《むり》」

アナベスは声《こえ》をあげて笑《わら》った。一瞬《いっしゅん》くったくのない笑顔《えがお》になった。別《べつ》の場所《ばしょ》で出会《であ》っていたらふたりは友《とも》だちになれたかもしれない。

だめよ。パイパーは自分《じぶん》にいい聞《き》かせた。ここで友《とも》だちなんか作《つく》っちゃだめ。本当《ほんとう》のことがばれたら友《とも》だちじゃいられなくなる。

ふたりは隣《となり》の十番《ばん》コテージの前《まえ》に来《き》た。このコテージはレースのカーテンがかかっていたり、ドアがピンクだったり、窓《まど》にカーネーションの植木鉢《うえきばち》が置《お》いてあったり、バービー人形《にんぎょう》の家《いえ》のようにはなやかだ。玄関《げんかん》の前《まえ》を通《とお》ったとき、パイパーは香水《こうすい》のにおいに息《いき》が詰《つ》まりそうになった。

「やだ、ここ、引退《いんたい》したスーパーモデルの別荘《べっそう》？」

アナベスがくすっと笑《わら》う。「アフロディテのコテージ。アフロディテは愛《あい》の女神《めがみ》。ドルーはアフロディテコテージのリーダー」

「やっぱりね」

「みんながドルーみたいなわけじゃないわよ。前《まえ》のリーダーはすごくいい子《こ》だった」

「その子《こ》、どうしたの？」

アナベスの表情《ひょうじょう》が暗《くら》くなる。「じゃ、次《つぎ》のコテージに」

ほかのコテージも見学《けんがく》しているうちにパイパーはますます不安《ふあん》になってきた。ひょっとしたら自分《じぶん》の母親《ははおや》は農業《のうぎょう》の女神《めがみ》デメテルかもしれない。しかしどんな花《はな》もパイパーが世話《せわ》をすると枯《か》れてしまう。じゃ、アテナ？　魔術《まじゅつ》の女神《めがみ》ヘカテもいいかもしれない。でも本当《ほんとう》はどうでもよかった。この訓練所《くんれんじょ》に来《く》れば生《い》き別《わか》れになった親《おや》がわかるはずだが、パイパーが娘《むすめ》だと知《し》って喜《よろこ》ぶ親《おや》なんていないだろう。パイパーは今晩《こんばん》のキャンプファイアに行《い》きたくなかった。

「最初《さいしょ》ここにはオリンポス十二神《しん》のコテージしかなかったの」アナベスがいった。「左側《ひだりがわ》に男性《だんせい》の神《かみ》、右側《みぎがわ》が女性《じょせい》の神《かみ》。でも去年《きょねん》、オリンポスに玉座《ぎょくざ》を持《も》っていない神々《かみがみ》のコテージも新《あたら》しく作《つく》ったの――例《たと》えばヘカテとか、ハデスとか、イリスとか――」

「いちばん奥《おく》に大《おお》きいコテージがふたつあるけど、あれは？」

アナベスは眉《まゆ》をひそめた。「ゼウスとヘラ。神々《かみがみ》の王《おう》とその奥《おく》さん」

パイパーはそちらに歩《ある》いていった。アナベスもついてきたが足取《あしど》りは重《おも》い。ゼウスのコテージは銀行《ぎんこう》のようだ。白《しろ》い大理石《だいりせき》の建物《たてもの》の正面《しょうめん》には大《おお》きな円柱《えんちゅう》が並《なら》び、磨《みが》きあげた青銅《せいどう》のドアには雷撃《ライトニングボルト》の紋章《もんしょう》がある。

ヘラのコテージはゼウスのコテージと似《に》た作《つく》りで、ひと回《まわ》り小《ちい》さい。ドアにはクジャクの羽《はね》の図柄《ずがら》が彫《ほ》ってあり、虹色《にじいろ》に光《ひか》っている。

どのコテージも人《ひと》が出入《でい》りしてにぎやかだが、ゼウスとヘラのコテージだけは人気《ひとけ》がなくて静《しず》かだ。

「ゼウスとヘラのコテージにはだれも住《す》んでないの？」

アナベスがうなずく。「ゼウスには長《なが》い間子《あいだこ》どもがいないから。というか、基本的《きほんてき》にはいないことになってる。大地《だいち》の女神《めがみ》ガイアが生《う》んだ三人《にん》のきょうだい神《がみ》――ゼウス、ポセイドン、ハデスの三人《にん》はビッグスリーって呼《よ》ばれている。ビッグスリーの子《こ》どもはとてつもない力《ちから》を持《も》ち、とてつもなく危険《きけん》だから、三人《にん》はこの七十年間《ねんかん》、基本的《きほんてき》にはハーフの子《こ》どもを作《つく》らないようにしてた」

「基本的《きほんてき》には？」

「ときどき……隠《かく》し子《ご》を作《つく》ったの。あたしの友《とも》だちでタレイア・グレイスっていう子《こ》がいるんだけど、その子《こ》はゼウスの娘《むすめ》。タレイアは訓練所《くんれんじょ》をやめてアルテミスのハンター隊《たい》に入《はい》った。行方《ゆくえ》不明《ふめい》になってるパーシーはポセイドンの息子《むすこ》。それから、訓練所《くんれんじょ》にときどき顔《かお》を出《だ》すニコっていう子《こ》がいるんだけど、その子《こ》はハデスの息子《むすこ》。ビッグスリーの子《こ》はこの三人《にん》だけ。少《すく》なくとも、あたしたちが把握《はあく》してる限《かぎ》りではね」

「ヘラは？」パイパーはクジャクの羽《はね》の彫《ほ》り物《もの》があるドアを見《み》た。このコテージはなぜか気《き》になる。

「結婚《けっこん》の女神《めがみ》」アナベスはつとめてふつうのいい方《かた》をしているが無理《むり》がある。「子《こ》どもはゼウスとの間《あいだ》に生《う》まれた子《こ》だけ。だからヘラにハーフの子《こ》はいないんだけど、ヘラのコテージも一応《いちおう》作《つく》ってあるの」

「アナベスはヘラが嫌《きら》いでしょ」

「いろいろ理由《りゆう》があってね。ヘラとのいざこざは片《かた》づいたと思《おも》ってたけど、パーシーが行方不明《ゆくえふめい》になったとき……ヘラに夢《ゆめ》でみょうなことをいわれたの」

「あたしたち三人《にん》を迎《むか》えにいけ、でしょ。アナベスはパーシーもグランドキャニオンにいると思《おも》ってた」

「この話《はなし》はやめておこうかな。ヘラの話《はなし》をすると悪口《わるくち》ばかりいっちゃいそう」

パイパーはドアの下《した》のほうに目《め》をやった。「それで、このコテージにはだれが？」

「だれも。ヘラのコテージは形《かたち》だけ。中《なか》にはだれもいないわよ」

「いるじゃない」パイパーはドアの手前《てまえ》を指《ゆび》さした。積《つ》もったほこりに足跡《あしあと》がついている。ほとんど無意識《むいしき》に両開《りょうびら》きのドアを押《お》すと、ドアは簡単《かんたん》に開《ひら》いた。

アナベスが後《あと》ずさる。「ね、パイパー、やめておいたほうが――」

「ハーフには危険《きけん》がつきものなんでしょ」パイパーは中《なか》に入《はい》った。


ヘラのコテージには住《す》みたくない、とパイパーは思《おも》った。中《なか》は冷凍庫《れいとうこ》のように寒《さむ》い。部屋《へや》の中央《ちゅうおう》に白《しろ》い円柱《えんちゅう》で囲《かこ》った玉座《ぎょくざ》があり、そこにヘラの像《ぞう》が腰《こし》かけている。像《ぞう》の高《たか》さは約《やく》三メートル、波打《なみう》つ金色《きんいろ》のローブをはおっている。ギリシャ式《しき》の像《ぞう》は全身《ぜんしん》真《ま》っ白《しろ》で、目《め》も白《しろ》いままだと思《おも》っていたが、ヘラの像《ぞう》は彩色《さいしき》がほどこされ、まるで人間《にんげん》のよう――ただ、人間《にんげん》よりはるかに大《おお》きい。ヘラはパイパーがどこに動《うご》いても鋭《するど》い目《め》でにらんでくる。

ヘラ像《ぞう》の足元《あしもと》にある青銅《せいどう》の火桶《ひおけ》に火《ひ》がくべられている。だれもいないはずなのに、だれが？ヘラ像《ぞう》の肩《かた》にはタカの石像《せきぞう》。手《て》には先端《せんたん》にハスの花《はな》がついた杖《つえ》が握《にぎ》られ、黒《くろ》い髪《かみ》は三《み》つ編《あ》みに編《あ》んである。笑《え》みを浮《う》かべているが目《め》は冷《つめ》たく、つねに何《なに》か企《たくら》んでいそうだ。〈母《はは》は何《なに》が最善《さいぜん》か

知《し》っています。私《わたし》を怒《おこ》らせないことです。さもないと踏《ふ》みつぶしてしまいますよ〉

ほかには何《なに》もない――ベッドも、家具《かぐ》も、バスルームも、窓《まど》も、生活《せいかつ》に必要《ひつよう》なものは何《なに》もない。ヘラは家庭《かてい》と結婚《けっこん》の女神《めがみ》なのに、コテージは墓場《はかば》のようだ。

ちがう。ヘラはあたしの母親《ははおや》じゃない。それだけはたしかだ。ヘラのコテージに入《はい》ってみたのは家族《かぞく》のつながりを感《かん》じたからではなく、このコテージのそばに来《き》たら恐怖心《きょうふしん》が増《ま》したからだ。あの夢《ゆめ》――パイパーに届《とど》けられた恐《おそ》ろしい脅迫《きょうはく》――はこのコテージと何《なに》か関係《かんけい》がある。

パイパーはかたまった。だれかいる。ヘラ像《ぞう》のうしろの小《ちい》さな祭壇《さいだん》に、だれかが立《た》っている。少女《しょうじょ》のようだ。体《からだ》に黒《くろ》いショールを巻《ま》きつけ、手《て》だけが出《で》ている。両手《りょうて》のひらを上《うえ》にむけ、何《なに》か唱《とな》えている。呪《のろ》いの言葉《ことば》にも祈《いの》りの言葉《ことば》にも聞《き》こえる。

アナベスがはっとした。「レイチェル?」

少女《しょうじょ》がふりむいた。ショールが落《お》ち、くせのある赤毛《あかげ》とそばかすだらけの顔《かお》が現《あらわ》れた。外見《がいけん》はこのコテージや黒《くろ》いショールの重々《おもおも》しさとはちぐはぐだ。歳《とし》は十六、七歳《さい》。緑《みどり》のブラウスと太いペンのいたずら描《が》きだらけの着古《きふる》したジーンズを着《き》た、そのへんの十代《だい》の少女《しょうじょ》。床《ゆか》は凍《こお》るほど冷《つめ》たいのに裸足《はだし》だ。

「やだ!」少女《しょうじょ》が走《はし》ってきてアナベスに抱《だ》きついた。「遅《おそ》くなってごめん! できるだけいそいで来《き》たんだけど」

アナベスと少女《しょうじょ》はパーシーのことや、パーシーに関《かん》する手《て》がかりがまったくないことなどをしゃべりだした。二、三分《ぷん》たってやっとアナベスがパイパーのことを思《おも》い出《だ》した。パイパーはどうしたらいいかわからず、黙《だま》ってそこに立《た》っていた。

「ごめん」アナベスはいった。「レイチェル。こちらはパイパー。今日《きょう》訓練所《くんれんじょ》に連《つ》れてきたハーフのひとり。パイパー、こちらはレイチェル・エリザベス・デア。訓練所《くんれんじょ》の神託者《しんたくしゃ》」

「さっきのほら穴《あな》の住人《じゅうにん》ね」パイパーはいった。

レイチェルがにっと笑《わら》う。「正解《せいかい》」

「で、神託者《しんたくしゃ》なのね？」パイパーがいった。「未来《みらい》がわかるの？」

「未来《みらい》が勝手《かって》にあたしに入《はい》りこんでくることがある、って感《かん》じかな」レイチェルがいう。「あたしは予言《よげん》を告《つ》げるだけ。神託《しんたく》の霊《れい》がときどきあたしに乗《の》り移《うつ》って、だいじそうだけどよくわからないことを話《はな》す。でも、そうね、予言《よげん》は未来《みらい》を語《かた》る」

「へえ」パイパーは少《すこ》しもじもじした。「すごい」

レイチェルが笑《わら》った。「平気《へいき》、平気《へいき》。だれだってちょっと気持《きも》ち悪《わる》いと思《おも》うわよ。あたしだってそう。でもふだんのあたしはふつうだから」

「ハーフなの？」

「ううん。人間《にんげん》」

「じゃ、ここで何《なに》を……」パイパーは手《て》でコテージをしめした。

レイチェルの顔《かお》からほほ笑《え》みが消《き》えた。アナベスをちらっと見《み》て、それからまたパイパーを見《み》る。「直感《ちょっかん》。このコテージとパーシーが行方不明《ゆくえふめい》になったこと、何《なに》か関係《かんけい》がある。あたし、自分《じぶん》の直感《ちょっかん》にしたがうことにしているの。とくに先月《せんげつ》、神々《かみがみ》が沈黙《ちんもく》しだしてからは」

「沈黙《ちんもく》しだした？」とパイパー。

レイチェルは眉《まゆ》をひそめてアナベスを見《み》た。「まだ話《はな》していないの？」

「ちょうど話《はな》そうとしてたとこ」とアナベス。「あのね、パイパー、この一カ月間《げっかん》……その、神《かみ》はふだんから自分《じぶん》の子《こ》どもたちにめったに話《はな》しかけないんだけど、必要《ひつよう》に応《おう》じてメッセージはくれた。ハーフがオリンポス山《さん》を訪問《ほうもん》するのを認《みと》められることもあって、あたしも数《すう》カ月間《げっかん》、エンパイアステイトビルに滞在《たいざい》したことがある」

「え、どういうこと？」

「今《いま》はエンパイアステイトビルがオリンポス山《さん》への入《い》り口《ぐち》なの」

「へえ」とパイパー。「そうなんだ」

「アナベスはタイタン族《ぞく》との戦《たたか》いで破壊《はかい》されたオリンポス山《さん》の再建《さいけん》を任《まか》されているの」レイチェルがいう。「アナベスは優秀《ゆうしゅう》な建築家《けんちくか》なのよ。アナベスがデザインしたカフェテリアを見《み》たら――」

「とにかく」とアナベス。「一カ月前《げつまえ》からオリンポス山《さん》は沈黙《ちんもく》したまま。入《い》り口《ぐち》は閉《と》ざされ、だれも中《なか》に入《はい》れない。理由《りゆう》はだれにもわからない。神々《かみがみ》は外界《がいかい》との接触《せっしょく》を拒否《きょひ》してるみたい。あたしが祈《いの》っても母親《ははおや》のアテナはこたえてくれないし、訓練所《くんれんじょ》の所長《しょちょう》のディオニュソスも呼《よ》びもどされた」

「この訓練所《くんれんじょ》の所長《しょちょう》は……酒《さけ》の神《かみ》なの？」

「そう。話《はな》すと――」

「長《なが》いんでしょ」とパイパー。「いいから、つづけて」

「パイパーにはかなわないな」とアナベス。「今《いま》でもハーフが見《み》つかれば神《かみ》は認知《にんち》するけど、それだけ。メッセージもなければ、神々《かみがみ》が人間界《にんげんかい》に姿《すがた》を現《あらわ》すこともない。神々《かみがみ》があたしたちの言葉《ことば》に耳《みみ》をかたむけているという証拠《しょうこ》さえない。まるで何《なに》かあったみたい――一大事《いちだいじ》が。そんな中《なか》、パーシーが消《き》えた」

「そしてジェイソンが突然《とつぜん》、バス旅行《りょこう》に現《あらわ》れた」パイパーがいった。「記憶《きおく》をなくしたまま」

「ジェイソンって？」レイチェルがたずねる。

「あたしの――」パイパーは「ボーイフレンド」といいかけ、その言葉《ことば》を飲《の》みこんだ。胸《むね》がちくっと痛《いた》んだ。「友《とも》だち。でも、アナベスはさっきいったわよね。ヘラに夢《ゆめ》を見《み》させられたって」

「うん」とアナベス。「この一カ月間《げつかん》で初《はじ》めて話《はな》しかけてきたのがヘラ。いちばん協力的《きょうりょくてき》じゃない女神《めがみ》が、自分《じぶん》のいちばん嫌《きら》いなハーフであるあたしに話《はな》しかけてきた。ヘラはこういったの。グランドキャニオンの展望橋《てんぼうばし》に行《い》き、靴《くつ》を片方《かたほう》なくした少年《しょうねん》をさがせば、パーシーに何《なに》があったかわかるでしょう、って。でもパーシーは見《み》つからず、いたのはパイパー、ジェイソン、リオの三人《にん》だけ。そして靴《くつ》を片方《かたほう》なくした少年《しょうねん》はジェイソンだった。意味《いみ》がわからない」

「何《なに》か一大事《いちだいじ》があったのよ」レイチェルもうなずき、パイパーを見《み》た。パイパーは思《おも》わず自分《じぶん》が見《み》た夢《ゆめ》についてふたりに話《はな》したくなった。今何《いまなに》が起《お》きているか――少《すく》なくともその一部《いちぶ》だけでも話《はな》せたら。一大事《いちだいじ》はまだ始《はじ》まったばかりだ。

「あのね」パイパーは口《くち》を開《ひら》いた。「き――聞《き》いてほしいんだけど――」

パイパーがいいかけたところで、レイチェルがかたまった。レイチェルの両目《りょうめ》が緑《みどり》に光《ひか》りだし、両手《りょうて》がパイパーの肩《かた》をつかんだ。

パイパーは後《あと》ずさろうとしたが、レイチェルの手《て》は鋼鉄《こうてつ》のかぎづめのようだ。

〈私《わたし》をここから出《だ》しなさい〉レイチェルがいう。しかしレイチェルの声《こえ》ではない。大人《おとな》の女性《じょせい》の声《こえ》だ。遠《とお》くから長《なが》いパイプを通《とお》してしゃべっているかのようにこだましている。〈私《わたし》をここから出《だ》しなさい。パイパー・マクリーン、さもないと私《わたし》たちは大地《だいち》に飲《の》まれてしまいます。期限《きげん》は冬《とう》至《じ》の日《ひ》です〉

部屋《へや》がぐるぐるまわりだした。アナベスはパイパーからレイチェルを引《ひ》き離《はな》そうとしたが無理《むり》だった。緑《みどり》の煙《けむり》がふたりを包《つつ》み、パイパーは自分《じぶん》が目覚《めざ》めているのか、夢《ゆめ》を見《み》ているのかわからなくなった。巨大《きょだい》なヘラの像《ぞう》が玉座《ぎょくざ》から立《た》ちあがったように見《み》えた。ヘラの像《ぞう》はパイパーを見《み》すえ、パイパーにのしかかってきた。ヘラの像《ぞう》が口《くち》を開《ひら》く。もれる息《いき》はむせ返《かえ》るほどきつい香水《こうすい》のにおいだ。〈私《わたし》たちの敵《てき》が目覚《めざ》めようとしています。火《ひ》を吐《は》く巨人《きょじん》ははじまりにすぎません。いうなりになれば、彼《かれ》らの王《おう》が目覚《めざ》め、われわれの命運《めいうん》はつきます。私《わたし》をここから出《だ》しなさい！〉

パイパーは膝《ひざ》からくずれ落《お》ち、そして目《め》の前《まえ》が真《ま》っ暗《くら》になった。

5 リオ

リオは訓練所《くんれんじょ》の見学《けんがく》を楽《たの》しんでいた。しかしそれはドラゴンの話《はなし》を聞《き》くまでだった。弓矢《ゆみや》を背負《せお》った少年《しょうねん》、ウィル・ソラスとは気《き》が合《あ》いそうだ。ウィルが見《み》せてくれるものはどれもすごい。すべて違法《いほう》にちがいない。ビーチには本物《ほんもの》のギリシャ式軍艦《しきぐんかん》。このビーチでは火矢《ひや》や爆弾《ばくだん》で戦《たたか》いの実践《じっせん》をすることもある。楽《たの》しそう！　工作《こうさく》ではチェーンソーや溶接器具《ようせつきぐ》を使《つか》って像《ぞう》を作《つく》る。早《はや》くやりたい！　森《もり》は危険《きけん》な怪物《かいぶつ》だらけだからひとりでは行《い》ってはいけない。おもしろそう！　しかも、この訓練所《くんれんじょ》はかわいい女《おんな》の子《こ》だらけ。リオには神々《かみがみ》の血縁関係《けつえんかんけい》はよくわからないが、女《おんな》の子《こ》たちが全員《ぜんいん》いとこでないことを祈《いの》った。いとこなんてつまらない。せめて湖《みずうみ》に住《す》んでいた女《おんな》の子《こ》たちとはまた会《あ》いたい。溺《おぼ》れたってかまわない。

ウィルはリオをコテージ棟《とう》、食堂《しょくどう》のパビリオン、そして剣《けん》の練習場《れんしゅうじょう》にも案内《あんない》してくれた。

「おれも剣《けん》をもらえるのか？」リオが聞《き》いた。

ウィルは横目《よこめ》でリオを見《み》た。心配《しんぱい》そうな顔《かお》だ。「たぶん自分《じぶん》で作《つく》ることになる。リオは九番《ばん》コテージらしいから」

「どういうことだ？　ウルカなんとかの話《はなし》か？」

「ここでは神々《かみがみ》をローマ神話《しんわ》の呼《よ》び方《かた》で呼《よ》ばない。ギリシャ神話《しんわ》に出《で》てくる名《な》で呼《よ》ぶ。リオの父《ちち》親《おや》はヘパイストスだ」

「フェスタス？」リオは前《まえ》に聞《き》いたことがある名前《なまえ》をいってみた。それにしても驚《おどろ》きだ。「祭《まつ》りの神《かみ》かなんかか」

「へ、パ、イ、ス、ト、ス」ウィルがいいなおす。「鍛冶《かじ》の神《かみ》であり、火《ひ》の神《かみ》でもある」

これもよく聞《き》く名前《なまえ》だ。しかしリオは父親《ちちおや》のことはなるべく考《かんが》えないようにしていた。火《ひ》の神《かみ》……嘘《うそ》だろ？　母親《ははおや》の最期《さいご》を考《かんが》えれば悪《わる》い冗談《じょうだん》にしか聞《き》こえない。

「頭《あたま》の上《うえ》に燃《も》えるハンマーが現《あらわ》れただろ。あれ、いいこと？　悪《わる》いこと？」

ウィルは少《すこ》し考《かんが》えた。「リオは訓練所《くんれんじょ》にきてすぐ認知《にんち》された。ふつうはいいことだ」

「けど、虹《にじ》タトゥーのペガサス乗《の》り、ブッチは――呪《のろ》いとかなんとかいってた」

「ああ……あれは、なんでもない。九番《ばん》コテージの元《もと》リーダーが死《し》んでから――」

「死《し》んだ？　戦《たたか》いでか？」

「あとでコテージ仲間《なかま》から聞《き》いてくれよ」

「ところで、おれのコテージ仲間《なかま》は？　コテージのリーダーがじきじきに案内《あんない》してくれてもいいんじゃないか？」

「それが、今《いま》はだめなんだ。理由《りゆう》はそのうちわかる」ウィルはリオがさらに聞《き》こうとするまもなく、早足《はやあし》で歩《ある》きだした。

「呪《のろ》い、それに元《もと》リーダーの死《し》」リオは独《ひと》り言《ごと》をいった。「ますますおもしろくなってきた」

芝生《しばふ》を半分《はんぶん》くらい行《い》ったところで、リオは自分《じぶん》が幼《おさな》い頃《ころ》世話《せわ》をしてくれたベビーシッターの姿《すがた》に気《き》づいた。こんなところで再会《さいかい》するなんて意外《いがい》だ。

リオの足《あし》がとまった。

「どうした？」ウィルが聞《き》いた。

ティア・カリダ――カリダおばちゃん。彼女《かのじょ》はそう名乗《なの》っていたが、会《あ》うのはリオが五歳《さい》のとき以来《いらい》だ。ティア・カリダは芝生《しばふ》の奥《おく》にある大《おお》きな白《しろ》いコテージの陰《かげ》に立《た》ち、こっちを見《み》ている。喪服《もふく》のような黒《くろ》い麻《あさ》のワンピースを身《み》につけ、頭《あたま》に黒《くろ》いショールをかぶっている。顔《かお》は昔《むかし》のまま――なめし革《がわ》のような肌《はだ》で、黒《くろ》い目《め》は鋭《するど》い。皺《しわ》だらけの手《て》は鳥《とり》の足《あし》のようだ。かなり年老《としお》いて見《み》えるが、昔《むかし》からそうだった。

「おばちゃん……」リオはいった。「ここで何《なに》してるんだ?」

ウィルはリオの視《し》線《せん》を追《お》った。「おばちゃんって?」

「ほら、あそこ、黒《くろ》い服《ふく》を着《き》た。ほかにおばちゃんなんていないだろ?」

ウィルが眉《まゆ》をひそめる。「リオ、今日《きょう》は一日長《いちにちなが》かっただろ。まだミストにまどわされてるのかもな。このまますぐ九番《ばん》コテージに行《い》くか?」

リオはウィルに「何《なに》いってんだ?」といいたかったが、ふたたび大《おお》きな白《しろ》いコテージのほうを見《み》ると、ティア・カリダは消《き》えていた。だけど、さっきまでそこにいたのはたしかだ。母親《ははおや》のことを思《おも》ったせいで、ティア・カリダを過去《かこ》から呼《よ》び出《だ》してしまったのかもしれない。

やばい。かつてリオはティア・カリダに殺《ころ》されかけたことがあるのだ。

「ちょっとからかっただけだ」リオはポケットから道具《どうぐ》や部品《ぶひん》を出《だ》し、それをいじって気持《きも》ちを落《お》ち着《つ》かせた。訓練所《くんれんじょ》のみんなに頭《あたま》がおかしいと思《おも》われたらこまる。せめて、ちょっとおかしいやつ、くらいがいい。

「九番《ばん》コテージに案内《あんない》してくれ」リオはいった。「呪《のろ》いでもなんでも受《う》けてやる」

ヘパイストスのコテージは見《み》た目《め》は巨大《きょだい》なRV車《アールブイしゃ》。壁《かべ》は金《きん》ぴかの合金《ごうきん》で、窓《まど》も合金《ごうきん》のブラインドつき。玄関《げんかん》のドアは銀行《ぎんこう》の金庫室《きんこしつ》のような円形《えんけい》で、厚《あつ》みは何十《なん》センチもある。真鍮《しんちゅう》のダイアル式《しき》の鍵《かぎ》をいくつもまわし、油圧式《ゆあつしき》のピストンから煙《けむり》があがった上《うえ》でやっと開《ひら》いた。

リオは口笛《くちぶえ》を吹《ふ》いた。「ずいぶんハイテクだな」

コテージの中《なか》はしんとしている。折《お》りたたみのスチールベッドが並《なら》んでいる。ベッドはたたまれて壁《かべ》にくっついているが、コンピュータ式操作《しきそうさ》パネルやLED《エルイーディー》ライト、光《ひか》るボタンや歯車《はぐるま》がたくさんついているのが見《み》える。どのベッドも持《も》ち主《ぬし》しか開《あ》けられないように何重《なんじゅう》もロックされているにちがいない。ベッドを開《ひら》いた奥《おく》には隠《かく》し戸棚《とだな》があるようだし、不審者《ふしんしゃ》に触《ふ》れさせないためのしかけもあるかもしれない。少《すく》なくとも、リオだったらそう設計《せっけい》する。上《うえ》にむかって非常用《ひじょうよう》のポールがのびている。外《そと》から見《み》たときは平屋《ひらや》に見《み》えたが二階建《かいだ》てだ。下《した》におりるらせん階段《かいだん》があるということは地下室《ちかしつ》もあるらしい。壁《かべ》にはリオが思《おも》いつくすべての電動工具《でんどうこうぐ》が並《なら》び、ほかにナイフ、剣《けん》などの武器《ぶき》もかけてある。大《おお》きな作業台《さぎょうだい》にねじくぎ、ボルト、座金《ざがね》、くぎ、鋲《びょう》など、いらなくなった機械《きかい》の部品《ぶひん》が山積《やまづ》み。リオは全部《ぜんぶ》かき集《あつ》めてポケットに押《お》しこみたい衝動《しょうどう》にかられた。機械《きかい》の部品《ぶひん》には目《め》がない。しかし全部《ぜんぶ》しまうにはコートが百着必要《ちゃくひつよう》だ。

中《なか》を見《み》ているうちに母親《ははおや》が働《はたら》いていた機械工場《きかいこうじょう》にいるような気《き》になった。母親《ははおや》の工場《こうじょう》に武器《ぶき》はなかったと思《おも》うが、いろんな工具《こうぐ》、山積《やまづ》みの部品《ぶひん》、油《あぶら》や金属《きんぞく》やエンジンのにおい。母親《ははおや》もこのコテージが好《す》きかもしれない。

リオはそんな思《おも》いを押《お》しのけた。つらい思《おも》い出《で》はいらない。前《まえ》に進《すす》みつづけろ——それがリオのモットーだ。くだらないことにとらわれるな。一カ所《しょ》にとどまるな。悲《かな》しみを退《しりぞ》けるにはそれしかない。

リオは棒《ぼう》のついた機械《きかい》をひとつ、壁《かべ》からはずした。「芝刈《しばか》り機《き》？　なんで火《ひ》の神《かみ》に芝刈《しばか》り機《き》が必要《ひつよう》なんだ？」

暗《くら》がりから声《こえ》がした。「驚《おどろ》いただろ？」

部屋《へや》の奥《おく》にあるベッドにだれかが寝《ね》ている。黒《くろ》っぽい迷彩柄《めいさいがら》のカーテンが開《あ》き、今《いま》まで気配《けはい》すら感《かん》じさせなかった人物《じんぶつ》が姿《すがた》を見《み》せた。歳《とし》も体格《たいかく》もわからない。ミイラのように包帯《ほうたい》でぐるぐる巻《ま》きで、唯一包帯《ゆいいつほうたい》のない顔《かお》もはれてあざだらけ。全治《ぜんち》するのにどれくらいかかるかわからないほど重傷《じゅうしょう》だ。

「おれはジェイク・メイスン」少年《しょうねん》がいった。「握手《あくしゅ》したいところだけど……」

「うん」とリオ。「起《お》きなくていい」

少年《しょうねん》はにっこり笑《わら》おうとして、びくっとした。顔《かお》を少《すこ》し動《うご》かすだけでも痛《いた》そうだ。何《なに》があったんだ？　しかしリオは聞《き》く勇気《ゆうき》がなかった。

「九番《ばん》コテージにようこそ」ジェイクがいった。「新《あたら》しいハーフが来《く》るなんて約《やく》一年《ねん》ぶりだな。おれがこのコテージのリーダーだ。今《いま》のところは」

「今《いま》のところ？」とリオ。

ウィルが咳払《せきばら》いした。「ところで、ほかのみんなは？」

「鍛冶場《かじば》にいる」ジェイクはうらめしげだ。「みんな忙《いそが》しいんだ……例《れい》の問題《もんだい》で」

「そうだったな」ウィルは話題《わだい》を変《か》えた。「ところで、リオに空《あ》いているベッドはあるか？」

ジェイクはリオを頭《あたま》の先《さき》から足《あし》の先《さき》まで見《み》た。「リオは呪《のろ》いとか亡霊《ぼうれい》とか、信《しん》じるか？」

リオは思《おも》った。おれはついさっき最悪《さいあく》のベビーシッター、ティア・カリダを見《み》たばかりだ。ティア・カリダはとっくにあの世《よ》に行《い》ったと思《おも》ってた。母《かあ》ちゃんが工場《こうじょう》で火事《かじ》に巻《ま》きこまれたときのことは一日《にち》だって忘《わす》れたことはない。亡霊《ぼうれい》なんてまっぴらだ。

ところがリオは口《くち》ではこういっていた。「亡霊《ぼうれい》だって？　ばかいうなよ。おれは現実主義《げんじつしゅぎ》だ。今朝《けさ》、嵐《あらし》の精《せい》ってやつにグランドキャニオンにほうり出《だ》されたけど、どうってことなかったし」

ジェイクがうなずく。「なら安心《あんしん》だ。ていうのは、リオにはこのコテージでいちばんいいベッドを使《つか》ってもらおうと思《おも》ってるから――ベッケンドルフのだ」

「おい、ジェイク」ウィルがいう。「本気《ほんき》か？」

ジェイクが大《おお》きな声《こえ》でいった。「ベッド1―A《エー》、準備《じゅんび》をたのむ」

コテージ全体《ぜんたい》が低《ひく》く鳴《な》りだした。床《ゆか》の中央部分《ちゅうおうぶぶん》が丸《まる》く、カメラのレンズのように回転《かいてん》しながら開《ひら》き、ひとり用《よう》ベッドがせりあがってきた。青銅製《せいどうせい》のベッドの脚部《きゃくぶ》の板《いた》にはコンピュータゲームが、頭部《とうぶ》の板《いた》にはステレオが備《そな》えつけてある。ベッドの下《した》にはガラス扉《とびら》つきの冷蔵庫《れいぞうこ》が組《く》みこまれ、横板《よこいた》には操作盤《そうさばん》がびっしり並《なら》んでいる。

リオはさっそくベッドに飛《と》び乗《の》り、腕枕《うでまくら》をして寝転《ねころ》んだ。「使《つか》い方《かた》はだいたいわかる」

「そのベッドは地下《ちか》のプライベートルームに収納《しゅうのう》される」ジェイクがいった。

「わかってるって」とリオ。「じゃ、またあとで。おれはリオ様専用《さませんよう》地下室《ちかしつ》に行《い》くよ。どのボタンを押《お》せばいい？」

「待《ま》ってくれ」ウィルが横《よこ》からいった。「ヘパイストスコテージには地下《ちか》にプライベートルームがあるのか？」

ジェイクは大《おお》けがをしていなかったら得意《とくい》げな顔《かお》をしたところだろう。「ヘパイストスコテージには秘密《ひみつ》がいろいろあるんだ。アポロンコテージだけが訓練所生活《くんれんじょせいかつ》を楽《たの》しんでるわけじゃない。おれたちへパイストスコテージは約《やく》百年前《ねんまえ》から九番《ばん》コテージの下《した》にトンネル網《もう》を掘《ほ》っている。完成《かんせい》はまだ先《さき》だけど。それはそうと、リオ、死《し》んだやつのベッドで寝《ね》ても平気《へいき》なら、そのベッドを使《つか》ってくれ」

突然《とつぜん》、リオはくつろいでいる気分《きぶん》ではなくなり、上半身《じょうはんしん》を起《おこ》した。操作《そうさ》ボタンに触《さわ》らないよう気《き》をつけながら。「元《もと》リーダーは死《し》んだって聞《き》いたけど——このベッドはそいつの？」

「そうだ」とジェイク。「チャールズ・ベッケンドルフのベッドだ」

ということはマットレスの下《した》からのこぎりの歯《は》が出《で》てくるかもしれない。いや、枕《まくら》に爆弾《ばくだん》が縫《ぬ》いこまれているかもしれない。「ベッケンドルフは、このベッドで死《し》んだんじゃないよな？」

「ちがう」とジェイク。「このあいだの夏《なつ》のタイタン族《ぞく》との戦《たたか》いで死《し》んだんだ」

「タイタン族《ぞく》との戦《たたか》い」リオはいった。「この最高級《さいこうきゅう》ベッドとは関係《かんけい》ないんだろ？」

「タイタン族《ぞく》っていうのは」ウィルは、そんなことも知《し》らないのか、という口調《くちょう》だ。「神々《かみがみ》の前《まえ》に世界《せかい》を支配《しはい》していた巨人《きょじん》たちだ。やつらはこの前《まえ》の夏《なつ》、ふたたび世界《せかい》を乗《の》っとろうとした。タイタン族《ぞく》の王《おう》クロノスはカリフォルニア州《しゅう》にあるタマルパイス山《さん》の頂上《ちょうじょう》に新《あら》たな宮殿《きゅうでん》を作《つく》った。ニューヨークにやつらの大軍《たいぐん》が押《お》し寄《よ》せ、オリンポス山《さん》は破壊《はかい》されそうになった。それを阻止《そし》しようとして大勢《おおぜい》のハーフが命《いのち》を落《お》とした」

「ニュースにはならなかったんだろ？」

リオには当然《とうぜん》の質問《しつもん》だったが、ウィルは「信《しん》じられない」というように頭《あたま》をふった。「セント・ヘレンズ山《さん》が噴火《ふんか》したとか、アメリカ全土《ぜんど》が奇妙《きみょう》な嵐《あらし》の被害《ひがい》に見舞《みま》われているとか、セントルイスでビルが破壊《はかい》されたとか、そういうニュースが流《なが》れただろ？」

リオは肩《かた》をすくめた。この夏《なつ》は別《べつ》の養護施設《ようごしせつ》から逃《に》げて、そのあとニューメキシコ州《しゅう》で補導員《ほどういん》に捕《つか》まり、裁判所《さいばんしょ》で最寄《もよ》りの更正施設《こうせいしせつ》に入《はい》るよう命《めい》じられた――それがココハグ校《こう》だ。「おれ、忙《いそが》しかったから」

「どっちにしろ」ジェイクがいう。「知《し》らなくてよかったよ。早《はや》い話《はなし》、ベッケンドルフは最初《さいしょ》の犠牲者《ぎせいしゃ》のひとりだ。それ以来《いらい》――」

「ヘパイストスコテージは呪《のろ》われてるんだろ？」リオがいった。

ジェイクは黙《だま》っている。全治未定《ぜんちみてい》の重傷《じゅうしょう》。それがこたえだ。リオはさっきまで気《き》づかなかったことが気《き》になりだした――壁《かべ》に弾《たま》の跡《あと》。床《ゆか》にあるしみは油《あぶら》か……血《ち》の跡《あと》。折《お》れた剣《けん》やひしゃげた機械《きかい》が部屋《へや》のすみに押《お》しこんである。だれかがいらいらしてやっただけのことかもしれないが。

このコテージはかなり縁起《えんぎ》が悪《わる》そうだ。

ジェイクがつかれたため息《いき》をついた。「さて、おれはまた少《すこ》し眠《ねむ》るよ。リオ、このコテージの生活《せいかつ》を楽《たの》しんでくれ。ここも昔《むかし》は……すごく楽《たの》しかったんだ」

ジェイクは目《め》をつぶった。迷彩柄《めいさいがら》のカーテンが自動《じどう》で閉《と》じた。

「行《い》こう、リオ」ウィルがいった。「鍛冶場《かじば》に案内《あんない》するよ」

コテージを出《で》る前《まえ》に、リオはもう一度《いちど》自分《じぶん》のベッドをふり返《かえ》った。ベッドに腰《こし》かけている元《もと》リーダーの幻《まぼろし》が見《み》える気《き》がする——ここでもまた亡霊《ぼうれい》につきまとわれるのか。

6　リオ

「どんな死《し》に方《かた》をしたんだ？」リオは聞《き》いた。「ベッケンドルフは」

ウィルは重《おも》い足取《あしど》りで前《まえ》を歩《ある》いている。「大爆発《だいばくはつ》のとばっちりで。ベッケンドルフはパーシー・ジャクソンと一緒《いっしょ》に怪物《かいぶつ》の大軍《たいぐん》を乗《の》せたクルーズ船《せん》を爆破《ばくは》したんだ。ベッケンドルフは逃《に》げそびれた」

まただ。パーシー・ジャクソン、行方不明《ゆくえふめい》になっているアナベスのボーイフレンドの名前《なまえ》だ。パーシー・ジャクソンは訓練所《くんれんじょ》で何《なに》かあるとかならずそれに関係《かんけい》している。

「で、ベッケンドルフは人気《にんき》があったんだろ？」とリオ。「その――死《し》ぬ前《まえ》は」

「すごくいいやつだった。ベッケンドルフが死《し》んだときは訓練所《くんれんじょ》の全員《ぜんいん》が悲《かな》しんだ。ジェイクは――タイタン族《ぞく》との戦《たたか》いのさなかにリーダーになった。おれと同《おな》じだ。ジェイクはせいいっぱいがんばってるけど、本当《ほんとう》はリーダーなんてなりたくなかった。鍛冶仕事《かじしごと》さえしていられれば幸《しあわ》せだった。ところが戦《たたか》いのあと、いろいろなことがおかしくなった。九番《ばん》コテージの二輪戦車《にりんせんしゃ》が吹《ふ》き飛《と》び、ロボットはどれもコントロールがきかなくなり、いろんな発明品《はつめいひん》も故障《こしょう》しだした。まるで何《なに》かに呪《のろ》われているようだった――しまいには『九番《ばん》コテージの呪《のろ》い』なんていわれだした。そのうちにジェイクがあんな事故《じこ》に――」

「ジェイクのいってた問題《もんだい》ってやつと関係《かんけい》があるんだろ？」

「いつ解決《かいけつ》するんだか」ウィルはどうでもよさそうだ。「ほら、ここだ」

鍛冶場《かじば》は蒸気機関車《じょうききかんしゃ》がギリシャの神殿《しんでん》につっこんだ形《かたち》をしている。すすで真《ま》っ黒《くろ》になった壁《かべ》の前《まえ》には白《しろ》い大理石《だいりせき》の円柱《えんちゅう》が並《なら》んでいる。神々《かみがみ》や怪物《かいぶつ》の彫刻《ちょうこく》がある凝《こ》った作《つく》りの三角屋根《さんかくやね》の上《うえ》では煙突《えんとつ》がもくもくと煙《けむり》をあげている。鍛冶場《かじば》のすぐ横《よこ》には小川《おがわ》が流《なが》れ、水車《すいしゃ》がまわって青銅《せいどう》の歯車《はぐるま》を動《うご》かしている。建物《たてもの》の中《なか》から機械《きかい》がまわったり、炎《ほのお》がいきおいよく燃《も》えあがったり、鉄床《かなとこ》をハンマーでたたいたりする音《おと》が聞《き》こえる。

リオとウィルが入《い》り口《ぐち》から入《はい》っていくと、それぞれの仕事《しごと》をしていた十数人《すうにん》の少年少女《しょうねんしょうじょ》が全員《ぜんいん》手《て》をとめた。聞《き》こえるのは鍛冶炉《かじろ》で火《ひ》が燃《も》え、機械《きかい》の歯車《はぐるま》やレバーが小《ちい》さく鳴《な》る音《おと》だけ。

「みんな、聞《き》いてくれ」ウィルがいった。「ここにいるのはみんなの新《あたら》しいきょうだい、リオ、フルネームはなんだっけ？」

「バルデス」リオは新《あたら》しい仲間《なかま》の顔《かお》を見渡《みわた》した。この全員《ぜんいん》と血《ち》がつながっているなんて本当《ほんとう》だろうか？　実際《じっさい》リオの親戚《しんせき》には大家族《だいかぞく》もいたが、リオはずっと母親《ははおや》とふたり暮《ぐ》らしだった——その母親《ははおや》も亡《な》くなった。

数人《すうにん》がリオに近《ちか》づき、握手《あくしゅ》をし、自己紹介《じこしょうかい》を始《はじ》めた。名前《なまえ》をいわれてもごちゃ混《ま》ぜだ。シェイン、クリストファー、ニッサ、ハーレー（バイクと同《おな》じだ）。こんなに大勢《おおぜい》いるなんて。だれがだれだか絶対覚《ぜったいおぼ》えられない。

ヘパイストスコテージの訓練生《くんれんせい》はおたがい全然似《ぜんぜんに》ていない——顔《かお》も、肌《はだ》の色《いろ》も、髪《かみ》の色《いろ》も、背《せ》の高《たか》さもばらばらだ。これが典型的《てんけいてき》なヘパイストスの子《こ》の顔《かお》だ！　というのはひとりもいない。ところが、全員手《ぜんいんて》はごつい。だれの手《て》もたこだらけ、機械油《きかいあぶら》まみれだ。いちばん小《ちい》さいハーレーは七歳《さい》くらい。それでも、汗《あせ》ひとつかかずに空手《からて》のミドル級《きゅう》チャンピオンと六ラウンドは戦《たたか》えそうだ。

ヘパイストスコテージは全員《ぜんいん》どこか根暗《ねくら》な感《かん》じがする。人生《じんせい》の敗者《はいしゃ》みたいにうなだれている。実際《じっさい》にけんかでこてんぱんにされたのかと思《おも》うような子《こ》もいる。数《かぞ》えたら腕《うで》をつるす三角巾《さんかくきん》ふたつ、松葉杖《まつばづえ》ひと組《くみ》、眼帯《がんたい》ひとつ、包帯《ほうたい》六本《ぽん》、絆創膏《ばんそうこう》は約《やく》七千枚使《まいつか》われていた。

「なるほど！」リオがいった。「ヘパイストスコテージは超楽《ちょうたの》しいんだってな！」

だれも笑《わら》わない。全員《ぜんいん》リオを見《み》つめるだけだ。

ウィルがリオの肩《かた》をたたいた。「あとはみんなで仲良《なかよ》くやってくれ。夕食《ゆうしょく》の時間《じかん》になったらだれかリオを食堂《しょくどう》に案内《あんない》してくれるか？」

「あたしが」少女《しょうじょ》のひとりがいった。たしかニッサとかいう子《こ》だ。ニッサは下《した》は迷彩柄《めいさいがら》の長《なが》いパンツで、筋肉《きんにく》のついた腕《うで》を自慢《じまん》したいのか上《うえ》はタンクトップ。ぼさぼさの黒髪《くろかみ》に赤《あか》いバンダナを巻《ま》いている。あごにスマイリーの絆創膏《ばんそうこう》がなかったら女性《じょせい》アクションヒーローみたいだ。今《いま》にもマシンガンをつかみ、悪者《わるもの》エイリアン狩《が》りを始《はじ》めそうだ。

「うれしいな」リオはいった。「前《まえ》からずっとびしばし厳《きび》しい姉《ねえ》ちゃんがほしかったんだ」

ニッサはにこりともしない。「ふざけてないで、さあ。中《なか》を見《み》せてあげる」

リオは工場《こうじょう》には親《した》しみがある。小《ちい》さいときは機械職人《きかいしょくにん》や電動工具《でんどうこうぐ》に囲《かこ》まれて育《そだ》った。リオのおしゃぶりはスパナだったのよ、と母親《ははおや》が冗談《じょうだん》をいっていたほどだ。しかし、この鍛冶場《かじば》のようなところは初《はじ》めてだ。

ひとりの少年《しょうねん》は作《つく》った戦斧《せんぷ》を厚《あつ》いコンクリートの板《いた》に打《う》ちつけて具合《ぐあい》をたしかめている。ふりおろすたびに戦斧《せんぷ》は厚板《あついた》に食《く》いこむ。厚板《あついた》ではなく溶《と》けるチーズかと思《おも》うくらいだ。しかし少年《しょうねん》は満足《まんぞく》できないのか、また砥石《といし》で刃《は》を研《と》ぎだした。

「あれで何《なに》を相手《あいて》にするつもりだ？」リオはニッサにたずねた。「戦艦《せんかん》か？」

「さあ。天上界《てんじょうかい》の青銅《せいどう》を使《つか》ったって――」

「それ、原料《げんりょう》？」

ニッサがうなずく。「オリンポス山《さん》から掘《ほ》り出《だ》される、とても貴重《きちょう》な鉱物《こうぶつ》。それはともかく、天上界《てんじょうかい》の青銅《せいどう》で倒《たお》された怪物《かいぶつ》はふつうはちりになって消《き》えるけど、力《ちから》ある巨大《きょだい》な怪物《かいぶつ》は皮膚《ひふ》が恐《おそ》ろしくかたくて。たとえばドラコンは――」

「ドラゴンだろ？」

「似《に》てるけど別《べつ》。怪物攻略法《かいぶつこうりゃくほう》のクラスでちがいを教《おそ》わるはずよ」

「怪物攻略法《かいぶつこうりゃくほう》か。それならおれはすでに黒帯《くろおび》だ」

ニッサはにこりともしない。リオは思《おも》った。そんなに難《むずか》しい顔《かお》しなくたっていいのに。おれのきょうだいなら、もうちょっとユーモアのセンスがあったっていいんじゃないか？

さらに進《すす》むと、少年《しょうねん》がふたり青銅《せいどう》でねじ巻《ま》き式《しき》の人形《にんぎょう》を作《つく》っていた。少《すく》なくともリオにはそう見《み》えた。それは十五センチくらいのケンタウロス――半分人間《はんぶんにんげん》で半分馬《はんぶんうま》――の人形《にんぎょう》で、ミニチュアの弓《ゆみ》を背負《せお》っている。ひとりが人形《にんぎょう》の尾《お》を巻《ま》くと、小《ちい》さな機械音《きかいおん》とともにケンタウロスが動《うご》きだした。テーブルの上《うえ》を走《はし》りながら「蚊《か》め、退治《たいじ》してやる！　蚊《か》め、退治《たいじ》してやる！」とわめきながら、ろくにねらいも定《さだ》めないで矢《や》を放《はな》っている。

前《まえ》にも同《おな》じことがあったにちがいない。リオ以外《いがい》は全員床《ぜんいんゆか》にふせた。縫《ぬ》い針《ばり》サイズの矢《や》が六本《ぽん》、リオのシャツに刺《さ》さったところで、ひとりの少年《しょうねん》がハンマーをつかんでケンタウロス人形《にんぎょう》をたたきつぶした。

「また呪《のろ》いだ！」少年《しょうねん》は空《そら》にむかってハンマーをふりまわしている。「虫退治人形《むしたいじにんぎょう》を作《つく》りたかっただけです！　そんなに無理《むり》な望《のぞ》みですか？」

「こんなでかい虫《むし》がいるわけないだろ」とリオ。

ニッサがリオのシャツに刺《さ》さった針《はり》を抜《ぬ》いてくれた。「よかった。だいじょうぶね。あの子《こ》たちがまた変《へん》な修理《しゅうり》をする前《まえ》に次《つぎ》に移動《いどう》するわよ」

リオはニッサと並《なら》んで歩《ある》きながら胸《むね》をかいた。「ああいうこと、よくあるのか？」

「最近《さいきん》はね」とニッサ。「何《なに》を作《つく》ってもガラクタになっちゃう」

「呪《のろ》いのせい？」

ニッサは顔《かお》をしかめた。「あたしは呪《のろ》いなんて信《しん》じない。だけど何《なに》かがおかしい。ドラゴン問《もん》題《だい》が解決《かいけつ》しなければ、もっと悲惨《ひさん》なことになるかもしれない」

「ドラゴン問題《もんだい》？」リオはスモールサイズのドラゴンであることを祈《いの》った。たとえばゴキブリ退《たい》治用《じよう》のドラゴンとか。しかしそうではないだろう。

ニッサはリオを壁《かべ》に貼《は》った大《おお》きな地図《ちず》があるほうに連《つ》れていった。地図《ちず》の前《まえ》で少女《しょうじょ》がふたり何《なに》か相談《そうだん》している。訓練所《くんれんじょ》の地図《ちず》だ——半円形《はんえんけい》の土地《とち》の北側《きたがわ》はロングアイランド湾《わん》。敷地《しきち》の西《にし》に森《もり》、東《ひがし》にコテージ棟《とう》があり、南《みなみ》は小高《こだか》い丘《おか》に囲《かこ》まれている。

「丘《おか》のエリアにいるはずよ」ひとりがいう。

「そこはもうさがした」もうひとりがいう。「隠《かく》れるとしたら森《もり》でしょ」

「だけど森《もり》にはとっくに罠《わな》を——」

「待《ま》ってくれ」リオがいった。「ドラゴンが逃《に》げたのか？　本物《ほんもの》の、実物大《じつぶつだい》のドラゴンか？」

「青銅製《せいどうせい》のドラゴンだけどね」ニッサがいう。「そう、実物大《じつぶつだい》のロボットドラゴン。ヘパイストスコテージが何《なん》十年《ねん》も前《まえ》に作《つく》ったの。森《もり》で行方不明《ゆくえふめい》になってたんだけど、数年前《すうねんまえ》の夏《なつ》にベッケンドルフが偶然発見《ぐうぜんはっけん》して修理《しゅうり》した。青銅《せいどう》のドラゴンは訓練所《くんれんじょ》を守《まも》るのに活躍《かつやく》してくれたんだけど、少《すこ》し気《き》まぐれでね」

「気《き》まぐれ？」リオがいう。

「コントロールがきかなくなった。コテージをたたきつぶして、訓練生《くんれんせい》に火《ひ》をつけて、サテュロスを食《た》べようとした」

「相当気《そうとうき》まぐれだな」

ニッサがうなずく。「青銅《せいどう》のドラゴンをコントロールできるのはベッケンドルフだけだった。でもベッケンドルフが死《し》んで、ドラゴンはますますおかしくなっていった。しまいには手《て》がつけられないくらい凶暴《きょうぼう》になって逃《に》げ出《だ》した。ときどき姿《すがた》を現《あらわ》して、何《なに》かを壊《こわ》して、またどこかに逃《に》げてしまう。ヘパイストスコテージはドラゴンを見《み》つけて処分《しょぶん》するようにいわれて——」

「処分《しょぶん》する？」リオは驚《おどろ》いた。「実物大《じつぶつだい》の青銅《せいどう》のドラゴンを作《つく》っておいて、それを壊《こわ》すのか？」

「火《ひ》を吐《は》くドラゴンよ。危険《きけん》このうえないし、コントロール不能《ふのう》になってる」

「けどドラゴンだぞ！　すごいじゃないか。ドラゴンに話《はな》しかけて、コントロールできないのか？」

「やってみた。ジェイクが。結果《けっか》は見《み》たとおりよ」

リオはジェイクのことを思《おも》い出《だ》した。包帯《ほうたい》でぐるぐる巻《ま》きにされ、ひとりさびしくベッドに寝《ね》ていた。「けど——」

「ほかにどうしようもないの」ニッサは少女《しょうじょ》ふたりのほうをむいた。「森《もり》にもっと罠《わな》をしかけて——ここにも、ここにも。特製《とくせい》エンジンオイルをえさにして」

「ドラゴンがそんなもの飲《の》むか？」リオは聞《き》いた。

「うん」ニッサは大《おお》きなため息《いき》をついた。「ドラゴンはそれに少《すこ》しタバスコを入《い》れたのが好《す》きで、寝《ね》る前《まえ》によく飲《の》んでたの。罠《わな》にかかったら、酸性《さんせい》スプレーをかけて――青銅《せいどう》の皮膚《ひふ》を溶《と》かす。そうしたら金属用《きんぞくよう》カッターで切《き》り刻《きざ》んで……任務《にんむ》は完了《かんりょう》」

ヘパイストスコテージは全員《ぜんいん》うつむいている。リオと同《おな》じでドラゴンを殺《ころ》したくないのだ。

「あのさ」リオはいった。「ほかに方法《ほうほう》がある」

ニッサは「まさか」という顔《かお》をしているが、数人《すうにん》が作業《さぎょう》をやめ、リオの話《はなし》を聞《き》きに集《あつ》まってきた。

「どんな？」ひとりが聞《き》いた。「ドラゴンは火《ひ》を吐《は》く。近《ちか》づくことだってできない」

火《ひ》か、とリオは思《おも》った。火《ひ》のことならおれにまかせて……いや、たとえ今《いま》、目《め》の前《まえ》にいるのがおれのきょうだいだとしても用心《ようじん》にこしたことはない。これから先一緒《さきいっしょ》に暮《く》らしていくならなおさらだ。

「だから……」リオは口《くち》ごもった。「ヘパイストスは火《ひ》の神《かみ》だろ？　なら、燃《も》えないやつとかいるだろ？」

だれも「何《なに》ばかな質問《しつもん》してるんだ？」という顔《かお》はしなかった。リオはほっとした。けれどニッサは大《おお》きく首《くび》をふっている。

「リオ、そういう能力《のうりょく》があるのはキュクロプス（訳注《やくちゅう》：ひとつ目巨人族《めきょじんぞく》）。ヘパイストスのハーフの子《こ》は……手先《てさき》が器用《きよう》なだけ。あたしたちは建物《たてもの》、工芸品《こうげいひん》、武器《ぶき》――そういうものを作《つく》る職人《しょくにん》なの」

リオはがっかりした。「なんだ」

うしろのほうにいる少年《しょうねん》がいった。「いや、昔《むかし》は――」

「わかった、あたしが話《はな》す」ニッサがいう。「ずいぶん昔《むかし》のことだけど、ヘパイストスのハーフの子《こ》の中《なか》には生《う》まれつき火《ひ》を自由《じゆう》に操《あやつ》ることができる『火《ひ》の使《つか》い手《て》』がいたの。だけどそんなのめったにないことだし、火《ひ》の使《つか》い手《て》のハーフは危険人物《きけんじんぶつ》ばかりだった。この数百年間《すうひゃくねんかん》はひとりも生《う》まれていない。最後《さいご》に生《う》まれたのは……」ニッサはつづきをうながすようにひとりを見《み》た。

「一六六六年《ねん》」その子《こ》がつづけた。「名前《なまえ》はトーマス・ファリナー。ロンドンで大火事《おおかじ》を引《ひ》き起《お》こして、街《まち》の大部分《だいぶぶん》が焼《や》けてしまった」

「そう」とニッサ。「ヘパイストスのハーフの子《こ》で、火《ひ》の使《つか》い手《て》が現《あらわ》れると、たいていそのあと大惨事《だいさんじ》が起《お》こるの。これ以上《いじょう》の大惨事《だいさんじ》はお断《ことわ》り」

リオはポーカーフェイスを装《よそお》おうとしたがあまり得意《とくい》ではない。「そういうことか。けど残念《ざんねん》だな。もし火《ひ》なんてへっちゃらのやつがいたら、ドラゴンに近《ちか》づけるのに」

「だけど近《ちか》づいたとたん、かぎづめと牙《きば》で殺《ころ》される」とニッサ。「それか、ただ踏《ふ》みつぶされるか。だめだめ。ドラゴンは処分《しょぶん》しなくちゃ。とにかく、ほかに何《なに》かいい方法《ほうほう》があれば……」

ニッサは途中《とちゅう》で言葉《ことば》を切《き》ったが、リオには何《なに》をいいたいかわかった。これはヘパイストスコテージの大《おお》きな試練《しれん》だ。もしベッケンドルフのまねができて、ドラゴンを殺《ころ》さずにおさえることができたら、ヘパイストスコテージの呪《のろ》いも解《と》けるかもしれない。しかしだれも何《なに》も思《おも》いつかない。名案《めいあん》を思《おも》いついたハーフはヒーローになれる。

遠《とお》くでホラ貝《がい》が鳴《な》った。みんな道具《どうぐ》や作《つく》った物《もの》を片《かた》づけはじめた。もうそんな時間《じかん》？　リオが窓《まど》の外《そと》を見《み》ると、太陽《たいよう》が沈《しず》みかけていた。リオはＡＤＨＤ《エーディーエイチディー》のせいでときどきこうなる。退屈《たいくつ》しているときは五十分《ぷん》が六時間《じかん》に思《おも》えるのに、何《なに》かに興味《きょうみ》を持《も》っているとき、たとえばハーフ訓練所《くんれんじょ》を見学《けんがく》している今《いま》は、時間《じかん》があっというまに過《す》ぎ——一日《いちにち》が終《お》わる。

「夕飯《ゆうはん》の時間《じかん》よ」ニッサがいった。「リオも一緒《いっしょ》に」

「パビリオンに、だろ？」

ニッサがうなずく。

「先《さき》に行《い》っててくれ」リオはいった。「おれも……あとからすぐ行《い》く」

ニッサは少《すこ》しためらったが、すぐに表情《ひょうじょう》がやわらいだ。「わかった。頭《あたま》の整理《せいり》が必要《ひつよう》だものね。

あたしも初日《しょにち》はそうだった。来《こ》られるようになったら来《き》て。ただ、ここにあるものには手《て》を触《ふ》れないで。気《き》をつけないと命《いのち》にかかわるようなものばかりだから」

「触《さわ》らないよ」リオは約束《やくそく》した。

ヘパイストスコテージの仲間《なかま》はぞろぞろ鍛冶場《かじば》から出《で》ていき、まもなくリオはひとりきりになった。ふいごや、水車《すいしゃ》や、小《ちい》さな機械《きかい》が動《うご》く音《おと》がするだけだ。

リオは訓練所《くんれんじょ》の地図《ちず》を見《み》つめた。――ヘパイストスコテージが罠《わな》をしかける予定《よてい》の場所《ばしょ》に印《しるし》がついている。こんなことしたってだめだ。全然役《ぜんぜんやく》に立《た》たない。めったにない。火《ひ》の使《つか》い手《て》のハーフは危険人物《きけんじんぶつ》ばかり、か。

リオは片方《かたほう》の手《て》を出《だ》し、指先《ゆびさき》を見《み》つめた。指《ゆび》はすらりと長《なが》く、ヘパイストスコテージのハーフ特有《とくゆう》のたこはない。リオはとりわけ体《からだ》が大《おお》きいわけでも、力《ちから》が強《つよ》いわけでもない。機転《きてん》を働《はたら》かせることでめんどうな隣近所《となりきんじょ》とのつき合《あ》い、学校生活《がっこうせいかつ》、保護施設《ほごしせつ》での生活《せいかつ》を生《い》き抜《ぬ》いてきた。リオは幼《おさな》い頃《ころ》から学校《がっこう》でもどこでもピエロを演《えん》じてきた。いつも冗談《じょうだん》をいって、怯《おび》えた表情《ひょうじょう》さえ見《み》せなければ、いじめられることはない。どんないじめっ子《こ》も手《て》は出《だ》さず、「おもしろいやつだ」と思《おも》って仲間《なかま》に入《い》れてくれる。それだけじゃない。笑《わら》っていれば心《こころ》の痛《いた》みを隠《かく》せる。もしそれでうまくいかなければ、作戦《さくせん》その二、逃《に》げ出《だ》せ。何度《なんど》でも。

じつは作戦《さくせん》その三もある。ただ、二度《にど》と使《つか》うまいと誓《ちか》っていた。今《いま》、使《つか》うときが来《き》た——あの事故以来《じこいらい》、母親《ははおや》が亡《な》くなって以来封印《いらいふういん》していた作戦《さくせん》その三を。

手《て》を大《おお》きく開《ひら》くと、指先《ゆびさき》がうずきだした。たった今《いま》、目覚《めざ》めたかのように。開《ひら》いた手《て》に炎《ほのお》がともり、赤《あか》くゆらめいて踊《おど》りだす。

7 ジェイソン

本部《ほんぶ》の建物《たてもの》を見《み》たとたん、ジェイソンは思《おも》った。もうあとに引《ひ》けない。

「ここよ！」ドルーが明《あか》るくいう。「これが訓練所《くんれんじょ》の本部《ほんぶ》」

怖《こわ》い感《かん》じはない。外壁《がいへき》は水色《みずいろ》、縁《ふち》は白《しろ》く塗《ぬ》られたどこにでもありそうな四階《かいだ》建てのの建物《たてもの》だ。建物《もの》を囲《かこ》むポーチには椅子《いす》が数脚《すうきゃく》とトランプ用《よう》のテーブル、それに車椅子《くるまいす》が一台置《だいお》いてある。ニンフの形《かたち》をしたウィンドチャイムが、風《かぜ》で回転《かいてん》するたび木《き》の形《かたち》に変《か》わる。老人《ろうじん》が夏《なつ》を過《す》ごすのにぴったりだ。プルーンジュースを片手《かたて》に、ポーチに座《すわ》って夕日《ゆうひ》をながめたりして。しかし窓《まど》はどれもにらむようにジェイソンを見《み》おろしているし、大《おお》きく開《ひら》いた玄関《げんかん》のドアは今《いま》にもジェイソンを飲《の》みこみそうだ。屋根《やね》のてっぺんにあるワシの形《かたち》をした青銅《せいどう》の風見鶏《かざみどり》がくるっとまわり、まっすぐジェイソンのほうをむいた。「さっさとお帰《かえ》り」とでもいうように。

ジェイソンの体《からだ》の分子《ぶんし》という分子《ぶんし》が、ここは敵地《てきち》だといっている。

「ぼくがこの訓練所《くんれんじょ》に来《き》たのは間違《まちが》いかも」ジェイソンはいった。

ドルーがジェイソンの腕《うで》に手《て》をまわしてきた。「やだ、ジェイソンなら大歓迎《だいかんげい》よ。信《しん》じて。あたし、今《いま》まで何人《なんにん》もハーフを見《み》てきたんだから」

ドルーはクリスマスみたいな香《かお》りがする――松《まつ》とナツメグの香《かお》り。いつもこうなんだろうか？それとも休日専用《きゅうじつせんよう》の香水《こうすい》？　ピンクのアイラインがきらきら光《ひか》っている。ドルーがまばたきするたび、つい見《み》てしまう。それがねらいかもしれない。赤茶色《あかちゃいろ》の目《め》に吸《す》いこまれそうだ。ドルーは美人《びじん》だ。だれが見《み》てもそう思《おも》う。だけど一緒《いっしょ》にいてほっとするタイプじゃない。

ジェイソンはできるだけそっとドルーから腕《うで》を離《はな》した。「悪《わる》いけど――」

「さっきの女《おんな》の子《こ》のこと？」ドルーはくちびるをとがらせた。「やだ、あんなごみみたいな子《こ》とつき合《あ》ってるわけじゃないわよね」

「パイパーのこと？　いや……」

ジェイソンは言葉《ことば》につまった。パイパーと会《あ》ったのは今日《きょう》が初《はじ》めてだが、そう認《みと》めるのは悪《わる》い気《き》がする。ここが自分《じぶん》のいるべき場所《ばしょ》でないのはわかっている。ここにいる子《こ》たちと友《とも》だちになってはいけない。だれかとつき合《あ》うなんてとんでもない。わかっているけれど……ジェイソンがバスの中《なか》で目覚《めざ》めたとき、パイパーは手《て》を握《にぎ》ってくれていた。自分《じぶん》はジェイソンのガールフレンドだと信《しん》じきっていた。展望橋《てんぼうばし》で嵐《あらし》の精《せい》ウェンティと勇敢《ゆうかん》に戦《たたか》い、落《お》ちていくパイパーを捕《つか》まえて、顔《かお》と顔《かお》がくっつきそうなくらい抱《だ》き合《あ》っていたときは、パイパーにキスしそうになったくらいだ。いや、だめだ。ジェイソンは自分《じぶん》の過去《かこ》さえ知《し》らない。パイパーの気持《きも》ちをもてあそんではいけない。

ドルーはあきれた顔《かお》をしている。「それならあたしが決《き》めてあげる。ジェイソンにはもっとお似合《にあ》いの子《こ》がいる。こんなにかっこよくて、魅力的《みりょくてき》なんだもの」

そういいながらドルーはジェイソンを見《み》ていない。ジェイソンの頭《あたま》の上《うえ》のほうを見《み》ている。

「お告《つ》げを待《ま》っているんだろ？」ジェイソンがいう。「リオの頭《あたま》の上《うえ》に現《あらわ》れたみたいな」

「え？ ちがう！ ううん……そうよ。だって、噂《うわさ》によるとジェイソンはとても力《ちから》のあるハーフなんでしょ？ 訓練所《くんれんじょ》では重要《じゅうよう》な役割《やくわり》を果《は》たすことになる。だからじきに認知《にんち》されるはずよ。待《ま》ちきれないわ。それまでずっとそばについているから！ ところで、お父《とう》さんとお母《かあ》さん、どっちが神《かみ》なの？ お母《かあ》さんじゃないといいけど。ジェイソンがアフロディテの息子《むすこ》だったらいやだな」

「どうして？」

「あたしと半分血《はんぶんち》のつながったきょうだいになっちゃうから。同《おな》じコテージの子《こ》とは恋人《こいびと》になれないの。決《き》まってるでしょ！」

「だけど神々《かみがみ》は全員血《ぜんいんち》がつながってるんだろ？　この訓練所《くんれんじょ》のハーフは全員《ぜんいん》、いとこ同士《どうし》なんじゃないのか？」

「おばかさんね！　自分《じぶん》のコテージ以外《いがい》のハーフとの血《ち》のつながりは気《き》にしなくていいの。だから別《べつ》のコテージの子《こ》とつき合《あ》うのは——問題《もんだい》なし。それで、ジェイソンの神《かみ》のほうの親《おや》は——お父《とう》さん？　お母《かあ》さん？」

例《れい》によってジェイソンにはこたえようがない。上《うえ》を見《み》たが、何《なに》も浮《う》かんでいない。本部《ほんぶ》のてっぺんにある風見鶏《かざみどり》はまだジェイソンのほうをさしている。青銅《せいどう》のワシが〈痛《いた》い目《め》にあわないうちにお帰《かえ》り〉とでもいいたげににらんでいる。

そのとき、ポーチから足音《あしおと》が聞《き》こえた。ちがう。ひづめの音《おと》だ。

「ケイロン！」ドルーがいった。「こちらはジェイソン。素敵《すてき》な子《こ》でしょ！」

ジェイソンはあわてて後《あと》ずさり、思《おも》わず転《ころ》びそうになった。ポーチの角《かど》を曲《ま》がって現《あらわ》れたのは、馬《うま》にまたがった男性《だんせい》。いや、またがっているんじゃない——馬《うま》とつながっている。腰《こし》から上《うえ》は人間《にんげん》で、茶色《ちゃいろ》い巻《ま》き毛《げ》によく手入《てい》れされたあごひげ。「世界一《せかいいち》のケンタウロス」と書《か》かれたＴ《ティー》シャツを着《き》て、背中《せなか》に弓《ゆみ》を背負《せお》っている。背《せ》がすごく高《たか》くて、頭《あたま》がポーチの電灯《でんとう》にぶつからないよう首《くび》をすくめている。腰《こし》から下《した》は白馬《はくば》だ。

ケイロンはジェイソンを見《み》てにっこり笑《わら》った。と思《おも》ったら、顔《かお》から血《ち》の気《け》が引《ひ》いた。

「まさか……」ケイロンの目《め》が警戒心《けいかいしん》の強《つよ》い獣《けもの》のように光《ひか》った。「君《きみ》は死《し》んだと思《おも》っていた」

ケイロンはジェイソンに中《なか》に入《はい》るよう命《めい》じた。いや、ふつうにいったのだがジェイソンには命令《めいれい》に聞《き》こえた。ドルーはコテージにもどるようにいわれ、不満《ふまん》げな顔《かお》で帰《かえ》っていった。

ケイロンは馬《うま》の足《あし》で歩《ある》いてポーチに置《お》かれた車椅子《くるまいす》に近《ちか》づくと、背中《せなか》から弓矢《ゆみや》をおろし、車椅《くるまい》子《す》に尻《しり》をむけた。車椅子《くるまいす》のふたが魔法《まほう》の箱《はこ》のように開《ひら》く。ケイロンはうしろ足《あし》のひづめからゆっくり箱《はこ》に入《い》れ、尻《しり》を揺《ゆ》らして二本《ほん》の脚《あし》をもぐりこませていく。あの車椅子《くるまいす》に馬《うま》の下半身《かはんしん》が全部《ぜんぶ》入《はい》るはずがない。ピー、ピー、ピー。トラックがバックするときの電子音《でんしおん》が聞《き》こえてくるかのようだ。そのうちにケイロンの馬《うま》の下半身《かはんしん》は見《み》えなくなり、車椅子《くるまいす》のふたが閉《と》じた。膝《ひざ》に毛布《もうふ》をかけた人間《にんげん》の義足《ぎそく》二本《ほん》が飛《と》び出《だ》す。ケイロンは車椅子《くるまいす》に腰《こし》かけたふつうの人間《にんげん》になった。

「ついてきなさい」ケイロンがいった。「レモネードを用意《ようい》してある」

リビングルームは植物園《しょくぶつえん》のようだ。壁《かべ》にも天井《てんじょう》にもブドウのつるが這《は》っている。少《すこ》しみょうだ。ブドウが、しかも冬《ふゆ》に屋内《おくない》で育《そだ》つはずがない。ところがブドウの木《き》は青々《あおあお》として、赤《あか》いブドウの実《み》がたわわになっている。

革張《かわば》りのソファのむかいにある暖炉《だんろ》では火《ひ》がぱちぱち燃《も》え、部屋《へや》のかたすみに置《お》かれたレトロなゲーム機《き》が小《ちい》さな電子音《でんしおん》を立《た》てたり、点滅《てんめつ》したりしている。壁《かべ》にはいろいろな仮面《かめん》が並《なら》んでいる——ギリシャ劇《げき》で使《つか》われるような悲劇《ひげき》と喜劇《きげき》の仮面《かめん》、羽根飾《はねかざ》りのついたマルディグラ（訳注《やくちゅう》：西方《せいほう》キリスト教文化圏《きょうぶんかけん》のカーニバル）用《よう》の仮面《かめん》、鼻《はな》がくちばしのように大《おお》きい仮面舞踏会《かめんぶとうかい》の仮面《かめん》、アフリカの木彫《きぼ》りの仮面《かめん》。ブドウのつるが仮面《かめん》の口《くち》に入《はい》って、葉《は》が舌《した》のように見《み》える。赤《あか》いブドウの実《み》が目《め》のようになっている仮面《かめん》もある。

しかしいちばん気味《きみ》が悪《わる》いのは暖炉《だんろ》の上《うえ》にあるヒョウの頭《あたま》の剥製《はくせい》だ。まるで生《い》きているようで、ジェイソンがどこにいても目《め》で追《お》ってくる。と思《おも》ったら、ヒョウがうなった。ジェイソンは口《くち》から心臓《しんぞう》が飛《と》び出《で》るかと思《おも》った。

「シーモア、よしなさい」ケイロンがたしなめた。「ジェイソンは仲間《なかま》だ。わきまえなさい」

「あのヒョウ、生《い》きているんですか！」ジェイソンはいった。

ケイロンは車椅子《くるまいす》のわきのポケットをさぐり、犬用《いぬよう》スナックの袋《ふくろ》を出《だ》した。一本《ぽん》ほうって与《あた》えると、ヒョウはあっというまにたいらげ、くちびるをなめた。

「このリビングルームの内装《ないそう》は気《き》にしないでほしい」ケイロンがいう。「どれも元所長《もとしょちょう》がオリンポス山《さん》に呼《よ》びもどされたときに記念《きねん》に残《のこ》していったものだ。これを見《み》て自分《じぶん》を思《おも》い出《だ》してくれ、そういうことらしい。ミスターD《ディー》は風変《ふうが》わりなユーモアのセンスを持《も》っている」

「ミスターD《ディー》って、ディオニュソスですか？」

「ふむ」レモネードをそそぐケイロンの手《て》が少《すこ》し震《ふる》えている。「シーモアは、ミスターD《ディー》が近所《きんじょ》のガレージセールで手《て》に入《い》れたものだ。ヒョウは君《きみ》も知《し》っているとおり、ミスターD《ディー》のシンボルだ。ミスターD《ディー》は『神聖《しんせい》な動物《どうぶつ》を剥製《はくせい》にするとは』と驚《おどろ》き、このヒョウに新《あら》たな命《いのち》を与《あた》えることにした。たとえ首《くび》から上《うえ》だけで壁《かべ》に飾《かざ》られることになっても命《いのち》がないよりはましだろう、といってね。たしかに、シーモアのもとの持《も》ち主《ぬし》が受《う》けた災難《さいなん》よりはましかもしれない」

シーモアは鋭《するど》い歯《は》をむき出《だ》し、鼻《はな》をくんくんさせた。おやつはどこだ、とでもいうように。

「頭《あたま》しかないのに」ジェイソンはいった。「食《た》べた物《もの》はどこに行《い》くんですか？」

「それは聞《き》かないことだ。さあ、座《すわ》りなさい」

ジェイソンはレモネードを受《う》けとったが、胃《い》がむかむかしていた。ケイロンは車椅子《くるまいす》の背《せ》にもたれ、ほほ笑《え》んでみせた。しかしジェイソンにはひきつった笑《え》みに見《み》えた。ケイロンの目《め》は井戸《いど》の底《そこ》のように深《ふか》く暗《くら》い。

「さて、ジェイソン、話《はな》してくれないか——その——君《きみ》はどこから来《き》たんだ？」

「それが、わからないんです」ジェイソンはケイロンにすべて話《はな》した。目《め》を覚《さ》ましたらバスに乗《の》っていたことも、ハーフ訓練所《くんれんじょ》に不時着《ふじちゃく》したことも。何《なに》もかも話《はな》してしまったほうがいいと思《おも》った。またケイロンは話《はなし》を聞《き》くのがうまかった。ジェイソンの話《はなし》には口《くち》をはさまず、ときどき「それで？」というようにうなずく。

ジェイソンの話《はなし》が終《お》わると、ケイロンはレモネードをすすった。

「わかった」ケイロンはいった。「君《きみ》は私《わたし》にたずねたいことがあるにちがいない」

「ひとつだけあります。さっき『君《きみ》は死《し》んだと思《おも》っていた』っていいました。どういう意味《いみ》ですか？」

ケイロンは眉間《みけん》にしわを寄《よ》せてジェイソンを見《み》た。ジェイソンが燃《も》えあがるのを待《ま》っているかのようだ。「ジェイソン、その腕《うで》のタトゥーはなんの模様《もよう》か知《し》っているかい？　シャツの色《いろ》については？　何《なに》か覚《おぼ》えていることはあるかい？」

ジェイソンは腕《うで》のタトゥーを見《み》た。SPQR《エスピーキューアール》、ワシ、十二本《ほん》の線《せん》。

「いいえ。何《なに》も」

「ここがどこか、私《わたし》がだれか知《し》っているかい？」

「あなたはケンタウロスのケイロン。昔話《むかしばなし》に出《で》てくるあのケイロンですよね。ヘラクレスなどの英雄《えいゆう》の教育係《きょういくがかり》だった。そして、ここはハーフ訓練所《くんれんじょ》。ハーフはオリンポスの神々《かみがみ》と人間《にんげん》のあいだに生《う》まれた子《こ》です」

「では、君《きみ》はオリンポスの神々《かみがみ》が今《いま》なお生《い》きていると信《しん》じているね？」

「はい」ジェイソンはすぐにこたえた。「というか、オリンポスの神々《かみがみ》を崇拝《すうはい》したり、ニワトリなどを捧《ささ》げたりするのはどうかと思《おも》いますけど、文明《ぶんめい》の基盤《きばん》として今《いま》も生《い》きていることはたしかです。オリンポスの神々《かみがみ》は勢力《せいりょく》の中心《ちゅうしん》が移動《いどう》するのに合《あ》わせて国《くに》から国《くに》へと移動《いどう》した——たとえば、古代《こだい》ギリシャから古代《こだい》ローマ帝国《ていこく》へ、というように」

〈完璧《かんぺき》な説明《せつめい》だ〉ケイロンの声《こえ》の感《かん》じが少《すこ》し変《か》わった。〈つまり、君《きみ》はこの訓練所《くんれんじょ》に来《く》る前《まえ》から神々《かみがみ》の存在《そんざい》を信《しん》じていた。君《きみ》はすでに自分《じぶん》がどの神《かみ》の子《こ》か知《し》っているんじゃないか？〉

〈かもしれません。よくわかりません〉

ヒョウのシーモアがうなる。

ケイロンは待《ま》った。ジェイソンは今何《いまなに》が起《お》きたのかわかった。ケイロンはほかの言語《げんご》を使《つか》ったのだ。ジェイソンはそれを理解《りかい》し、とっさに同《おな》じ言語《げんご》でこたえた。

「Quis erat《クイス　エラト》——」ジェイソンは口《くち》ごもり、はっとして英語《えいご》に切《き》り替《か》えた。「さっきのは何語《なにご》ですか？」

「君《きみ》は古典《こてん》ラテン語《ご》が話《はな》せるらしい。ハーフの多《おお》くは、当然《とうぜん》、ラテン語《ご》を少《すこ》しは理解《りかい》できる。いわば遺伝《いでん》のようなものだが、古代《こだい》ギリシャ語《ご》ほどは使《つか》いこなせない。ラテン語《ご》を流暢《りゅうちょう》に話《はな》そうと思《おも》ったら練習《れんしゅう》が必要《ひつよう》だ」

ケイロンは何《なに》がいいたいんだ？　ジェイソンの記憶《きおく》は空白《くうはく》だらけだ。自分《じぶん》がここにいるべきでない、という印象《いんしょう》は変《か》わらない。ここにいるのは間違《まちが》いだし、危険《きけん》だ。しかし、少《すく》なくともケイロンを怖《こわ》がる必要《ひつよう》はない。実際《じっさい》ケイロンはジェイソンを気《き》づかい、心配《しんぱい》している。

ケイロンの目《め》に暖炉《だんろ》の火《ひ》が映《うつ》り、揺《ゆ》れている。「私《わたし》は過去《かこ》に君《きみ》と同名《どうめい》の、ギリシャ読《よ》みで『イアソン』という青年《せいねん》を教育《きょういく》したことがある。イアソンはじつに多難《たなん》な生涯《しょうがい》を送《おく》った。多《おお》くの英雄《えいゆう》が私《わたし》のもとを訪《おとず》れ、そして去《さ》っていった。ときには幸《しあわ》せな結末《けつまつ》を迎《むか》える英雄《えいゆう》もいたが、多《おお》くはそうではなかった。私《わたし》もつらかった。教《おし》え子《ご》のひとりが命《いのち》を落《お》とすたび、我《わ》が子《こ》を失《うしな》うような気持《きも》ちだった。しかし君《きみ》は――私《わたし》が今《いま》までに教育《きょういく》したどのハーフともちがう。君《きみ》がここに来《き》たことによって大惨事《だいさんじ》が起《お》こるかもしれない」

「それはどうも。いい励《はげ》ましの言葉《ことば》をもらいました」

「悪《わる》かった。しかし本当《ほんとう》だ。まさかこんなことになろうとは。せっかくパーシーが――」

「パーシー・ジャクソンのことですね。アナベスのボーイフレンドで、今《いま》、行方不明《ゆくえふめい》になっている」

ケイロンがうなずく。「パーシーはタイタン族《ぞく》との戦《たたか》いに勝利《しょうり》をもたらし、オリンポス山《さん》を救《すく》った。われわれもしばらくは平穏《へいおん》な日々《ひび》がつづくと期待《きたい》していた。私《わたし》はようやく得《え》た勝利《しょうり》という幸《しあわ》せな結末《けつまつ》を享受《きょうじゅ》し、これからは静《しず》かな隠居生活《いんきょせいかつ》を送《おく》れると思《おも》っていた。だが甘《あま》かった。最終《さいしゅう》章《しょう》が近《ちか》づいている。以前《いぜん》とまったく同《おな》じだ。最悪《さいあく》の事態《じたい》はこれからだ」

部屋《へや》のすみでゲーム機《き》が悲《かな》しげな音《おと》を鳴《な》らした。パックマンが死《し》んだらしい。

「よくわかりました」とジェイソン。「つまり——最終章《さいしゅうしょう》として最悪《さいあく》の事態《じたい》が起《お》こる、それは前《まえ》にもあった。おもしろいですね。だけど、さっきの話《はなし》にもどっていいですか？　ぼくは死《し》んだと思《おも》っていた、そういいましたよね。そういわれていい気持《きも》ちはしません」

「残念《ざんねん》ながらそれについて説明《せつめい》することはできない。私《わたし》はステュクスの川《かわ》だけでなく、ありとあらゆる神聖《しんせい》なものに誓《ちか》ったのだ……」ケイロンは眉《まゆ》をひそめた。「しかし、その誓《ちか》いが破《やぶ》られ、君《きみ》はここに来《き》た。ありえないことだ。私《わたし》には理解《りかい》できない。だれがそんなことをする？　だれが——」

ヒョウのシーモアが遠吠《とおぼ》えした。口《くち》が半分《はんぶん》開《あ》いたままでとまる。ゲーム機《き》の電子音《でんしおん》がやんだ。暖炉《だんろ》の火《ひ》がはぜるのをやめ、炎《ほのお》が赤《あか》いガラスのようにかたまった。壁《かべ》に並《なら》ぶ薄気味悪《うすきみわる》い仮面《かめん》が葉《は》の舌《した》をゆらし、赤《あか》いブドウの実《み》の目《め》でジェイソンを見《み》おろしている。

「教《おし》えてください。いったい何《なに》が――」

ケイロンもかたまっている。ジェイソンはあわててソファから立《た》った。しかしケイロンは話《はなし》の途中《とちゅう》で口《くち》を開《あ》けたまま一点《いってん》を見《み》つめている。まばたきも息《いき》もしない。

〈ジェイソン〉だれかが呼《よ》んだ。

ジェイソンはぎょっとした。ヒョウがしゃべったのかと思《おも》った。が、そのとき、シーモアの口《くち》から黒《くろ》いもやが出《で》てきた。もっといやな予感《よかん》がした。〈ウェンティだ〉

ジェイソンはいそいでポケットから例《れい》の金貨《きんか》を出《だ》した。指先《ゆびさき》でぴんと弾《はじ》くと金貨《きんか》は剣《けん》になった。黒《くろ》いもやは黒《くろ》いローブを着《き》た女性《じょせい》の姿《すがた》になった。頭《あたま》にフードをかぶっているが、その奥《おく》で目《め》はぎらぎら光《ひか》っている。ヤギ皮《がわ》のマントを羽織《はお》っている。ジェイソンは首《くび》をかしげた。どうしてヤギ皮《がわ》だとわかったんだ？　直感《ちょっかん》でわかった。そして、それがある意味《いみ》を持《も》つということも。

〈自分《じぶん》の守《まも》り神《がみ》に襲《おそ》いかかるというのですか？〉女性《じょせい》がたしなめる。その声《こえ》がジェイソンの頭《あたま》の中《なか》で響《ひび》く。〈剣《けん》をおろしなさい〉

「だれだ？」ジェイソンは聞《き》いた。「どうやって――」

〈私《わたし》たちの時間《じかん》は限《かぎ》られています。この檻《おり》は刻一刻《こくいっこく》と強固《きょうこ》になります。檻《おり》の中《なか》からごくわずかな魔法《まほう》を使《つか》う力《ちから》を取《と》りもどすだけで一カ月《げつ》かかってしまいました。私《わたし》はなんとかあなたをここに送《おく》

り届《とど》けましたが、時間《じかん》はもうほとんど残《のこ》っていません。私《わたし》の力《ちから》はつきる寸前《すんぜん》。あなたに話《はな》しかけるのはこれが最後《さいご》かもしれません〉

「檻《おり》の中《なか》？」ジェイソンは少《すこ》し考《かんが》え、剣《けん》はかまえたままにした。「なんの話《はなし》かわからないし、ぼくには守《まも》り神《がみ》なんていない」

〈忘《わす》れたのですか〉声《こえ》がいう。〈私《わたし》はあなたが生《う》まれたときから知《し》っています〉

「覚《おぼ》えていない。何《なに》も覚《おぼ》えていないんだ」

〈そう、覚《おぼ》えていない〉声《こえ》がいう。〈それも必要《ひつよう》なことだったのです。何年《なんねん》も前《まえ》、あなたの父親《ちちおや》は私《わたし》の怒《いか》りをしずめるために、私《わたし》にあなたの命《いのち》を差《さ》し出《だ》しました。あなたの父親《ちちおや》はあなたに、私《わたし》の愛《あい》する英雄《えいゆう》イアソンと同《おな》じ名《な》を与《あた》えました。あなたは私《わたし》のものです〉

「嘘《うそ》だ。ぼくはだれのものでもない」

〈今《いま》こそ借《か》りを返《かえ》すとき。檻《おり》を見《み》つけ、囚《とら》われている私《わたし》を出《だ》しなさい。さもないと彼《かれ》らの王《おう》が大地《だいち》から目覚《めざ》め、私《わたし》は亡《な》き者《もの》にされてしまいます。そして、あなたは記憶《きおく》を取《と》りもどすことができなくなります〉

「それは脅迫《きょうはく》ですか？　ぼくの記憶《きおく》を奪《うば》ったのはあなたですか？」

〈期限《きげん》は冬至《とうじ》の日暮《ひぐ》れまで。あと四日《よっか》しかありません。たのみましたよ〉

女性《じょせい》の姿《すがた》は消《き》え、黒《くろ》いもやは渦《うず》を巻《ま》きながらヒョウの口《くち》にもどっていく。とまっていた時間《じかん》が流《なが》れだした。遠吠《とおぼ》えの途中《とちゅう》だったシーモアが大《おお》きく咳《せ》きこみ、暖炉《だんろ》の火《ひ》がまたはぜ、ゲーム機《き》から電子音《でんしおん》が鳴《な》った。そしてケイロンがいった。「――わざわざ君《きみ》をここに連《つ》れてきた？」

「たぶんさっきの黒《くろ》いローブを着《き》た女《おんな》の人《ひと》です」

ケイロンは驚《おどろ》いた顔《かお》で上《うえ》を見《み》た。「君《きみ》はそこに座《すわ》っていたはずなのに……なぜ剣《けん》を持《も》っている？」

「ここだけの話《はなし》ですけど、シーモアがだれかを食《た》べてしまいました」

ジェイソンはケイロンに時間《じかん》がとまっているあいだの出来事《できごと》を話《はな》した。黒《くろ》いもやから出《で》てきた女《おんな》の人《ひと》がシーモアの口《くち》に消《き》えてしまったんです、と。

「なるほど」ケイロンがつぶやく。「そういうことだったのか」

「ぼくにもどういうことか教《おし》えてください。お願《ねが》いします」

ケイロンが口《くち》を開《ひら》く前《まえ》にポーチから大《おお》きな足音《あしおと》が聞《き》こえてきた。玄関《げんかん》のドアがいきおいよく開《あ》き、アナベスと赤毛《あかげ》の少女《しょうじょ》が飛《と》びこんできた。パイパーも一緒《いっしょ》だが、ふたりに両側《りょうがわ》から抱《かか》えられている。意識《いしき》がないのか頭《あたま》がぐらぐら揺《ゆ》れている。

「何《なに》があったんだ？」ジェイソンは三人《にん》に駆《か》け寄《よ》った。「パイパーはどうしたんだ？」

「ヘラのコテージにいたの」アナベスは大《おお》きく息《いき》を切《き》らしている。ここまでずっと走《はし》ってきたようだ。「幻覚《げんかく》を見《み》て、大変《たいへん》なことに」

赤毛《あかげ》の少女《しょうじょ》が顔《かお》をあげた。泣《な》いている。

「あたし……」赤毛《あかげ》の少女《しょうじょ》は泣《な》きじゃくっている。「あたしのせいでパイパーは死《し》ぬかもしれない」

8 ジェイソン

ジェイソンは赤毛《あかげ》の少女《しょうじょ》（自己紹介《じこしょうかい》によるとレイチェル）とふたりでパイパーをソファに寝《ね》かせ、アナベスは救急《きゅうきゅう》セットをとりに廊下《ろうか》を走《はし》っていった。パイパーは呼吸《こきゅう》はしているが目《め》はつぶったまま。一種《いっしゅ》のこん睡状態《すいじょうたい》だ。

「パイパーを目覚《めざ》めさせないと」ジェイソンはいった。「何《なに》か方法《ほうほう》があるんだろ？」

青《あお》ざめ、呼吸《こきゅう》をするのもやっとのパイパーを見《み》て、ジェイソンは急《きゅう》に「ぼくが守《まも》らなければ」と思《おも》った。自分《じぶん》はパイパーを知《し》らないかもしれないし、パイパーはガールフレンドではないかもしれない。しかし、一緒《いっしょ》にグランドキャニオンから生還《せいかん》し、はるばるここまで来《き》た。自分《じぶん》が少《すこ》しそばを離《はな》れているあいだに、パイパーはこんなことになった。

ケイロンはパイパーの額《ひたい》に手《て》をあて、難《むずか》しい顔《かお》をした。「この子《こ》の精神《せいしん》は壊《こわ》れる寸前《すんぜん》だ。レイチェル、何《なに》があった？」

「わからないんです。訓練所《くんれんじょ》についてすぐ、あたしはヘラのコテージに呼《よ》ばれた気《き》がして、中《なか》に入《はい》りました。しばらくしたらアナベスとパイパーも来《き》ました。三人《にん》で話《はなし》をしていたら――あたし、意識《いしき》を失《うしな》いました。あたしはだれかの声《こえ》でしゃべっていた、アナベスはそういっています」

「予言《よげん》かい？」ケイロンがたずねる。

「いいえ。デルポイの霊《れい》は内側《うちがわ》から目覚《めざ》めます。その感覚《かんかく》は知《し》っています。今回《こんかい》はすごく遠《とお》くから、何《なに》か大《おお》きな力《ちから》があたしを通《とお》してしゃべろうとしているような感《かん》じでした」

アナベスが革袋《かわぶくろ》を手《て》に走《はし》ってもどってきた。パイパーの横《よこ》で膝《ひざ》をつく。「ケイロン、ヘラのコテージでのこと――こんなの初《はじ》めてです。レイチェルが予言《よげん》を伝《つた》える声《こえ》は聞《き》いたことがあるけど、今回《こんかい》はいつもとちがってました。大人《おとな》の女性《じょせい》の声《こえ》でした。パイパーの両肩《りょうかた》をつかんで、そしていったんです――」

「この檻《おり》から出《だ》してくれ、って？」ジェイソンがいった。

アナベスはジェイソンを見《み》つめた。「どうしてわかったの？」

ケイロンは胸《むね》の前《まえ》で指《ゆび》三本《ぼん》を立《た》ててみせた。邪悪《じゃあく》なものを退《しりぞ》けるまじないのようだ。

「ジェイソン、話《はな》してやりなさい。アナベス、救急袋《きゅうきゅうぶくろ》をこちらに」

ケイロンが小《こ》ビンの薬《くすり》をパイパーの口《くち》に一滴《てき》ずつたらしているあいだ、ジェイソンは先《さき》ほど時間《じかん》がとまっているあいだに起《お》きたことを説明《せつめい》した――黒《くろ》いもやの中《なか》から出《で》てきた女性《じょせい》が、ジェイソンの守《まも》り神《がみ》だと名乗《なの》ったことを。

ジェイソンの話《はなし》が終《お》わってもみんな黙《だま》ったまま。ジェイソンはまた不安《ふあん》になってきた。

「よくあるのか？」とジェイソン。「囚人《しゅうじん》からありえない方法《ほうほう》で電話《でんわ》がかかってきて、檻《おり》から出《だ》してくれ、なんていわれるのは」

「守《まも》り神《がみ》っていったのね」アナベスがいう。「ジェイソンの母親《ははおや》の女神《めがみ》、じゃなくて？」

「間違《まちが》いない。ぼくの父親《ちちおや》はその女《おんな》の人《ひと》にぼくの命《いのち》を差《さ》し出《だ》したともいっていた」

アナベスは顔《かお》をしかめた。「こんな話初《はなしはじ》めて。展望橋《てんぼうばし》に現《あらわ》れた嵐《あらし》の精《せい》はいったのよね──自分《じぶん》は『大女神様《だいめがみさま》』に仕《つか》え、その命令《めいれい》に従《したが》って動《うご》いてる、って。『大女神様《だいめがみさま》』と、ジェイソンの記憶《きおく》を狂《くる》わせたっていう守《まも》り神《がみ》は同《おな》じ？」

「ちがうと思《おも》う」とジェイソン。「さっきの守《まも》り神《がみ》と名乗《なの》る女《おんな》の人《ひと》が敵《てき》だとしたら、どうしてぼくに助《たす》けを求《もと》めるんだ？　その女《おんな》の人《ひと》は囚《とら》われていて、自分《じぶん》の敵《てき》がさらに強大《きょうだい》になるのを心配《しんぱい》している。冬至《とうじ》の日《ひ》に大地《だいち》から王《おう》が目覚《めざ》める、とかなんとかって──」

アナベスはケイロンを見《み》た。「クロノスじゃない。そうですよね」

ケイロンは難《むずか》しい顔《かお》をしたままだ。パイパーの手首《てくび》をとり、脈《みゃく》をたしかめている。

やがてケイロンが口《くち》を開《ひら》いた。「クロノスではない。クロノスの脅威《きょうい》は終《お》わった。しかし……」

「しかし？」とアナベス。

ケイロンは救急袋《きゅうきゅうぶくろ》を閉《と》じた。「パイパーには休養《きゅうよう》が必要《ひつよう》だ。話《はなし》はあとだ」

「いいえ、今《いま》してください」ジェイソンがいった。「さっき、最大《さいだい》の脅威《きょうい》はこれからだ、っていいましたよね。最終章《さいしゅうしょう》はこれからだって。タイタン族《ぞく》の軍勢《ぐんぜい》より恐《おそ》ろしいものなんてあるんですか？」

「あ」レイチェルが小《ちい》さな声《こえ》でいった。「わかった。その女神《めがみ》はヘラよ。そうに決《き》まってる。ヘラのコテージに、ヘラの声《こえ》。ヘラは一度《いちど》に自分《じぶん》のコテージと、ジェイソンの前《まえ》に姿《すがた》を現《あらわ》した」

「ヘラですって？」アナベスのいい方《かた》はシーモアのうなり声《ごえ》よりおどしがきいている。「さっきレイチェルに乗《の》り移《うつ》ったのはヘラ？　ヘラがパイパーをこんなふうにしたの？」

「レイチェルのいうとおりかもしれない」とジェイソン。「たしかに、あの女《おんな》の人《ひと》は女神《めがみ》っぽかった。それに例《れい》の――ヤギ皮《がわ》のマントをはおっていた。ヤギ皮《がわ》のマントはユノのシンボルだろ？」

「そうなの？」アナベスが首《くび》をかしげる。「初《はじ》めて聞《き》いた」

ケイロンはゆっくりうなずいた。「ヘラはローマ神話《しんわ》ではユノ。戦《たたか》いを好《この》む女神《めがみ》だ。ヤギ皮《がわ》のマントはローマの兵士《へいし》のシンボルだ」

「ヘラが囚《とら》われている？」レイチェルがたずねる。「神々《かみがみ》の女王《じょおう》に対《たい》してだれがそんなことを？」

アナベスは腕組《うでぐ》みした。「その人物《じんぶつ》に感謝《かんしゃ》したいくらい。あの口《くち》うるさいヘラを黙《だま》らせてくれるなんて——」

「アナベス」ケイロンがたしなめた。「ヘラがオリンポス十二神《しん》のひとりであることに変《か》わりはない。実際《じっさい》ヘラのおかげでオリンポスの神々一族《かみがみいちぞく》はばらばらにならずにすんでいる。もしヘラが本当《ほんとう》に囚《とら》われ、身《み》の危険《きけん》にさらされているとしたら、世界《せかい》の基盤《きばん》が揺《ゆ》らぐことになる。もともと完全《かんぜん》とはいえないオリンポスの平穏《へいおん》がくずれ去《さ》ってしまうかもしれない。もしヘラがジェイソンに助《たす》けを求《もと》めているなら……」

「わかりました」アナベスは少《すこ》しむくれている。「とにかく、タイタン族《ぞく》は神《かみ》をつかまえることができる、そうですよね？　数年前《すうねんまえ》にアトラスはアルテミスをとらえたし、昔話《むかしばなし》を読《よ》むと神々《かみがみ》はおたがいをだまして、つかまえてばかりいる。でもタイタン族以上《ぞくいじょう》の悪者《わるもの》って……？」

ジェイソンはヒョウのシーモアのほうを見《み》た。舌《した》なめずりをしている。ヘラのほうが犬用《いぬよう》スナックよりはるかにうまい、とでもいいたげだ。「ヘラはいっていた。檻《おり》から出《で》ようとして、もう一カ月《げつ》もたってしまったって」

「オリンポス山《さん》が閉《と》ざされたのも一カ月前《げつまえ》よ」アナベスがいった。「つまり、オリンポスの神々《かみがみ》は何《なに》か大変《たいへん》なことが起《お》きたって知《し》ってたのよ」

「だけど、どうしてヘラはぼくをこの訓練所《くんれんじょ》に送《おく》りこんだ?」とジェイソン。「ヘラはぼくの記《き》憶《おく》を消《け》し、ココハグ校《こう》のバス旅行《りょこう》にほうりこみ、アナベスに夢《ゆめ》で『ぼくを迎《むか》えにいけ』というメッセージを送《おく》った。どうしてぼくなんだ? 仲間《なかま》の神《かみ》に火炎信号《かえんしんごう》を送《おく》って——自分《じぶん》の居場所《いばしょ》を教《おし》えて、檻《おり》から出《だ》してもらえばいい」

「神々《かみがみ》は地上《ちじょう》では自分《じぶん》のしたいことを英雄《えいゆう》にやらせるの」レイチェルがいった。「ちがう? 神々《かみがみ》の運命《うんめい》はつねにハーフとからみ合《あ》っている」

「たしかに」とアナベス。「でもジェイソンのいうことも一理《いちり》ある。どうしてジェイソンなの? どうしてジェイソンの記憶《きおく》を消《け》したの?」

「パイパーも関係《かんけい》があるみたいね」とレイチェル。「ヘラはパイパーにも同《おな》じメッセージを送《おく》った——『私《わたし》をここから出《だ》して』って。あとね、アナベス、ヘラの一件《いっけん》はパーシーが行方不明《ゆくえふめい》になったこととも関係《かんけい》している」

アナベスはケイロンを見《み》ている。「どうしてさっきから黙《だま》ってるんですか? 今《いま》、何《なに》が起《お》きてるんですか?」

ケイロンの顔《かお》はこの数分《すうふん》で十年《ねん》も老《ふ》けてしまったかのようだ。目《め》のまわりに深《ふか》いしわが刻《きざ》まれている。「残念《ざんねん》だが、私《わたし》は何《なに》もいえない。申《もう》し訳《わけ》ないね」

アナベスは目《め》をしばたたいた。「そんな……今《いま》までは全部《ぜんぶ》話《はな》してくれたじゃないですか。前回《ぜんかい》の大予言《だいよげん》だって――」

「私《わたし》は自分《じぶん》の部屋《へや》にもどる」ケイロンの声《こえ》は暗《くら》い。「夕食《ゆうしょく》まで少《すこ》し考《かんが》える時間《じかん》がほしい。レイチェル、パイパーの世話《せわ》をたのんでいいかい？　パイパーを保健室《ほけんしつ》に連《つ》れていくなら、アルゴスを呼《よ》んで運《はこ》んでもらいなさい。アナベス、君《きみ》はここでジェイソンに教《おし》えてやってほしい――ギリシャの神々《かみがみ》と、ローマの神々《かみがみ》のことを」

「でも……」

ケイロンは車椅子《くるまいす》のむきを変《か》え、廊下《ろうか》の奥《おく》に消《き》えていった。アナベスはそちらをにらみ、ギリシャ語《ご》で何《なに》かつぶやいた。おそらくケンタウロスに対《たい》する侮辱《ぶじょく》の言葉《ことば》だろう。

「ごめん」ジェイソンはいった。「ぼくのせいで――どういったらいいかわからないけど、ぼくがこの訓練所《くんれんじょ》に来《き》たせいで問題《もんだい》が起《お》きてしまった。ケイロンは、『一度《いちど》誓《ちか》ったからには話《はな》すことができない』そういった」

「なんの誓《ちか》い？　あんなケイロンは初《はじ》めて。それにどうしてあたしがジェイソンに神々《かみがみ》の説明《せつめい》をしなくちゃ……」

アナベスは途中《とちゅう》で話《はなし》をやめた。目《め》はコーヒーテーブルに置《お》かれたジェイソンの剣《けん》を見《み》ている。

アナベスは熱《あつ》いものに触《さわ》るかのように、恐《おそ》る恐《おそ》る刃《は》に触《ふ》れた。

「これ、純金製《じゅんきんせい》？　どこで手《て》に入《い》れたか覚《おぼ》えてる？」

「いや。さっきいったように、何《なに》も覚《おぼ》えていない」

アナベスがうなずく。しかたないけど決《き》めた、という顔《かお》だ。「ケイロンが協力《きょうりょく》してくれないなら、あたしたち自身《じしん》で解決《かいけつ》しなくちゃ。つまり……十五番《ばん》コテージの出番《でばん》ね。レイチェル、パイパーをたのめる？」

「まかせて」とレイチェル。「ふたりとも、がんばって」

「待《ま》ってくれ」ジェイソンがいう。「十五番《ばん》コテージに何《なに》があるんだ？」

アナベスは立《た》った。「ジェイソンの記憶《きおく》を取《と》りもどせるかもしれないの」


アナベスとジェイソンは新《あたら》しいコテージがある芝生《しばふ》の南西側《なんせいがわ》にむかった。壁《かべ》が光《ひか》っていたり、たいまつを掲《かか》げていたりして目《め》を引《ひ》くコテージもあるが、十五番《ばん》コテージはちがった。大草原《だいそうげん》にあるような昔風《むかしふう》の土壁《つちかべ》と茅葺屋根《かやぶきやね》の建物《たてもの》で、玄関《げんかん》のドアの上《うえ》には赤《あか》い花《はな》で作《つく》ったリースがかかっている――ケシの花《はな》だ、とジェイソンは直感的《ちょっかんてき》に思《おも》った。

「ぼくの親《おや》のコテージ？」ジェイソンはたずねた。

「ううん」とアナベス。「ここはヒュプノスのコテージ。ヒュプノスは眠《ねむ》りの神《かみ》」

「じゃあどうして――」

「ジェイソンは全部忘《ぜんぶわす》れてる。記憶喪失《きおくそうしつ》を治《なお》せる神《かみ》がいるとしたらヒュプノスなのよ」

夕食《ゆうしょく》の時間《じかん》が近《ちか》いというのに、中《なか》で三人《にん》のハーフが布団《ふとん》をかぶって眠《ねむ》っている。暖炉《だんろ》では火《ひ》が暖《あたた》かそうに燃《も》えている。暖炉《だんろ》の上《うえ》には木《き》の枝《えだ》が一本《ぽん》かかっていて、分《わ》かれた小枝《こえだ》の先《さき》から白《しろ》い液《えき》がたれ、下《した》に並《なら》べたブリキのボウルに落《お》ちている。ジェイソンは指《ゆび》に一滴《てき》たらしてよく見《み》てみたい気《き》がしたが、やめておいた。

どこかからやさしいバイオリンの音色《ねいろ》が聞《き》こえてくる。部屋《へや》の中《なか》は洗《あら》いたての洗濯物《せんたくもの》のような香《かお》り。こぢんまりとして穏《おだ》やかなコテージだ。ジェイソンはまぶたが重《おも》くなってきた。ここで少《すこ》し眠《ねむ》りたい。今日《きょう》はつかれた。空《あ》いているベッドはたくさんある。どのベッドにも羽根枕《はねまくら》と、真《ま》っ白《しろ》なシーツと、ふわふわの布団《ふとん》と――アナベスがジェイソンをつついた。「だめ」

ジェイソンは目《め》をぱちくりさせた。自分《じぶん》が膝《ひざ》からくずれ落《お》ちそうになっていたことに気《き》づく。

「十五番《ばん》コテージに来《く》るとみんなそうなるの」アナベスがいった。「いっておくけど、十五番《ばん》コテージはアレスのコテージよりはるかに危険《きけん》よ。少《すく》なくともアレスと一緒《いっしょ》にいれば地雷《じらい》は踏《ふ》まずにすむけどね」

「地雷《じらい》？」

アナベスはそばでいびきをかいて眠《ねむ》っている少年《しょうねん》に近《ちか》づき、肩《かた》をゆすった。「クロビス、起《お》きて！」

少年《しょうねん》は牛《うし》の赤《あか》ん坊《ぼう》のようだ。真《ま》ん中《なか》が盛《も》りあがった頭《あたま》にブロンドの髪《かみ》。顔《かお》はごついし、首《くび》も太《ふと》い。体《からだ》もがっしりしているけれど、腕《うで》はか細《ぼそ》い。枕《まくら》より重《おも》い物《もの》は持《も》ったことがないかのようだ。

「クロビス！」アナベスはクロビスを激《はげ》しく揺《ゆ》さぶり、しまいには額《ひたい》を五、六回《かい》はたいた。

「な、な、何《なに》？」クロビスは上半身《じょうはんしん》を起《おこ》した。まぶしそうな顔《かお》をし、大《おお》きなあくびをする。アナベスとジェイソンもつられてあくびした。

「寝《ね》ちゃだめ！」アナベスがいう。「協力《きょうりょく》してほしいの！」

「寝《ね》てたのに」

「それはいつものことでしょ」

「おやすみ」

クロビスがまた眠《ねむ》ってしまう前《まえ》に、アナベスはクロビスの枕《まくら》を奪《うば》った。

「ずるい」クロビスは小《ちい》さな声《こえ》で文句《もんく》をいった。「返《かえ》してよ」

「まず協力《きょうりょく》して」アナベスがいう。「そしたらまた寝《ね》ていいから」

クロビスがため息《いき》をつく。温《あたた》かい牛乳《ぎゅうにゅう》のにおいがする。「わかったよ、何《なに》?」

アナベスはジェイソンのことを話《はな》した。クロビスが眠《ねむ》ってしまわないよう、ときどき鼻先《はなさき》で指《ゆび》をぱちんと鳴《な》らす。

クロビスには相当《そうとう》おもしろい話《はなし》だったにちがいない。アナベスが話《はな》し終《お》わっても目《め》を開《あ》けている。それどころか立《た》ちあがって伸《の》びをし、ジェイソンを見《み》て目《め》をしばたたかせた。「じゃ、何《なに》も覚《おぼ》えてないんだ?」

「直感《ちょっかん》で」ジェイソンがいう。「感《かん》じることはある、たとえば……」

「たとえば?」とクロビス。

「自分《じぶん》はここに、この訓練所《くんれんじょ》にいるべきじゃない。自分《じぶん》は危険《きけん》な状況《じょうきょう》にいる」

「そう。目《め》を閉《と》じて」

ジェイソンがちらっとアナベスを見《み》ると、アナベスは励《はげ》ますようにうなずいている。

ひょっとしたらこのコテージのベッドで永遠《えいえん》にいびきをかくことになる? 少《すこ》しびくびくしながらジェイソンは目《め》を閉《と》じた。深《ふか》い湖《みずうみ》に沈《しず》んでいくかのように、だんだん視界《しかい》が暗《くら》くなっていく。

次《つぎ》の瞬間《しゅんかん》、ぱっと目《め》が開《あ》いた。暖炉《だんろ》のそばに置《お》かれた椅子《いす》に座《すわ》っている。クロビスとアナベスが横《よこ》で膝《ひざ》をついている。

「――危《あぶ》ないところだったけど、だいじょうぶ」クロビスがいった。

「何《なに》があったんだ？」とジェイソン。「いつから――」

「ほんの数分《すうふん》」アナベスがこたえる。「でも危《あぶ》なかった。溶《と》ける寸前《すんぜん》だったのよ」

まさか。しかしアナベスは深刻《しんこく》な顔《かお》だ。

「ふつうの場合《ばあい》」クロビスがいう。「記憶《きおく》が失《うしな》われるときにはそれなりの理由《りゆう》がある。記憶《きおく》は夢《ゆめ》と同《おな》じで意識《いしき》の下《した》に沈《しず》んでる。深《ふか》く眠《ねむ》っている人《ひと》からはそれを引《ひ》き出《だ》すことができる。けど今回《こんかい》は……」

「レテの川《かわ》？」アナベスがたずねる。

「ううん」とクロビス。「レテどころじゃない」

「レテ？」とジェイソン。

クロビスは暖炉《だんろ》の上《うえ》で白《しろ》い液《えき》をしたたらせている木《き》の枝《えだ》を指《ゆび》さした。「冥界《めいかい》を流《なが》れるレテの川《かわ》のこと。レテの川《かわ》は人《ひと》の記憶《きおく》を溶《と》かし、頭《あたま》の中《なか》を永久《えいきゅう》に真《ま》っ白《しろ》にしてしまう。その枝《えだ》は冥界《めいかい》から持《も》ってきたポプラの木《き》の枝《えだ》なんだ。一度《いちど》レテの川《かわ》にひたしてある。ぼくの父親《ちちおや》ヒュプノスのシンボルだよ。レテの川《かわ》で泳《およ》ぐのはやめておいたほうがいい」

アナベスがうなずく。「パーシーも一度《いちど》落《お》ちたことがある。そのとき一緒《いっしょ》に落《お》ちたタイタン族《ぞく》は記憶《きおく》をすべて失《うしな》ってしまったんだって」

ジェイソンはさっき枝《えだ》に触《さわ》ろうとしてやめておいてよかった、と思《おも》った。「だけど……ぼくはちがうだろ？」

「そうだね」クロビスがうなずく。「ジェイソンの記憶《きおく》は消《け》されてないし、埋《う》もれているわけでもない。盗《ぬす》まれたんだ」

暖炉《だんろ》の火《ひ》がはぜた。レテの川《かわ》のしずくが暖炉《だんろ》の上《うえ》に置《お》かれたブリキのカップに落《お》ちては小《ちい》さな音《おと》を立《た》てる。眠《ねむ》っている別《べつ》のヒュプノスのハーフの子《こ》が寝言《ねごと》をいった――アヒルがなんとかかと。

「盗《ぬす》まれた？」とジェイソン。「だれに？」

「神《かみ》に」クロビスがいう。「そんなことできるのは神《かみ》だけだ」

「だれのしわざか知《し》っている」とジェイソン。「ユノだ。だけど、どうやって？　理由《りゆう》は？」

クロビスは首《くび》をかいた。「ユノって？」

「ヘラのこと」アナベスがこたえた。「なぜかジェイソンはローマ神話《しんわ》の呼《よ》び方《かた》が好《す》きなの」

「んー」とクロビス。

「何《なに》？」とジェイソン。「それになんか意味《いみ》があるのか？」

「んー」クロビスがまたいった。今度《こんど》はジェイソンにもわかった。クロビスはいびきをかいている。

「クロビス！」ジェイソンは大声《おおごえ》でいった。

「何《なに》？　何《なに》？」クロビスはあわてて目《め》をしばたたかせた。「枕《まくら》の話《はなし》だったっけ？　ちがう、神々《かみがみ》の話《はなし》だ。思《おも》い出《だ》した、ギリシャとローマだ。そう、それが重要《じゅうよう》なポイントかも」

「でもギリシャ神《しん》もローマ神《しん》も同《おな》じでしょ。名前《なまえ》がちがうだけ」アナベスがいった。

「いや、そうでもないんだよ」とクロビス。

ジェイソンは体《からだ》を前《まえ》に乗《の》り出《だ》した。眠気《ねむけ》がふっ飛《と》んだ。「どういう意味《いみ》？　そうでもないって」

「うん……」クロビスはあくびをした。「ローマ神話《しんわ》にしか出《で》てこない神《かみ》もいる。たとえばヤヌスとかポモナとか。けど、有名《ゆうめい》なギリシャの神々《かみがみ》だって——ローマに移動《いどう》して変《か》わるのは名前《なまえ》だけじゃない。外見《がいけん》も、シンボルも変《か》わる。性格《せいかく》だって少《すこ》しちがう」

「でも……」アナベスは口《くち》ごもった。「たしかに、何世紀《なんせいき》もたつうちに人《ひと》びとの神々《かみがみ》に対《たい》する見《み》方《かた》は変《か》わったかもしれない。それでも本質《ほんしつ》は変《か》わらない」

「そのとおり」クロビスがまたこっくりしだしたので、ジェイソンは鼻先《はなさき》で指《ゆび》を鳴《な》らした。

「今行《いまい》くよ、ママ！」クロビスがいった。「じゃなくて……だいじょうぶ、起《お》きてる。そう、その、性格《せいかく》の話《はなし》。神々《かみがみ》は自分《じぶん》たちを受《う》け入《い》れた文化《ぶんか》を反映《はんえい》する。アナベスにはわかるよね。つまり、今《いま》のゼウスはオーダーメードのスーツや、のぞき見《み》テレビ、東《ひがし》二十八丁目《ちょうめ》にある中国料理店《ちゅうごくりょうりてん》が大《だい》好《す》きだろ？　ローマ時代《じだい》にも同《おな》じようなことが起《お》きた。神々《かみがみ》はギリシャに存在《そんざい》すると同時《どうじ》にローマにも存在《そんざい》していた。古代《こだい》ローマは強大《きょうだい》な帝国《ていこく》で、何世紀《なんせいき》もつづいた。だから当然《とうぜん》、神々《かみがみ》にはローマ的《てき》な面《めん》も多《おお》くある」

「なるほど」とジェイソン。

アナベスは首《くび》をふった。まだよくわからないらしい。「クロビスはどこでそんなこと習《なら》ったの？」

「ああ、ぼくは夢《ゆめ》ばかり見《み》てるから。夢《ゆめ》にはしょっちゅう神々《かみがみ》が出《で》てくるんだ――いつも姿《すがた》を変《か》えながらね。夢《ゆめ》ってルールがあってないようなものだろ。一度《いちど》にちがう場所《ばしょ》にいられるし、ほかの人《ひと》になったりもする。まるで神《かみ》になった気分《きぶん》だ。つい最近《さいきん》の夢《ゆめ》だと、マイケル・ジャクソンのコンサートを見《み》てると思《おも》ったら、次《つぎ》の瞬間《しゅんかん》にはマイケルと一緒《いっしょ》にステージでデュエットしてた。ところが『ガール・イズ・マイン（訳注《やくちゅう》：マイケル・ジャクソンとポール・マッカートニーのデュエット曲《きょく》）』の歌詞《かし》が思《おも》い出《だ》せない。すごく恥《は》ずかしくて――」

「クロビス」アナベスが横《よこ》からいう。「ローマの話《はなし》のつづきは？」

「そうそう、ローマね。ぼくらが神々《かみがみ》をギリシャ神話《しんわ》の名前《なまえ》で呼《よ》ぶのは、神話《しんわ》としてはギリシャのほうが古《ふる》いからだ。だけどローマの神々《かみがみ》がギリシャの神々《かみがみ》とまったく同《おな》じっていうのは——間《ま》違《ちが》ってる。神々《かみがみ》はローマでは戦好《いくさず》きになった。人間《にんげん》とはあまり交流《こうりゅう》しない。ローマ神話《しんわ》の神々《かみがみ》はギリシャ神話《しんわ》の神々《かみがみ》より残酷《ざんこく》で、強力《きょうりょく》だ——大帝国《だいていこく》の神々《かみがみ》だからね」

「つまり、神々《かみがみ》のダークな面《めん》が出《で》てるってこと？」アナベスが聞《き》く。

「ちょっとちがう」とクロビス。「ローマ神話《しんわ》の神々《かみがみ》は、規律《きりつ》、名誉《めいよ》、力《ちから》のために戦《たたか》う——」

「立派《りっぱ》じゃないか」ジェイソンはなぜかローマの神々《かみがみ》の弁護《べんご》をしたくなった。だけど、なぜ？

「だって、規律《きりつ》はだいじだろ？　規律《きりつ》があったからこそローマ帝国《ていこく》はあんなに長《なが》くつづいた」

クロビスはさぐるような目《め》でジェイソンを見《み》ている。「そのとおり。けどローマの神々《かみがみ》は厳格《げんかく》なんだ。たとえば、ぼくの父親《ちちおや》のヒュプノスは……ギリシャの時代《じだい》は寝《ね》ているだけでよかった。ところがローマ時代《じだい》はソムヌスって呼《よ》ばれて、仕事中《しごとちゅう》に居眠《いねむ》りする人《ひと》は殺《ころ》してしまった。だれかが寝《ね》ちゃいけないときにうとうとしたら——二度《にど》と目覚《めざ》めることはない。ソムヌスはアイネイアスの船《ふね》がトロイアにむかって航行中《こうこうちゅう》、舵手《だしゅ》を殺《ころ》した」

「いい性格《せいかく》ね」とアナベス。「でもそれがジェイソンとどう関係《かんけい》があるのか、あたしにはまだわからない」

「ぼくにもわからない」とクロビス。「けどヘラがジェイソンの記憶《きおく》を盗《ぬす》んだなら、返《かえ》してもらえばいい。あと、もしぼくが神々《かみがみ》の女王《じょおう》に会《あ》わなきゃならないとしたら、ユノじゃなくてヘラのときがいい。ねえ、もう寝《ね》ていいかな？」

アナベスは暖炉《だんろ》の上《うえ》の枝《えだ》を見《み》た。レテの川《かわ》の水《みず》がカップにしたたり落《お》ちている。アナベスは何《なに》か考《かんが》えている。レテの川《かわ》の水《みず》を飲《の》んで心配事《しんぱいごと》を全部《ぜんぶ》頭《あたま》から消《け》してしまうつもり？　しかしアナベスは立《た》ちあがり、クロビスに枕《まくら》を投《な》げて返《かえ》した。「ありがとう、クロビス。またあとで夕食《ゆうしょく》のときに」

「ルームサービスたのめない？」クロビスはあくびをし、ふらふらしながらベッドにもどっていく。「ぼく、すごく……ぐー、ぐー」うつぶせにベッドに倒《たお》れこみ、顔《かお》を枕《まくら》にうずめてしまった。

「窒息《ちっそく》しないかな？」ジェイソンがいった。

「だいじょうぶ」とアナベス。「それより、ジェイソンは大変《たいへん》なことに巻《ま》きこまれたかもしれない」

9　パイパー

パイパーは父親《ちちおや》と過《す》ごした最後《さいご》の日《ひ》の夢《ゆめ》を見《み》た。

ふたりはビッグサー（訳注《やくちゅう》：カリフォルニア州《しゅう》にある太平洋《たいへいよう》に面《めん》したリゾート地《ち》）に近《ちか》いビーチでサーフィンをし、少《すこ》し休《やす》んでいるところだ。申《もう》し分《ぶん》のないほど気持《きも》ちのいい朝《あさ》だ。そのうちに何《なに》かよくないことが起《お》きるに決《き》まってる、とパイパーは思《おも》った――パパラッチの集団《しゅうだん》が押《お》し寄《よ》せてくるか、でなきゃホオジロザメが襲《おそ》ってくるかも。あたしの幸《しあわ》せな時間《じかん》はつづいたためしがない。

しかしこれまでのところ波《なみ》は最高《さいこう》だし、日差《ひざ》しはきつくないし、ビーチは約《やく》一キロ半《はん》にわたって独《ひと》り占《じ》めだ。パイパーの父親《ちちおや》は、このあまり知《し》られていないビーチを見《み》つけ、海辺《うみべ》の別荘《べっそう》とその両側《りょうがわ》の土地《とち》を借《か》りきり、さらにこれをだれにも内緒《ないしょ》にしてしまった。ただ、滞在期間《たいざいきかん》が長《なが》ければマスコミに見《み》つかってしまうだろう。いつものことだ。

「うまくなったな、パイ」父親《ちちおや》はパイパーに評判《ひょうばん》の笑顔《えがお》を見《み》せた。真《ま》っ白《しろ》な歯《は》に、割《わ》れたあご、輝《かがや》く黒《くろ》い瞳《ひとみ》に大人《おとな》の女性《じょせい》たちはかん高《だか》い声《こえ》をあげ、体《からだ》に油性《ゆせい》ペンでサインしてください、といいだす（あきれちゃう）。父親《ちちおや》の短《みじか》く刈《か》った黒髪《くろかみ》が濡《ぬ》れて光《ひか》っている。「完璧《かんぺき》なハング・テン（訳《やく》注《ちゅう》：足《あし》の指《ゆび》を十本《ぽん》そろえてボードの先端《せんたん》に立《た》つ技《わざ》）ができるようになるまでもう少《すこ》しだな」

パイパーはうれしくて赤《あか》くなった。しかしお世辞《せじ》なのはわかっている。パイパーはサーフボードから落《お》ちてばかりだ。サーフボードを自在《じざい》に操《あやつ》るには特別《とくべつ》な才能《さいのう》がいる。父親《ちちおや》は生《う》まれつきのサーファーだ——不思議《ふしぎ》だ。父親《ちちおや》は海《うみ》から何百《なん》キロも離《はな》れたオクラホマ州《しゅう》にある貧《まず》しい家庭《かてい》で育《そだ》った——それなのに高《たか》い波《なみ》も楽勝《らくしょう》だ。パイパーは父親《ちちおや》とふたりで過《す》ごせるのでなければ、サーフィンなどとっくの昔《むかし》にやめていただろう。父親《ちちおや》とふたりきりの時間《じかん》は貴重《きちょう》だ。

「サンドイッチ、食《た》べるか？」父親《ちちおや》は専属《せんぞく》シェフのアーノが用意《ようい》したバスケットに手《て》を入《い》れた。「何《なに》があるかな。ターキー&《アンド》バジルペーストに、クラブケーキ&《アンド》ワサビソース——あった、パイパー特製《とくせい》サンド。ピーナツバター&《アンド》ジャムサンド」

パイパーは胃《い》がむかむかしていたが特製《とくせい》サンドを受《う》けとった。パイパーはいつもピーナツバター&《アンド》ジャムサンドを作《つく》ってもらう。理由《りゆう》のひとつはベジタリアンだから。以前《いぜん》チノーをドライブ中《ちゅう》に食肉解体処理場《しょくにくかいたいしょりじょう》のそばを走《はし》ったとき、においで気分《きぶん》が悪《わる》くなってしまい、それ以来《いらい》ベジタリアンになった。しかしそれだけではない。ピーナツバター&《アンド》ジャムサンドはふつうの子《こ》が昼食《ちゅうしょく》に持《も》ってくる、ふつうのサンドイッチだから。パイパーは、今日《きょう》のサンドイッチはパパの手作《てづく》り、というふりをすることさえあった。しかし実際《じっさい》に作《つく》るのはフランス出身《しゅっしん》の専属《せんぞく》シェフ。シェフが作《つく》るサンドイッチには楊枝《ようじ》でなく花火《はなび》が刺《さ》してあって、金紙《きんがみ》で包《つつ》んである。豪華《ごうか》にすればいいってものじゃない。だからパイパーは父親《ちちおや》が買《か》ってくるちゃらちゃらした服《ふく》も、デザイナーズブランドの靴《くつ》も、有名《ゆうめい》サロンでのカットも全部断《ぜんぶことわ》った。髪《かみ》はふつうのはさみを使《つか》って自分《じぶん》で切《き》り、わざと雑《ざつ》にしあげる。靴《くつ》ははき古《ふる》したランニングシューズ、服《ふく》はジーンズにT《ティー》シャツ、何年《なんねん》も前《まえ》にスノーボード用《よう》に買《か》ったフリースのジャケットでじゅうぶんだ。

パイパーは父親《ちちおや》がよかれと思《おも》って選《えら》んでくる私立学校《しりつがっこう》も大嫌《だいきら》いだった。だから退学《たいがく》になってばかり。すると父親《ちちおや》はまた別《べつ》の学校《がっこう》を選《えら》んでくる。

昨日《きのう》パイパーは今《いま》まででいちばんすごいものを盗《ぬす》んだ——「借《か》りた」——BMW《ビーエムダブリュー》を自動車販《じどうしゃはん》売店《ばいてん》から運転《うんてん》して帰《かえ》った。パイパーは毎回盗《まいかいぬす》むものをレベルアップさせなくてはならない。父親《ちちおや》は多少《たしょう》のことでは驚《おどろ》かなくなっているからだ。

今《いま》はすごく後悔《こうかい》していた。父親《ちちおや》はBMW《ビーエムダブリュー》の一件《いっけん》をまだ知《し》らない。父親《ちちおや》には今朝話《けさはな》すつもりだった。ところが突然父親《とつぜんちちおや》から「旅行《りょこう》に行《い》こう」といわれ、いい出《だ》せなくなってしまった。父親《ちちおや》とまる一日一緒《いちにちいっしょ》に過《す》ごすのは——三カ月《げつ》ぶり？

「どうした？」父親《ちちおや》はパイパーに飲《の》み物《もの》を渡《わた》した。

「パパ、話《はなし》が――」

「待《ま》った。そんな深刻《しんこく》な顔《かお》をしなくてもいい。『3Q《キュー》』をしようか？」

これはふたりが数年前《すうねんまえ》からやっているゲーム――父親《ちちおや》ができるだけ手早《てばや》くパイパーとコミュニケーションをとるために編《あ》み出《だ》した方法《ほうほう》だ。ふたりはおたがいに質問《しつもん》を三つできる。どんな質問《しつもん》でもいい。聞《き》かれたほうは正直《しょうじき》にこたえなくてはならない。父親《ちちおや》はこれ以外《いがい》のときはパイパーのプライベートに立《た》ち入《い》らないと約束《やくそく》している――簡単《かんたん》だ。父親《ちちおや》はほとんどそばにいないのだから。

ふつうの子《こ》は親《おや》とそんなゲームをするなんて照《て》れちゃう、と思《おも》うかもしれないが、パイパーはいつも楽《たの》しみにしている。サーフィンと同《おな》じで、難《むずか》しいが、自分《じぶん》にも父親《ちちおや》がいることを実感《じっかん》できる。

「質問《しつもん》その一」パイパーはいった。「ママのこと」

驚《おどろ》くことではない。よくする質問《しつもん》だ。

父親《ちちおや》は、またかい、というように肩《かた》をすくめた。「何《なに》を知《し》りたいんだ？　もう前《まえ》に話《はな》しただろう――ママはどこかに行《い》ってしまった。理由《りゆう》も行先《ゆくさき》もわからない。パイパーが生《う》まれてすぐ、いきなりいなくなったんだ。それから一度《いちど》も便《たよ》りはない」

「まだ生《い》きてると思《おも》う？」

これは質問《しつもん》に入《はい》らない。父親《ちちおや》は「わからない」というに決《き》まっている。でもパイパーは父親《ちちおや》がどうこたえるのか聞《き》きたい。

父親《ちちおや》は波立《なみだ》つ海《うみ》を見《み》つめている。

「トムじいさんが」父親《ちちおや》はようやく口《くち》を開《ひら》いた。「昔《むかし》いっていた。夕日《ゆうひ》にむかってどんどん歩《ある》いていくと、亡者《もうじゃ》の国《くに》にたどり着《つ》く。そこに行《い》けば死者《ししゃ》と話《はなし》ができる。大昔《おおむかし》は死者《ししゃ》を呼《よ》びもどすことができたそうだ。しかしあるとき人類《じんるい》はへまをしてしまった。いや、この話《はなし》をすると長《なが》くなる」

「ギリシャ神話《しんわ》の冥界《めいかい》と似《に》てるのね。冥界《めいかい》も西《にし》の方角《ほうがく》にあった。オルフェウス（訳注《やくちゅう》：ギリシャ神《しん》話《わ》に出《で》てくる詩人《しじん》）は——奥《おく》さんを呼《よ》びもどそうとしたんでしょ」

父親《ちちおや》がうなずく。父親《ちちおや》は一年前《ねんまえ》に今《いま》まででいちばんの大役《たいやく》といえる、古代《こだい》ギリシャの王《おう》を演《えん》じた。パイパーも父親《ちちおや》がギリシャ神話《しんわ》について調《しら》べるのを手伝《てつだ》った——ギリシャ神話《しんわ》は人《ひと》が石《いし》になったり、溶岩《ようがん》の池《いけ》に投《な》げこまれたりする話《はなし》がいっぱいだ。ふたりでそんな話《はなし》を読《よ》むのは楽《たの》しかった。ギリシャ神話《しんわ》を読《よ》んでいるとパイパーも自分《じぶん》の生活《せいかつ》が平和《へいわ》に思《おも》えた。しばらくのあいだ父親《ちちおや》との距離《きょり》が近《ちか》くなった気《き》がしていた。が、やはり長《なが》くはつづかなかった。

「ギリシャ人《じん》とチェロキー族《ぞく》には似《に》ている点《てん》が多《おお》い」父親《ちちおや》がいった。「トムじいさんが、お父《とう》さんとパイパーが西部《せいぶ》の海岸《かいがん》にいるのを今見《いまみ》たらなんていうだろうな。亡霊《ぼうれい》だと思《おも》うかもしれないな」

「じゃあ、パパは亡者《もうじゃ》の国《くに》の話《はなし》を信《しん》じてるってこと？　ママは死《し》んだと思《おも》ってるの？」

父親《ちちおや》の目《め》がうるんでいる。悲《かな》しい目《め》だ。女性《じょせい》はこの目《め》にひきつけられるのだろう。父親《ちちおや》は見《み》た目《め》は自信《じしん》たっぷりでたくましいが、目《め》には大《おお》きな悲《かな》しみをたたえている。女性《じょせい》はその理由《りゆう》を知《し》りたくなる。父親《ちちおや》をなぐさめてあげたくなるのだ。しかし、それはだれにもできない。父親《ちちおや》は前《まえ》にパイパーにいった。これはチェロキー族《ぞく》の運命《うんめい》だ——チェロキー族《ぞく》は何世代《なんせだい》にもわたる苦《くる》しみと悲《かな》しみがもたらした闇《やみ》を抱《かか》えている、と。しかし父親《ちちおや》はそれ以上《いじょう》のものを抱《かか》えている、とパイパーは思《おも》っていた。

「パパは昔話《むかしばなし》は信《しん》じない。物語《ものがたり》としてはおもしろいが、亡者《もうじゃ》の国《くに》、動物《どうぶつ》の精《せい》、ギリシャの神々《かみがみ》などを本気《ほんき》で信《しん》じていたら……ろくに眠《ねむ》ることもできなくなる。そして責任《せきにん》を押《お》しつける相手《あいて》をさがすようになるだろう」

パイパーは思《おも》った。パパが有名《ゆうめい》になって手術費用《しゅじゅつひよう》を稼《かせ》ぐ前《まえ》におじいちゃんが肺《はい》がんで死《し》んだのはだれのせい？　ママが——パパが生涯《しょうがい》で愛《あい》したたったひとりの人《ひと》が——さよならの手紙《てがみ》も残《のこ》さず、まだ手《て》がかかる赤《あか》ん坊《ぼう》の娘《むすめ》を置《お》いて出《で》ていったのはだれのせい？　俳優《はいゆう》として成功《せいこう》したのにまだ不幸《ふこう》なのはだれのせい？

「ママが生《い》きているかどうかはわからない」父親《ちちおや》がいった。「しかし亡者《もうじゃ》の国《くに》にいるのと同《おな》じだ。ママをとりもどすことはできない。そう信《しん》じていなかったら……とても耐《た》えられないよ」

うしろのほうで車《くるま》のドアが開《あ》いた。パイパーはふり返《かえ》り、そしてがっかりした。秘書《ひしょ》のジェインがまっすぐこちらにむかってくる。ビジネススーツ姿《すがた》で手《て》にはプラダのバッグ。ハイヒールで転《ころ》びそうになりながら砂浜《すなはま》を歩《ある》いてくる。半分迷惑《はんぶんめいわく》そうな、半分勝《はんぶんか》ち誇《ほこ》った表情《ひょうじょう》。それを見《み》てパイパーは、警察《けいさつ》から連絡《れんらく》があったんだ、と思《おも》った。

〈お願《ねが》い、転《ころ》んで〉パイパーは祈《いの》った。〈もし人間《にんげん》に力《ちから》を貸《か》してくれる動物《どうぶつ》の精《せい》とかギリシャの神《かみ》が存在《そんざい》するなら、ジェインを思《おも》い切《き》り転《ころ》ばせて。一生寝《いっしょうね》たきりにしてなんていわないけど、今日一日入院《きょういちにちにゅういん》させて！〉

しかしジェインはどんどん近《ちか》づいてくる。

「パパ」パイパーはあわてていった。「あのね、昨日《きのう》……」

ところが父親《ちちおや》もジェインに気《き》づき、すでに仕事用《しごとよう》の顔《かお》になっている。ジェインがここまで来《く》るなら事《こと》は深刻《しんこく》だ。映画製作会社《えいがせいさくがいしゃ》の責任者《せきにんしゃ》から連絡《れんらく》があった——企画《きかく》がとりやめになった——それか、パイパーがまた問題《もんだい》を起《お》こしたかだ。

「話《はなし》の続《つづ》きはまた今度《こんど》にしよう」父親《ちちおや》がいった。「ジェインの用件《ようけん》を先《さき》にすませたほうがよさそうだ。ジェインの性格《せいかく》はわかっているだろ？」

もちろんだ。父親《ちちおや》も重《おも》い足取《あしど》りでジェインのほうに歩《ある》いていった。パイパーにふたりの会話《かいわ》は聞《き》こえないが、その必要《ひつよう》もない。表情《ひょうじょう》を見《み》ればわかる。ジェインは父親《ちちおや》に例《れい》のＢＭＷ《ビーエムダブリュー》が盗難《とうなん》にあったときの状況《じょうきょう》を話《はな》し、ときどきパイパーのほうを指《ゆび》さす。まるでカーペットの上《うえ》で粗相《そそう》をしたいまいましいペットの話《はなし》をしているかのようだ。

ついさっきまで明《あか》るく元気《げんき》だった父親《ちちおや》はどこかに行《い》ってしまった。ジェスチャーでジェインに「待《ま》っていてくれ」と伝《つた》え、パイパーのほうにもどってきた。パイパーは父親《ちちおや》の視線《しせん》に耐《た》えられなかった——父親《ちちおや》の信頼《しんらい》を裏切《うらぎ》ってしまった。

「努力《どりょく》する、そういってくれたはずだ」父親《ちちおや》がいう。

「あの学校《がっこう》、大嫌《だいきら》いなの。努力《どりょく》なんて無理《むり》。ＢＭＷ《ビーエムダブリュー》のことはさっきから話《はな》そうと思《おも》ってたんだけど——」

「また退学《たいがく》だ。車《くるま》がほしかったのか？　パイパーは来年《らいねん》十六歳《さい》だ。ほしい車《くるま》があるなら買《か》ってやる。どうして——」

「買《か》いにいくのはジェインでしょ？」パイパーは自分《じぶん》をおさえることができなかった。怒《いか》りがこみあげてあふれ出《だ》した。「もう一度《いちど》だけいわせて。３Q《キュー》なんて待《ま》ってられない。あたしはふつうの学校《がっこう》に行《い》きたい。参観日《さんかんび》にはジェインじゃなくパパが来《き》て。でなきゃうちで勉強《べんきょう》させて！　ギリシャ神話《しんわ》について一緒《いっしょ》に調《しら》べたときはすごく勉強《べんきょう》になった。これからもそうすればいいじゃない！　パパがあたしに勉強《べんきょう》を――」

「無理《むり》だ。パパはできるだけのことはしている。この話《はなし》は前《まえ》にもしたはずだ」

〈ううん〉とパイパーは思《おも》った。〈話《はな》そうとしても途中《とちゅう》ではぐらかされる。何年《なんねん》もずっとそうだった〉

父親《ちちおや》がため息《いき》をついた。「ジェインが警察《けいさつ》と話《はなし》をして片《かた》をつけてくれた。BMW《ビーエムダブリュー》の販売店《はんばいてん》は車《くるま》を返《かえ》しさえすればいいといっている。だがパイパーにはネバダ州《しゅう》にある全寮制《ぜんりょうせい》の学校《がっこう》に行《い》ってもらう。その学校《がっこう》は問題児《もんだいじ》……難《むずか》しい問題《もんだい》を抱《かか》えた子《こ》どもを受《う》け入《い》れる学校《がっこう》だ」

「あたしもそうなんだ」パイパーの声《こえ》が震《ふる》えている。「問題児《もんだいじ》なんだ」

「パイパーは……努力《どりょく》するといったのに、しなかった。パパにはほかに打《う》つ手《て》がない」

「あるわよ。でもパパが自分《じぶん》でやって！　ジェインにやらせないで。あたしを追《お》い払《はら》えばそれですむなんて思《おも》わないで」

父親《ちちおや》は砂浜《すなはま》に置《お》いたバスケットを見《み》つめた。父親《ちちおや》が金紙《きんがみ》をはがして食《た》べようとしたサンドイッチがそのまま残《のこ》っている。パイパーは父親《ちちおや》と午後《ごご》もずっとサーフィンをするつもりだった。それも全部台無《ぜんぶだいな》しだ。

パイパーは、父親《ちちおや》が本当《ほんとう》にジェインの意見《いけん》にしたがうなんて考《かんが》えられなかった。今回《こんかい》はやめて。全寮制《ぜんりょうせい》の学校《がっこう》という大《おお》きな決断《けつだん》をジェインにまかせないで。

「ジェインと話《はなし》をしてきなさい」父親《ちちおや》がいった。「詳《くわ》しいことはジェインが知《し》っている」

「パパ……」

父親《ちちおや》はパイパーから目《め》をそらし、海《うみ》を見《み》つめた。はるかむこうにある亡者《もうじゃ》の国《くに》を見《み》ているかのようだ。泣《な》くもんか、とパイパーは思《おも》った。さっそうとジェインのところまで歩《ある》いていった。ジェインは冷《つめ》たい笑《え》みを浮《う》かべ、飛行機《ひこうき》のチケットをパイパーの目《め》の前《まえ》につき出《だ》した。いつもどおりジェインはすべて手配《てはい》ずみだ。パイパーはジェインの今日《きょう》の仕事《しごと》のひとつ。今《いま》、それが片《かた》づいた。

パイパーの夢《ゆめ》の場面《ばめん》が変《か》わった。

夜《よる》の山《やま》の頂上《ちょうじょう》に立《た》っている。眼下《がんか》に街《まち》の夜景《やけい》が広《ひろ》がっている。目《め》の前《まえ》でかがり火《び》が燃《も》えている。紫《むらさき》の炎《ほのお》は光《ひかり》より影《かげ》を多《おお》く投《な》げかけているが、炎《ほのお》が発《はっ》する熱《ねつ》はすさまじく、パイパーの服《ふく》から湯《ゆ》気《げ》が立《た》っている。

「二度目《にどめ》の警告《けいこく》だ」声《こえ》が轟《とどろ》き大地《だいち》を震《ふる》わせる。パイパーが前《まえ》に夢《ゆめ》で聞《き》いた声《こえ》だ。前《まえ》より怖《こわ》くないじゃない、そう思《おも》おうとしたが逆《ぎゃく》だった。

かがり火《び》のむこうの暗《くら》がりに巨大《きょだい》な顔《かお》が潜《ひそ》んでいる。炎《ほのお》の上《うえ》に浮《う》かんでいるように見《み》えるが、下《した》には巨大《きょだい》な胴体《どうたい》があるはずだ。岩《いわ》をけずって作《つく》ったのかと思《おも》うくらい荒削《あらけず》りな容貌《ようぼう》だ。表情《ひょうじょう》がなく、白《しろ》い目《め》だけがダイヤモンドの原石《げんせき》のようにぎらぎら光《ひか》っている。人間《にんげん》の骨《ほね》を編《あ》みこんだドレッドヘアも不気味《ぶきみ》だ。その顔《かお》が笑《え》みを浮《う》かべ、パイパーはぞっとした。

「いわれたとおりにしろ」巨人《きょじん》がいった。「冒険《ぼうけん》の旅《たび》に出《で》ろ。われわれの指示《しじ》どおりに行動《こうどう》すれば、無事《ぶじ》に帰《かえ》らせてやる。そうでなければ――」

巨人《きょじん》はかがり火《び》の横《よこ》をしめした。パイパーの父親《ちちおや》が杭《くい》にしばりつけられ、意識《いしき》を失《うしな》って頭《こうべ》をたれている。

パイパーは叫《さけ》びたかった。父親《ちちおや》の名《な》を呼《よ》び、巨人《きょじん》に「パパを自由《じゆう》にして」とたのみたかった。しかし声《こえ》が出《で》ない。

「おれはおまえがどこにいても見《み》ている」巨人《きょじん》がいった。「こちらのいうことを聞《き》けば、おまえたち親子《おやこ》の命《いのち》は無事《ぶじ》だ。エンケラドスに二言《にごん》なしだ。しかしさからえば……おれは長年《ながねん》の眠《ねむ》りから覚《さ》めたばかりで、腹《はら》が減《へ》ってしかたがない。おまえが失敗《しっぱい》すればこの空腹《くうふく》は満《み》たされる」

巨人《きょじん》が太《ふと》い声《こえ》で笑《わら》った。大地《だいち》が震《ふる》える。足元《あしもと》の地面《じめん》が裂《さ》け、パイパーは暗闇《くらやみ》に転《ころ》げ落《お》ちた。


パイパーは目《め》を開《あ》けた。アイリッシュダンス一座《いちざ》に体《からだ》を踏《ふ》まれたかのようだ。胸《むね》が痛《いた》くて息《いき》ができない。手《て》をのばし、アナベスがくれた短剣《たんけん》の柄《つか》を握《にぎ》る——トロイアのヘレネの武器《ぶき》、カトプトリスだ。

やっぱり、ハーフ訓練所《くんれんじょ》は夢《ゆめ》じゃなかった。

「だいじょうぶ？」だれかが聞《き》いた。

パイパーは状況《じょうきょう》を把握《はあく》しようとした。自分《じぶん》はベッドに寝《ね》ていて、片側《かたがわ》に白《しろ》いカーテンがかかっている。保健室《ほけんしつ》にいるらしい。赤毛《あかげ》の少女《しょうじょ》、レイチェル・デアが横《よこ》に座《すわ》っている。壁《かべ》にはサテュロスのマンガのポスター。いやなくらいヘッジ先生《せんせい》そっくりで、口《くち》に体温計《たいおんけい》をくわえている。せりふにはこう書《か》いてある。「病気《びょうき》はダメェェェー！」

「どこに——」パイパーはそういいかけて、ドアのそばに立《た》っている青年《せいねん》に気《き》づいた。

カリフォルニアによくいるサーファータイプだ——日焼《ひや》けしてたくましく、髪《かみ》はブロンド。T《ティー》シャツに短《たん》パン姿《すがた》。しかし体《からだ》じゅうに青《あお》い目《め》が何百個《なんこ》もある——腕《うで》にも、脚《あし》にも、顔《かお》のあちこちにも。足《あし》の先《さき》にまで目《め》がついていて、サンダルのストラップのすきまからパイパーを見《み》あげている。

「アルゴスよ」レイチェルがいった。「訓練所《くんれんじょ》の警備責任者《けいびせきにんしゃ》。訓練所《くんれんじょ》のあちこちに目《め》を光《ひか》らせているの……見《み》ればわかると思《おも》うけど」

アルゴスがうなずく。あごにある目《め》がウィンクした。

「ここは——」パイパーはまたいいかけたが、口《くち》に綿《わた》が詰《つ》まったまましゃべっているような感《かん》じだ。

「ここは本部《ほんぶ》」とレイチェル。「訓練所《くんれんじょ》の中心部《ちゅうしんぶ》よ。パイパーは倒《たお》れてここに運《はこ》ばれたの」

「レイチェルにつかまれた」パイパーは思《おも》い出《だ》した。「ヘラの声《こえ》が——」

「さっきはごめんね」とレイチェル。「信《しん》じて、ヘラが乗《の》り移《うつ》ったのはあたしの意思《いし》じゃない。ケイロンがパイパーにネクタルを飲《の》ませて治《なお》して——」

「ネクタル?」

「神々《かみがみ》の飲《の》み物《もの》。少量《しょうりょう》でハーフは治《なお》る。治《なお》らなければ——そう——燃《も》えて灰《はい》になる」

「へえ、おもしろい」

レイチェルは体《からだ》を前《まえ》に乗《の》り出《だ》した。「幻覚《げんかく》で何《なに》を見《み》たか覚《おぼ》えている?」

パイパーは一瞬《いっしゅん》、ぎょっとした。エンケラドスという巨人《きょじん》が出《で》てきた夢《ゆめ》のこと？　ちがう。レイチェルはヘラのコテージでの話《はなし》をしている。

「ヘラは何《なに》か大変《たいへん》な目《め》にあってる」パイパーはいった。「私《わたし》をここから出《だ》して、っていってた。どこかに閉《と》じこめられてるみたい。あと、私《わたし》たちは大地《だいち》に飲《の》まれるとか、火《ひ》を吐《は》く巨人《きょじん》がどうしたとか、冬至《とうじ》のことも何《なに》かいってた」

部屋《へや》のすみでアルゴスがごくりとつばを飲《の》んだ。目《め》という目《め》がすべて落《お》ち着《つ》きをなくしている。

「アルゴスはヘラが創《つく》ったの」レイチェルがいった。「ヘラの身《み》が危険《きけん》だっていう話《はなし》を聞《き》くととても敏感《びんかん》になる。とにかくアルゴスが泣《な》きださないよう気《き》をつけなくちゃ。前《まえ》にアルゴスが大泣《おおな》きしたときは……大洪水《だいこうずい》になったから」

アルゴスは鼻《はな》をすすった。ベッドわきのテーブルにあるティッシュの箱《はこ》からティッシュを何枚《なんまい》もつかみ、体《からだ》じゅうの目《め》をぬぐいはじめた。

「それで……」パイパーはそっとアルゴスのほうを見《み》た。今《いま》は肘《ひじ》の涙《なみだ》をぬぐっている。「ヘラはどうなったの？」

「よくわからない。ところで、アナベスとジェイソンもパイパーを心配《しんぱい》してそばにいたのよ。ジェイソンはパイパーについていたかったみたいだけど、アナベスがいいことを思《おも》いついたの

——ジェイソンの記憶《きおく》をとりもどす方法《ほうほう》があるかもしれないって」

「よ……よかった」

ジェイソンも心配《しんぱい》してた？　パイパーは思《おも》った。そのときのジェイソンの顔《かお》を見《み》たかったな。でもジェイソンの記憶《きおく》がもどるのはいいこと？　あたしとジェイソンはずっと前《まえ》からおたがいを知《し》ってる。今《いま》でもそう信《しん》じたい。ミストにまどわされていただけなんて信《しん》じたくない。

何考《なにかんが》えてるの？　パパを救《すく》いたいなら、ジェイソンがあたしを好《す》きでも嫌《きら》いでも関係《かんけい》ない。ジェイソンは最後《さいご》にはあたしを心《こころ》の底《そこ》から憎《にく》むことになる。訓練所《くんれんじょ》のみんながそうなる。

パイパーは腰《こし》につけた短剣《たんけん》を見《み》た。アナベスがいうには、この短剣《たんけん》は力《ちから》と地位《ちい》の印《しるし》で、ふつう戦《たたか》いでは用《もち》いないらしい。見《み》た目《め》だけで使《つか》えない偽物《にせもの》。自分《じぶん》と同《おな》じだ。この短剣《たんけん》の名《な》はカトプトリス、鏡《かがみ》という意味《いみ》だ。パイパーはもう一度《いちど》抜《ぬ》いてみる気《き》はしなかった。また刃《は》に映《うつ》る自分《じぶん》の姿《すがた》を見《み》るのはいやだった。

「心配《しんぱい》しないで」レイチェルがパイパーの腕《うで》をぎゅっとつかんだ。「ジェイソンは味方《みかた》だと思《おも》う。ジェイソンも夢《ゆめ》を見《み》たの、パイパーとそっくりの。ヘラに何《なに》があったか知《し》らないけど——パイパーとジェイソンは協力《きょうりょく》し合《あ》うことになっていると思《おも》う」

レイチェルは、これで安心《あんしん》したでしょ、といいたげににっこり笑《わら》っているが、パイパーはまた気《き》が重《おも》くなった。今回《こんかい》の冒険《ぼうけん》の旅《たび》は――どんな旅《たび》になるにしろ――名前《なまえ》も知《し》らない人々《ひとびと》も巻《ま》きこむだろう。今《いま》、レイチェルはこういっているようなものだ。〈いいニュースよ！　パイパーのお父《とう》さんは人食《ひとく》い巨人《きょじん》に人質《ひとじち》にとられた。それだけじゃない。パイパーも自分《じぶん》が大好《だいす》きな人《ひと》を裏切《うらぎ》らなくちゃいけない。これってすごくない？〉

「ねえ」レイチェルがいう。「泣《な》かなくていいから。だいじょうぶ、ちゃんと解決《かいけつ》するわよ」

パイパーは涙《なみだ》をぬぐった。しっかりしなくちゃ。あたしらしくない。あたしは強い《つよ》――常習《じょうしゅう》の車泥棒《くるまどろぼう》で、LA《エルエー》じゅうの私立学校《しりつがっこう》の厄介者《やっかいもの》。なのに今《いま》、赤《あか》ん坊《ぼう》みたいに泣《な》いている。「あたしがどんな問題《もんだい》を抱《かか》えているか、どうしてレイチェルにわかるの？」

レイチェルは肩《かた》をすくめた。「どうすべきか決《き》めかねているんでしょ？　そして、パイパーの選《えら》べる道《みち》が限《かぎ》られていることもわかっている。前《まえ》にいったように、ときどき予感《よかん》がするのよ。でもパイパーは今晩認知《こんばんにんち》される。それはまず確実《かくじつ》。どの神《かみ》がパイパーの親《おや》なのかわかったら、それ以外《いがい》のこともわかってくるかもしれない」

それ以外《いがい》のことも？　あまりうれしくない。

パイパーはベッドの上《うえ》で上半身《じょうはんしん》を起《お》こした。額《ひたい》のあたりが痛《いた》い。眉間《みけん》に太《ふと》いくぎを打《う》ちこまれたかのようだ。〈ママをとりもどす方法《ほうほう》はない〉パパはそういっていた。でも今夜《こんや》、母親《ははおや》がだれなのかわかる可能性《かのうせい》は高《たか》い。パイパーは初《はじ》めて、自分《じぶん》の母親《ははおや》がだれなのか本当《ほんとう》に知《し》りたいのかどうかわからなくなった。

「アテナだといいな」パイパーは視線《しせん》をあげてレイチェルを見《み》た。からかわれるかと思《おも》ったが、レイチェルはにっこり笑《わら》った。

「そう思《おも》って当然《とうぜん》よ。本心《ほんしん》でしょ？　アナベスもそう望《のぞ》んでいると思《おも》う。ふたりはとてもよく似《に》ている」

そういわれてパイパーはさらにうしろめたくなった。「また予感《よかん》？　あたしのこと、何《なに》も知《し》らないくせに」

「それはどうかな」

「神託者《しんたくしゃ》だからそういってるだけでしょ？　なんでも知《し》ってるふりをしてるだけでしょ」

レイチェルは声《こえ》をあげて笑《わら》った。「それ、みんなには内緒《ないしょ》よ。とにかく、パイパーは心配《しんぱい》しなくてだいじょうぶ。すぐにいろんなことがわかってくる——パイパーの予測《よそく》どおりではないかもしれないけどね」

「また気《き》が重《おも》くなってきた」

遠《とお》くでホラ貝《がい》が鳴《な》った。アルゴスが何《なに》かつぶやき、ドアを開《あ》けた。

「夕食《ゆうしょく》の時間《じかん》？」パイパーがいった。

「それはパイパーが眠《ねむ》っているあいだに終《お》わった」とレイチェル。「キャンプファイアの時間《じかん》。パイパーの正体《しょうたい》を教《おし》えてもらいにいこう」

10　パイパー

キャンプファイアと聞《き》いて、パイパーはどきっとした。夢《ゆめ》で見《み》た巨大《きょだい》な紫《むらさき》のかがり火《び》、そして父親《ちちおや》が杭《くい》にしばりつけられていたのを思《おも》い出《だ》してしまった。

キャンプファイアでは夢《ゆめ》に負《ま》けないくらい恐《おそ》ろしいものが待《ま》っていた。合唱《がっしょう》だ。丘《おか》の斜面《しゃめん》に円《えん》形劇場《けいげきじょう》があり、その中央《ちゅうおう》に石《いし》で囲《かこ》ったキャンプファイアの火《ひ》をたく場所《ばしょ》があった。階段状《かいだんじょう》の観覧《かんらん》席《せき》には五、六十人《にん》の訓練生《くんれんせい》がいて、コテージごとにそれぞれの旗《はた》の下《した》に座《すわ》っている。

ジェイソンはアナベスと並《なら》んで前方《ぜんぽう》の席《せき》に座《すわ》っている。リオも近《ちか》くにいる。ハンマーの描《か》かれたはがね色《いろ》の旗《はた》の下《した》、ごつい体《からだ》のコテージ仲間《なかま》と一緒《いっしょ》に座《すわ》っている。キャンプファイアの前《まえ》には五、六人《にん》の訓練生《くんれんせい》が立《た》っている。みんなギターや奇妙《きみょう》な古《ふる》い竪琴《たてごと》を手《て》に飛《と》びまわって合唱《がっしょう》のリードをしている。よろいかぶとがどうしたとか、おばあちゃんが戦《たたか》いのときにどんなかっこうだったかという歌《うた》だ。全員声《ぜんいんこえ》をそろえてうたいながら、身振《みぶ》りでよろいかぶとの形《かたち》を作《つく》って喜《よろこ》んでいる。パイパーには初《はじ》めての体験《たいけん》だ——昼間《ひるま》にうたったら絶対《ぜったい》恥《は》ずかしい歌《うた》も、夜《よる》にみんなでうたうとどこかなつかしくて楽《たの》しい。みんなの気持《きも》ちが高《たか》まるにつれて炎《ほのお》も高《たか》くなり、色《いろ》も赤《あか》からオレンジ、金色《きんいろ》へと変《か》わる。

ついに拍手喝采《はくしゅかっさい》とともに合唱《がっしょう》が終《お》わった。中年《ちゅうねん》の男性《だんせい》がひとり、馬《うま》にまたがってやってきた。ちらちら揺《ゆ》れる明《あ》かりの中《なか》でパイパーにはそう見《み》えた。が、実際《じっさい》は――ケンタウロスだった。腰《こし》から下《した》は白馬《はくば》で、腰《こし》から上《うえ》は中年《ちゅうねん》の男《おとこ》の人《ひと》。髪《かみ》は巻《ま》き毛《げ》で、あごひげは整《とと》っている。槍《やり》をふりまわしているが、先《さき》にはこんがり焼《や》けたマシュマロが刺《さ》さっている。「いい合唱《がっしょう》だった！　そして新《あら》たな訓練生諸君《くんれんせいしょくん》、本当《ほんとう》によく来《き》てくれた。私《わたし》はケイロン、この訓練所《くんれんじょ》の教頭《きょうとう》だ。三人《にん》とも生《い》きて、しかもたいしたけがもなく到着《とうちゃく》してうれしく思《おも》っている。このあとはデザートの時間《じかん》だが、その前《まえ》に――」

「旗取《はたと》り合戦《がっせん》はやらないんですか？」だれかが大《おお》きな声《こえ》で聞《き》いた。よろいかぶとを身《み》につけたグループがざわつきだした。このグループはイノシシの頭《あたま》が描《か》かれた赤《あか》い旗《はた》を掲《かか》げている。

「わかっている」ケイロンがいう。「アレスコテージはすぐにも森《もり》に入《はい》り、恒例《こうれい》の旗取《はたと》り合戦《がっせん》をしたいところだろう」

「敵《てき》の命《いのち》はもらったぜ！」アレスコテージのだれかが叫《さけ》んだ。

「しかし」とケイロン。「青銅《せいどう》のドラゴンを捕獲《ほかく》するまで旗取《はたと》り合戦《がっせん》はおあずけだ。九番《ばん》コテージ、この件《けん》について何《なに》か報告《ほうこく》は？」

ケイロンはリオたちのほうを見《み》た。リオはパイパーにウィンクし、指鉄砲《ゆびでっぽう》でパイパーを撃《う》つまねをした。リオの隣《となり》の少女《しょうじょ》がしかたなく立《た》ちあがる。リオが着《き》ているのとそっくりのアーミージャケットを着《き》て、髪《かみ》は赤《あか》いバンダナでくくっている。「まだまとまっていないんです」

みんながざわつく。

「で、どうなんだ、ニッサ？」アレスコテージの訓練生《くんれんせい》が聞《き》いた。

「なかなかうまくいかなくて」ニッサがいう。

ニッサはみんなにやじられながらまた座《すわ》った。キャンプファイアの炎《ほのお》がパチパチ音《おと》を立《た》てて小《ちい》さくなった。ケイロンは囲《かこ》いの石《いし》をひづめの先《さき》でけった——コツ、コツ、コツ——するとみんな黙《だま》った。

「今《いま》は忍耐《にんたい》が必要《ひつよう》だ」ケイロンがいった。「そのあいだに緊急《きんきゅう》の問題《もんだい》について話《はな》し合《あ》わなくてはならない」

「パーシーのことですか？」だれかが聞《き》いた。キャンプファイアの火《ひ》がさらに小《ちい》さくなった。しかし炎《ほのお》に教《おし》えてもらわなくてもパイパーにはみんなの不安《ふあん》が伝《つた》わった。

ケイロンはアナベスに手《て》で合図《あいず》をした。アナベスは大《おお》きく深呼吸《しんこきゅう》して立《た》ちあがった。

「パーシーは見《み》つかっていません」アナベスがいった。「パーシーは」といったとき声《こえ》が少《すこ》しうわずった。「グランドキャニオンにいると思《おも》ったけどいませんでした。でもあたしたちはあきらめません。あちこちに捜索隊《そうさくたい》が行《い》っています。グローバー、タイソン、ニコ、アルテミスのハンター隊《たい》――みんながさがしています。あたしたちはきっとパーシーを見《み》つけだします。ケイロンの相談《そうだん》っていうのは、また別《べつ》のこと、新《あら》たな冒険《ぼうけん》の旅《たび》についてです」

「大予言《だいよげん》のことでしょ？」少女《しょうじょ》がたずねた。

みんなふり返《かえ》った。今《いま》のはハトの描《か》かれたバラ色《いろ》の旗《はた》を掲《かか》げたコテージの訓練生《くんれんせい》だ。このコテージの訓練生《くんれんせい》はさっきからずっとおしゃべりばかりしていて、ケイロンの話《はなし》など全然《ぜんぜん》聞《き》いていなかった。そのリーダーが立《た》ちあがった。ドルーだ。

ドルーのコテージ仲間《なかま》は全員驚《ぜんいんおどろ》いている。ドルーが人前《ひとまえ》で話《はな》すことはめったにないらしい。

「ドルー？」アナベスがいった。「どういう意味《いみ》？」

「わかってるくせに」ドルーはあきれた顔《かお》をしてみせた。「オリンポス山《さん》は閉《と》ざされ、パーシーは行方不明《ゆくえふめい》。ヘラはアナベスに夢《ゆめ》でメッセージを送《おく》り、アナベスはその日《ひ》のうちに新《あら》たなハーフを三人《にんっ》連れて帰《かえ》ってきた。わかってるわ。何《なに》かよくないことが起《お》きてる。大予言《だいよげん》が始《はじ》まった。ちがう？」

パイパーはレイチェルに小声《こごえ》でいった。「ドルーがいってる——大予言《だいよげん》てなんのこと？」

気《き》づくとほかのみんなもレイチェルを見《み》ている。

「どうなの？」ドルーがいった。「あなた、神託者《しんたくしゃ》でしょ。大予言《だいよげん》は始《はじ》まったの、始《はじ》まっていないの？」

炎《ほのお》に照《て》らされたレイチェルの目《め》が恐《おそ》ろしい。パイパーは心配《しんぱい》になった。レイチェルはまた体《からだ》を硬直《こうちょく》させて、怪《あや》しいクジャクの女神《めがみ》になってしゃべりだすんだろうか？　けれどレイチェルはゆっくり前《まえ》に出《で》て、みんなにむかって話《はな》しはじめた。

「こたえはイエス」レイチェルがいった。「大予言《だいよげん》は始《はじ》まった」

全員《ぜんいん》ざわつきだした。

パイパーはジェイソンと目《め》が合《あ》った。ジェイソンが口《くち》だけ動《うご》かしていう。〈だいじょうぶ？〉

パイパーはうなずき、無理《むり》に笑《わら》ったが、すぐに目《め》をそらした。ここにジェイソンがいるのにそばにいられないなんて。

ざわつきがおさまると、レイチェルはもう一歩《いっぽ》前《まえ》に出《で》た。五十数人《すうにん》の訓練生全員《くんれんせいぜんいん》が少《すこ》し体《からだ》を引《ひ》いた。ここにいるハーフ全員《ぜんいん》を合《あ》わせたより、このきゃしゃな赤毛《あかげ》の人間《にんげん》の子《こ》のほうが恐《おそ》ろしいとでもいうように。

「まだ聞《き》いたことのない人《ひと》のために」レイチェルがいう。「大予言《だいよげん》は私《わたし》がした最初《さいしょ》の予言《よげん》です。八月《がつ》に伝《つた》えました。こういう内容《ないよう》です」

七名《めい》のハーフが呼《よ》びかけにこたえる
世界《せかい》は嵐《あらし》もしくは炎《ほのお》によって滅《ほろ》び——

ジェイソンがすっと立《た》った。テーザー銃《じゅう》で撃《う》たれたかのように、目《め》を見開《みひら》いている。レイチェルでさえ不意《ふい》をつかれた。「ジェ、ジェイソン？　何《なに》——？」

「Ut《ウト》 cum《クム》 spiritu《スピリトゥ》 postrema《ポストレマ》 sacramentum《サクラメントゥム》 dejuremus《デエレムス》. Et《エト》 hostes《ホステス》 ornamenta《オルナメンタ》 addent《アデント》 ad《アド》 ianuam《イアヌアム》 necem《ネケム》」

訓練生《くんれんせい》のあいだに不安《ふあん》げな沈黙《ちんもく》が広《ひろ》がる。何人《なんにん》かは頭《あたま》の中《なか》で訳《やく》そうとしているようだ。今《いま》のはラテン語《ご》だ。しかしパイパーには、自分《じぶん》の未来《みらい》のボーイフレンド候補《こうほ》がなぜ急《きゅう》に昔《むかし》の言葉《ことば》を話《はな》しだしたのか、わからない。

「今《いま》……予言《よげん》を最後《さいご》までいったでしょ」レイチェルはしどろもどろだ。「——誓《ちか》いは最後《さいご》まで守《まも》られる。敵《てき》は武器《ぶき》を手《て》に死《し》の扉《とびら》を襲《おそ》う。どうして——」

「知《し》っているんだ」ジェイソンはびくっとし、左右《さゆう》のこめかみをおさえた。「どうしてかはわからない。だけどこの予言《よげん》は知《し》っている」

「しかもラテン語《ご》で」ドルーが大《おお》きな声《こえ》でいった。「かっこいいだけじゃなくて、頭《あたま》もいいのね」

アフロディテコテージからくすくす笑《わら》いが起《お》こった。なんなの、弱虫《よわむし》のくせに、とパイパーは思《おも》った。しかしこの場《ば》の緊張感《きんちょうかん》はまだ続《つづ》いている。キャンプファイアは不安《ふあん》げに揺《ゆ》れながら緑《みどり》に燃《も》えている。

ジェイソンはまた座《すわ》った。恥《は》ずかしそうにしている。アナベスがジェイソンの肩《かた》に手《て》を置《お》き、何《なに》かいって元気《げんき》づけている。パイパーは嫉妬《しっと》に襲《おそ》われた。隣《となり》でジェイソンをなぐさめるのはあたしのはずなのに。

レイチェル・デアはまだ少《すこ》し動揺《どうよう》している。助《たす》けを求《もと》めるようにケイロンのほうをちらっと見《み》たが、ケイロンは難《むずか》しい顔《かお》で立《た》ったままだ。一度始《いちどはじ》まったらだれにもとめられない芝居《しばい》を——しかも大勢《おおぜい》の人《ひと》が舞台《ぶたい》の上《うえ》で死《し》んで終《お》わる悲劇《ひげき》を——見《み》ているかのようだ。

「えっと」レイチェルは平静《へいせい》をとりもどそうとしている。「そう、大予言《だいよげん》の話《はなし》。数年先《すうねんさき》のことだと思《おも》っていたけど、もう始《はじ》まってしまった。証明《しょうめい》することはできないけど感《かん》じるの。そしてドルーがいったとおり、何《なに》かよくないことが起《お》きている。七名《めい》のハーフがだれになるかわからないけど、まだ全員集《ぜんいんあつ》まってはいない。あたしの直感《ちょっかん》では、その七名《めい》のうち何人《なんにん》かは今晩《こんばん》ここにいる。

あとはまだ」

訓練生《くんれんせい》たちは落《お》ち着《つ》きをなくし、不安《ふあん》げに顔《かお》を見合《みあ》わせて何《なに》かつぶやいている。だれかが眠《ねむ》そうな声《こえ》をはりあげた。「はい、います！　あれ……出席《しゅっせき》をとってたんじゃないの？」

「おやすみ、クロビス」だれかが大《おお》きな声《こえ》でいい、あちこちから笑《わら》い声《ごえ》が起《お》こった。

「とにかく」レイチェルがつづけた。「大予言《だいよげん》のいいたいことはわからない。どんな試練《しれん》が七名《めい》のハーフを待《ま》っているかわからない。でも最初《さいしょ》の大予言《だいよげん》がタイタン族《ぞく》との戦《たたか》いを暗示《あんじ》していたということは、今回《こんかい》の大予言《だいよげん》も同《おな》じくらい不吉《ふきつ》なことを暗示《あんじ》していると考《かんが》えられる」

「いや、それ以上《いじょう》に不吉《ふきつ》なことだ」ケイロンがつぶやく。

ケイロンはひとりごとのつもりだったかもしれないが、みんなに聞《き》こえていた。キャンプファイアの炎《ほのお》はたちまち暗《くら》い紫《むらさき》になった。パイパーの夢《ゆめ》に出《で》てきたのと同《おな》じ色《いろ》だ。

「今《いま》の時点《じてん》でわかっているのは」レイチェルがいう。「第一段階《だいだんかい》が始《はじ》まったということ。すでに重大《じゅうだい》な問題《もんだい》が起《お》きていて、それを解決《かいけつ》する冒険《ぼうけん》の旅《たび》が求《もと》められている。神々《かみがみ》の女王《じょおう》であるヘラが連《つ》れ去《さ》られた」

みんなショックで黙《だま》りこんだ。と思《おも》ったら五十数人《すうにん》の訓練生《くんれんせい》がいっせいにしゃべりだした。

ケイロンがまたひづめを鳴《な》らしたが、レイチェルはまたみんなが話《はなし》を聞《き》いてくれるまでしばらく待《ま》たなくてはならなかった。

レイチェルはみんなにグランドキャニオンでの出来事《できごと》を話《はな》した——嵐《あらし》の精《せい》ウェンティが襲《おそ》ってきたときにヘッジ先生《せんせい》が犠牲《ぎせい》になったこと、ウェンティが「ハーフの敵《てき》が大勢《おおぜい》目覚《めざ》めた」といっていたこと、またウェンティは力《ちから》ある『大女神様《だいめがみさま》』の手下《てした》であり、『大女神様《だいめがみさま》』はすべてのハーフを滅《ほろ》ぼすつもりであるとも話《はな》した。

さらにレイチェルはパイパーがヘラのコテージで気《き》を失《うしな》ったことも話《はな》した。うしろのほうでそれを聞《き》いていたドルーが気《き》を失《うしな》うまねをし、コテージ仲間《なかま》がそれを見《み》てくすくす笑《わら》ったが、パイパーは無視《むし》した。最後《さいご》にレイチェルはジェイソンが本部《ほんぶ》のリビングルームで見《み》た夢《ゆめ》についても話《はな》した。あたしが夢《ゆめ》で受《う》けたメッセージとそっくり。パイパーはぞっとした。唯一《ゆいいつ》のちがいは、ヘラはパイパーに裏切《うらぎ》るなと警告《けいこく》したということだ。〈いうなりになれば、われわれの命運《めいうん》はつきます〉ヘラはパイパーが巨人《きょじん》に脅迫《きょうはく》されていると知《し》っていた。彼《かれ》らの王《おう》が目覚《めざ》め、でもそれが本当《ほんとう》だとしたら、ヘラはどうしてジェイソンに警告《けいこく》し、パイパーが敵《てき》の手先《てさき》だと教《おし》えなかったのだろう?

「ジェイソン」レイチェルがいった。「あの……自分《じぶん》の姓《せい》は覚《おぼ》えている?」

ジェイソンはじっと考《かんが》えこみ、そして首《くび》をふった。

「じゃあ、名前《なまえ》だけ呼《よ》ぶね」とレイチェル。「ヘラがジェイソンに冒険《ぼうけん》の旅《たび》を命《めい》じたのは明《あき》らかよ」

レイチェルは口《くち》をつぐんだ。ジェイソンに断《ことわ》る機会《きかい》を与《あた》えるかのように。全員《ぜんいん》の目《め》がジェイソンを見《み》ている。すごいプレッシャーだろう。パイパーは、自分《じぶん》ならへたりこんでしまうかもしれない、と思《おも》った。しかしジェイソンの表情《ひょうじょう》には勇気《ゆうき》と決意《けつい》がみなぎっている。まっすぐ前《まえ》を見《み》て、うなずいた。「わかった」

「ジェイソンは大《おお》きな災《わざわ》いを退《しりぞ》けるため、ヘラを救《すく》い出《だ》さなくてはならない」レイチェルはつづけた。「王と名乗《なの》る者《もの》が目覚《めざ》めようとしている。理由《りゆう》はまだわからないけれど、それは冬至《とうじ》までに起《お》きる。あと四日《よっか》しかない」

「冬至《とうじ》の日《ひ》にはオリンポスの神々《かみがみ》の会議《かいぎ》が開《ひら》かれる」アナベスがいった。「ヘラが連《つ》れ去《さ》られたことを神々《かみがみ》がまだ知《し》らないとしても、会議《かいぎ》が開《ひら》かれるまでにはヘラがいないことに気《き》づくはず。神々《かみがみ》は、おまえがヘラを誘拐《ゆうかい》した、とおたがいを責《せ》めてけんかになるわ。神々《かみがみ》はいつもそうだから」

「冬至《とうじ》の日《ひ》は」ケイロンが口《くち》を開《ひら》いた。「夜《よる》がもっとも長《なが》い日《ひ》でもある。人間《にんげん》もそうだが神々《かみがみ》も冬至《とうじ》の日《ひ》に集《つど》う。数《かず》は力《ちから》だからだ。冬至《とうじ》の日《ひ》は邪悪《じゃあく》な魔法《まほう》が強《つよ》くなる。神々《かみがみ》よりも古《ふる》くから存在《そんざい》する、古《いにしえ》の魔法《まほう》だ。冬至《とうじ》の日《ひ》、何《なに》かが……目覚《めざ》める」

ケイロンの「目覚《めざ》める」といういい方《かた》は不吉《ふきつ》そのもの——ふつうの人間《にんげん》が、ではなく、史上最《しじょうさい》悪《あく》の生《い》き物《もの》が目《め》を覚《さ》ます、とでもいいたげだ。

「わかりました」アナベスはにらむようにケイロンを見《み》た。「今何《いまなに》が起《お》きてるとしても、あたしはレイチェルに賛成《さんせい》です。ジェイソンはこの冒険《ぼうけん》の旅《たび》のリーダーに選《えら》ばれました。だから——」

「じゃあなんでまだ認知《にんち》されない？」アレスコテージのだれかが叫《さけ》んだ。「ジェイソンがそんなに重要《じゅうよう》なハーフなら——」

「認知《にんち》されている」ケイロンがいった。「とうの昔《むかし》に。ジェイソン、見《み》せてやりなさい」

最初《さいしょ》ジェイソンはきょとんとしていた。首《くび》をかしげながら前《まえ》に出《で》てきたが、パイパーは目《め》を見《み》張《は》らずにいられなかった。ジェイソンのブロンドの髪《かみ》は炎《ほのお》に照《て》らされて輝《かがや》き、ローマの彫像《ちょうぞう》のようにきりっとした顔立《かおだ》ちをしている。ジェイソンがちらっとパイパーを見《み》た。パイパーは「がんばって」とうなずき、コインを指《ゆび》ではじくしぐさをした。

ジェイソンはポケットに手《て》を入《い》れた。コインが宙《ちゅう》を舞《ま》い、ジェイソンが手《て》で受《う》けとめると、手《て》に槍《やり》が握《にぎ》られていた——長《なが》さ約《やく》二メートル、鋭利《えいり》な穂先《ほさき》のついた金《きん》の槍《やり》だ。

まわりはみんな息《いき》をのんだ。レイチェルもアナベスも後《あと》ずさってジェイソンから離《はな》れた。穂先《ほさき》はアイスピックのように鋭《するど》い。

「ジェイソンの武器《ぶき》は……」アナベスは口《くち》ごもった。「剣《けん》だと思《おも》ってた」

「うん、裏《うら》からだと剣《けん》になるらしい」とジェイソン。「同《おな》じコインが、槍《やり》にもなる」

「それ、おれにくれ！」アレスコテージのだれかが叫《さけ》んだ。

「クラリサの電気槍《でんきやり》よりすごい！」アレスコテージのもうひとりがいう。

「電気槍《でんきやり》か」ジェイソンがつぶやく。軽《かる》くうなずいている。「うしろにさがって」

アナベスもレイチェルもいわれたとおりにした。ジェイソンが槍《やり》を高《たか》く掲《かか》げると、雷鳴《らいめい》が轟《とどろ》いた。パイパーは鳥肌《とりはだ》が立《た》った。天《てん》からおりてきた稲妻《いなずま》が、金《きん》の穂先《ほさき》をかすめてキャンプファイアに落《お》ちた。砲弾《ほうだん》が落《お》ちたかのような迫力《はくりょく》だ。

ようやく煙《けむり》が消《き》え、パイパーの耳鳴《みみな》りもおさまった。みんなぼうっとしたまま灰《はい》まみれでへたりこみ、目《め》をこすりながらキャンプファイアがあった場所《ばしょ》を見《み》つめている。燃《も》え殻《がら》が一面《いちめん》に散乱《さんらん》している。火《ひ》のついた丸太《まるた》が、居眠《いねむ》りしていたクロビスからほんの数《すう》センチのところに刺《さ》さっている。が、クロビスはぴくりともしない。

ジェイソンは槍《やり》を持《も》つ手《て》をおろした。「ご……ごめん」

ケイロンはあごひげについた灰《はい》を払《はら》った。いちばん怖《おそ》れていたことが起《お》きてしまった、とでもいうように顔《かお》をしかめている。「少々度《しょうしょうど》が過《す》ぎたようだが、君《きみ》の力《ちから》はわかった。また、君《きみ》の父親《ちちおや》がだれか、みんなにもわかったことと思《おも》う」

「ユピテル」ジェイソンはいった。「いえ、ゼウス。天空《てんくう》の王《おう》です」

パイパーは思《おも》わず笑《え》みを浮《う》かべた。やっぱり。ゼウスは神々《かみがみ》の中《なか》でもっとも力《ちから》ある神《かみ》。神話《しんわ》に出《で》てくる偉大《いだい》な英雄《えいゆう》はすべてゼウスの子《こ》だ――ジェイソンの父親《ちちおや》はゼウス以外《いがい》に考《かんが》えられない。

ほかの訓練生《くんれんせい》にはまだよくわからないらしい。火《ひ》や灰《はい》の飛《と》び散《ち》った中《なか》で、だれもが「どういうこと？」とたずね合《あ》っている。そこにアナベスが両手《りょうて》をあげた。

「待《ま》って！　ジェイソンがゼウスの息子《むすこ》って、どういうことですか？　ビッグスリーは……人間《にんげん》とのあいだに子《こ》どもを作《つく》らないと誓《ちか》った……どうしてもっと前《まえ》にわからなかったんですか？」

ケイロンはこたえない。真相《しんそう》を知《し》っているのだろう。そしてそれはケイロンにとって受《う》け入《い》れがたいことなのだろう。

「だいじなのは」レイチェルがいった。「ジェイソンが今《いま》この訓練所《くんれんじょ》にいるということ。ジェイソンには果《は》たすべき冒険《ぼうけん》の旅《たび》がある。つまり、ジェイソンにはジェイソンの予言《よげん》が必要《ひつよう》なはずよ」

レイチェルは目《め》を閉《と》じたかと思《おも》うと気《き》を失《うしな》った。二名《めい》の訓練生《くんれんせい》が駆《か》け寄《よ》り、レイチェルを支《ささ》えた。もうひとりが円形劇場《えんけいげきじょう》のわきに走《はし》り、青銅《せいどう》でできた三本足《ぼんあし》の椅子《いす》を持《も》ってきた。いつものパターンのようだ。三人《にん》は灰《はい》だらけになった炉《ろ》の前《まえ》に椅子《いす》を置《お》き、レイチェルをそっと座《すわ》らせた。キャンプファイアが消《き》えてあたりは真《ま》っ暗《くら》だ。レイチェルの足元《あしもと》で緑《みどり》のもやが渦巻《うずま》きだす。レイチェルが目《め》を開《あ》けた。らんらんと光《ひか》っている。口《くち》からエメラルド色《いろ》の煙《けむり》が出《で》てきた。声《こえ》はかすれ、太古《たいこ》の時代《じだい》から響《ひび》いてくるように聞《き》こえる――ヘビが口《くち》をきけたらこんな声《こえ》かもしれない。

〈雷《かみなり》の子《こ》よ、大地《だいち》に用心《ようじん》せよ
七名《めい》は巨人族《きょじんぞく》の復讐《ふくしゅう》をもたらす
鍛《きた》えの炉《ろ》とハト、檻《おり》を破《やぶ》り
ヘラの怒《いか》り、死《し》を解《と》き放《はな》つ〉

最後《さいご》までいい終《お》えたとたん、レイチェルは椅子《いす》から転《ころ》げ落《お》ちそうになった。しかし付《つ》き添《そ》いの三人《にん》に支《ささ》えられた。三人《にん》はレイチェルを運《はこ》び、少《すこ》し離《はな》れたところにそっと寝《ね》かせた。

「いつもこうなの？」パイパーはそういってから、まわりがしんとしていることに気《き》づいた。みんながパイパーを見《み》つめている。「だから……あんな緑《みどり》の煙《けむり》を出《だ》すの？」

「やだ、何《なに》いってるの？」ドルーが鼻《はな》で笑《わら》った。「レイチェルはたった今予言《いまよげん》を――ジェイソンがヘラを救《すく》う冒険《ぼうけん》の旅《たび》の予言《よげん》をしたのよ！　そんなこともわからないの――」

「ドルー」アナベスが横《よこ》からいった。「パイパーが疑問《ぎもん》に思《おも》って当然《とうぜん》よ。それに今《いま》の予言《よげん》にはたしかに納得《なっとく》できないところがあるもの。もしヘラの檻《おり》を破《やぶ》った結果《けっか》ヘラが怒《おこ》り、多《おお》くの死《し》を引《ひ》き起《お》こすとしたら……それでもヘラを助《たす》けたい？　これは罠《わな》かも。それか――ヘラは自分《じぶん》を助《たす》けた者《もの》にひどい仕打《しう》ちをするかもしれない。ヘラは英雄《えいゆう》に対《たい》してはいつも意地悪《いじわる》だから」

ジェイソンが立《た》った。「しかたない。ヘラはぼくの記憶《きおく》を奪《うば》った。ぼくは記憶《きおく》をとりもどしたい。それに神々《かみがみ》の女王《じょおう》がこまっているなら、助《たす》けないわけにいかない」

ヘパイストスコテージからひとりが立《た》ちあがった――赤《あか》いバンダナの少女《しょうじょ》、ニッサだ。「そうかもね。でもアナベスのいうことも嘘《うそ》じゃない。ヘラは意地《いじ》が悪《わる》い。自分《じぶん》の息子《むすこ》を――あたしたちの父親《ちちおや》へパイストスを――山《やま》のてっぺんから投《な》げ落《お》とした。ただ醜《みにく》いという理由《りゆう》だけで」

「本当《ほんとう》に醜《みにく》いんだもの」アフロディテコテージのだれかがばかにした。

「うるさい！」ニッサは怒《おこ》った。「とにかく、ほかにも考《かんが》えなくちゃいけないことがある――どうして大地《だいち》に用心《ようじん》しなくちゃいけないの？　巨人族《きょじんぞく》の復讐《ふくしゅう》ってどういうこと？　神々《かみがみ》の女王《じょおう》を誘《ゆう》拐《かい》できるほど力《ちから》がある敵《てき》って、いったい何者《なにもの》?」

だれもこたえない。しかしパイパーは、アナベスとケイロンが目配《めくば》せしたのを見《み》た。おそらくはこんなやりとりだ。

アナベス:巨人族《きょじんぞく》の復讐《ふくしゅう》……まさか、そんなはずない。

ケイロン:今《いま》ここでそれをいってはいけない。みんな怖《こわ》がるだけだ。

アナベス:嘘《うそ》ですよね。こんな恐《おそ》ろしいことってあるんですか?

ケイロン:この話《はなし》はまたあとで。彼《かれ》らがすべてを知《し》ったら怖《こわ》くて先《さき》に進《すす》めなくなる。

パイパーは思《おも》った。表情《ひょうじょう》だけからこんなにはっきり読《よ》めるはずがない——あたしはこのふたりをほとんど知《し》らない。でも今読《いまよ》みとった内容《ないよう》に間違《まちが》いはない。自分《じぶん》が少《すこ》し怖《こわ》い。

アナベスが大《おお》きく深呼吸《しんこきゅう》した。「これはジェイソンの冒険《ぼうけん》の旅《たび》です。だから選《えら》ぶのはジェイソンです。みんなもわかったと思《おも》うけど、ジェイソンはゼウスの子《こ》。慣習《かんしゅう》によれば、ジェイソンは自分《じぶん》で同行者《どうこうしゃ》を二名選《めいえら》ぶことができます」

ヘルメスコテージのだれかが叫《さけ》んだ。「それなら、間違《まちが》いなくアナベスだ。アナベスはいちばん経験《けいけん》がある」

「トラビス、それはちがう」とアナベス。「第《だい》一に、あたしはヘラを助《たす》けるつもりはない。助《たす》けようとするたびヘラにだまされるか、あとで痛《いた》い目《め》にあわされるかだもの。あたしははずして。絶対無理《ぜったいむり》。第《だい》二に、あたしは明日《あす》の朝《あさ》いちばんにパーシーをさがしにいく」

「それも関係《かんけい》してる」パイパーは思《おも》わずいってしまった。どこからそんな勇気《ゆうき》が出《で》たのかわからない。「それは認《みと》めるでしょ？　今回《こんかい》のことは、パーシーが行方不明《ゆくえふめい》になったことも――全部《ぜんぶ》つながってる」

「どういうこと？」ドルーがいった。「そんなに物知《ものし》りなら説明《せつめい》して」

パイパーはこたえようと思《おも》ったができなかった。

アナベスが助《たす》けてくれた。「パイパーのいうとおりかもしれない。もし全部《ぜんぶ》つながってるとしたら、あたしは別《べつ》の方向《ほうこう》から攻《せ》めてみる――まずパーシーをさがす。さっきいったように、あたしがヘラを助《たす》けにいく必要《ひつよう》があるとは思《おも》わない。たとえヘラが行方不明《ゆくえふめい》になったことでオリンポスの神々《かみがみ》がまたけんかを始《はじ》めたって関係《かんけい》ない。でもあたしが参加《さんか》できないのは別《べつ》の理由《りゆう》。予言《よげん》はあたしに、行《い》きなさい、っていってない」

「そうだ」ジェイソンもうなずく。「鍛《きた》えの炉《ろ》とハト、檻《おり》を破《やぶ》る。鍛冶《かじ》の炉《ろ》はウルカ――いや、ヘパイストスのシンボルだ」

九番《ばん》コテージの旗《はた》の下《した》、ニッサが肩《かた》を落《お》としている。重《おも》い鉄床《かなとこ》を持《も》たされ、運《はこ》べと命令《めいれい》されたかのようだ。「もし大地《だいち》に用心《ようじん》しなくちゃいけないとしたら、陸路《りくろ》の旅《たび》は避《さ》けたほうがいい。空路《くうろ》を使《つか》うことになる」

パイパーは思《おも》わず、ジェイソンは空《そら》を飛《と》べる、といいそうになったが思《おも》いとどまった。話《はな》すならジェイソン本人《ほんにん》だ。でも今《いま》はまだ内緒《ないしょ》にしている。今晩《こんばん》はこれ以上《いじょう》みんなを驚《おどろ》かせないほうがいいと思《おも》っているのだろう。

「空飛《そらと》ぶ戦車《せんしゃ》は壊《こわ》れた」ニッサがいう。「そしてペガサスはパーシーの捜索《そうさく》に使《つか》う。だけどヘパイストスコテージなら役立《やくだ》つものを作《つく》れるかもしれない。ジェイクが重傷《じゅうしょう》で動《うご》けない今《いま》、ヘパイストスコテージのリーダーはあたし。冒険《ぼうけん》の旅《たび》に同行《どうこう》してもかまわないわよ」

ニッサはあまり乗《の》り気《き》ではないようだ。

リオが立《た》ちあがった。リオはさっきからずっと黙《だま》っていたので、パイパーはそこにいるのも忘《わす》れていた。リオにはめずらしい。

「行《い》くのはおれだ」リオがいった。

ヘパイストスコテージがざわつく。何人《なんにん》かがうしろから引《ひ》っぱって座《すわ》らせようとしているが、リオはその手《て》をふり払《はら》った。

「おれが行《い》く。知《し》ってるんだ。空《そら》を行《い》くなら考《かんが》えがある。やらせてくれ。おれが用意《ようい》してやる！」

ジェイソンはリオの顔《かお》をじっと見《み》ている。「だめだ」というに決《き》まっている。ところがジェイソンはにっこり笑《わら》った。「今回《こんかい》のことが始《はじ》まったときから一緒《いっしょ》だもんな。一緒《いっしょ》に行《い》くとしたらリオしかいない気《き》がする。乗《の》り物《もの》をたのむ。リオも冒険《ぼうけん》の旅《たび》のメンバーだ」

「やった！」リオはこぶしをつきあげた。

「危険《きけん》な旅《たび》なのよ」ニッサがいう。「つらいし、怪物《かいぶつ》は出《で》てくるし、身《み》も心《こころ》もぼろぼろになるのよ。だれも生《い》きて帰《かえ》れないかもしれない」

「そっか」リオはとたんにはしゃぐのをやめた。しかしみんなが自分《じぶん》を見《み》ていることを思《おも》い出《だ》した。「だから……そっか、かっこいいじゃん！　ぼろぼろになる？　大歓迎《だいかんげい》だ。おれは行《い》く」

アナベスがうなずく。「それじゃあジェイソン、あともうひとりね。ハト――」

「決《き》まってるじゃない！」ドルーがすっと立《た》ち、ジェイソンにほほ笑《え》んだ。「ハトはアフロディテのシンボル。みんな知《し》ってるとおりよ。あたしも連《つ》れてって」

パイパーはこぶしを握《にぎ》りしめた。一歩前《いっぽまえ》に出《で》る。「だめ」

ドルーはあきれた顔《かお》をした。「あなたは黙《だま》ってて。さがってて」

「ヘラの夢《ゆめ》を見《み》たのはあたしよ。ドルーじゃない。あたしが同行《どうこう》する」

「夢《ゆめ》なんてだれでも見《み》るの」とドルー。「あなたはたまたまそのときに、そこにいただけ」ジェイソンを見《み》る。「ねえ、あたしもけっこう戦《たたか》えると思《おも》うの。それにしても鍛冶仕事《かじしごと》をしてる人《ひと》たちって……」うんざり顔《かお》でリオを見《み》る。「まあ、油《あぶら》まみれで仕事《しごと》をする人《ひと》も必要《ひつよう》だものね。でも同行者《どうこうしゃ》には魅力的《みりょくてき》な子《こ》も必要《ひつよう》よ。あたし、相手《あいて》を説得《せっとく》するのが得意《とくい》なの。かなり役《やく》に立《た》つと思《おも》うわ」

訓練生《くんれんせい》たちは口々《くちぐち》に、ドルーが実際《じっさい》どんなに口《くち》がうまいかささやきだした。ドルーはみんなを味方《みかた》につけたようだ。ケイロンでさえあごひげをさすっている。そうだな、ドルーに参加《さんか》させればいい、とでもいいたげだ。

「あの……」アナベスがいった。「予言《よげん》の言葉《ことば》によると――」

「だめ！」パイパーには自分《じぶん》の声《こえ》がいつもとちがって聞《き》こえた――いつもより太《ふと》く、自信《じしん》がある。「あたしが行《い》く」

そのとき、不思議《ふしぎ》なことが起《お》きた。だれもが「パイパーのいうことももっともだ」とつぶやきだした。ドルーは信《しん》じられないという顔《かお》でまわりを見《み》ている。アフロディテコテージの仲間《なかま》でさえ数人《すうにん》がうなずいている。

「やめてよ！」ドルーは大声《おおごえ》をはりあげた。「パイパーに何《なに》ができるっていうの？」

パイパーはこたえようと思《おも》ったが、自信《じしん》がなくなってきた。自分《じぶん》に何《なに》ができる？　戦《たたか》うことも、作戦《さくせん》を立《た》てることも、機械《きかい》を修理《しゅうり》することもできない。才能《さいのう》といえば問題《もんだい》を起《お》こしたり、ときどき人《ひと》をだましてまぬけなことをさせたりするだけだ。

しかも、パイパーは嘘《うそ》つきだ。冒険《ぼうけん》の旅《たび》に行《い》きたいのは、ジェイソン以外《いがい》の理由《りゆう》があるからだ――冒険《ぼうけん》の旅《たび》に行《い》ったとして、パイパーは最後《さいご》には訓練所《くんれんじょ》の全員《ぜんいん》を裏切《うらぎ》ることになる。夢《ゆめ》で聞《き》いた声《こえ》が聞《き》こえる。〈指示《しじ》にしたがえ。そうすれば無事《ぶじ》に帰《かえ》らせてやる〉どうして選《えら》ぶことができるだろう――父親《ちちおや》を助《たす》けるか、ジェイソンを助《たす》けるかなんて。

「ほら」ドルーが満足《まんぞく》げにいう。「これで決《き》まったわね」

突然《とつぜん》、全員《ぜんいん》が「あっ」と声《こえ》をあげた。みんなパイパーが爆発《ばくはつ》でもしたかのように目《め》をまんまるくして見《み》ている。パイパーは、何《なに》かまずいことでもしたのだろうか、と思《おも》った。そして、自分《じぶん》の体《からだ》のまわりが赤《あか》く光《ひか》っているのに気《き》づいた。

「何《なに》？」

上《うえ》を見《み》たがリオのようなシンボルは出《で》ていない。ところが下《した》を見《み》て、小《ちい》さな悲鳴《ひめい》をあげた。服《ふく》が……これは何《なに》？　パイパーはワンピースなんて大嫌《だいきら》いだ。一枚《まい》も持《も》っていない。ところが今《いま》、足首《あしくび》まである優雅《ゆうが》な白《しろ》い袖《そで》なしドレスを着《き》ている。V《ブイ》ネックのカットが深《ふか》くて恥《は》ずかしいくらいだ。腕《うで》には上品《じょうひん》な金《きん》の腕輪《うでわ》。胸元《むなもと》にはコハク、サンゴ、金《きん》の花飾《はなかざ》りでできた豪華《ごうか》なネックレスが光《ひか》っている。そして髪《かみ》は……。

「嘘《うそ》でしょ」パイパーはいった。「どうして？」

アナベスはあっけにとられたままパイパーの短剣《たんけん》を指《ゆび》さしている。短剣《たんけん》はいつのまにか油《あぶら》で磨《みが》かれ、光《ひかり》を放《はな》ち、金《きん》のひもで腰《こし》にさがっている。パイパーは剣《けん》をさやから抜《ぬ》きたくなかった。鏡《かがみ》の刃《は》を見《み》るのは怖《こわ》い。しかし好奇心《こうきしん》が勝《か》った。パイパーは短剣《たんけん》を抜《ぬ》き、磨《みが》きあげられた刃《は》に映《うつ》る自分《じぶん》の姿《すがた》を見《み》つめた。髪《かみ》は完璧《かんぺき》に整《ととの》っている。つやのある長《なが》いこげ茶色《ちゃいろ》の髪《かみ》は金《きん》のリボンをからめて一本《ぽん》に編《あ》まれ、片側《かたがわ》に垂《た》らしてある。化粧《けしょう》もしてある。自分《じぶん》ではできないくらいじょうず——くちびるを魅力的《みりょくてき》に見《み》せ、さまざまな色《いろ》に変《か》わる目《め》を引《ひ》き立《た》たせるナチュラルメークだ。

あたし……あたしは……。

「すごくきれいだ」ジェイソンが思《おも》わずいった。「パイパー……言葉《ことば》がないよ」

こんな状況《じょうきょう》でなかったら、パイパーは人生《じんせい》でいちばん幸《しあわ》せだと思《おも》ったかもしれない。しかしみんな化《ば》け物《もの》を見《み》るような目《め》でパイパーを見《み》ている。ドルーの表情《ひょうじょう》は恐《おそ》れと憎《にく》しみに満《み》ちている。

「嘘《うそ》よ！　ありえない！」

「これ、あたしじゃない」パイパーはいった。「わ——わけがわからない」

ケイロンは二本《ほん》の前足《まえあし》をそろえ、パイパーにおじぎした。訓練生《くんれんせい》も全員《ぜんいん》それにならった。

「パイパー・マクリーンに敬意《けいい》を」ケイロンが重々《おもおも》しい口調《くちょう》でいった。パイパーへのとむらいの言葉《ことば》を読《よ》みあげるかのように。「君《きみ》はハトをシンボルとする、愛《あい》の女神《めがみ》アフロディテの娘《むすめ》だ」

11 リオ

リオははっとした。美《うつく》しく変《か》わったパイパーに見《み》とれている場合《ばあい》ではない。たしかに、とにかく驚《おどろ》いた――〈パイパーが化粧《けしょう》！　奇跡《きせき》だ！〉しかし自分《じぶん》には自分《じぶん》の仕事《しごと》がある。こっそり円形劇場《えんけいげきじょう》から出《で》て、暗闇《くらやみ》を走《はし》った。なんで自分《じぶん》からこんなことに巻《ま》きこまれるようなまねをしちまったんだ、と思《おも》いながら。

リオは自分《じぶん》よりたくましく、勇気《ゆうき》のある連中《れんちゅう》の前《まえ》に立《た》ち、自分《じぶん》から――ここがだいじだ――命《いのち》を落《お》とすことになるかもしれない冒険《ぼうけん》の旅《たび》に立候補《りっこうほ》した。

昔《むかし》のベビーシッター、ティア・カリダを見《み》たことはだれにもいわなかったが、ジェイソンの夢《ゆめ》の話《はなし》――黒《くろ》いローブでフードをかぶった女性《じょせい》が出《で》てきたという話《はなし》――を聞《き》いてすぐに、同一人物《どういつじんぶつ》だと気《き》づいた。ティア・カリダはヘラだ。邪悪《じゃあく》なベビーシッターは神々《かみがみ》の女王《じょおう》だった。まったく頭《あたま》が沸騰《ふっとう》しそうだ。

リオは森《もり》にむかって歩《ある》きながら、子《こ》どもの頃《ころ》のことは――母親《ははおや》の死《し》にいたるいきさつについては——考《かんが》えないようにしようと思《おも》った。しかし無理《むり》だった。

最初《さいしょ》にティア・カリダがリオの命《いのち》を奪《うば》おうとしたのはリオが二歳《さい》のときだった。ティア・カリダは母親《ははおや》が工場《こうじょう》に行《い》っているあいだ、リオの面倒《めんどう》を見《み》ていた。もちろん、ティア・カリダはリオの本当《ほんとう》のおばではない——近所《きんじょ》に住《す》む年寄《としよ》りで、子《こ》どもの世話《せわ》をしてくれるいわゆる「おばちゃん」だった。ティア・カリダはハチミツ風味《ふうみ》のハムのにおいがした。いつも黒《くろ》いワンピースを着《き》て、黒《くろ》いショールをはおっていた。

「さあ、お昼寝《ひるね》しましょうね」ティア・カリダはいった。「リオが勇敢《ゆうかん》な英雄《えいゆう》かどうか見《み》せてちょうだい」

リオは眠《ねむ》かった。ティア・カリダはリオを毛布《もうふ》でくるみ、赤《あか》や黄《き》の温《あたた》かいふとんの上《うえ》にそっと寝《ね》かせた。ベッドは黒《くろ》ずんだれんがの壁《かべ》のくぼみに作《つく》られていて、頭《あたま》の上《うえ》のほうに合金《ごうきん》で囲《かこ》った細長《ほそなが》い穴《あな》、そのもっと上《うえ》に四角《しかく》い穴《あな》があり、そこから星空《ほしぞら》が見《み》えた。リオはこの心地《ここち》よいベッドで、火花《ひばな》をまるでホタルみたいにつかみながら寝《ね》ていた。うとうとして、火《ひ》で作《つく》った船《ふね》が灰《はい》の海《うみ》に浮《う》かんでいる夢《ゆめ》を見《み》ていた。リオは自分《じぶん》もこの船《ふね》に乗《の》り、空《そら》を渡《わた》りたいと思《おも》った。ティア・カリダもそばでロッキングチェアに腰《こし》かけ——ロッキングチェアを前後《ぜんご》に揺《ゆ》らす音《おと》がする——子守《こもり》唄《うた》をうたっている。たった二歳《さい》のリオでも英語《えいご》とスペイン語《ご》のちがいは知《し》っていた。そしてなぜティア・カリダがそのどちらでもない言葉《ことば》でうたっているのか不思議《ふしぎ》だった。

ただそれだけだ。そこに母親《ははおや》が帰《かえ》ってきた。母親《ははおや》は悲鳴《ひめい》をあげてベッドに駆《か》け寄《よ》り、いそいでリオを抱《だ》きあげ、ティア・カリダに文句《もんく》をいった。「どういうつもり？」しかしティア・カリダは消《き》えていた。

リオは母親《ははおや》の肩越《かたご》しに、毛布《もうふ》から炎《ほのお》があがっているのが見《み》えたことを覚《おぼ》えている。数年後《すうねんご》になって初《はじ》めて、自分《じぶん》が燃《も》えさかる暖炉《だんろ》に寝《ね》かされていたと知《し》った。

何《なに》より不思議《ふしぎ》なことにティア・カリダは逮捕《たいほ》されず、ベビーシッターもつづけていた。それから二、三年《ねん》のあいだにまた何度《なんど》かベビーシッターに来《き》た。ティア・カリダは三歳《さい》のリオにナイフを渡《わた》して遊《あそ》ばせた。「刃物《はもの》の使《つか》い方《かた》は早《はや》いうちに覚《おぼ》えなくてはね。将来《しょうらい》おばちゃんの英雄《えいゆう》になるんだから」リオはなんとかけがをせずにすんだが、ティア・カリダはリオがけがをするかどうかなどまったく気《き》にしていなかった。

リオが四歳《さい》のとき、ティア・カリダが近《ちか》くの牧草地《ぼくそうち》でガラガラヘビを見《み》つけた。リオは棒切《ぼうき》れを渡《わた》され、つつくようにいわれた。「勇気《ゆうき》がないの？　運命《うんめい》の三女神《めがみ》の選択《せんたく》が正《ただ》しかったって証拠《しょうこ》を見《み》せてちょうだい」ヘビはコハク色《いろ》の目《め》でリオを見《み》あげ、尾《お》をふって乾《かわ》いた音《おと》を立《た》てている。

リオはつつくことができなかった。つつく理由《りゆう》がない。ヘビも子《こ》どもにかみつく理由《りゆう》がないと思《おも》っているようだ。「おばちゃん、何《なに》を考《かんが》えているの？」という目《め》でティア・カリダを見《み》ている。ヘビはそのうちに草《くさ》むらに消《き》えた。

最後《さいご》にティア・カリダがリオのベビーシッターをしたのはリオが五歳《さい》のとき。クレヨンひと箱《はこ》と絵《え》かき帳《ちょう》を持《も》ってきた。ふたりはアパートの建物《たてもの》の裏《うら》にある、ペカンの木《き》の下《した》に置《お》かれたピクニックテーブルについていた。ティア・カリダは例《れい》の奇妙《きみょう》な子守唄《こもりうた》をうたい、リオは暖炉《だんろ》で寝《ね》かされていたときに見《み》た船《ふね》の絵《え》を描《か》いている。帆《ほ》は色《いろ》とりどりで、船《ふね》の両側《りょうがわ》にはオールがずらりと並《なら》んでいる。船尾《せんび》は大《おお》きくカーブし、マストの先《さき》にりっぱな飾《かざ》り物《もの》がついている。ほとんど描《か》きあげ、幼稚園《ようちえん》で習《なら》ったように絵《え》に名前《なまえ》を書《か》こうとしたそのとき、絵《え》が風《かぜ》に飛《と》ばされた。船《ふね》の絵《え》は宙《ちゅう》を舞《ま》い、どこかに消《き》えてしまった。

リオは大声《おおごえ》で泣《な》きたかった。長《なが》い時間《じかん》をかけて描《か》いたのに。ティア・カリダは残念《ざんねん》そうに舌打《したう》ちしただけ。

「もう少《すこ》し待《ま》ちなさい。リオも将来冒険《しょうらいぼうけん》の旅《たび》に出《で》るんですよ。自分《じぶん》の運命《うんめい》を知《し》り、そして最後《さいご》には苦難《くなん》の旅《たび》の意味《いみ》も知《し》るでしょう。でもその前《まえ》にいくつもの悲《かな》しみに出会《であ》うでしょう。かわいそうだけど、英雄《えいゆう》はそうやって鍛《きた》えられるのです。さあ、おばちゃんのために火《ひ》をおこしてくれる？　この冷《ひ》えた体《からだ》を温《あたた》めてちょうだい」
数分後《すうふんご》、リオの母親《ははおや》が出《で》てきて悲鳴《ひめい》をあげた。ティア・カリダの姿《すがた》は消《き》え、リオは煙《けむり》をあげる炎《ほのお》の中《なか》に座《すわ》っていた。絵《え》かき帳《ちょう》は燃《も》えて灰《はい》になり、クレヨンはどろどろに溶《と》けて極彩色《ごくさいしき》の溶岩《ようがん》のように沸騰《ふっとう》している。リオの両手《りょうて》も燃《も》えていた。手《て》の下《した》でピクニックテーブルがゆっくり溶《と》けていく。その後何年《ごなんねん》ものあいだ、アパートの住人《じゅうにん》たちはピクニックテーブルを見《み》るたびに首《くび》をかしげた。こんなかたい木《き》にどうやって何《なん》センチも深《ふか》さのある五歳《さい》の子《こ》どもの手形《てがた》をつけたんだろう、と。

今《いま》やリオは確信《かくしん》していた。あの狂《くる》ったベビーシッター、ティア・カリダはヘラだ。ということは、おれには神様《かみさま》のばあちゃんがいた？　うちの家族《かぞく》は思《おも》っているよりはるかに複雑《ふくざつ》らしい。母《かあ》ちゃんは真実《しんじつ》を知《し》っていたのか？　とリオは思《おも》った。最後《さいご》にティア・カリダがいなくなったあと、リオは母親《ははおや》に連《つ》れられて家《いえ》に入《はい》り、長々《ながなが》と話《はなし》を聞《き》かされた。しかしほんの一部《いちぶ》しか理解《りかい》できなかった。

「ティア・カリダにはもう二度《にど》と来《き》てもらわないから」リオの母親《ははおや》は目《め》がやさしく、くせのある黒髪《くろかみ》のきれいな人《ひと》だったが、働《はたら》きすぎで年齢《ねんれい》より老《ふ》けて見《み》えた。目《め》のまわりには深《ふか》いしわが刻《きざ》まれ、手《て》はたこだらけだった。母親《ははおや》の家族《かぞく》で大学《だいがく》を卒業《そつぎょう》したのは母親《ははおや》が初《はじ》めて。機械工学《きかいこうがく》を学《まな》び、設計《せっけい》も修理《しゅうり》もできたし、なんでも作《つく》ることができた。

母親《ははおや》を雇《やと》ってくれる人《ひと》はいなかった。大《おお》きな会社《かいしゃ》は相手《あいて》にしてくれなかった。そこで母親《ははおや》は工《こう》場《じょう》に勤《つと》め、自分《じぶん》とリオの生活費《せいかつひ》を稼《かせ》いだ。いつも機械油《きかいあぶら》のにおいがしていて、リオと話《はな》すときはいつも英語《えいご》とスペイン語《ご》を交互《こうご》に使《つか》った――道具《どうぐ》を持《も》ち替《か》えるように。リオは数年間《すうねんかん》、まわりもみんなそういうふうにしゃべっていると思《おも》っていた。母親《ははおや》はリオに、これはゲームよ、といってモールス信号《しんごう》まで教《おし》えた。ふたりは別々《べつべつ》の部屋《へや》にいても壁《かべ》を指先《ゆびさき》でたたいて、〈大好《だいす》きよ。だいじょうぶ?〉といった簡単《かんたん》な内容《ないよう》を伝《つた》え合《あ》うことができた。

「母《かあ》さんはティア・カリダが何《なに》をいっても気《き》にしない」母親《ははおや》はリオにいった。「運命《うんめい》も運命《うんめい》の三女神《めがみ》も気《き》にしない。子《こ》どもにそんなことをいうなんて。リオは母《かあ》さんのだいじな子《こ》よ」

母親《ははおや》はリオの両手《りょうて》をとり、やけどをしていないか調《しら》べた。もちろんひとつもない。「リオ、よく聞《き》いて。火《ひ》は道具《どうぐ》のひとつだけど、とても危険《きけん》なの。リオは自分《じぶん》の限界《げんかい》を知《し》らない。お願《ねが》い、約束《やくそく》して――父《とう》さんに会《あ》うまで火《ひ》は使《つか》わないって。いつか父《とう》さんに会《あ》えるときが来《く》る。父《とう》さんはすべて説明《せつめい》してくれる」

リオは物心《ものごころ》ついたときからそういわれてきた。いつか父《とう》さんに会《あ》えるときが来《く》る、と。母親《ははおや》はリオが父親《ちちおや》のことを聞《き》いても何《なに》もこたえてくれない。リオは父親《ちちおや》に会《あ》ったこともなければ、写真《しゃしん》で見《み》たこともない。それなのに母親《ははおや》は、父《とう》さんは近所《きんじょ》の店《みせ》まで牛乳《ぎゅうにゅう》を買《か》いにいっただけですぐもどる、みたいないい方《かた》をする。リオは母親《ははおや》の言葉《ことば》を信《しん》じることにした。いつか、すべてがはっきりする。

それから数年《すうねん》、平和《へいわ》な生活《せいかつ》がつづいた。リオはティア・カリダのことなど忘《わす》れかけていた。今《いま》でも空飛《そらと》ぶ船《ふね》の夢《ゆめ》は見《み》ることがあったが、ほかの不思議《ふしぎ》なこともすべて夢《ゆめ》に思《おも》えた。

リオが八歳《さい》のとき、すべてがくずれ去《さ》った。その頃《ころ》、リオはひまなときはいつも母親《ははおや》の働《はたら》いている工場《こうじょう》で過《す》ごすようになっていた。リオは工場《こうじょう》にある機械《きかい》の使《つか》い方《かた》も知《し》っていたし、測《はか》ったり、計算《けいさん》したりするのもそのへんの大人《おとな》より得意《とくい》だった。母親《ははおや》のように機械《きかい》を頭《あたま》の中《なか》で立体的《りったいてき》に思《おも》い浮《う》かべ、あらゆる面《めん》から調《しら》べたりすることもできるようになった。

ある晩《ばん》、リオは母親《ははおや》と一緒《いっしょ》に遅《おそ》くまで工場《こうじょう》に残《のこ》っていた。母親《ははおや》は穴《あな》あけ工具《こうぐ》の特許申請《とっきょしんせい》の図面《ずめん》をしあげにかかっている。特許《とっきょ》がとれればふたりの生活《せいかつ》は変《か》わる。母親《ははおや》にもやっとチャンスがめぐってきた。

母親《ははおや》が仕事《しごと》をしているかたわらで、リオはペンや紙《かみ》を渡《わた》したり、冗談《じょうだん》をいったりして母親《ははおや》を応援《おうえん》していた。リオは母親《ははおや》が笑《わら》ってくれるとうれしかった。母親《ははおや》はよくほほ笑《え》んでこういった。

「父《とう》さんはリオを誇《ほこ》りに思《おも》うわよ。きっとそのうちに会《あ》える日《ひ》が来《く》る」

母親《ははおや》の仕事場《しごとば》は工場《こうじょう》のいちばん奥《おく》にあった。ふたりだけだと夜《よる》は少《すこ》し怖《こわ》い。少《すこ》しの物音《ものおと》も暗《くら》い工場内《こうじょうない》に響《ひび》きわたる。しかしリオは母親《ははおや》と一緒《いっしょ》にいれば平気《へいき》だった。工場内《こうじょうない》の離《はな》れたところにいてもモールス信号《しんごう》で言葉《ことば》を伝《つた》え合《あ》うことができる。帰《かえ》るときは工場《こうじょう》をつっ切《き》り、休憩室《きゅうけいしつ》から外《そと》の駐車場《ちゅうしゃじょう》に出《で》て、扉《とびら》に鍵《かぎ》をかける。

その晩《ばん》、帰《かえ》るしたくをして休憩室《きゅうけいしつ》まで来《き》たところで母親《ははおや》が鍵《かぎ》がないことに気《き》づいた。

「変《へん》ね」母親《ははおや》は首《くび》をかしげた。「どこに置《お》いてきたのかしら。ここで待《ま》っていて。すぐにもどるから」

母親《ははおや》はこのときもリオににっこりほほ笑《え》み——リオが見《み》た母親《ははおや》の最後《さいご》の笑顔《えがお》だ——工場《こうじょう》にもどっていった。

ほんの数秒後《すうびょうご》、休憩室《きゅうけいしつ》のドアが音《おと》を立《た》てて閉《し》まった。工場《こうじょう》の入《い》り口《ぐち》のドアにも勝手《かって》に鍵《かぎ》がかかった。

「母《かあ》ちゃん？」リオは心臓《しんぞう》がどきどきしてきた。工場《こうじょう》の中《なか》で何《なに》か重《おも》いものが落《お》ちる音《おと》がした。休《きゅう》憩室《けいしつ》のドアに駆《か》け寄《よ》ったが、引《ひ》いてもけってもドアは開《あ》かない。「母《かあ》ちゃん！」リオは夢中《むちゅう》で壁《かべ》をたたいてモールス信号《しんごう》を送《おく》った。〈だいじょうぶ？〉

「聞《き》こえるはずがない」だれかがいった。

ふり返《かえ》ると、見《み》たことのない女《おんな》が立《た》っていた。最初《さいしょ》はティア・カリダだと思《おも》った。黒《くろ》っぽいローブをまとい、顔《かお》にベールをかぶっている。

「おばちゃん？」リオは聞《き》いた。

女《おんな》はおもしろそうに笑《わら》った。小《ちい》さく、ゆっくりと、けだるそうに。「私《わたし》はおまえのベビーシッターではない。親戚《しんせき》だから似《に》ているだけ」

「な——なんの用《よう》だ？　母《かあ》ちゃんは？」

「ああ……そんなに母親《ははおや》がだいじなんだね。いい子《こ》だ。だけど、私《わたし》にも子《こ》どもがいる……おまえは近《ちか》いうちにその子《こ》らと戦《たたか》うことになる。あの子《こ》たちが私《わたし》を目覚《めざ》めさせようとするとき、おまえはじゃまをする。私《わたし》はそれを許《ゆる》さない」

「おれはあんたなんか知《し》らない。おれはだれとも戦《たたか》わない」

女《おんな》は夢遊病者《むゆうびょうしゃ》のようにつぶやいた。「賢《かしこ》い選択《せんたく》だ」

リオは寒気《さむけ》がした。この女《おんな》は本当《ほんとう》に眠《ねむ》ったまま話《はなし》をしている。ベールのむこうの目《め》は閉《と》じている。しかしそれよりもっと奇妙《きみょう》なことがある。着《き》ている服《ふく》の素材《そざい》が布《ぬの》ではなくて、土《つち》だ——乾《かわ》いた黒土《くろつち》が体《からだ》にまとわりつき、うねっている。土《つち》のベールのむこうに、青白《あおじろ》く眠《ねむ》ったままの顔《かお》がかろうじて見《み》える。墓《はか》から出《で》てきたばかりなんだ。リオはぞっとした。もし眠《ねむ》っているなら眠《ねむ》ったままでいてほしい。目《め》を覚《さ》ましたら今《いま》よりはるかに恐《おそ》ろしいに決《き》まってる。

「まだおまえの命《いのち》を奪《うば》うわけにはいかない」女《おんな》がいった。「運命《うんめい》の女神《めがみ》はそれを許《ゆる》さない。だけど、運命《うんめい》の三女神《めがみ》はおまえの母親《ははおや》を守《まも》ってはくれない。そして、私《わたし》がおまえの心《こころ》をくだくのをとめることもできない。小《ちい》さな英雄《えいゆう》よ、今夜《こんや》のことをよく覚《おぼ》えておくがいい。彼《かれ》らがおまえに、私《わたし》にそむけ、と命令《めいれい》する日《ひ》まで」

「母《かあ》ちゃんに手《て》を出《だ》すな！」女《おんな》がローブのすそを引《ひ》きずって前《まえ》に出《で》てきたのを見《み》て、リオはどうしようもなく怖《こわ》くなった。女《おんな》は人《ひと》の形《かたち》をした雪崩《なだれ》のようだ。黒《くろ》い土《つち》の壁《かべ》が押《お》し寄《よ》せてくる。

「私《わたし》をとめられると思《おも》っているのかい？」女《おんな》がささやく。

女《おんな》はテーブルをすり抜《ぬ》けて歩《ある》いてくる。体《からだ》はいったんテーブルに切断《せつだん》され、またもとどおりになった。

女《おんな》がリオにのしかかってくる。リオの体《からだ》もすり抜《ぬ》けてしまうにちがいない。リオの母親《ははおや》の前《まえ》に立《た》ちはだかっているのはリオだけだ。

リオの両手《りょうて》に火《ひ》がついた。

女《おんな》が目《め》を閉《と》じたままほほ笑《え》んだ。おまえに勝《か》ち目《め》はないよ、とでもいいたげだ。リオは絶望《ぜつぼう》して悲鳴《ひめい》をあげた。視界《しかい》が真《ま》っ赤《か》になった。炎《ほのお》が、眠《ねむ》る土《つち》の女《おんな》、壁《かべ》、鍵《かぎ》のかかったドアを包《つつ》みこみ、そして、リオは意識《いしき》を失《うしな》った。

目《め》が覚《さ》めると、救急車《きゅうきゅうしゃ》に乗《の》っていた。

女性救急隊員《じょせいきゅうきゅうたいいん》はやさしかった。工場《こうじょう》は全焼《ぜんしょう》し、リオの母親《ははおや》は火事《かじ》に巻《ま》きこまれて犠牲《ぎせい》になった、と教《おし》えてくれた。残念《ざんねん》だったわね。そういわれてもリオは放心状態《ほうしんじょうたい》だった。母親《ははおや》が心配《しんぱい》していたとおり、リオは自分《じぶん》をコントロールできなかった。母親《ははおや》が死《し》んだのはリオのせいだ。

まもなく警察《けいさつ》がリオに話《はなし》を聞《き》きにきた。警察《けいさつ》は救急隊員《きゅうきゅうたいいん》とちがって冷《つめ》たかった。火事《かじ》は休憩室《きゅうけいしつ》で起《お》きた、と警察《けいさつ》はいった。リオがいた場所《ばしょ》だ。リオは奇跡的《きせきてき》に助《たす》かった。しかし、母親《ははおや》が中《なか》にいると知《し》っていて工場《こうじょう》のドアに鍵《かぎ》をかけ、火事《かじ》をおこす子《こ》がどこにいる?

その後《ご》、リオについて警察《けいさつ》から聞《き》かれたアパートの住人《じゅうにん》たちはみんな、リオはとても変《か》わった子《こ》だ、と話《はな》した。またピクニックテーブルにできた焦《こ》げた手形《てがた》についても話《はな》した。住人《じゅうにん》はずっと前《まえ》から思《おも》っていた。エスペランサ・バルデスの息子《むすこ》はふつうじゃない。

リオの親類《しんるい》はだれもリオを引《ひ》き取《と》ろうとしなかった。ローサおばさんはリオを悪魔《ディアブロ》と呼《よ》び、民生委員《みんせいいいん》に「こんな子《こ》、どこかに連《つ》れていって!」と叫《さけ》んだ。そこでリオは最初《さいしょ》の養護施設《ようごしせつ》に入《い》れられた。数日後《すうじつご》、逃《に》げ出《だ》した。長《なが》く滞在《たいざい》した施設《しせつ》もあった。どこに行《い》ってもリオは冗談《じょうだん》をいい、ときには友《とも》だちを作《つく》り、なんの悩《なや》みもないふりをしていたが、いつも遅《おそ》かれ早《はや》かれ最後《さいご》には逃《に》げ出《だ》した。苦痛《くつう》を紛《まぎ》らすには逃《に》げるしかなかった――動《うご》きつづけていれば、あの工場《こうじょう》の灰《はい》から遠《とお》くに逃《に》げられている気《き》がした。

リオは二度《にど》と火《ひ》で遊《あそ》ばないと心《こころ》に誓《ちか》った。ティア・カリダのことや土《つち》のローブをまとった眠《ねむ》る女《おんな》のことは、それからずっと忘《わす》れていた。

森《もり》の手前《てまえ》まで来《き》たところで、ティア・カリダの声《こえ》が聞《き》こえてきた。〈リオのせいではありません。敵《てき》が目覚《めざ》めようとしています。逃《に》げるのはやめなさい〉

「ヘラのやつ」リオはつぶやいた。「来《こ》られるもんならここに来《き》てみろ。どこかの檻《おり》の中《なか》にいるくせに」

返事《へんじ》はない。

しかし今《いま》、これだけはわかる。ヘラは生《う》まれたときからリオを見張《みは》っていた。なぜか、将来《しょうらい》リオが必要《ひつよう》になることを知《し》っていた。ひょっとしたら運命《うんめい》の三女神《めがみ》とかいうものには未来《みらい》がわかるのだろうか。わからないことばかりだ。しかし自分《じぶん》が今回《こんかい》の冒険《ぼうけん》の旅《たび》に行《い》く運命《うんめい》なのはわかっていた。ジェイソンにくだされた予言《よげん》は「大地《だいち》に用心《ようじん》せよ」といっていた。工場《こうじょう》に現《あらわ》れた、土《つち》のローブをまとった眠《ねむ》る女《おんな》と関係《かんけい》があるにちがいない。〈自分《じぶん》の運命《うんめい》を知《し》り、そして最後《さいご》には苦難《くなん》の旅《たび》の意味《いみ》も知《し》る〉ティア・カリダはリオにそういった。

夢《ゆめ》で見《み》た空飛《そらと》ぶ船《ふね》の意味《いみ》もわかるかもしれない。父親《ちちおや》にも会《あ》えるかもしれないし、亡《な》き母《はは》の復讐《ふくしゅう》もできるかもしれない。

しかしその前《まえ》にしなくてはいけないことがある。ジェイソンに空路《くうろ》の交通手段《こうつうしゅだん》を用意《ようい》すると約束《やくそく》した。

夢《ゆめ》に出《で》てきた船《ふね》はだめだ——まだだめだ。あんな複雑《ふくざつ》なものを作《つく》る時間《じかん》はない。もっと手早《てばや》く用意《ようい》できるもの。ドラゴンだ。

リオは森《もり》の入《い》り口《ぐち》でためらった。のぞいても真《ま》っ暗《くら》で何《なに》も見《み》えない。フクロウが鳴《な》き、遠《とお》くのほうから大勢《おおぜい》のヘビがシューシューいうような音《おと》が聞《き》こえる。

リオはウィルからいわれたことを思《おも》い出《だ》した。〈森《もり》は危険《きけん》な怪物《かいぶつ》だらけだからひとりで行《い》ってはいけない。行《い》くならかならず武器《ぶき》を持《も》っていけ〉リオには何《なに》もない——剣《けん》も、懐中電灯《かいちゅうでんとう》も、使《つか》えるものは何《なに》もない。

ふりむいてうしろのコテージ棟《とう》の明《あ》かりを見《み》た。今《いま》すぐとって返《かえ》し、みんなに「嘘《うそ》だよ！」といえばいい。自分《じぶん》の代《か》わりにニッサが冒険《ぼうけん》の旅《たび》に行《い》けばいい。自分《じぶん》は訓練所《くんれんじょ》に残《のこ》り、ヘパイストスコテージの一員《いちいん》になればいい。しかし、コテージ仲間《なかま》のように——悲《かな》しげな顔《かお》で肩《かた》を落《お》とし、自分《じぶん》の不幸《ふこう》を受《う》け入《い》れたハーフのように——なるまでどのくらい時間《じかん》がかかるだろう。

眠《ねむ》る土《つち》の女《おんな》はいった。〈私《わたし》がおまえの心《こころ》をくだくのをとめることもできない。小《ちい》さな英雄《えいゆう》よ、今夜《こんや》のことをよく覚《おぼ》えておくがいい。彼《かれ》らがおまえに、私《わたし》にそむけ、と命令《めいれい》する日《ひ》まで〉

「心配《しんぱい》するな」リオはいった。「ちゃんと覚《おぼ》えてる。あんたがだれか知《し》らないけど、おれが顔《かお》をぶん殴《なぐ》ってやる。リオパンチでな」

リオは大《おお》きく深呼吸《しんこきゅう》し、森《もり》に飛《と》びこんだ。

12　リオ

森《もり》に入《はい》るのは初《はじ》めてだ。リオが育《そだ》ったのはヒューストンの北《きた》にあるアパート。ココハグ校《こう》に送《おく》りこまれるまでに見《み》た野生動物《やせいどうぶつ》といえば、牧草地《ぼくそうち》にいたガラガラヘビ、それとガウン姿《すがた》のローサおばさんくらいだ。

ココハグ校《こう》にしてもまわりは砂漠《さばく》だった。木《き》がないから隆起《りゅうき》した根《ね》につまずくこともなかったし、川《かわ》がないから溺《おぼ》れる心配《しんぱい》もなかった。また枝葉《えだは》が繁《しげ》って真《ま》っ暗《くら》な中《なか》、不気味《ぶきみ》な影《かげ》がうごめき、フクロウが大《おお》きな光《ひか》る目《め》で見《み》おろしているなどということもなかった。森《もり》は怪《あや》しい異世界《いせかい》だ。

つまずきながら先《さき》に進《すす》み、ついにコテージ棟《とう》からは絶対《ぜったい》に見《み》えないところまで来《き》た。そこでリオは火《ひ》を呼《よ》び出《だ》した。炎《ほのお》が指先《ゆびさき》で踊《おど》り、まわりが明《あか》るくなった。指先《ゆびさき》に火《ひ》を灯《とも》すのは、五歳《さい》のときにアパートの裏《うら》でやって以来《いらい》だ。母親《ははおや》の死後《しご》、怖《こわ》くて一度《いちど》もやっていなかった。今《いま》こんなに小《ちい》さな火《ひ》を灯《とも》しただけでも悪《わる》いことをしている気《き》がする。

リオはドラゴンがいた証拠《しょうこ》——巨大《きょだい》な足跡《あしあと》とか、木《き》が踏《ふ》みつぶされた跡《あと》とか、森《もり》が細長《ほそなが》く焼《や》け焦《こ》げた跡《あと》——をさがしながら歩《ある》きつづけた。ドラゴンのような大《おお》きさのものがこっそり動《うご》きまわれるはずがない。しかし何《なに》もない。一度《いちど》オオカミかクマか、大《おお》きな獣《けもの》の姿《すがた》がちらっと見《み》えたが、リオの火《ひ》を怖《おそ》れて近《ちか》づいてこない。ありがたい。

そのとき、空《あ》き地《ち》の奥《おく》に最初《さいしょ》の罠《わな》が見《み》えてきた——岩《いわ》で囲《かこ》った直径約《ちょっけいやく》三十メートルの大《おお》きな穴《あな》だ。

正直《しょうじき》、よくできている。穴《あな》の底《そこ》には合金製《ごうきんせい》のバスタブのような桶《おけ》があり、泡立《あわだ》つ黒《くろ》い液体《えきたい》がたっぷりと入《はい》っている——タバスコソースとエンジンオイルだ。桶《おけ》の上《うえ》に台《だい》が作《つく》ってあり、そこに置《お》かれた扇風機《せんぷうき》が三百六十度回転《どかいてん》しながら黒《くろ》い液体《えきたい》のにおいを森《もり》じゅうにまき散《ち》らしている。青銅《せいどう》のドラゴンににおいがわかるのか？

合金《ごうきん》の桶《おけ》はただそこに置《お》かれているように見《み》える。しかし、かすかな星明《ほしあ》かりと指先《ゆびさき》の炎《ほのお》をたよりに目《め》をこらすと、穴《あな》の内側《うちがわ》の土《つち》や葉《は》のすきまから金属《きんぞく》が光《ひか》っているのが——穴全体《あなぜんたい》に青銅《せいどう》の網《あみ》が張《は》ってあるのが見《み》えた。「見《み》えた」のではないのかもしれない——リオには、網《あみ》が熱《ねつ》のようなものを発《はっ》して存在《そんざい》を知《し》らせているように感《かん》じられた。合金《ごうきん》の桶《おけ》からは六本《ぽん》の青銅《せいどう》の棒《ぼう》が放射状《ほうしゃじょう》に出《で》ている。重《おも》さに反応《はんのう》するのだろう。ドラゴンが一歩《いっぽ》でもその棒《ぼう》を踏《ふ》めば、網《あみ》が傘《かさ》のように閉《と》じ——ドラゴンをきれいに包《つつ》みこむしかけだ。

リオはじりじり近《ちか》づいた。いちばん近《ちか》い青銅《せいどう》の棒《ぼう》に足《あし》を乗《の》せてみる。思《おも》ったとおり何《なに》も起《お》きない。相当《そうとう》な重《おも》さがかからないと作動《さどう》しないようにできている。そうでなければ動物《どうぶつ》、人間《にんげん》、小型《こがた》の怪物《かいぶつ》、何《なに》から何《なに》まで罠《わな》にかかってしまう。この森《もり》に青銅《せいどう》のドラゴンくらいの体重《たいじゅう》があるものなんていないんだろうか？　リオはいないことを願《ねが》った。

リオは穴《あな》の中《なか》におりて合金《ごうきん》の桶《おけ》に近《ちか》づいた。強烈《きょうれつ》なにおいに気《き》が遠《とお》くなりそうだし、目《め》から涙《なみだ》が出《で》てきた。ティア・カリダにいわれてハラペーニョを包丁《ほうちょう》で切《き》り、汁《しる》が目《め》に飛《と》んで入《はい》ったときのことを思《おも》い出《だ》した。目《め》がひりひりした。しかしティア・カリダは当然《とうぜん》のようにこういった。

「がまんしなさい。あなたの母親《ははおや》の母国《ぼこく》のアステカ族《ぞく》は昔《むかし》、悪《わる》いことをした子《こ》どもはチリペッパーをくべてたいた火《ひ》の上《うえ》にぶらさげて罰《ばっ》したそうですよ。アステカ族《ぞく》はそうやってたくさんの英雄《えいゆう》を生《う》み出《だ》してきたのです」

あのおばちゃん、完全《かんぜん》にどうかしていた。そのおばちゃんを助《たす》ける冒険《ぼうけん》の旅《たび》に参加《さんか》できてうれしいよ、とリオは思《おも》った。

ティア・カリダはこの桶《おけ》が気《き》に入《い》るだろう。ハラペーニョの汁《しる》よりはるかに効《き》き目《め》がある。リオは青銅《せいどう》の棒《ぼう》を調《しら》べた——網《あみ》の作動《さどう》をとめる装置《そうち》はないかさがした。何《なに》もない。

一瞬《いっしゅん》パニックになった。ニッサは森《もり》には同《おな》じような罠《わな》がいくつもある、もっと作《つく》るつもりだ、といっていた。もしドラゴンがもう別《べつ》の罠《わな》にかかっていたら？　罠《わな》を全部《ぜんぶ》さがすのに何日《なんにち》かかるかわからない。

リオは網《あみ》を調《しら》べたがしかけを解除《かいじょ》する装置《そうち》は見《み》つからない。「切《きり》」と書《か》かれた大《おお》きなボタンなんてない。そんなものはないのかもしれない。あきらめようかと思《おも》った――そのとき、物音《ものおと》が聞《き》こえた。

音《おと》というよりは振動《しんどう》だ――地鳴《じな》りのように低《ひく》い音《おと》が、耳《みみ》でなく腹《はら》の底《そこ》に響《ひび》いてくる。リオはびくっとしたが、音《おと》の原因《げんいん》をさぐるのは後回《あとまわ》しにして罠《わな》を調《しら》べつづけた。〈まだ相当遠《そうとうとお》いはずだ。森《もり》の木《き》をなぎ倒《たお》しながらこっちに来《く》る。いそがないと〉

そのとき、汽笛《きてき》のように鼻《はな》を鳴《な》らす音《おと》が聞《き》こえた。

リオは背筋《せすじ》が寒《さむ》くなった。ゆっくりふり返《かえ》る。十五、六メートル離《はな》れた穴《あな》のふちから、赤《あか》く光《ひか》るふたつの目《め》がこちらをにらんでいる。全身《ぜんしん》が月明《つきあ》かりを浴《あ》びて光《ひか》っている。リオは目《め》を見《み》はった。こんな巨体《きょたい》が一瞬《いっしゅん》にしてすぐそばまで来《き》たなんて。気《き》づくとドラゴンの目《め》はリオの指先《ゆびさき》の火《ひ》を見《み》ていた。リオは火《ひ》を消《け》した。

火《ひ》がなくても青銅《せいどう》のドラゴンはちゃんと見《み》えた。鼻《はな》から尾《お》まで十七、八メートル。体《からだ》は青銅板《せいどうばん》を張《は》り合《あ》わせて作《つく》ってある。かぎづめは肉切《にくき》り包丁《ぼうちょう》サイズで、口《くち》には短剣《たんけん》のように鋭《するど》い金属製《きんぞくせい》の歯《は》が数百本《すうぽん》。鼻《はな》の穴《あな》から蒸気《じょうき》が出《で》ている。電気《でんき》のこぎりで木《き》を切《き》るときのような声《こえ》で吠《ほ》えている。このドラゴンなら簡単《かんたん》にリオを噛《か》みちぎったり、踏《ふ》みつぶしたりできそうだ。リオが今《いま》まで見《み》た中《なか》で最高《さいこう》の作品《さくひん》だ。ただ、リオの計画《けいかく》にはまったく役《やく》に立《た》たない。

「翼《つばさ》がない」リオがいった。

ドラゴンは吠《ほ》えるのをやめた。首《くび》をかしげている。〈なんで怖《こわ》がって逃《に》げない？〉とでもいいたげだ。

「いや、責《せ》めてるんじゃない」リオはいった。「おまえ、すごいよ！　いったいだれが作《つく》ったんだ？　油圧式《ゆあつしき》か？　光《ひかり》エネルギーで動《うご》くのか？　でなきゃなんだ？　けどおれだったら翼《つばさ》をつけるのになあ。翼《つばさ》のないドラゴンなんているか？　そっか、重《おも》すぎて飛《と》べないのか。それは気《き》づかなかった」

ドラゴンは鼻《はな》を鳴《な》らした。さらに混乱《こんらん》している。ドラゴンはリオを踏《ふ》みつぶしてしまうつもりだった。会話《かいわ》なんてするつもりはない。ドラゴンは一歩前《いっぽまえ》に踏《ふ》み出《だ》した。リオが叫《さけ》んだ。「やめろ！」

ドラゴンはまた吠《ほ》えた。

「ばか、これは罠《わな》だ。みんなおまえを捕《つか》まえようとしてる」

ドラゴンは口《くち》を開《あ》け、火《ひ》を吐《は》いた。白熱《はくねつ》の火柱《ひばしら》が飛《と》んできた。未体験《みたいけん》の迫力《はくりょく》。消防車《しょうぼうしゃ》に最大出力《さいだいしゅつりょく》で熱湯《ねっとう》を浴《あ》びせられた感《かん》じだ。少《すこ》しひりひりしたが、リオはしっかり立《た》っていた。火《ひ》がおさまると、リオはまったく無事《ぶじ》だった。服《ふく》さえなんの問題《もんだい》もない。なんで？　けどよかった。このアーミージャケットは気《き》に入《い》っているし、ジーンズが焦《こ》げてぼろぼろになったらちょっと恥《は》ずかしい。

ドラゴンはリオを見《み》つめている。青銅《せいどう》そのほかでできているため、顔《かお》の表情《ひょうじょう》は変《か》わらないが、リオにはいいたいことがわかった。〈なんで黒焦《くろこ》げにならない？〉首《くび》のところに火花《ひばな》がひとつ散《ち》った。今《いま》にもショートしそうだ。

「おれは焼《や》けない」リオはできるだけえらそうに、冷静《れいせい》にいった。犬《いぬ》を飼《か》ったことはないが、飼《か》い主《ぬし》がペットに話《はな》すようにドラゴンに話《はな》しかけた。「動《うご》くな。それ以上近《いじょうちか》づくな。おまえに捕《つか》まってほしくないんだ。いいか、みんなおまえは故障《こしょう》したと思《おも》って、罠《わな》でしとめようと思《おも》ってる。けど、おれはちがう。おとなしくしてたら修理《しゅうり》してやる――」

ドラゴンがきしみ、吠《ほ》え、飛《と》びかかってきた。罠《わな》が作動《さどう》した。穴《あな》の内側《うちがわ》が千個《こ》のごみ箱《ばこ》のふたをいっぺんに閉《し》めたみたいな音《おと》とともにめくれあがる。土《つち》と葉《は》が舞《ま》いあがり、青銅《せいどう》の網《あみ》が光《ひか》る。

リオは足元《あしもと》をすくわれて転《ころ》び、頭《あたま》からタバスコ＆《アンド》エンジンオイルにつっこんだ。気《き》づくと桶《おけ》とドラゴンにはさまれていた。ドラゴンは自分《じぶん》とリオに巻《ま》きついた網《あみ》から逃《のが》れようともがいている。

ドラゴンは四方八方《しほうはっぽう》に火《ひ》を吐《は》いている。夜空《よぞら》が照《て》らし出《だ》され、森《もり》の木《き》が燃《も》えた。タバスコ&《アンド》エンジンオイルも燃《も》えあがっている。リオにはなんの影響《えいきょう》もないが、口《くち》の中《なか》にいやな味《あじ》が広《ひろ》がる。

「やめてくれ！」リオは叫《さけ》んだ。

ドラゴンはまだあばれている。ここから逃《に》げないとドラゴンにつぶされる、とリオは思《おも》った。なんとかドラゴンと桶《おけ》のあいだからはい出《だ》し、網《あみ》をすり抜《ぬ》けた。ありがたいことに網《あみ》の目《め》は細身《ほそみ》の少年《しょうねん》をつかまえるには粗《あら》かった。

リオはドラゴンの頭《あたま》のほうに走《はし》った。ドラゴンはリオに噛《か》みつこうとしたが、歯《は》にも網《あみ》がからんでいる。また火《ひ》を吐《は》いたがエネルギーがなくなってきているようだ。オレンジ色《いろ》はリオの顔《かお》を直撃《ちょくげき》する前《まえ》に消《き》えてしまった。

「そうか」リオはいった。「じゃあ大声《おおごえ》で『青銅《せいどう》のドラゴンはここですよ』って吠《ほ》えてみな。そうしたら、みんな酸性《さんせい》スプレーと金属《きんぞく》カッターを持《も》って集《あつ》まってくる。それでいいんだろ？」

ドラゴンの口元《くちもと》からきしる音《おと》が聞《き》こえた。何《なに》かいいたげだ。

「よし、じゃあ。おれを信用《しんよう》しろ」

リオは作業《さぎょう》にとりかかった。

コントロールパネルを見《み》つけるのに一時間近《じかんちか》くかかった。ドラゴンの頭《あたま》の裏側《うらがわ》にあった。たしかに、あるならここだ。ドラゴンは網《あみ》にかかったままにしておいた。ドラゴンが動《うご》けないほうが作業《さぎょう》が簡単《かんたん》だ。しかしドラゴンは不満《ふまん》らしい。

「じっとしてろ！」リオはしかった。

ドラゴンはまたきしむような音《おと》を出《だ》した。ぐちをいっているようだ。

リオはドラゴンの頭《あたま》の中《なか》の配線《はいせん》を調《しら》べた。森《もり》から物音《ものおと》がして気《き》になったが、見《み》たら森《もり》の精《ニンフ》――たしかドリュアスとかいった――がひとりいただけだった。自分《じぶん》の枝《えだ》についた火《ひ》を消《け》している。幸運《こううん》なことにドラゴンは森《もり》を全焼《ぜんしょう》させたわけではなかったが、それでもドリュアスはむっとしている。ローブから煙《けむり》が出《で》ている。シルクのような毛布《もうふ》で火《ひ》を消《け》そうとしてる。リオの視線《しせん》に気《き》づいたドリュアスは、ドリュアス界《かい》では相当下品《そうとうげひん》と思《おも》われるジェスチャーをすると、緑《みどり》のもやとともに姿《すがた》を消《け》した。

リオはまた配線《はいせん》に目《め》をもどした。かなり複雑《ふくざつ》だ。しかし理解《りかい》できないほどではない。これは自動制御装置《じどうせいぎょそうち》。これは目《め》から入《はい》った情報《じょうほう》を処理《しょり》する装置《そうち》。このディスクは……。

「そうか」リオはいった。「そういうことか」

キーッ？　ドラゴンは〈なんのこと？〉といいたいらしい。

「コントロールディスクがさびてる。これは思考回路《しこうかいろ》を調整《ちょうせい》するやつだろ？　脳《のう》がさびてんだ。だから頭《あたま》がちょっと……混乱《こんらん》してる」あやうく「いかれてる」といってしまうところだった。

「交換用《こうかんよう》のディスクがあればいいんだけど……回路《かいろ》がかなり複雑《ふくざつ》だからな。出《だ》してそうじしてみるか。ちょっと待《ま》ってろ」リオはディスクを引《ひ》っぱり出《だ》した。するとドラゴンはぴたっと動《うご》かなくなった。目《め》の輝《かがや》きも消《き》えた。リオはドラゴンの背中《せなか》からすべりおり、袖《そで》でタバスコ&《アンド》エンジンオイルをふきとった。汚《よご》れはとれてきたが、磨《みが》いているうちに心配《しんぱい》になってきた。回路《かいろ》の中《なか》には修復不可能《しゅうふくふかのう》なものもある。修理《しゅうり》しても限界《げんかい》がある。完璧《かんぺき》な状態《じょうたい》にしたいなら新《あたら》しいディスクがいる。しかし作《つく》り方《かた》がわからない。

リオはできるだけ手早《てばや》く作業《さぎょう》を進《すす》めた。ドラゴンは何時間《なんじかん》くらいディスクをはずしたままでだいじょうぶだろうか――たぶん半永久的《はんえいきゅうてき》にだいじょうぶだ――しかし、危険《きけん》をおかしたくない。ディスクをできるかぎりきれいにすると、リオはまたドラゴンの頭《あたま》によじのぼり、ワイヤーや変《へん》速装置《そくそうち》を磨《みが》きはじめた。リオは全身《ぜんしん》がどんどん汚《よご》れていく。

「手《て》を汚《よご》さなきゃ機械《きかい》はきれいにならない」リオはつぶやいた。母親《ははおや》がよくいっていた言葉《ことば》だ。作業《さぎょう》が完了《かんりょう》する頃《ころ》にはリオの両手《りょうて》は油《あぶら》で真《ま》っ黒《くろ》に、服《ふく》は泥《どろ》んこ競争《きょうそう》で負《ま》けたかのようになっていた。しかし青銅《せいどう》のドラゴンの機械装置《きかいそうち》はだいぶきれいになった。ディスクをさしこみ、最後《さいご》の配《はい》線《せん》をつなぐと、火花《ひばな》が飛《と》んだ。ドラゴンが身震《みぶる》いし、目《め》が光《ひか》りだす。

「よくなっただろ？」リオがたずねた。

ドラゴンは高速回転《こうそくかいてん》ドリルのような音《おと》を立《た》てた。口《くち》が開《あ》き、歯《は》という歯《は》がまわりだす。

「『イエス』だな。ちょっと待《ま》ってろ。今自由《いまじゆう》にしてやる」

網《あみ》を開《ひら》く装置《そうち》をさがし、ドラゴンを網《あみ》からはずすのにさらに三十分《ぷん》かかった。しかしついにドラゴンは立《た》ちあがり、最後《さいご》まで背中《せなか》にかかっていた網《あみ》をふりはらった。勝《か》ち誇《ほこ》ったように吠《ほ》え、天《てん》にむけて火《ひ》を吐《は》いた。

「あのさ」リオはいった。「そこまで派手《はで》にしてなくていいだろ？」

キーッ？　ドラゴンは首《くび》をかしげた。

「名前《なまえ》がいるな。フェスタスにしよう」

ドラゴンは歯《は》を回転《かいてん》させ、にんまり笑《わら》った。少《すく》なくともリオにはそう見《み》えた。

「よし。けどまだ問題《もんだい》がある。おまえには翼《つばさ》がない」

フェスタスは首《くび》をかしげ、鼻《はな》から煙《けむり》を吐《は》いた。そしてしゃがみこんだ。間違《まちが》いない。リオに「乗《の》って」といっている。

「どこに行《い》くんだ？」

しかし有頂天《うちょうてん》のリオは返事《へんじ》を待《ま》っていられない。背中《せなか》によじのぼると、ドラゴンは飛《と》ぶように森《もり》に駆《か》けこんだ。


リオは時間《じかん》も方向《ほうこう》もわからなくなった。森《もり》がこんなに深《ふか》くて暗《くら》いなんて知《し》らなかった。しかしドラゴンはどんどん進《すす》んでいく。しまいに木《き》は高層《こうそう》ビルのようになり、葉《は》が作《つく》る天蓋《てんがい》で星空《ほしぞら》はまったく見《み》えなくなった。手《て》に灯《とも》る炎《ほのお》をかざしても行《ゆ》く手《て》は見《み》えない。ドラゴンの赤《あか》く光《ひか》る目《め》がヘッドライト代《が》わりだ。

ついにリオとドラゴンは小川《おがわ》を渡《わた》り、そこで行《い》き止《ど》まりになった。三十メートルはある石灰岩《せっかいがん》の壁《かべ》が立《た》ちはだかった。この垂直《すいちょく》な岩壁《がんぺき》はドラゴンでさえのぼれない。

フェスタスは岩壁《がんぺき》の前《まえ》でとまり、犬《いぬ》が獲物《えもの》をしめすように前足《まえあし》をあげた。

「なんだ？」リオは地面《じめん》にすべりおり、岩壁《がんぺき》に近《ちか》づいた——ただの岩壁《がんぺき》だ。ドラゴンはまだ何《なに》かいいたげだ。

「こんなもの動《うご》かせるわけないだろ」リオはフェスタスにいった。

フェスタスの首《くび》から出《で》ていた銅線《どうせん》から火花《ひばな》が飛《と》んだが、それ以外《いがい》は静《しず》かだ。リオは岩壁《がんぺき》に手《て》をあてた。突然《とつぜん》、指《ゆび》がくすぶって、五本《ほん》の指《ゆび》の先《さき》から炎《ほのお》が出《で》て駆《か》けだした。導火線《どうかせん》のように岩壁《がんぺき》を焼《や》きながら走《はし》りまわり、しまいにはリオの身長《しんちょう》の五倍《ばい》はある赤《あか》い扉《とびら》が描《えが》かれた。リオが後《あと》ずさると、ドアが大《おお》きく開《ひら》いた。こんなに大《おお》きな岩《いわ》の扉《とびら》にしてはほとんど音《おと》がしない。

「すごい消音設計《しょうおんせっけい》だな」リオはつぶやいた。

かたまっていたドラゴンがまた動《うご》きだし、さっそうと中《なか》に入《はい》っていく。まるで自分《じぶん》の家《いえ》であるかのようだ。

リオも一緒《いっしょ》に中《なか》に入《はい》ったとたん、ドアが閉《し》まった。一瞬《いっしゅん》パニックになった。何年《なんねん》も前《まえ》、工場《こうじょう》で同《おな》じことがあったのを思《おも》い出《だ》したからだ。もしまた出《で》られなくなったら？　しかしそのとき、あちこちに明《あ》かりが灯《とも》った——蛍光灯《けいこうとう》がつき、壁《かべ》にとりつけられたたいまつが燃《も》えている。リオはこの洞穴《ほらあな》の中《なか》を見《み》て、帰《かえ》ることなんてどうでもよくなった。

「フェスタス」リオはつぶやくようにいった。「ここ、いったいなんだ？」

ドラゴンは厚《あつ》く積《つ》もったほこりの上《うえ》をのしのし歩《ある》き、部屋《へや》の真《ま》ん中《なか》まで行《い》くと、大《おお》きな丸《まる》い台《だい》座《ざ》の上《うえ》にまるまった。

部屋《へや》の大《おお》きさは飛行機《ひこうき》の格納庫《かくのうこ》くらいある。数《かぞ》え切《き》れないほどたくさんの作業台《さぎょうだい》やワイヤーケージがあり、どの壁《かべ》にも車庫《しゃこ》の扉《とびら》のようなドアがずらりと並《なら》んでいる。あちこちにある階段《かいだん》は頭上《ずじょう》を縦横《たてよこ》に走《はし》るキャットウォークにつながっている。そしていたるところに道具《どうぐ》が――油圧式《ゆあつしき》リフト、溶接《ようせつ》トーチ、防熱《ぼうねつ》スーツ、高圧空気噴射機《こうあつくうきふんしゃき》、フォークリフト、そのほか、核反応室《かくはんのうしつ》にしか見《み》えないようなものまで――ある。掲示板《けいじばん》には色《いろ》あせ、すりきれた青写真《あおじゃしん》がたくさん貼《は》ってある。さらに武器《ぶき》、よろい、盾《たて》など、戦闘《せんとう》で使《つか》うものもあちこちに置《お》いてある。そのほとんどは作《つく》りかけの状態《じょうたい》だ。

ドラゴンがいる台座《だいざ》のはるか上《うえ》のほうから薄汚《うすよご》れた垂《た》れ幕《まく》がさがっている。布《ぬの》はすりきれ、文字《もじ》も色《いろ》あせている。ギリシャ語《ご》だがリオにはなぜか読《よ》めた。「九番《ばん》シェルター」

九番《ばん》ってことはヘパイストスのコテージと関係《かんけい》がある？　それともほかに八つシェルターがある？　見《み》るとフェスタスはまだ台《だい》の上《うえ》にまるまっている。リオにはぴんと来《き》た。ドラゴンが安心《あんしん》しているのはここが自分《じぶん》の生《う》まれた家《いえ》だからだ。ドラゴンはこの台《だい》の上《うえ》で作《つく》られたんだろう。

「ほかのやつらは知《し》って……？」リオは途中《とちゅう》でいうのをやめた。聞《き》くまでもない。ここは何十年《なんねん》も前《まえ》から放置《ほうち》されている。あちこちクモの巣《す》とほこりだらけ。床《ゆか》にはリオの足跡《あしあと》とドラゴンの巨大《きょだい》な足跡《あしあと》だけだ。だれかがここに入《はい》ったのは……相当久《そうとうひさ》しぶりだ。九番《ばん》シェルターはいろいろなものを作《つく》っている途中《とちゅう》で放置《ほうち》された。外部《がいぶ》から閉《と》ざされ、忘《わす》れられた。なぜだ？

リオは壁《かべ》に貼《は》ってある地図《ちず》を見《み》あげた――訓練所《くんれんじょ》の戦略地図《せんりゃくちず》だ。しかし紙《かみ》は黄《き》ばみ、ひび割《わ》れている。下《した》の日付《ひづけ》は一八六四年《ねん》だ。

「嘘《うそ》だろ」リオは思《おも》わずつぶやいた。

そのとき、近《ちか》くの掲示板《けいじばん》に貼《は》ってある青写真《あおじゃしん》に目《め》がいった。口《くち》から心臓《しんぞう》が出《で》そうになった。掲《けい》示板《じばん》に駆《か》け寄《よ》り、ほとんど消《き》えかかった白線《はくせん》の図面《ずめん》を見《み》つめる。ギリシャの船《ふね》をいろいろな方向《ほうこう》から描《か》いてある。下《した》に殴《なぐ》り書《が》きしてあるのがかすかに見《み》える。〈予言《よげん》？　不確定《ふかくてい》。飛行《ひこう》？〉

リオが夢《ゆめ》で見《み》た船《ふね》——空飛《そらと》ぶ船《ふね》だ。それをだれかがここで作《つく》ろうとした。いや、少《すく》なくとも作《つく》ろうと思《おも》って下書《したが》きをした。ところが放棄《ほうき》され、忘《わす》れられた……後世《こうせい》への予言《よげん》として。そして何《なに》より不思議《ふしぎ》なのは、この船《ふね》の船首《せんしゅ》はリオが五歳《さい》のときに描《か》いたのとまったく同《おな》じ——ドラゴンの首《くび》だ。

「フェスタス、おまえそっくりだ。ちょっと怖《こわ》いな」

帆柱《ほばしら》の先《さき》を見《み》て不安《ふあん》になってきた。しかし頭《あたま》にはほかにも疑問《ぎもん》が渦巻《うずま》いて、それだけに関《かか》わっている場合《ばあい》ではなかった。青写真《あおじゃしん》を掲示板《けいじばん》からはずしてよく見《み》たい気《き》がしたが、少《すこ》し触《ふ》れただけで破《やぶ》れそうになったのでやめた。ほかにヒントがないかまわりを見《み》まわした。船《ふね》はない。船《ふね》の製《せい》作途中《さくとちゅう》と思《おも》われる部品《ぶひん》もない。しかしまだ開《あ》けていないドアや収納庫《しゅうのうこ》は山《やま》ほどある。

フェスタスが鼻《はな》を鳴《な》らした。リオに、ひと晩《ばん》じゅうここで時間《じかん》をつぶすわけにはいきませんよ、といいたいようだ。たしかに。夜明《よあ》けまであと数時間《すうじかん》しかないのに道草《みちくさ》をくってしまった。リオはドラゴンを救《すく》ったが、今《いま》のままでは冒険《ぼうけん》の旅《たび》の役《やく》に立《た》たない。飛《と》ぶ装置《そうち》が必要《ひつよう》だ。

フェスタスがリオのほうに何《なに》かを押《お》しやった——自分《じぶん》がのっている台《だい》の横《よこ》に転《ころ》がっていた革製《かわせい》の工具《こうぐ》ベルトだ。次《つぎ》にドラゴンは赤《あか》い目《め》からビームを出《だ》し、天井《てんじょう》を照《て》らした。リオもそちらに目《め》をやった。そして暗《くら》がりの中《なか》、天井《てんじょう》からさがっているものを見《み》て喜《よろこ》びの声《こえ》をあげた。

「フェスタス」リオは小声《こごえ》でいった。「いそぎの仕事《しごと》だ」

13 ジェイソン

オオカミの夢《ゆめ》を見《み》た。

ジェイソンはセコイアの森《もり》に囲《かこ》まれた敷地《しきち》に立《た》っていた。目《め》の前《まえ》には廃墟《はいきょ》となった石造《いしづく》りの大《だい》邸宅《ていたく》がある。たれこめた灰色《はいいろ》の雲《くも》が地上《ちじょう》のもやと混《ま》じり合《あ》い、冷《つめ》たい霧雨《きりさめ》もふっている。大《おお》きな灰色《はいいろ》オオカミの群《む》れが、ジェイソンの脚《あし》をこするようにしてまわりをまわっている。歯《は》をむき出《だ》し、うなり声《ごえ》をあげながら、じょじょにジェイソンを廃墟《はいきょ》のほうに押《お》していく。

世界最大《せかいさいだい》のオオカミのおやつになりたくはない。ジェイソンはオオカミにしたがった。

ブーツの下《した》でぬかるんだ地面《じめん》が音《おと》を立《た》てる。暖炉《だんろ》やかまどを失《うしな》った長《なが》い石《いし》の煙突《えんとつ》が何本《なんぼん》もトーテムポールのようにそびえている。もとは太《ふと》い丸太《まるた》を組《く》んで作《つく》った、大《おお》きな三角屋根《さんかくやね》を持《も》つ四階《かい》建《だ》ての立派《りっぱ》な建物《たてもの》だったが、今《いま》では石《いし》の土台部分《どだいぶぶん》しか残《のこ》っていない。ジェイソンがくずれ落《お》ちた玄関《げんかん》から中《なか》に入《はい》っていくと、中庭《なかにわ》のような場所《ばしょ》に出《で》た。

目《め》の前《まえ》に長方形《ちょうほうけい》の人工池《じんこういけ》がある。水《みず》はないが深《ふか》さはわからない。池全体《いけぜんたい》にもやがかかっている。

池《いけ》のまわりを一周《いっしゅう》する汚《きたな》い遊歩道《ゆうほどう》があり、両側《りょうがわ》に建物《たてもの》の壁《かべ》の残骸《ざんがい》が立《た》っている。オオカミの群《む》れはごつごつした赤《あか》っぽい火山岩《かざんがん》のアーチの下《した》をうろうろしている。

池《いけ》のむこうに巨大《きょだい》な雌《めす》のオオカミがいる。ジェイソンより一メートル以上《いじょう》背《せ》が高《たか》い。もやの中《なか》で目《め》が銀色《ぎんいろ》に光《ひか》っている。毛《け》の色《いろ》は火山岩《かざんがん》と同《おな》じ——茶褐色《ちゃかっしょく》だ。

「ここがどこか知《し》っている」ジェイソンはいった。

巨大《きょだい》オオカミがジェイソンに気《き》づいた。口《くち》はきかなくてもジェイソンには相手《あいて》のいいたいことがわかった。耳《みみ》やひげの動《うご》き、こっちを見《み》る目《め》つき、ゆがんだくちびる——そのすべてが言葉《ことば》を語《かた》っている。

〈もちろん〉巨大《きょだい》オオカミがいう。〈おまえはオオカミの子《こ》としてここから旅立《たびだ》った。今《いま》おまえはここに帰《かえ》る道《みち》を見《み》つけなくてはならない。新《あら》たな冒険《ぼうけん》の旅《たび》、新《あら》たな始《はじ》まりだ〉

「無理《むり》だ」ジェイソンはいった。しかしそういったとたん、このオオカミに文句《もんく》をいってもむだだとわかった。

オオカミという生《い》き物《もの》に同情《どうじょう》はない。無理《むり》かどうかなど関係《かんけい》ない。巨大《きょだい》オオカミがいった。

〈勝《か》つか死《し》ぬか。それがオオカミの道《みち》だ〉

ジェイソンはいいたかった。自分《じぶん》が何者《なにもの》か知《し》らず、自分《じぶん》の行先《ゆくさき》も知《し》らないで勝《か》てるはずがない、と。しかしこのオオカミが何者《なにもの》かは知《し》っている。名前《なまえ》はルパ。オオカミの世界《せかい》でもっとも偉大《いだい》な、母《はは》なるオオカミだ。ルパは何年《なんねん》も前《まえ》にこの場所《ばしょ》でジェイソンを見《み》つけ、保護《ほご》し、育《そだ》て、そして「選《えら》んだ」。しかしジェイソンが少《すこ》しでも弱気《よわき》になれば八《や》つ裂《ざ》きにされるだろう。ルパの子《こ》ではなく、ルパの夕食《ゆうしょく》になる。オオカミの世界《せかい》で弱気《よわき》は選択肢《せんたくし》にない。

「道案内《みちあんない》をしてくれるのか？」ジェイソンはたずねた。

ルパはのどの奥《おく》を低《ひく》く鳴《な》らした。すると池《いけ》にかかっていたもやが晴《は》れた。

最初《さいしょ》のうちジェイソンは自分《じぶん》が何《なに》を見《み》ているかわからなかった。池《いけ》の右《みぎ》と左《ひだり》にひとつずつ、黒《くろ》っぽい塔《とう》がコンクリートの床《ゆか》から巨大《きょだい》なドリルのようにつき出《で》ている。石化《せっか》した根《ね》がからみ合《あ》って円錐《えんすい》の塔《とう》を作《つく》っている。どちらも高《たか》さは一メートル半《はん》くらいだが、様子《ようす》はまったくちがう。ジェイソンに近《ちか》いほうは黒々《くろぐろ》として、根《ね》が密《みつ》にからみ合《あ》って岩《いわ》のようにかたい。見《み》ていると、こちらの塔《とう》はまた少《すこ》し地面《じめん》から上《うえ》に出《で》て、さらに大《おお》きくなった。

ルパ側《がわ》の塔《とう》は根《ね》のからみがあまく、格子《こうし》の檻《おり》のようだ。中《なか》で人影《ひとかげ》が動《うご》くのがかすかに見《み》える。閉《と》じこめられて、もがいている。

「ヘラだ」ジェイソンはいった。

ルパは「そうだ」というようにうなった。ほかのオオカミは池《いけ》のまわりを周回《しゅうかい》しながら、背中《せなか》の毛《け》を逆立《さかだ》て、塔《とう》にむかってうなっている。

〈敵《てき》はあの女《おんな》のもっとも力《りょく》ある息子《むすこ》、巨人族《きょじんぞく》の王《おう》を目覚《めざ》めさせるためにこの場所《ばしょ》を選《えら》んだ〉ルパがいう。〈ここはわれわれの神聖《しんせい》なる場所《ばしょ》。ハーフが認知《にんち》される場所《ばしょ》――生《せい》と死《し》の場所《ばしょ》。焼《や》け落《お》ちた大邸宅《だいていたく》。狼城《おおかみじょう》。侮辱《ぶじょく》でしかない。おまえはあの女《おんな》をとめなくてはならない〉

「ヘラを？」ジェイソンは混乱《こんらん》した。「ヘラをとめる？」

ルパはいらいらと歯《は》ぎしりした。〈頭《あたま》を働《はたら》かせるのだ。ユノなどどうでもいい。しかしもしユノが倒《たお》れれば、われわれの敵《てき》が目覚《めざ》める。そして、われわれ全員《ぜんいん》の命運《めいうん》もつきる。おまえはこの場所《ばしょ》を知《し》っている。ふたたび見《み》つけることができる。われわれの家《いえ》を清《きよ》めるのだ。手遅《ておく》れにならないうちに阻止《そし》するのだ〉

黒《くろ》い岩《いわ》のような塔《とう》はじょじょに大《おお》きくなっていく。不吉《ふきつ》な花《はな》の球根《きゅうこん》のようだ。ジェイソンは直感《ちょっかん》でわかった。この殻《から》のような塔《とう》が破《やぶ》れたらジェイソンにとって好《この》ましくないものが解放《かいほう》される。

「ぼくはだれなんだ？」ジェイソンはルパにたずねた。「それだけでも教《おし》えてくれ」

オオカミにユーモアのセンスはないに等《ひと》しいが、ルパにはその質問《しつもん》がゆかいだったようだ。

ジェイソンが、かぎづめを出《だ》して群《む》れのリーダーになる練習中《れんしゅうちゅう》の子《こ》オオカミにでも見《み》えたのかもしれない。

〈おまえはいつものように、われわれの誇り《グレイス》〉ルパは口《くち》をゆがめた。おもしろい冗談《じょうだん》だろう、と
でもいいたげだ。〈ユピテルの息子《むすこ》よ、かならずやり遂《と》げるのだ〉

14 ジェイソン

ジェイソンは雷《かみなり》の音《おと》で目《め》を覚《さ》ました。そして自分《じぶん》がどこにいるか思《おも》い出《だ》した。一番《ばん》コテージではいつも雷《かみなり》が鳴《な》っている。

簡易《かんい》ベッドの上《うえ》、ドーム型《がた》の天井《てんじょう》には青《あお》と白《しろ》のモザイクで空《そら》が描《えが》かれている。雲《くも》を描《えが》くタイルが白《しろ》から黒《くろ》に色《いろ》を変《か》えながら天井《てんじょう》を渡《わた》っていき、部屋中《へやじゅう》に轟《とどろ》く雷鳴《らいめい》とともに、金色《きんいろ》のタイルが稲《いな》妻《ずま》のように筋状《すじじょう》に走《はし》る。

ジェイソンのために用意《ようい》された簡易《かんい》ベッド以外《いがい》に家具《かぐ》はない――椅子《いす》もテーブルも、たんすもない。見《み》たところバスルームさえない。壁面《へきめん》には飾《かざ》り棚《だな》がいくつかあり、それぞれに青銅《せいどう》の火桶《ひおけ》や、大理石《だいりせき》の台《だい》にのった金色《きんいろ》のワシの彫像《ちょうぞう》が置《お》いてある。部屋《へや》の真《ま》ん中《なか》には高《たか》さ五、六メートルのカラー版《ばん》のゼウス像《ぞう》が立《た》っている。古代《こだい》ギリシャのローブ姿《すがた》で盾《たて》と雷撃《ライトニングボルト》を持《も》ち、いつでも相《あい》手《て》を撃《う》てるかまえをとっている。

ジェイソンはゼウスの像《ぞう》を見《み》つめ、この天空《てんくう》の王《おう》と自分《じぶん》の共通点《きょうつうてん》をさがした。髪《かみ》が黒《くろ》い？　いや。むっつりした顔《かお》？　そうかも。あごひげは？　いや、生《は》やしたくない。ローブとサンダル姿《すがた》のゼウスは怒《いか》り狂《くる》ったマッチョなヒッピーに見《み》える。

そうそう、一番《ばん》コテージの話《はなし》。大《おお》きな名誉《めいよ》だ、とほかの訓練生《くんれんせい》たちにいわれた。たしかに。冷《つめ》たい神殿《しんでん》でひとりきり、ヒッピーゼウスに夜通《よどお》し上《うえ》からにらまれて安眠《あんみん》できるなら。

ジェイソンは起《お》きて首《くび》をさすった。よく眠《ねむ》れなかったのと、雷《かみなり》を呼《よ》んだせいで全身《ぜんしん》がこっている。昨晩《さくばん》の見《み》せ物《もの》は見《み》かけほど簡単《かんたん》ではなかった。失神《しっしん》する一歩手前《いっぽてまえ》だった。

ベッドのそばに新《あたら》しい服《ふく》が並《なら》べてある。ジーンズ、スニーカー、それにハーフ訓練所《くんれんじょ》のオレンジ色《いろ》のＴ《ティー》シャツ。着替《きが》えたほうがいいのはわかっているが、今着《いまき》ているぼろぼろの紫《むらさき》のシャツを見《み》て、「どうしよう」と迷《まよ》った。なぜかハーフ訓練所《くんれんじょ》のＴ《ティー》シャツを着《き》るのはおかしい気《き》がした。いろいろな説明《せつめい》を聞《き》いたあとでもまだ、自分《じぶん》はこの訓練所《くんれんじょ》にいるべきではない気《き》がしている。

さっき見《み》た夢《ゆめ》を思《おも》い出《だ》した。ルパや、セコイアの森《もり》にあった廃墟《はいきょ》についてもっと思《おも》い出《だ》せればいいのに。ジェイソンがあの屋敷《やしき》で暮《く》らしていたのはたしかだ。ルパは現実《げんじつ》だ。しかし思《おも》い出《だ》そうとすると頭《あたま》が痛《いた》くなる。腕《うで》のタトゥーが燃《も》えるように熱《あつ》い。

もしあの廃墟《はいきょ》を見《み》つけることができたら、過去《かこ》も見《み》つかるかもしれない。黒《くろ》い塔《とう》の中《なか》で何《なに》が育《そだ》っているか知《し》らないが、それを阻止《そし》しなくてはならない。

ジェイソンはヒッピーゼウスを見《み》た。「協力《きょうりょく》してくれたらうれしいんですけど」

ゼウスは何《なに》もいわない。

「どうも」ジェイソンはぼそっといった。

ジェイソンは服《ふく》を着替《きが》え、ゼウスの盾《たて》に自分《じぶん》の姿《すがた》を映《うつ》してみた。まるで他人《たにん》のようだ。金《きん》の池《いけ》にゆらゆら浮《う》かんでいるように見《み》える。どう見《み》ても昨晩《さくばん》、突然《とつぜん》きれいに変身《へんしん》したパイパーとは大《おお》違《ちが》いだ。

ジェイソンはまだ自分《じぶん》のパイパーに対《たい》する気持《きも》ちがわからなかった。みんなの前《まえ》で「すごくきれいだ」なんていってばかみたいだった。パイパーをきれいだと思《おも》ったのは今回《こんかい》が初《はじ》めてではない。ただアフロディテが変身《へんしん》させたパイパーは目《め》の覚《さ》めるような美人《びじん》だったが、パイパーらしくなかった。みんなに注目《ちゅうもく》されて居心地《いごこち》が悪《わる》そうだった。

かわいそうに、と思《おも》った。そんなふうに考《かんが》えるのはおかしいかもしれない。パイパーはアフロディテに認知《にんち》され、訓練所一番《くんれんじょいちばん》の美人《びじん》に変身《へんしん》した。まわりはみんなパイパーに「なんてきれいなんだ」とか「冒険《ぼうけん》の旅《たび》に行《い》くのはパイパーに決《き》まっている」とちやほやしだした——が、それはパイパーの中身《なかみ》とは関係《かんけい》ない。ドレスを着《き》て、化粧《けしょう》をして、ピンクのオーラが出《で》ると、みんな急《きゅう》にパイパーに注目《ちゅうもく》する。ジェイソンはパイパーの気持《きも》ちがわかった。

昨晩《さくばん》ジェイソンが雷《かみなり》を呼《よ》び出《だ》したとき、まわりの訓練生《くんれんせい》たちの反応《はんのう》は予想《よそう》どおりだった。今《いま》まで何度《なんど》もこういう経験《けいけん》をしてきた気《き》がする――ゼウスの息子《むすこ》だというだけでジェイソンを怖《おそ》れ、特別《とくべつ》あつかいする。しかしそれはジェイソンとは関係《かんけい》ない。だれもジェイソン本人《ほんにん》には興味《きょうみ》がない。ばかでっかくて怖《こわ》いおやじが、この世《よ》の終《お》わりの雷撃《ライトニングボルト》を手《て》に〈この子《こ》を敬《うやま》え！さもなくばこの雷撃《ライトニングボルト》をくらえ！〉といいたげにうしろに立《た》っているだけだ。

キャンプファイアが終《お》わり、みんなそれぞれのコテージに帰《かえ》りだしたところでジェイソンはパイパーに近《ちか》づき、正式《せいしき》に冒険《ぼうけん》の旅《たび》に同行《どうこう》してくれるようたのんだ。

パイパーはまだショックから立《た》ち直《なお》っていなかったがうなずいた。袖《そで》なしのドレスを着《き》ているせいで寒《さむ》そうに腕《うで》をさすっている。

「アフロディテにフリースを持《も》っていかれちゃった」パイパーはぼやいた。「自分《じぶん》の母親《ははおや》に盗《と》られた」

ジェイソンは円形劇場《えんけいげきじょう》の最前列《さいぜんれつ》に落《お》ちていた毛布《もうふ》をパイパーの肩《かた》にかけてやった。「新《あたら》しいフリースを買《か》おうよ」

パイパーは無理《むり》に笑《わら》った。ジェイソンは両手《りょうて》で抱《だ》きしめたいと思《おも》ったがやめておいた。ほかのみんなのように軽薄《けいはく》だと――パイパーがきれいになったから言《い》い寄《よ》ろうとしていると思《おも》われたくなかった。

パイパーも冒険《ぼうけん》の旅《たび》に行《い》くことになってジェイソンはうれしかった。キャンプファイアでは勇《ゆう》敢《かん》なふりをしようとしていたが、しょせんは――ふりだ。ヘラを誘拐《ゆうかい》するほど邪悪《じゃあく》な敵《てき》に立《た》ちむかうなんて、怖《こわ》くて気《き》が狂《くる》いそうになる。自分《じぶん》の過去《かこ》さえ覚《おぼ》えていないのだからなおさらだ。だれかの協力《きょうりょく》がいると思《おも》っているところに、パイパーが一緒《いっしょ》に行《い》くことになった。しかし、それでなくてもわからないことだらけなのに、パイパーに対《たい》する気持《きも》ちやその理由《りゆう》についてこたえを出《だ》せるはずがない。自分《じぶん》はすでにパイパーの心《こころ》をじゅうぶんかき乱《みだ》している。

新《あたら》しい靴《くつ》をはき、がらんとして冷《つめ》たいコテージから出《で》るしたくをした。そのとき、昨晩《さくばん》は気《き》づかなかったものが目《め》にとまった。壁《かべ》の飾《かざ》り棚《だな》のひとつから火桶《ひおけ》がどかされ、寝場所《ねばしょ》にしつらえてある。棚《たな》には寝袋《ねぶくろ》とバックパックが置《お》かれ、壁《かべ》には写真《しゃしん》も数枚《すうまい》貼《は》ってある。

そばに行《い》ってみた。だれかが寝《ね》たとしてもかなり前《まえ》のことだ。寝袋《ねぶくろ》はかびくさいし、バックパックには薄《うす》くほこりが積《つ》もっている。写真《しゃしん》が何枚《なんまい》か落《お》ちているが、もともとは壁《かべ》に貼《は》ってあったものらしい。

一枚《まい》の写真《しゃしん》にアナベスが写《うつ》っている――今《いま》よりずっと幼《おさな》い。八歳《さい》くらいだろうか。でもアナベスに間違《まちが》いない。髪《かみ》はブロンドで、目《め》は灰色《はいいろ》。一度《いちど》に百万《まん》のことを考《かんが》えているみたいな顔《かお》つき。

アナベスの隣《となり》には黄土色《おうどいろ》の髪《かみ》の少年《しょうねん》が立《た》っている。歳《とし》は十四、五歳《さい》。いたずらっぽい笑《え》みを浮《う》かべ、T《ティー》シャツの上《うえ》に着古《きふる》した革《かわ》のよろいをつけ、うしろの路地《ろじ》を指《ゆび》さしている。カメラマンにむかって「あの暗《くら》い路地《ろじ》にいるやつらを退治《たいじ》に行《い》くぞ！」とでもいいたげだ。二枚目《まいめ》もアナベスとその少年《しょうねん》の写真《しゃしん》。ふたりはキャンプファイアで隣合《となりあ》って座《すわ》り、うれしそうに笑《わら》っている。

ジェイソンは床《ゆか》に落《お》ちているもう一枚《まい》の写真《しゃしん》を拾《ひろ》った。セルフサービスの証明写真《しょうめいしゃしん》のように、写真《しゃしん》が何枚《なんまい》もつながっている。写《うつ》っているのはアナベスとさっきの少年《しょうねん》。あいだにもうひとり女《おんな》の子《こ》がいる。歳《とし》は十五歳《さい》くらい。髪《かみ》は黒《くろ》く——パイパーと同《おな》じで無造作《むぞうさ》に切《き》ってある——黒《くろ》い革《かわ》ジャンにシルバーのアクセサリーというゴス風《ふう》。しかし顔《かお》は笑《わら》っている。三人《にん》は仲《なか》がいいにちがいない。

「その子《こ》はタレイア」だれかがいった。

ジェイソンはふり返《かえ》った。

アナベスがジェイソンのうしろから写真《しゃしん》をのぞきこんでいた。この写真《しゃしん》を見《み》てつらい過去《かこ》を思《おも》い出《だ》したのか、悲《かな》しそうな顔《かお》だ。「タレイアもゼウスの子《こ》で、前《まえ》にこのコテージで生活《せいかつ》してた——ほんのしばらくのあいだだけ。ごめん、ノックしないで入《はい》ってきちゃった」

「いいよ」とジェイソン。「ここ、自分《じぶん》の家《いえ》だと思《おも》っていないから」

アナベスは旅《たび》の服装《ふくそう》だ。訓練所《くんれんじょ》のＴ《ティー》シャツの上《うえ》に冬用《ふゆよう》のコートを着《き》て、腰《こし》にナイフをさし、肩《かた》にバックパックを背負《せお》っている。

ジェイソンはいった。「冒険《ぼうけん》の旅《たび》に行《い》く気《き》はない？」

アナベスが首《くび》をふる。「もう三人《にん》いるでしょ。あたしはパーシーをさがしにいく」

ジェイソンは少《すこ》しがっかりした。冒険《ぼうけん》の旅《たび》に慣《な》れているだれかが一緒《いっしょ》に来《き》てくれたら、パイパーとリオを少《すこ》しでも危険《きけん》な目《め》にあわせずすむかもしれない。

「だいじょうぶよ」アナベスはいった。「なんとなくジェイソンは今回《こんかい》が初《はじ》めての冒険《ぼうけん》の旅《たび》じゃない気《き》がするの」

ジェイソンにもそういう気《き》がしていたが、それでも不安《ふあん》はぬぐえない。みんなジェイソンを勇敢《ゆうかん》で自信家《じしんか》だと思《おも》っているようだが、本当《ほんとう》は不安《ふあん》でしかたがない。自分《じぶん》の正体《しょうたい》も知《し》らないやつをどうしてみんな信用《しんよう》できるんだろう？

ジェイソンはアナベスが笑顔《えがお》で写《うつ》っている三枚《まい》の写真《しゃしん》を見《み》て思《おも》った。アナベスはいつから笑《わら》ってないんだろう？　こんなに必死《ひっし》でさがすなんて、パーシーという少年《しょうねん》を本気《ほんき》で思《おも》っているにちがいない。少《すこ》しうらやましい。今《いま》だれかぼくをさがしているだろうか？　もしぼくの恋人《こいびと》が、心配《しんぱい》で気《き》が狂《くる》いそうになっているのに、ぼくは自分《じぶん》の過去《かこ》さえ思《おも》い出《だ》せないとしたら？

「アナベスはぼくの正体《しょうたい》を知《し》っている、そうだろ？」ジェイソンはいった。

アナベスは短剣《たんけん》の柄《つか》を握《にぎ》りしめた。椅子《いす》をさがして座《すわ》ろうと思《おも》ったようだが、もちろんこのコテージにはない。「本当《ほんとう》に……わからないの。一匹狼《いっぴきおおかみ》だったんじゃないかなって思《おも》ってる。そういうこと、ときどきあるのよ。理由《りゆう》はわからないけどジェイソンは訓練所《くんれんじょ》に見落《みお》とされていた。でもつねに転々《てんてん》とすることで生《い》きのびてた。自力《じりき》で戦《たたか》う術《すべ》を身《み》につけ、怪物《かいぶつ》に対処《たいしょ》してきた。困難《こんなん》を乗《の》り越《こ》えてきた」

「ケイロンには会《あ》うなりこういわれた。『君《きみ》は死《し》んだと思《おも》っていた』」

「当然《とうぜん》よ。ほとんどのハーフはひとりじゃ生《い》きられない。しかもゼウスの子《こ》でしょ――そんなに危険《きけん》なことってないのよ。ハーフ訓練所《くんれんじょ》に発見《はっけん》されることも命《いのち》を落《お》とすこともなく十五歳《さい》まで生《い》きのびる可能性《かのうせい》なんて――ないに等《ひと》しい。でも、さっきもいったとおり、ないわけじゃない。タレイアは幼《おさな》いときに家出《いえで》して、数年間《すうねんかん》ひとりで生活《せいかつ》してた。しばらくはあたしの親代《おやが》わりもしてた。ジェイソンもタレイアと同《おな》じで一匹狼《いっぴきおおかみ》だったのかもしれない」

ジェイソンは片方《かたほう》の腕《うで》を前《まえ》に出《だ》した。「このタトゥーは？」

アナベスはちらっと見《み》た。気《き》になってしょうがないという顔《かお》だ。「うん、ワシはゼウスのシンボルだから、それはわかる。線《せん》が十二本《ほん》――年数《ねんすう》を表《あらわ》してるのかな。もし三歳《さい》のときからつけてたとしての話《はなし》だけど。SPQR《エスピーキューアール》——これは古代《こだい》ローマ帝国《ていこく》の栄光《えいこう》をあらわす言葉《ことば》。Senatus《セナトゥス》 Populusque《ポプルスクエ》 Romanus《ロマーヌス》。元老院《げんろういん》とローマの民《たみ》。それがどうしてジェイソンの腕《うで》に書《か》かれてるかわからない。古代《こだい》ローマ帝国《ていこく》ファンの先生《せんせい》にラテン語《ご》を習《なら》ってたのかも……」

まさか、それはないだろう。かといって、生《う》まれたときからひとりで暮《く》らしていたはずもない。じゃあ、どういう生活《せいかつ》を送《おく》っていたんだ？　アナベスのいうように——ハーフ訓練所《くんれんじょ》がハーフにとって世界《せかい》で唯一《ゆいいつ》の安全《あんぜん》な場所《ばしょ》なら。

「じつは……昨日《きのう》変《へん》な夢《ゆめ》を見《み》たんだ」夢《ゆめ》の話《はなし》をするなんてどうかと思《おも》ったが、アナベスは驚《おどろ》いた様子《ようす》もない。

「ハーフにはよくあることよ。どんな夢《ゆめ》？」

ジェイソンはオオカミの群《む》れのこと、廃墟《はいきょ》になった大邸宅《だいていたく》のこと、ふたつの塔《とう》のことを話《はな》した。アナベスは途中《とちゅう》から部屋《へや》を行《い》ったり来《き》たりしだした。表情《ひょうじょう》はどんどん難《むずか》しくなっていく。

「その廃墟《はいきょ》がどこにあるか覚《おぼ》えてない？」

ジェイソンは首《くび》をふった。「だけどそこで暮《く》らしていたことがあるのはたしかだ」

「セコイアね。北《きた》カリフォルニアかもしれない。雌《めす》のオオカミ……女神《めがみ》や霊《れい》や怪物《かいぶつ》の話《はなし》はいろいろ読《よ》んだことがあるけど、ルパは初耳《はつみみ》」

「ルパは、敵《てき》を『あの女《おんな》』と呼《よ》んでいた。ヘラかも――」

「ヘラは信用《しんよう》できないけど、敵《てき》ではないと思《おも》う。で、その大地《だいち》から目覚《めざ》めつつある者《もの》を――」アナベスの表情《ひょうじょう》が暗《くら》くなる。「ジェイソンは阻止《そし》しなくちゃならない」

「それがなんなのか知《し》っているんだろ？　少《すく》なくとも、想像《そうぞう》はついているはずだ。昨日《きのう》のキャンプファイアのときのアナベスの表情《ひょうじょう》を覚《おぼ》えている。突然何《とつぜんなに》かわかったって顔《かお》でケイロンを見《み》ただろ？　だけどみんなによけいな心配《しんぱい》をさせたくなかった」

アナベスはためらった。「ジェイソン、予言《よげん》によくあることなんだけど……意味《いみ》を知《し》れば知《し》るほど予言《よげん》の内容《ないよう》を変《か》えたくなる。そしてそれが悲劇《ひげき》を呼《よ》ぶことがある。ケイロンは、ジェイソンが自分《じぶん》で道《みち》を見《み》つけ、自分《じぶん》のタイミングでいろいろなことを理解《りかい》するほうがいいと思《おも》ってる。あたしがいちばん最初《さいしょ》にパーシーと冒険《ぼうけん》に行《い》ったとき、行《い》く前《まえ》にケイロンからすべてを聞《き》かされていたら……正直《しょうじき》、最後《さいご》までやり遂《と》げられたかどうかわからない。今回《こんかい》の冒険《ぼうけん》の旅《たび》は今《いま》まで以上《いじょう》に、知《し》らないことがだいじなの」

「そこまで悪《わる》いことなんだ」

「成功《せいこう》したらちがってくる。少《すく》なくとも……そうなってほしい」

「だけど、どこから始《はじ》めたらいいかさえわからない。どこに行《い》けばいいんだ？」

「怪物《かいぶつ》の跡《あと》を追《お》ってみたら？」

そういわれてジェイソンは考《かんが》えてみた。グランドキャニオンで襲《おそ》いかかってきた嵐《あらし》の精《せい》ウェンティはいっていた。『大女神様《だいめがみさま》』に呼《よ》びもどされたと。あの嵐《あらし》の精《せい》を見《み》つければ、操《あやつ》っている張《ちょう》本人《ほんにん》を見《み》つけられるかもしれない。そしてさらにはヘラの檻《おり》を見《み》つけられるかもしれない。

「わかった。嵐《あらし》の精《せい》はどうやったら見《み》つかる？」

「あたしなら風《かぜ》の神《かみ》に聞《き》く。アイオロスはすべての風《かぜ》を支配《しはい》している。でも少《すこ》し……気《き》まぐれなの。むこうから出《で》てこなければ会《あ》えない。アイオロスの下《した》で働《はたら》いている東西南北《とうざいなんぼく》の風《かぜ》の神《かみ》のだれかにたずねてみたら？　いちばん親《した》しみやすくて、英雄《えいゆう》と取引《とりひき》した経験《けいけん》がいちばん多《おお》いのは北風《きたかぜ》の神《かみ》ボレアスよ」

「じゃあボレアスの居場所《いばしょ》をインターネットで調《しら》べて――」

「ボレアスなら見《み》つけるのは簡単《かんたん》。オリンポスのほかの神々《かみがみ》と同《おな》じで北《きた》アメリカに移《うつ》ってきた。そして、昔《むかし》から人間《にんげん》が住《す》んでる場所《ばしょ》で、できるだけ北方《ほっぽう》の地《ち》をすみかに選《えら》んだ」

「メイン州《しゅう》？」

「もっと北《きた》」

ジェイソンは頭《あたま》に地図《ちず》を思《おも》い浮《う》かべてみた。メイン州《しゅう》より北《きた》？　昔《むかし》から人間《にんげん》が住《す》んで……。

「カナダ、ケベック州《しゅう》だ」

アナベスはにっこり笑《わら》った。「フランス語《ご》、しゃべれるといいけどね（訳注《やくちゅう》：ケベック州《しゅう》の公用語《こうようご》はフランス語《ご》）」

ジェイソンは急《きゅう》にやる気《き》が出《で》てきた。ケベック州《しゅう》――少《すく》なくとも行先《ゆくさき》が決《き》まった。北風《きたかぜ》の神《かみ》を見《み》つけ、嵐《あらし》の精《せい》の居場所《いばしょ》をつきとめ、嵐《あらし》の精《せい》がだれの下《した》で働《はたら》いているのか、廃墟《はいきょ》となった大邸宅《だいていたく》がどこにあるのか聞《き》き出《だ》す。ヘラを自由《じゆう》にする。四日以内《よっかいない》に。朝飯前《あさめしまえ》だ。

「アナベス、ありがとう」手《て》に持《も》ったままのタレイアが写《うつ》っている写真《しゃしん》を見《み》る。「そういえば、さっき……ゼウスの子《こ》であることは危険《きけん》だ、そういった。今《いま》タレイアは？」

「タレイアなら元気《げんき》よ。アルテミスのハンター隊《たい》に――アルテミスのおとめ部隊《ぶたい》の一員《いちいん》になった。ハンター隊《たい》はアメリカにいる怪物《かいぶつ》を退治《たいじ》してまわってる。訓練所《くんれんじょ》にはたまに寄《よ》るくらい」

ジェイソンは巨大《きょだい》なゼウス像《ぞう》を見《み》た。なぜタレイアがあんなところで寝《ね》たのかわかった。ヒッピーゼウスの視線《しせん》を避《さ》けるにはあそこしかない。が、それでもまだ足《た》りなかった。タレイアはこの肌寒《はだざむ》い神殿《しんでん》で身長《しんちょう》五メートルの父親《ちちおや》――ジェイソンの父親《ちちおや》でもある――とふたりきりでつねに〈この雷撃《ライトニングボルト》をくらえ！〉とにらまれる生活《せいかつ》よりは、アルテミスのハンター隊《たい》になるほうを選《えら》んだ。ジェイソンにはタレイアの気持《きも》ちがよくわかった。少年《しょうねん》のためのハンター隊《たい》があればいいのに、と思《おも》った。

「写真《しゃしん》に写《うつ》っているもうひとりは？」ジェイソンはたずねた。「黄土色《おうどいろ》の髪《かみ》の」

アナベスの表情《ひょうじょう》が硬《かた》くなる。触《ふ》れてはいけない話題《わだい》だったらしい。

「ルークっていうの。亡《な》くなったけど」

ジェイソンはそれ以上聞《いじょうき》かなかった。しかしアナベスがルークの名《な》をいったときの口調《くちょう》。今《いま》までアナベスが本気《ほんき》で好《す》きになった相手《あいて》はパーシーだけではないのかもしれない。

ジェイソンはまたタレイアの顔《かお》に目《め》をもどした。さっきからずっとこの写真《しゃしん》が気《き》になってしかたがない。何《なに》かだいじなことを見落《みお》としている。

ジェイソンはゼウスの娘《むすめ》タレイアにみょうな親近感《しんきんかん》を覚《おぼ》えていた――タレイアならジェイソンの戸惑《とまど》いを理解《りかい》し、いろんな疑問《ぎもん》にもこたえてくれるかもしれない。しかし頭《あたま》の中《なか》で別《べつ》の声《こえ》がしつこくささやく。〈危険《きけん》だ。近《ちか》づかないほうがいい〉

「タレイアは今何歳《いまなんさい》？」ジェイソンは聞《き》いた。

「どうこたえたらいいかな。タレイアはしばらくのあいだ木《き》に変《か》えられてたし、今《いま》は不死《ふし》の身《み》だし」

「え？」

ジェイソンの表情《ひょうじょう》がおもしろかったにちがいない。アナベスは笑《わら》いだした。「心配《しんぱい》しないで。ゼウスの子《こ》が全員《ぜんいん》そうなわけじゃないから。話《はな》すと長《なが》いんだけど……タレイアは歳《とし》をとるのを何《なん》年《ねん》か免除《めんじょ》されてたの。もしふつうに歳《とし》をとったら今《いま》は二十代《だい》だけど、今《いま》もその写真《しゃしん》のまま。見《み》た感《かん》じは……ジェイソンと同《おな》じ、十五、六歳《さい》かな」

夢《ゆめ》でルパにいわれたことが頭《あたま》から離《はな》れない。思《おも》わず聞《き》いてしまった。「タレイアの姓《せい》は？」

アナベスはこたえにくそうにしている。「いつも姓《せい》は名乗《なの》らなかった。必要《ひつよう》なときはお母《かあ》さんの姓《せい》を使《つか》ったけど、お母《かあ》さんとは仲《なか》が悪《わる》かった。タレイアはまだ幼《おさな》いときに家出《いえで》したのよ」

ジェイソンは待《ま》った。

「グレイス。タレイア・グレイス」

ジェイソンの指先《ゆびさき》がしびれた。写真《しゃしん》が床《ゆか》に落《お》ちる。

「だいじょうぶ？」

記憶《きおく》の一部《いちぶ》――おそらくはヘラが盗《ぬす》み忘《わす》れた記憶《きおく》の小《ちい》さな断片《だんぺん》がよみがえる。いや、ひょっとしたらヘラは意図的《いとてき》に残《のこ》しておいたのかもしれない――その名《な》を思《おも》い出《だ》させ、過去《かこ》を掘《ほ》り起《お》こすことは危険《きけん》だと思《おも》い知《し》らせるために。

〈君《きみ》は死《し》んだと思《おも》っていた〉ケイロンはそういった。ジェイソンが一匹狼《いっぴきおおかみ》として生《い》きのび、運《うん》命《めい》に勝《か》ったという意味《いみ》ではない。ケイロンは何《なに》かを知《し》っている——ジェイソンの家族《かぞく》について。夢《ゆめ》でルパがいった言葉《ことば》の意味《いみ》が今《いま》わかってきた。ルパはジェイソンが失《うしな》ったものについて気《き》のきいた冗談《じょうだん》をいった。今頃《いまごろ》ルパが大笑《おおわら》いしているのが見《み》えるようだ。

「どうしたの?」アナベスがいった。

内緒《ないしょ》にしておけない。ひとりでは抱《かか》えきれない。アナベスの協力《きょうりょく》が必要《ひつよう》だ。アナベスがタレイアを知《し》っているなら、アドバイスしてくれるかもしれない。

「だれにもいわないって約束《やくそく》してほしい」

「ジェイソン——」

「たのむ。今何《いまなに》が起《お》きているのか、今回《こんかい》のことが何《なに》を意味《いみ》しているのか、ぼくにわかるまで——」ジェイソンは腕《うで》のタトゥーをさすった。「だれにも話《はな》さないでほしい」

アナベスは迷《まよ》った。しかし聞《き》きたい気持《きも》ちが勝《か》った。「わかった。ジェイソンがいいっていうまで、ほかの人《ひと》にはいわない。ステュクスの川《かわ》に誓《ちか》う」

雷鳴《らいめい》が轟《とどろ》いた。コテージ内《ない》でいつも鳴《な》る雷《かみなり》よりはるかに大《おお》きい。

〈おまえはわれわれの『誇り《グレイス》』〉ルパはそういった。

ジェイソンはさっき落《お》とした写真《しゃしん》を拾《ひろ》った。

「ぼくの姓《せい》はグレイス。タレイアは姉《ねえ》さんだ」

アナベスは真《ま》っ青《さお》になった。一瞬《いっしゅん》驚《おどろ》いた表情《ひょうじょう》を見《み》せたが、すぐ眉《まゆ》をひそめた。嘘《うそ》だ、ありえない、と思《おも》っている。ジェイソンも心《こころ》のどこかでそう思《おも》っていた。しかし口《くち》に出《だ》していったとたん、間違《まちが》いないと思《おも》った。

そのとき、コテージのドアがいきおいよく開《あ》いた。訓練生《くんれんせい》が五、六人駆《にんか》けこんできた。先頭《せんとう》はイリスコテージのブッチだ。

「すぐ来《き》てくれ！」ブッチの表情《ひょうじょう》からはいい話《はなし》なのか悪《わる》い話《はなし》なのかわからない。「ドラゴンが帰《かえ》ってきた」

15 パイパー

翌朝《よくあさ》、パイパーは目覚《めざ》めたとたん鏡《かがみ》をつかんだ。アフロディテコテージには鏡《かがみ》が山《やま》ほどある。ベッドの上《うえ》に座《すわ》り、鏡《かがみ》の自分《じぶん》を見《み》てがっかりした。

絶世《ぜっせい》の美人《びじん》のままだ。

昨晩《さくばん》のキャンプファイアが終《お》わってからいろいろやってみた。髪《かみ》をぐちゃぐちゃにしたり、顔《かお》を洗《あら》ったり、泣《な》いて目《め》を真《ま》っ赤《か》にしようともした。しかしだめだった。髪型《かみがた》はまたたくまに整《ととの》うし、化粧《けしょう》もすぐにもとどおり。目《め》は腫《は》れもしないし赤《あか》くなりもしない。

ドレスも脱《ぬ》いでしまいたかったが着替《きが》えがない。アフロディテコテージの仲間《なかま》たちが貸《か》してくれるといったが（陰《かげ》ではくすくす笑《わら》っていたにちがいない）、どれも今着《いまき》ているドレスより派手《はで》だったり、へんてこだったりした。

恐《おそ》ろしい一夜《いちや》を明《あ》かした今《いま》でも何《なに》も変《か》わっていない。ふだんなら起《お》きがけは化《ば》け物《もの》かと思《おも》うくらいなのに、今朝《けさ》の髪型《かみがた》はスーパーモデル並《な》みで、肌《はだ》もすべすべだ。何日《なんにち》も前《まえ》に鼻《はな》の横《よこ》にできて、なかなか治《なお》らないので最近《さいきん》では「ボブ」とニックネームをつけて呼《よ》んでいた「おでき」も消《き》えている。

パイパーはいらいらして髪《かみ》をかきむしった。だめだ。髪型《かみがた》はとたんに整《ととの》ってしまう。まるでチェロキー族《ぞく》のバービー人形《にんぎょう》だ。

部屋《へや》のむこうからドルーがいった。「だめ。消《き》えないわよ」わざと同情《どうじょう》したようないい方《かた》。「アフロディテの祝福《しゅくふく》は少《すく》なくともあと一日《にち》はつづくわ。運《うん》がよければ一週間《しゅうかん》つづくかもね」

パイパーは歯《は》ぎしりした。「一週間《しゅうかん》？」

ほかのコテージ仲間《なかま》たち――女子《じょし》十数名《すうめい》と男子《だんし》五名《めい》――はパイパーがこまっているのを見《み》てにやにや、くすくす笑《わら》っている。パイパーにはわかっていた。平気《へいき》なふりをしなくちゃ。怒《おこ》っちゃだめ。上《うわ》っ面《つら》だけの派手《はで》好《ず》きな連中《れんちゅう》なら今《いま》まで通《かよ》った学校《がっこう》にもたくさんいた。ただ今回《こんかい》はちがう。相手《あいて》は血《ち》のつながったきょうだい。たとえ共通点《きょうつうてん》が何《なに》もないとしてもだ。それにしても、アフロディテにはどうして年《とし》の近《ちか》い子《こ》がこんなに大勢《おおぜい》いるんだろう……考《かんが》えちゃだめ。知《し》りたくもない。

「心配《しんぱい》しないで」ドルーはくちびるの真《ま》っピンクの口紅《くちべに》をぬぐいとっている。「このコテージに自分《じぶん》の居場所《いばしょ》はないと思《おも》ってるんでしょ？　あたしたちも大賛成《だいさんせい》。そうよね、ミッチェル？」

少年《しょうねん》のひとりがぎくりとした。「あ、うん、そうだね」

「ふーん」ドルーはマスカラもふきとった。まわりはみんな様子《ようす》を見守《みまも》っている。「それはそうと、あと十五分《ふん》で朝食《ちょうしょく》よ。コテージはほうっておいてもきれいにならないわよ！　それと、ミッチェル、いわなくてもわかるわね。今日《きょう》のごみ当番《とうばん》をお願《ねが》い。パイパーにやり方《かた》を教《おし》えてあげて。パイパーには今後《こんご》ごみ当番《とうばん》をずっとやってもらうことになると思《おも》うから——冒険《ぼうけん》の旅《たび》から無事《ぶじ》に帰《かえ》れたらの話《はなし》だけど。さあ、みんな作業開始《さぎょうかいし》！　あたしはバスタイムだから！」

みんないそいでベッドを整《ととの》えたり、服《ふく》をたたんだりしはじめた。一方《いっぽう》ドルーは化粧道具《けしょうどうぐ》、ドライヤー、ブラシを抱《かか》え、さっそうとバスルームに入《はい》っていく。

中《なか》から「きゃっ」という声《こえ》が聞《き》こえ、十一歳《さい》くらいの少女《しょうじょ》が蹴《け》り出《だ》された。頭《あたま》にシャンプーの泡《あわ》がついたまま、あわてて体《からだ》にタオルを巻《ま》きつけている。

ドアがばたんと閉《し》まり、年長《ねんちょう》のふたりが泣《な》きだした少女《しょうじょ》をなぐさめ、タオルでシャンプーの泡《あわ》をぬぐってやった。

「どういうこと？」パイパーは思《おも》わず口走《くちばし》った。「ドルーにあんな勝手《かって》をさせて平気《へいき》なの？」

とっさに何人《なんにん》かが心配《しんぱい》そうにパイパーを見《み》た。内心同《ないしんおな》じように思《おも》っているのかもしれないが、何《なに》もいわない。

まわりはみんなそうじをつづけているが、パイパーにはほとんど片《かた》づいているように見《み》える。

アフロディテコテージは等身大《とうしんだい》の人形《にんぎょう》の家《いえ》。ピンクの壁《かべ》に白《しろ》い窓枠《まどわく》。淡《あわ》い青《あお》と緑《みどり》のレースのカーテン。もちろんベッドのシーツも羽根布団《はねぶとん》もすべて同系色《どうけいしょく》だ。

男子《だんし》のベッドは仕切《しき》りのカーテンのむこうに並《なら》んでいるが、女子側《じょしがわ》と同《おな》じくらい片《かた》づいている。見《み》るからに不自然《ふしぜん》だ。それぞれのベッドの足元《あしもと》には各自《かくじ》の名前《なまえ》を書《か》いた木製《もくせい》の小引《こひ》き出《だ》しがある。しまってある服《ふく》はどれもきちんとたたまれ、色分《いろわ》けしてあるにちがいない。個性《こせい》が見《み》られるのはベッドのわきに貼《は》ってある写真《しゃしん》くらいだ。それぞれが自分《じぶん》の好《す》きな有名人《ゆうめいじん》の写真《しゃしん》を飾《かざ》っている。もちろん中《なか》には一般人《いっぱんじん》のもあるがほとんどは俳優《はいゆう》や歌手《かしゅ》の写真《しゃしん》だ。

パイパーは、「例《れい》のポスター」はありませんようにと祈《いの》った。あの映画《えいが》が上映《じょうえい》されたのは約《やく》一年前《ねんまえ》。今頃《いまごろ》はそんな古《ふる》い映画《えいが》のポスターははがして、新《あたら》しいのに変《か》えてあるはずだ。ところがだれかが有名人《ゆうめいじん》の写真《しゃしん》の切抜《きりぬ》きを重《かさ》ね貼《ば》りしてある中《なか》に、例《れい》のポスターがあった。

タイトルはど派手《はで》な赤《あか》。「スパルタの王《おう》」。その下《した》に主人公《しゅじんこう》――褐色《かっしょく》の肌《はだ》の男《おとこ》の頭《あたま》から腰《こし》までが写《うつ》っている。はだけた胸《むね》の筋肉《きんにく》はもりあがり、腹筋《ふっきん》も割《わ》れている。身《み》につけているのは古代《こだい》ギリシャ戦士《せんし》のはくキルトスカートと紫《むらさき》のマントだけで、手《て》に剣《けん》を握《にぎ》っている。全身《ぜんしん》に油《あぶら》を塗《ぬ》りたくったかのようだ。短《みじか》い黒髪《くろかみ》は光《ひか》り輝《かがや》き、男《おとこ》らしい顔《かお》に汗《あせ》が光《ひか》っている。悲《かな》しげな黒《くろ》い目《め》でカメラを見《み》すえ、〈男《おとこ》は殺《ころ》し、女《おんな》はさらっていく！　覚悟《かくご》しろ！〉といっているかのようだ。

こんなにふざけたポスターは見《み》たことがない。パイパーも父親《ちちおや》も最初《さいしょ》に見《み》たときは大笑《おおわら》いした。ところがこの映画《えいが》は空前《くうぜん》の大《だい》ヒットになった。ポスターがあちこちに貼《は》られた。パイパーは学校《がっこう》でも、道《みち》を歩《ある》いていても、ネット上《じょう》でもこのポスターを見《み》ない日《ひ》はなかった。この映画《えいが》のポスターは「例《れい》のポスター」となり、パイパーの人生《じんせい》でいちばん見《み》たくないものになった。もちろん、「例《れい》のポスター」に写《うつ》っているのは父親《ちちおや》だ。

パイパーはあわてて目《め》をそらした。みんなが朝食《ちょうしょく》に行《い》ったあとではがしてしまえばいい。だれも気《き》づかないだろう。

パイパーは自分《じぶん》も忙《いそが》しいふりをしようとしたが、たたむ洋服《ようふく》などない。ベッドを整《ととの》えようとして、上《うえ》にのっている毛布《もうふ》は昨晩《さくばん》ジェイソンが肩《かた》にかけてくれたものだと気《き》づいた。手《て》にとり、顔《かお》に押《お》しつける。木《き》の焦《こ》げたにおいはするが、残念《ざんねん》ながらジェイソンのにおいはしない。パイパーが認知《にんち》されたあとも本気《ほんき》で親切《しんせつ》だったのはジェイソンだけだ。ジェイソンはパイパーのドレスに目《め》を見張《みは》る一方《いっぽう》、パイパー自身《じしん》の気持《きも》ちも気《き》づかっていた。パイパーはキスしたくなったが、ジェイソンは落《お》ち着《つ》かない様子《ようす》だった。怖《こわ》がっているようにも見《み》えた。ジェイソンを責《せ》めてはいけない。パイパーは本当《ほんとう》にピンクに光《ひか》り輝《かがや》いていたのだから。

「そこ、ごめん」足元《あしもと》でだれかがいった。ごみ当番《とうばん》のミッチェルが這《は》いつくばってベッドの下《した》に落《お》ちているチョコレートの包《つつ》み紙《がみ》や紙《かみ》くずを拾《ひろ》っている。アフロディテコテージのメンバーは百パーセントきれい好《ず》きというわけではないようだ。

パイパーは横《よこ》にどいた。「どうしてドルーはミッチェルに怒《おこ》ってるの?」

ミッチェルはバスルームのドアをちらっと見《み》て、閉《し》まっているのをたしかめた。「昨日《きのう》の夜《よる》、パイパーが認知《にんち》されたあとで、『パイパーはけっこういい子《こ》かもしれない』っていっちゃったんだ」

たいしたほめ言葉《ことば》ではなかったが、パイパーは驚《おどろ》いた。アフロディテコテージの子《こ》が味方《みかた》してくれた?

「ありがと」パイパーはいった。

ミッチェルは肩《かた》をすくめた。「いいよ、お礼《れい》なんて。結果《けっか》はこれだ。でもそれは別《べつ》として、十番《ばん》コテージにようこそ」

ブロンドの髪《かみ》をおさげにし、歯《は》に矯正具《きょうせいぐ》をつけた少女《しょうじょ》が両手《りょうて》に服《ふく》を抱《かか》えて走《はし》ってきた。核爆弾《かくばくだん》でも運《はこ》んでいるようにまわりをきょろきょろ見《み》ている。

「これ、持《も》ってきてあげた」小声《こごえ》でささやく。

「パイパー、この子《こ》はレイシー」ミッチェルはまだ床《ゆか》に這《は》いつくばっている。

「よろしくね」レイシーが声《こえ》をひそめていった。「着替《きが》えるといいわ。祝福《しゅくふく》されてても着替《きが》えはできるから。あと、バックパック、食糧《しょくりょう》、非常用《ひじょうよう》のアンブロシア（訳注《やくちゅう》：神々《かみがみ》の不老不死《ふろうふし》の食《た》べ物《もの》）とネクタル、ジーンズ、着替《きが》え用《よう》のシャツが少《すこ》しと、防寒用《ぼうかんよう》のジャケット。ブーツは少《すこ》しきついかも。でも――とにかく――みんなに協力《きょうりょく》してもらって集《あつ》めたものだから。冒険《ぼうけん》の旅《たび》、がんばって！」

レイシーは持《も》ってきたものを全部《ぜんぶ》パイパーのベッドの上《うえ》にどさっと置《お》き、いそいで離《はな》れようとした。が、パイパーはレイシーの腕《うで》をつかんだ。「待《ま》って。せめてお礼《れい》をいわせて。どうしてそんなにあわててるの？」

レイシーはぶるぶる震《ふる》えている。「だって――」

「ドルーにばれたら大変《たいへん》なんだ」とミッチェル。

「ばれたら『恥《はじ》さらしの靴《くつ》』をはかされちゃうの！」レイシーがいった。

「え？　なんの靴《くつ》？」パイパーは聞《き》いた。

レイシーもミッチェルも部屋《へや》のすみにある黒《くろ》い棚《たな》を指《ゆび》さした。祭壇《さいだん》に似《に》た棚《たな》の上《うえ》に看護師《かんごし》がはくような飾《かざ》り気《け》のない靴《くつ》が一足飾《そくかざ》ってある。靴底《くつぞこ》の厚《あつ》い、真《ま》っ白《しろ》い靴《くつ》だ。

「前《まえ》にあの靴《くつ》を一週間《しゅうかん》はかされたの」レイシーは涙声《なみだごえ》だ。「あの靴《くつ》、どんな服《ふく》とも合《あ》わないんだもの！」

「もっとひどい罰《ばつ》もあるんだ」ミッチェルがいった。「ドルーは『話術《わじゅつ》の使《つか》い手《て》』だろ？　アフロディテコテージでも話術《わじゅつ》を操《あやつ》るハーフは少《すく》ない。ドルーがその力《ちから》を駆使《くし》すれば、相手《あいて》にかなり恥《は》ずかしいこともさせられる。パイパーみたいにドルーに逆《さか》らえる子《こ》、久《ひさ》しぶりに見《み》たよ」

「話術《わじゅつ》の使《つか》い手《て》……」パイパーは昨晩《さくばん》のことを思《おも》い出《だ》した。集《あつ》まったハーフは全員《ぜんいん》、ドルーとパイパーの意見《いけん》のあいだで迷《まよ》っていた。「それって、巧《たく》みな言葉《ことば》で人《ひと》をそそのかして何《なに》かさせられるってこと？　人《ひと》から何《なに》か——たとえば車《くるま》を——もらえたりとか？」

「やだ、ドルーにそんなこと教《おし》えないでよ！」レイシーがあわてた。

「でもそのとおり」ミッチェルがいう。「ドルーにはそういう力《ちから》がある」

「だからドルーはリーダーになった」パイパーがいう。「みんな、うまくいいくるめられたんでしょ？」

ミッチェルはパイパーのベッドの下《した》から干《ひ》からびたガムを一個《こ》拾《ひろ》いあげた。「いや。戦死《せんし》したサイリナ・ボーリガードの跡《あと》をドルーが継《つ》いだのは、サイリナの次《つぎ》に年長《ねんちょう》だったから。ふつうはコテージでいちばん年上《としうえ》の訓練生《くんれんせい》がリーダーになる。ただ、訓練所《くんれんじょ》にいる期間《きかん》が長《なが》い子《こ》とか、冒険《ぼうけん》の旅《たび》の経験《けいけん》がある子《こ》が立候補《りっこうほ》した場合《ばあい》は、決闘《けっとう》で決《き》める。でもそんなことはめったにない。とにかく、アフロディテコテージは八月《がつ》からドルーのいうなりだ。ドルーはコテージのあり方《かた》を少《すこ》し、その、改革《かいかく》した」

「そうよ！」いきなりドルーがそこに立《た》っていた。ベッドにもたれている。レイシーはモルモットのような悲鳴《ひめい》をあげ、走《はし》って逃《に》げようとした。ドルーは横《よこ》に手《て》を出《だ》してレイシーをとめ、床《ゆか》に手足《てあし》をついたままのミッチェルを見《み》おろした。「まだ拾《ひろ》いきれていないごみがあるみたいよ。もう一回《かい》よく見《み》て」

パイパーはバスルームを横目《よこめ》で見《み》た。バスルームのごみ箱《ばこ》の中身《なかみ》をすべて――相当汚《そうとうきたな》いものまで――床《ゆか》にぶちまけてある。

ミッチェルは床《ゆか》に座《すわ》りこんだ。今《いま》にもつかみかかりそうな顔《かお》で（もし本当《ほんとう》にけんかになったらパイパーは見学料《けんがくりょう》を払《はら》うつもりだった）ドルーをにらんでいる。しかしミッチェルは「わかった」といっただけ。

ドルーがほほ笑《え》んだ。「わかったでしょ、パイパー。アフロディテコテージはみんな仲良《なかよ》し。すてきな家族《かぞく》なの！　ただサイリナ・ボーリガードのまねはしないでちょうだい。サイリナはタイタン族《ぞく》との戦《たたか》いで、ひそかにクロノスに情報《じょうほう》を流《なが》していた。敵《てき》の手助《てだす》けをしていた」

ドルーはかわいらしく、無邪気《むじゃき》に笑《わら》っている。ピンクのアイシャドーと口紅《くちべに》がきらめき、ドライヤーで整《ととの》えた髪《かみ》は輝《かがや》き、ナツメグのような香《かお》りを漂《ただよ》わせている。どんな学校《がっこう》に行《い》ってもいちばんの人気者《にんきもの》になるだろう。しかしドルーの目《め》は鋼《はがね》のように冷《つめ》たい。その目《め》でパイパーの心《こころ》の奥《おく》まで見透《みす》かし、秘密《ひみつ》を引《ひ》きずり出《だ》してしまいそうだ。

〈敵《てき》の手助《てだす》け〉

「もちろん、ほかのコテージはそんなこと口《くち》にもしない」ドルーがいった。「みんなサイリナを英雄《えいゆう》あつかいしてる」

「サイリナは正義《せいぎ》のために犠牲《ぎせい》になった」ミッチェルがつぶやくようにいう。「サイリナは本物《ほんもの》の英雄《えいゆう》だった」

「ふーん」とドルー。「ミッチェルは明日《あした》もごみ当番《とうばん》ね。でも、とにかく、サイリナはアフロディテコテージの規則《きそく》を破《やぶ》った。あたしたちは訓練所《くんれんじょ》の男子《だんし》と女子《じょし》を恋人同士《こいびとどうし》にさせては別《わか》れさせるのが仕事《しごと》なのよ！　最高《さいこう》に楽《たの》しい仕事《しごと》でしょ！　戦争《せんそう》や冒険《ぼうけん》の旅《たび》なんてどうでもいいわ。冒《ぼう》険《けん》の旅《たび》なんて行《い》ったことがないけど、あんなの時間《じかん》のむだよ！」

レイシーがおずおず手《て》をあげた。「でも、昨日《きのう》の夜《よる》、ドルーも行《い》きたいって――」

ドルーににらまれ、レイシーは黙《だま》った。

「何《なに》よりも」ドルーはつづけた。「スパイにアフロディテコテージのイメージを汚《けが》されたくないわ。でしょ、パイパー？」

パイパーはこたえようとしたができなかった。ドルーがパイパーの見《み》た夢《ゆめ》やパイパーの父親《ちちおや》が誘拐《ゆうかい》されたことを知《し》っているはずがない。でも、ひょっとしたら。

「パイパーがすぐに出発《しゅっぱつ》なんて残念《ざんねん》」ドルーがため息《いき》をつく。「でも、もしくだらない冒険《ぼうけん》の旅《たび》から無事《ぶじ》に帰《かえ》れたら、安心《あんしん》して。パイパーにお似合《にあ》いの相手《あいて》を見《み》つけてあげるから。ヘパイストスコテージの男子《だんし》なんかいいかもね。でなければクロビスはどう？ ちょっと気持《きも》ち悪《わる》いけど」

ドルーは同情《どうじょう》するようなばかにするような目《め》でパイパーを見《み》ている。「正直《しょうじき》、アフロディテにこんなぶさいくな子《こ》がいたなんて驚《おどろ》いちゃう……父親《ちちおや》はどんな人《ひと》？ ミュータントか何《なに》かじゃ――」

「トリスタン・マクリーン」パイパーはすかさずいった。

しまった。今《いま》まで「父親《ちちおや》は有名人《ゆうめいじん》」を切《き》り札《ふだ》にしたことなど一度《いちど》もなかった。しかし本気《ほんき》で頭《あたま》にきていた。「父親《ちちおや》はトリスタン・マクリーンよ」

水《みず》を打《う》ったような沈黙《ちんもく》は快感《かいかん》だった。が、すぐにパイパーは恥《は》ずかしくなった。みんなふり返《かえ》り、「例《れい》のポスター」を見《み》ている。パイパーの父親《ちちおや》が世間《せけん》に自分《じぶん》のたくましい体《からだ》を見《み》せつけているポスターを。

「嘘《うそ》でしょ！」女子《じょし》の半数《はんすう》がいっせいに悲鳴《ひめい》をあげた。

「すげえ！」男子《だんし》がいった。「あの映画《えいが》でさ、すげえ剣《けん》さばきで相手《あいて》を倒《たお》した俳優《はいゆう》だろ？」

「あの歳《とし》にしてはかっこいいわよね」ひとりの女子《じょし》がそういったとたんに赤《あか》くなった。「いやだ、ごめんなさい。パイパーのお父《とう》さんなのよね。なんだか不思議《ふしぎ》な感《かん》じ！」

「ま、たしかに」パイパーもうなずく。

「ねえ、サインもらってきてくれる？」また別《べつ》の女子《じょし》がいう。

パイパーはひきつった笑《え》みを浮《う》かべた。〈もし生《い》きていたら〉とはいえない。

「うん、もちろん」とりあえずそうこたえた。

その子《こ》は喜《よろこ》びの声《こえ》をあげた。ほかの子《こ》たちもどんどん押《お》しかけ、いろいろな質問《しつもん》をしてきた。

「ロケを見《み》にいったことある？」

「豪邸《ごうてい》に住《す》んでるの？」

「映画《えいが》スターと食事《しょくじ》をしたことは？」

「通過儀礼《つうかぎれい》はもうすんだ？」

パイパーは思《おも》わず聞《き》きかえした。「通過《つうか》……何《なに》？」

みんなくすくす笑《わら》いながらおたがいにつつき合《あ》っている。あまり大《おお》きな声《こえ》でいえない話題《わだい》らしい。

「アフロディテコテージの通過儀礼《つうかぎれい》」ひとりが説明《せつめい》した。「だれかが君《きみ》に恋《こい》するようにしむける。そして、その相手《あいて》をふる。こっぴどくね。それができれば君《きみ》も立派《りっぱ》なアフロディテコテージの一員《いちいん》だ」

パイパーは冗談《じょうだん》でしょという顔《かお》でみんなを見《み》た。「わざとふるの？　ひどい！」

まわりはみんなきょとんとしている。

「どうして？」男子《だんし》がいった。

「わかった！」女子《じょし》がいった。「アフロディテはパイパーのお父《とう》さんをふったのね！　お父《とう》さんはその後《ご》だれも愛《あい》さなかった、ちがう？　ロマンティック！　パイパーも通過儀礼《つうかぎれい》を終《お》えたらアフロディテみたいになれるわよ！」

「やめて！」思《おも》ったより少《すこ》し大《おお》きな声《こえ》が出《で》てしまった。まわりがみんな後《あと》ずさる。「あたしは通《つう》過儀礼《かぎれい》なんかで相手《あいて》をふったりしない！」

当然《とうぜん》ここはドルーの出番《でばん》だ。「ほらね！　サイリナも同《おな》じようにいってた。サイリナも慣習《かんしゅう》を破《やぶ》って、ベッケンドルフを好《す》きになって、恋人同士《こいびとどうし》になった。だからあんな悲劇的《ひげきてき》な死《し》に方《かた》をしたのよ」

「それはちがう！」レイシーが声《こえ》をあげた。しかしドルーににらまれ、すぐにみんなの影《かげ》に隠《かく》れた。

「ま、どうでもいいけど」ドルーがいう。「パイパーがだれかをふることなんてないでしょうから。それに父親《ちちおや》がトリスタン・マクリーンだっていう話《はなし》も——みんなの注目《ちゅうもく》を浴《あ》びたいだけでしょ」

何人《なんにん》かが「えっ」という顔《かお》をした。

「ちがうの？」ひとりが聞《き》いた。

ドルーはあきれた顔《かお》をした。「もういいわ。さあ、朝食《ちょうしょく》の時間《じかん》よ。パイパーはくだらない冒険《ぼうけん》の旅《たび》に出発《しゅっぱつ》するんですって。さっさと荷物《にもつ》をまとめて出《で》ていってもらいましょう！」

ドルーはみんなを解散《かいさん》させ、作業《さぎょう》に移《うつ》らせた。言葉《ことば》では「しましょう」とか「してちょうだい」といっているが完璧《かんぺき》な命令《めいれい》口調《くちょう》だ。ミッチェルとレイシーがパイパーの荷造《にづく》りを手伝《てつだ》ってくれた。パイパーがバスルームに入《はい》って旅行用《りょこうよう》の服装《ふくそう》に着替《きが》えるあいだも、ドアの前《まえ》で見張《みは》ってくれた。お下《さ》がりの服《ふく》はおしゃれとはほど遠《とお》い——助《たす》かった——着古《きふる》したジーンズ、T《ティー》シャツ、暖《あたた》かい冬用《ふゆよう》のコート。ハイキングブーツも足《あし》にぴったりだ。ベルトには短剣《たんけん》カトプトリスをさした。着替《きが》えを終《お》え、パイパーはもとの自分《じぶん》にもどったような気《き》がした。ほかの子《こ》たちはドルーが点《てん》検《けん》してまわるあいだ、それぞれのベッドの横《よこ》に立《た》って待《ま》っている。パイパーはミッチェルとレイシーのほうを見《み》て口《くち》だけ動《うご》かして「ありがとう」といった。ミッチェルは難《むずか》しい顔《かお》のままうなずき、レイシーは矯正具《きょうせいぐ》のついた歯《は》を見《み》せてほほ笑《え》んだ。ドルーにお礼《れい》をいわれたことなどないのだろう。パイパーは「スパルタの王《おう》」のポスターがくしゃくしゃにまるめられ、ごみ箱《ばこ》に捨《す》てられているのに気《き》づいた。ドルーの命令《めいれい》に決《き》まっている。パイパーはポスターをはがすなら自分《じぶん》だと思《おも》っていた。完全《かんぜん》に頭《あたま》にきた。

ドルーがパイパーに気《き》づき、わざとらしく拍手《はくしゅ》をした。「素敵《すてき》！　このコテージから冒険《ぼうけん》の旅《たび》に出《で》る少女《しょうじょ》がみすぼらしい服装《ふくそう》にもとどおり。さあ、いってらっしゃい！　一緒《いっしょ》に朝食《ちょうしょく》を食《た》べなくていいから。幸運《こううん》を祈《いの》るわ……何《なに》をしにいくか知《し》らないけど。ごきげんよう！」

パイパーはバックパックを背負《せお》った。みんなの視線《しせん》を感《かん》じながらドアのほうに歩《ある》いていく。ここから出《で》て、忘《わす》れてしまえばいい。簡単《かんたん》なことだ。こんなコテージも、うわべだけの子《こ》たちもどうでもいい。

ただ、中《なか》には味方《みかた》してくれた子《こ》もいた。実際《じっさい》にドルーから守《まも》ってくれた子《こ》もいた。

パイパーはドアの手前《てまえ》でふり返《かえ》った。「ねえ、みんな、ドルーの命令《めいれい》は絶対《ぜったい》じゃないのよ」

みんなそわそわしだした。こっそりドルーを見《み》ている子《こ》もいる。しかしドルーはあっけにとられて何《なに》もいえない。

「でも」ひとりがやっと口《くち》を開《ひら》いた。「ドルーはこのコテージのリーダーだから」

「ドルーは独裁者《どくさいしゃ》なの」パイパーはいった。「みんな自分《じぶん》の頭《あたま》で考《かんが》えられるはず。アフロディテコテージにはもっとほかにすべきことがある」

「ほかにすべきこと」だれかがくり返《かえ》した。

「自分《じぶん》の頭《あたま》で考《かんが》える」だれかがつぶやく。

「みんな！」ドルーの声《こえ》が響《ひび》く。「だまされないでちょうだい！　パイパーは話術《わじゅつ》が巧《たく》みなのよ」

「ちがう」パイパーはいった。「真実《しんじつ》をいってるだけ」

少《すく》なくともパイパーはそのつもりだった。言葉《ことば》で相手《あいて》をいいくるめるつもりはない。そんなことをしたらドルーと同《おな》じだ。パイパーは心《こころ》から思《おも》ったことをしゃべっている。話術《わじゅつ》を使《つか》ってみんなをまるめこもうとしているのはドルーのほうだ。

ドルーはパイパーを見《み》てせせら笑《わら》いをした。「無意識《むいしき》に使《つか》ってるってわけね、映画俳優《えいがはいゆう》のお嬢《じょう》さん？　でもアフロディテコテージのこと、何《なに》も知《し》らないみたいね。あなたは自分《じぶん》がお利口《りこう》だと思《おも》ってるんでしょ？　じゃあ、このコテージがすべきことって何《なに》？　みんなに教《おし》えてあげてちょうだい。そうしたらこちらも、あなたについてみんなに少《すこ》し教《おし》えてあげてもいいわ、どう？」

パイパーも何《なに》かいい返《かえ》してドルーを黙《だま》らせたかったが、怒《いか》りがパニックに変《か》わった。自分《じぶん》は敵《てき》のスパイ。サイリナと同《おな》じで、アフロディテコテージの裏切《うらぎ》り者《もの》。ドルーはそれを知《し》っている？ それともでまかせをいっているだけ？ ドルーににらまれ、パイパーは自信《じしん》がなえてきた。

「こんなことじゃない」パイパーはやっといった。「アフロディテコテージのすべきことはほかにある」

パイパーはうしろをむき、赤《あか》い顔《かお》を見《み》られないよう足早《あしばや》にコテージから出《で》た。

ドルーが大声《おおごえ》で笑《わら》いだした。「こんなことじゃない？ みんな、聞《き》いた？ あの子《こ》、なんにも知《し》らないのよ！」

あのコテージには二度《にど》ともどらない、パイパーはそう誓《ちか》った。目《め》をしばたたいて涙《なみだ》をこらえ、芝生《しばふ》をつっ切《き》って歩《ある》いていく。自分《じぶん》がどこに行《い》こうとしているかはわからない——そのとき、空《そら》からドラゴンが舞《ま》いおりてきた。

16　パイパー

「リオ？」パイパーは大声《おおごえ》で呼《よ》んだ。

やっぱり。リオは巨大《きょだい》な青銅《せいどう》の無敵《むてき》ロボットにまたがり、満面《まんめん》の笑《え》みを浮《う》かべている。訓練所《くんれんじょ》一帯《いったい》は青銅《せいどう》のドラゴンが着地《ちゃくち》する前《まえ》から厳戒態勢《げんかいたいせい》だ。ホラ貝《がい》が吹《ふ》き鳴《な》らされ、サテュロスたちは「命《いのち》だけは助《たす》けてくれ！」と叫《さけ》びだした。訓練生《くんれんせい》の半数《はんすう》がパジャマによろいというかっこうでコテージから飛《と》び出《だ》してきた。ドラゴンが芝生《しばふ》のど真《ま》ん中《なか》に着地《ちゃくち》したとたん、リオは大声《おおごえ》でいった。

「だいじょうぶだ！　撃《う》つな！」

弓《ゆみ》をかまえた訓練生《くんれんせい》たちは顔《かお》を見合《みあ》わせて手《て》をおろし、槍《やり》や剣《けん》をかまえた訓練生《くんれんせい》たちはそのままの姿勢《しせい》でうしろにさがっていく。みんな青銅《せいどう》のドラゴンを遠巻《とおま》きに囲《かこ》んでいる。それ以外《いがい》の訓《くん》練生《れんせい》たちは自分《じぶん》のコテージのドアのうしろに隠《かく》れたり、窓《まど》からそっとのぞいたりしている。だれもドラゴンに近寄《ちかよ》ろうとしない。

当然《とうぜん》だ。ドラゴンは巨大《きょだい》だ。朝日《あさひ》を浴《あ》びて生《い》きた芸術作品《げいじゅつさくひん》のように輝《かがや》き——赤茶色《あかちゃいろ》から黄《き》や白《しろ》までいろいろな色合《いろあ》いに変《か》わる。鋼《はがね》のかぎづめと、ドリルの先《さき》のような歯《は》と、光《ひか》るルビーの目《め》を持《も》つ体長約《たいちょうやく》二十メートルのドラゴンは圧巻《あっかん》だった。コウモリのような鋼鉄《こうてつ》の両翼《りょうよく》を広《ひろ》げた幅《はば》は体《たい》長《ちょう》の二倍《ばい》。はばたくたびにスロットマシンからコインがなだれ落《お》ちるような音《おと》を立《た》てている。

「きれい」パイパーはつぶやいた。まわりの訓練生《くんれんせい》たちはみんな、頭《あたま》がおかしいんじゃない？という顔《かお》でパイパーを見《み》た。

ドラゴンは頭《あたま》をのけぞらせ、天《てん》にむかって火柱《ひばしら》を噴《ふ》いた。訓練生《くんれんせい》たちはあわてて逃《に》げ、武器《ぶき》をかまえた。しかし、リオはゆっくりドラゴンの背中《せなか》をすべりおりてきた。両手《りょうて》を広《ひろ》げて「降参《こうさん》」のポーズだが顔《かお》はまだにやにや笑《わら》っている。

「地球人《ちきゅうじん》よ、おれは敵《てき》ではない！」リオは叫《さけ》んだ。キャンプファイアの燃《も》えかすの中《なか》を転《ころ》げまわってきたかのようだ。アーミージャケットも顔《かお》もすすで真《ま》っ黒《くろ》だし、両手《りょうて》は油《あぶら》でべっとり。腰《こし》には新《あたら》しい工具《こうぐ》ベルトをつけている。目《め》は血走《ちばし》り、巻《ま》き毛《げ》も油《あぶら》がべっとりついてハリネズミのようにつっ立《た》っている。そしてなぜかタバスコのにおいがする。しかし顔《かお》は有頂天《うちょうてん》そのものだ。

「フェスタスがあいさつをしたいそうだ！」

「このロボットは危険《きけん》よ！」アレスコテージの女子《じょし》が叫《さけ》んだ。槍《やり》をふりまわしている。「即刻退《そっこくたい》治《じ》しなくちゃ！」

「みんなさがれ!」声《こえ》がひびいた。

だれもが驚《おどろ》いてそちらを見《み》ると、ジェイソンだった。ジェイソンはみんなをかき分《わ》けて前《まえ》に出《で》てきた。アナベスとヘパイストスコテージのニッサも一緒《いっしょ》だ。

ジェイソンはドラゴンを見《み》あげ、大《おお》きく首《くび》をふった。「リオ、いったいどういうことだ?」

「乗《の》り物《もの》を見《み》つけてきてやった!」リオはにっこり笑《わら》った。「一緒《いっしょ》に冒険《ぼうけん》の旅《たび》に行《い》くなら交通手段《こうつうしゅだん》を見《み》つけてこい、そういったよな。そこで、ファーストクラスの空飛《そらと》ぶいたずらロボットを連《つ》れてきた。フェスタスがいればどこだって行《い》ける!」

「つ——翼《つばさ》が」ニッサはあっけにとられている。

「そうなんだ!」リオはいった。「おれがつけてやった」

「でも、もともと翼《つばさ》なんてなかった。どこで見《み》つけたの?」

リオはためらった。何《なに》か隠《かく》している、とパイパーは思《おも》った。

「も……森《もり》で」とリオ。「回路《かいろ》も、だいたい直《なお》した。だからまた狂《くる》いだす心配《しんぱい》はない」

「だいたい?」ニッサがいう。

ドラゴンの頭《あたま》がぴくっと動《うご》いた。首《くび》をかしげる。黒《くろ》い液体《えきたい》が——たぶん油《あぶら》。というか油《あぶら》であることを願《ねが》う——耳《みみ》からこぼれ、リオにかかった。

「まだちょっと欠陥《けっかん》がある」

「それにしてもリオはよく無事《ぶじ》で……」ニッサはまだ目《め》を見開《みひら》いたままドラゴンを見《み》ている。

「だって、ドラゴンは口《くち》から火《ひ》を……」

「おれ、機敏《きびん》だから」リオがいう。「運《うん》もいいし。で、おれも冒険《ぼうけん》の旅《たび》に行《い》っていいんだろ?」

ジェイソンは頭《あたま》をかいた。「フェスタスっていう名前《なまえ》をつけたのか? 『フェスタス』はラテン語《ご》で『ハッピー』って意味《いみ》だろ? ハッピードラゴンに乗《の》って世界《せかい》を救《すく》いにいくのか?」

ドラゴンがぴくっとした。身震《みぶる》いをし、両翼《りょうよく》をはばたかせる。

「おまえもやる気《き》だな!」とリオ。「じゃ、そろそろ出発《しゅっぱつ》しようぜ。便利《べんり》グッズも用意《ようい》してある――森《もり》から持《も》ってきた。ところで、みんなが武器《ぶき》をかまえてるせいでフェスタスが落《お》ち着《つ》かない」

ジェイソンは眉《まゆ》をひそめた。「だけどまだ何《なに》も決《き》まっていない。そんなに簡単《かんたん》に――」

「いってらっしゃい」アナベスがいった。アナベスだけはみんなとちがって怯《おび》えてはいない。悲《かな》しげで、うらやましげな表情《ひょうじょう》だ。ドラゴンを見《み》て昔《むかし》の楽《たの》しい日々《ひび》を思《おも》い出《だ》したのかもしれない。

「ジェイソン、冬至《とうじ》の日《ひ》まであと三日《みっか》しかない。落《お》ち着《つ》きのないドラゴンを待《ま》たせておくのはよくないわ。ドラゴンはきっと役《やく》に立《た》つ。さあ、いってらっしゃい!」

ジェイソンはうなずき、そしてパイパーにほほ笑《え》んだ。「出発《しゅっぱつ》の準備《じゅんび》はいい？」

パイパーはドラゴンを見《み》た。青銅《せいどう》の両翼《りょうよく》が青空《あおぞら》を背《せ》に輝《かがや》いている。かぎづめはパイパーを八《や》つ裂《ざ》きにできそうだ。

「もちろん」パイパーはいった。


ドラゴンで空《そら》を飛《と》ぶなんてこんな楽《たの》しいこと初《はじ》めて、とパイパーは思《おも》った。

上空《じょうくう》の空気《くうき》は凍《こお》るほど冷《つめ》たい。しかし青銅《せいどう》のドラゴンはものすごい熱《ねつ》を発生《はっせい》するため保温器《ほおんき》に入《はい》って飛《と》んでいるかのよう。座席暖房《ざせきだんぼう》そのものだ。またドラゴンの背中《せなか》には最新式《さいしんしき》の鞍《くら》のようなくぼみがあり、座《すわ》り心地《ごこち》は抜群《ばつぐん》だ。リオがパイパーとジェイソンにいろいろ教《おし》えてくれた。青銅《せいどう》の継《つ》ぎ目《め》のところにあぶみみたいに足《あし》をかけるといいとか、うろこの下《した》に革《かわ》の安全《あんぜん》ベルトがあるから使《つか》えよとか。三人《にん》はリオ、パイパー、ジェイソンの順《じゅん》に縦《たて》に並《なら》んで座《すわ》った。パイパーはついうしろを意識《いしき》してしまう。ジェイソンがつかまってきたり、ひょっとしたら腰《こし》に手《て》をまわしたりしてくるかもと期待《きたい》したが、それはなかった。

リオは手綱《たづな》を使《つか》って空飛《そらと》ぶドラゴンを操《あやつ》っている。まるで赤《あか》ん坊《ぼう》のときからやっているかのようだ。青銅《せいどう》の翼《つばさ》は順調《じゅんちょう》だ。ロングアイランド湾《わん》の海岸線《かいがんせん》はまたたくまに、うしろにぼやけて見《み》えなくなった。ドラゴンはコネチカット州上空《しゅうじょうくう》を駆《か》け抜《ぬ》け、冬《ふゆ》の灰色《はいいろ》の雲《くも》に突入《とつにゅう》した。

リオが自慢《じまん》げな顔《かお》でうしろをむいた。「最高《さいこう》だろ？」

「もしだれかに見《み》られたら？」パイパーが聞《き》く。

「だいじょうぶ」とジェイソン。「ミストがかかると人間《にんげん》には魔法《まほう》が見《み》えなくなるから、ドラゴンを見《み》ても小型飛行機《こがたひこうき》かなんかだと思《おも》うんだ」

パイパーは肩越《かたご》しにジェイソンを見《み》た。「そうなの？」

「たぶん」とジェイソン。そのとき、パイパーはジェイソンが写真《しゃしん》を一枚握《まいにぎ》りしめているのに気《き》づいた――黒髪《くろかみ》の女《おんな》の子《こ》の写真《しゃしん》だ。

目《め》で「その写真《しゃしん》は？」と聞《き》いたが、ジェイソンは赤《あか》くなって写真《しゃしん》をポケットにしまった。「快適《かいてき》だな。たぶん今日《きょう》の夜《よる》までに着《つ》くだろう」

パイパーは写真《しゃしん》の子《こ》がだれなのか聞《き》きたくなかった。ジェイソンが自分《じぶん》でいわないのはよくない兆候《ちょうこう》だ。ジェイソンは自分《じぶん》の過去《かこ》を何《なに》か思《おも》い出《だ》した？　あれはガールフレンドの写真《しゃしん》？

考《かん》えちゃだめ、とパイパーは思《おも》った。自分《じぶん》が苦《くる》しむだけだもの。

もっと無難《ぶなん》な質問《しつもん》をすることにした。「行先《ゆきさき》は？」

「北風《きたかぜ》の神《かみ》に会《あ》いにいく」ジェイソンがいった。「そして、ウェンティをさがしにいく」

17 リオ

リオは楽《たの》しくてしかたなかった。

リオがドラゴンで訓練所《くんれんじょ》に飛《と》んでいったときのみんなの顔《かお》といったら！　見物《みもの》だった！　ヘパイストスコテージは今《いま》ごろみんな大喜《おおよろこ》びだろう。

フェスタスもえらかった。コテージを火事《かじ》にすることもなく、サテュロスに噛《か》みつくこともしなかった。ただ、耳《みみ》から少《すこ》し、いや、けっこうな量《りょう》の油《あぶら》がもれた。これはあとでどうにかしよう。

そんなわけで、リオは九番《ばん》シェルターや空飛《そらと》ぶ船《ふね》の設計図《せっけいず》について話《はな》すひまはなかった。どちらについても少《すこ》し考《かんが》える時間《じかん》がほしい。また帰《かえ》ったら話《はな》せばいい。

帰《かえ》れたとしての話《はなし》だけど。リオは心《こころ》のどこかで思《おも》った。

いや、帰《かえ》る。九番《ばん》シェルターから魔法《まほう》の工具《こうぐ》ベルトをくすね、バックパックには便利《べんり》グッズもいろいろ詰《つ》めてきた。しかも少《すこ》し油《あぶら》もれはするが火《ひ》を吐《は》くドラゴンが味方《みかた》だ。成功《せいこう》しないわけがない。

〈コントロールディスクが壊《こわ》れるかもしれない〉リオの悲観的《ひかんてき》な部分《ぶぶん》がささやく。〈フェスタスに食《く》われるかもしれない〉

そのとおりだ。フェスタスは完璧《かんぺき》には修理《しゅうり》できなかった。両翼《りょうよく》はひと晩《ばん》かけてとりつけたが、替《か》えのディスクはシェルターのどこをさがしてもなかった。しかし、時間《じかん》がない！　冬至《とうじ》まであと三日《みっか》。前進《ぜんしん》あるのみだ。それにディスクは念入《ねんい》りにそうじした。回路《かいろ》のほとんどは正常《せいじょう》だった。持《も》ちこたえてくれるはずだ。

悲観的《ひかんてき》リオが考《かんが》えだした。〈そうだけど、もし――〉

「黙《だま》れ！」リオは声《こえ》に出《だ》していった。

「何《なに》？」パイパーが聞《き》く。

「なんでもない」とリオ。「徹夜《てつや》だったから。なんか幻覚《げんかく》が見《み》えて。おもしろいけど」

リオはいちばん前《まえ》に座《すわ》っているので、うしろのふたりの表情《ひょうじょう》は見《み》えない。しかしふたりとも黙《だま》りこんでいるということは、徹夜《てつや》して幻覚《げんかく》を見《み》ているドラゴン操縦士《そうじゅうし》が心配《しんぱい》らしい。

「冗談《じょうだん》だよ」リオは話題《わだい》を変《か》えることにした。「で、これからの計画《けいかく》は？　風《かぜ》をつかまえるとか、風《かぜ》をやっつけるとかいってなかったか？」

フェスタスはニューイングランド地方上空《ちほうじょうくう》を飛《と》んでいる。ジェイソンは冒険《ぼうけん》の旅《たび》の計画《けいかく》を話《はな》した。計画《けいかく》その一。ボレアスという名《な》の神《かみ》を見《み》つけて、ウェンティの居場所《いばしょ》を聞《き》き出《だ》す——。

「ボレアス？」リオが聞《き》いた。「そいつ何者《なにもの》？『ほれ、明日《あす》』ってシャレ？」

ジェイソンはリオを無視《むし》してつづけた。計画《けいかく》その二。グランドキャニオンで襲《おそ》いかかってきたウェンティをさがす。

「嵐《あらし》の精《せい》、じゃだめなのか？」リオがいう。「ウェンティっていいにくくって」

計画《けいかく》その三、これが最後《さいご》だ。嵐《あらし》の精《せい》ウェンティがだれの命令《めいれい》で働《はたら》いているのか聞《き》き出《だ》す。そしてヘラを見《み》つけて自由《じゆう》にする。

「つまり、嵐《あらし》の怪物《かいぶつ》ディランを『わざわざ』さがしにいくのか？」とリオ。「展望橋《てんぼうばし》からおれをほうり出《だ》し、ヘッジ先生《せんせい》を竜巻《たつまき》に引《ひ》きずりこんだやつを」

「そんなところだ」ジェイソンはいった。「あと……雌《めす》オオカミも関係《かんけい》しているかもしれない。ただそのオオカミはこっちの味方《みかた》だ。弱気《よわき》なところを見《み》せなければ、ぼくらをとって食《く》ったりしない」

ジェイソンは自分《じぶん》の見《み》た夢《ゆめ》について——巨大《きょだい》で物騒《ぶっそう》な雌《めす》オオカミのことも、焼《や》け落《お》ちた大邸宅《だいていたく》のことも、中庭《なかにわ》の池《いけ》の底《そこ》を割《わ》って立《た》つふたつの塔《とう》のことも話《はな》した。

「へえ」リオがいった。「けどその大邸宅《だいていたく》の場所《ばしょ》はわからないんだろ？」

「そうなんだ」とジェイソン。

「巨人族《きょじんぞく》もからんでる」パイパーがいった。「予言《よげん》によると、巨人族《きょじんぞく》の復讐《ふくしゅう》だって」

「つまりさ」とリオ。「相手《あいて》はひとりじゃないってことか？　大勢《おおぜい》でおしかけてくるのか？」

「たぶん」とパイパー。「ギリシャ神話《しんわ》に出《で》てくる巨人族《きょじんぞく》のことだと思《おも》う」

「なるほど」リオがつぶやく。「ギリシャの巨人族《きょじんぞく》が復讐《ふくしゅう》に来《く》る。その巨人族《きょじんぞく》についてほかに情報《じょうほう》は？　おやじさんと一緒《いっしょ》に映画《えいが》の予習《よしゅう》で神話《しんわ》をいっぱい読《よ》んだんだろ？」

「パイパーのお父《とう》さん、俳優《はいゆう》なのか？」ジェイソンが聞《き》く。

リオは大声《おおごえ》で笑《わら》った。「おまえが記憶喪失《きおくそうしつ》なの忘《わす》れてた。記憶喪失《きおくそうしつ》について記憶喪失《きおくそうしつ》か。おもしろいな。それはさておき、パイパーのおやじさんはトリスタン・マクリーンだ」

「えっと――ごめん。どんな映画《えいが》に出《で》ていた？」

「それはまた今度《こんど》」パイパーはあわてていった。「その巨人族《きょじんぞく》は――ギリシャ神話《しんわ》には巨人《きょじん》がいろいろ出《で》てくるけど、ギガンテスだと思《おも》う。ギガンテスは山《やま》だって軽々《かるがる》となげるくらいの巨体《きょたい》で、なかなか死《し》なない。タイタン族《ぞく》とも血《ち》がつながってる。ギガンテスはクロノスが戦《たたか》いに――何千《なん》年《ねん》も前《まえ》の最初《さいしょ》の戦《たたか》いの話《はなし》だけど――敗《やぶ》れたあとに大地《だいち》から生《う》まれ、オリンポスを滅《ほろ》ぼそうとした。もしギガンテスだとしたら――」

「ケイロンは、また同《おな》じことがくり返《かえ》される、っていった」ジェイソンがいう。「最終章《さいしゅうしょう》はまだこれからってことだ。ケイロンがおれたちにくわしく話《はな》したがらなかったのも当然《とうぜん》だ」

リオは口笛《くちぶえ》を吹《ふ》いた。「で……山《やま》を軽々《かるがる》と投《な》げる巨人族《きょじんぞく》ギガンテス、こっちが弱《よわ》みを見《み》せたらとって食《く》おうとする味方《みかた》のオオカミ、嵐《あらし》の精《せい》ウェンティ。ふう。頭《あたま》のおかしいベビーシッターの話《はなし》を持《も》ち出《だ》してる場合《ばあい》じゃないな」

「それ、またジョーク？」パイパーがいった。

リオはふたりにティア・カリダのことを話《はな》した。その正体《しょうたい》はヘラで、訓練所《くんれんじょ》で目《め》の前《まえ》に姿《すがた》を現《あらわ》したことも話《はな》したが、自分《じぶん》が火《ひ》の使《つか》い手《て》であることは黙《だま》っていた。これはまだ微妙《びみょう》な話題《わだい》だ。火《ひ》の使《つか》い手《て》のハーフは街《まち》などを破壊《はかい》してしまうことが多《おお》い。ニッサがそういっていたのも気《き》になる。しかもこの能力《のうりょく》について話《はな》せば、母親《ははおや》が死《し》んだのは自分《じぶん》のせいだということも話《はな》さなくてはならない……だめだ。まだ心《こころ》の整理《せいり》ができていない。リオは母親《ははおや》が亡《な》くなった原因《げんいん》について、火事《かじ》のことはいわず、工場《こうじょう》がくずれ落《お》ちたことだけ話《はな》した。まっすぐ前《まえ》を見《み》て、ジェイソンとパイパーの顔《かお》は見《み》ずに話《はな》せたのでらくだった。

リオは土《つち》のローブをまとった謎《なぞ》の女《おんな》に会《あ》ったこと、その女《おんな》は眠《ねむ》っていたが未来《みらい》を知《し》っている口《くち》ぶりだったことも話《はな》した。

眼下《がんか》に見《み》えるマサチューセッツ州《しゅう》を完全《かんぜん》に飛《と》び越《こ》したところで、やっとふたりが口《くち》を開《ひら》いた。

「なんか……いやな予感《よかん》がする」パイパーがいった。

「だよな」リオもうなずく。「だってさ、みんなヘラを信用《しんよう》するなっていってる。ヘラはハーフを嫌《きら》ってる。それにさ、予言《よげん》によると、ヘラの怒《いか》りを解《と》き放《はな》つと死《し》がもたらされるんだろう？不思議《ふしぎ》だよな……この冒険《ぼうけん》の旅《たび》の目的《もくてき》はなんだ？」

「ぼくたちはヘラに選《えら》ばれた」ジェイソンがいう。「三人《にん》ともだ。ぼくたちは大予言《だいよげん》のために集《あつ》まる七人《にん》のうちの三人《にん》だ。この冒険《ぼうけん》の旅《たび》はもっと大《おお》きな何《なに》かの序章《じょしょう》なんだ」

序章《じょしょう》と聞《き》いても安心《あんしん》する気《き》にはなれないが、ジェイソンのいうとおりだ。たしかに、この冒険《ぼうけん》の旅《たび》は大《おお》きな何《なに》かの始《はじ》まりの気《き》がする。リオは、あとの四人《にん》も早《はや》く出《で》てきてくれ、と思《おも》った。生《い》きるか死《し》ぬかの恐《おそ》ろしい冒険《ぼうけん》を三人《にん》で切《き》り抜《ぬ》けるなんて無茶《むちゃ》だ。

「それに」ジェイソンがつづけた。「ぼくが記憶《きおく》をとりもどすにはヘラを救出《きゅうしゅつ》するしかない。夢《ゆめ》に出《で》てきた黒《くろ》い塔《とう》は、ヘラのエネルギーを栄養《えいよう》にしているらしい。もしあの黒《くろ》い塔《とう》がヘラの命《いのち》を奪《うば》い、それによって巨人族《きょじんぞく》ギガンテスの王《おう》を解放《かいほう》しようとしているなら――」

「まずいことになる」パイパーがうなずく。「少《すく》なくともヘラはこっちの味方《みかた》だもの――基本的《きほんてき》には。ヘラを失《うしな》えば神々《かみがみ》は混乱《こんらん》する。ヘラは神々《かみがみ》をまとめる中心《ちゅうしん》だもの。それに今回《こんかい》のギガンテスとの戦《たたか》いは、タイタン族《ぞく》との戦《たたか》いよりはるかに大《おお》きな破壊《はかい》をもたらすかもしれない」

ジェイソンがうなずく。「ケイロンは冬至《とうじ》の日《ひ》に邪悪《じゃあく》な者《もの》たちが目覚《めざ》めるともいっていた。冬《とう》至《じ》は邪悪《じゃあく》な魔法《まほう》を使《つか》うのに絶好《ぜっこう》の日《ひ》だ——冬至《とうじ》の日《ひ》にヘラをいけにえにして目覚《めざ》めようとするやつがいるのかもしれない。それだけじゃない。嵐《あらし》の精《せい》を手先《てさき》に使《つか》い、すべてのハーフを滅《ほろ》ぼそうとする『大女神様《だいめがみさま》』って——」

「眠《ねむ》る土《つち》の女《おんな》かも」リオがかわっていった。「あれがばっちり目《め》を開《あ》ける？　見《み》たくないな」

「だけど、その女《おんな》は何者《なにもの》なんだ？」とジェイソン。「ギガンテスとどんな関係《かんけい》があるんだ？」

そこが問題《もんだい》だ。しかしだれもこたえられない。しばらく黙《だま》ったまま空《そら》を飛《と》びながら、リオは考《かん》えていた。あそこまで話《はな》してよかったんだろうか。工場《こうじょう》の火事《かじ》についてだれかに話《はな》したのは初《はじ》めてだ。もちろん全部《ぜんぶ》話《はな》したわけではないが、胸《むね》を開《ひら》いて自分《じぶん》のしかけを全部《ぜんぶ》見《み》せてしまったような感《かん》じだ。リオは震《ふる》えていた。寒《さむ》さのせいではない。うしろにいるパイパーに気《き》づかれなきゃいいけど、と願《ねが》った。

〈鍛《きた》えの炉《ろ》とハト、檻《おり》を破《やぶ》り〉予言《よげん》はそういっていた。つまり、パイパーと一緒《いっしょ》に檻《おり》の塔《とう》を破《やぶ》る方法《ほうほう》を考《かん》えなくてはならないということだ。その場所《ばしょ》を見《み》つけることができたとしての話《はなし》だが。

しかしヘラの怒《いか》りを解放《かいほう》すれば、死《し》がもたらされる。楽《たの》しい話《はなし》だ。ヘラの得意技《とくいわざ》なら知《し》っている。

ナイフ、ヘビ、赤《あか》く燃《も》える炎《ほのお》に赤《あか》ん坊《ぼう》をつっこむこと。こうなったら、なんとしてでもヘラの怒《いか》りを解放《かいほう》してやる。おもしろい。

フェスタスは空《そら》を飛《と》びつづけている。風《かぜ》はいっそう冷《つめ》たくなり、眼下《がんか》には雪《ゆき》をかぶった森《もり》が広《ひろ》がっている。ケベック州《しゅう》がどこにあるのかリオはよく知《し》らない。フェスタスはリオの「ボレアスの宮殿《きゅうでん》に連《つ》れてってくれ」という命令《めいれい》をうけて北《きた》に飛《と》びつづけている。フェスタスがちゃんと行《ゆき》先《さき》をわかっていますように。でないと北極《ほっきょく》まで飛《と》んでいくはめになる。

「少《すこ》し眠《ねむ》ったら？」パイパーがリオの耳元《みみもと》でいった。「徹夜《てつや》だったんでしょ」

リオは「平気《へいき》だよ」といいたかったが、「眠《ねむ》る」という言葉《ことば》に誘《さそ》われた。「おれを落《お》とすつもりじゃないよな？」

パイパーはリオの肩《かた》を軽《かる》くたたいた。「信用《しんよう》してよ。美人《びじん》は嘘《うそ》をつかないから」

「そっか」リオは青銅《せいどう》のドラゴンの温《あたた》かい首《くび》にもたれ、目《め》を閉《と》じた。

18 リオ

ほんの数秒眠《すうびょうねむ》ったつもりだった。しかしパイパーに揺《ゆ》すられて目《め》を覚《さ》ますともう日《ひ》が暮《く》れかけていた。

「着《つ》いたわよ」パイパーがいう。

リオは眠《ねむ》い目《め》をこすった。下《した》を見《み》ると街《まち》があった。大《おお》きな川《かわ》をのぞむ高台《たかだい》の上《うえ》に広《ひろ》がっている。高台《たかだい》のまわりの平野《へいや》は雪《ゆき》をかぶっているが、街《まち》は冬《ふゆ》の夕日《ゆうひ》に照《て》らされて温《あたた》かく輝《かがや》いている。中世《ちゅうせい》の街《まち》に似《に》ている。高《たか》い城壁《じょうへき》の内側《うちがわ》に建物《たてもの》がひしめきあっている。リオはこんなに趣《おもむき》のある街《まち》は見《み》たことがなかった。街《まち》の中心《ちゅうしん》に本物《ほんもの》の城《しろ》——少《すく》なくともリオにはそう見《み》えた——が建《た》っている。城《しろ》の高《たか》い壁《かべ》は赤《あか》れんがで、四角《しかく》い塔《とう》の上《うえ》に緑《みどり》の三角屋根《さんかくやね》がのっている。

「ここ、ケベック州《しゅう》だよな。サンタの工房《こうぼう》じゃないよな」リオはいった。

「ケベック州《しゅう》で正解《せいかい》」パイパーがいう。「北《きた》アメリカでもっとも古《ふる》い街《まち》のひとつ。一六〇〇年頃《ねんごろ》に作《つく》られたんだっけ？」

リオは少し驚《すこ》《おどろ》いた。「パイパーの父《とう》ちゃん、ケベックが舞台《ぶたい》の映画《えいが》にも出《で》たのか?」

パイパーがリオをにらんだ。リオにはおなじみの表情《ひょうじょう》だが、化粧《けしょう》したきれいな顔《かお》だから怖《こわ》くない。「あたしだって本《ほん》くらい読《よ》むわよ。アフロディテの娘《むすめ》だから頭《あたま》が空《から》っぽなんて思《おも》わないで」

「そうぷんぷんするなって」とリオ。「で、そんなに利口《りこう》なら、あの城《しろ》はなんだ?」

「ホテルじゃないかな」

リオは声《こえ》をあげて笑《わら》った。「まさか」

しかし近《ちか》づいてみるとパイパーのいうとおりだった。大《おお》きな正面玄関《しょうめんげんかん》の前《まえ》でドア係《がかり》、車係《くるまがかり》、荷物係《にもつがかり》の従業員《じゅうぎょういん》たちが忙《いそが》しく動《うご》きまわっている。黒塗《くろぬ》りの高級車《こうきゅうしゃ》が何台《なんだい》もとまって客《きゃく》を乗《の》せたり、おろしたりしている。上品《じょうひん》なスーツや厚手《あつで》のコートを着《き》た人々《ひとびと》が寒《さむ》さに震《ふる》えながら中《なか》に入《はい》っていく。

「北風《きたかぜ》はこのホテルに泊《と》まってるのか?」リオはいった。「まさか——」

「しっ!」ジェイソンがさえぎった。「先客《せんきゃく》だ!」

リオは下《した》を見《み》て、ジェイソンが何《なに》をいいたいかわかった。城《しろ》のいちばん高《たか》い塔《とう》のてっぺんに、背中《せなか》に翼《つばさ》を持《も》つ人影《ひとかげ》がふたつ——物騒《ぶっそう》な剣《けん》を手《て》にした、怖《こわ》い顔《かお》の天使《てんし》だ。

フェスタスは天使《てんし》が嫌《きら》いだった。急降下《きゅうこうか》して空中《くうちゅう》でとまった。両翼《りょうよく》をはばたかせ、かぎづめをのばし、のどの奥《おく》で低《ひく》くうなっている。リオにはすぐにわかった。火《ひ》を吐《は》く前触《まえぶ》れだ。

「待《ま》て」リオは小声《こごえ》でいった。直感《ちょっかん》で、この天使《てんし》ふたりに火《ひ》を浴《あ》びせたら大変《たいへん》なことになると思《おも》った。

「まずい」ジェイソンがいう。「ウェンティかもしれない」

リオも最初《さいしょ》はそうだと思《おも》った。しかし近《ちか》づくにつれ、相手《あいて》は黒雲《こくうん》の体《からだ》を持《も》つウェンティとはちがうのがわかってきた。一見《いっけん》そのへんにいる十代《だい》の少年《しょうねん》ふたり。しかし髪《かみ》は霜《しも》のように白《しろ》く、背《せ》中《なか》には紫《むらさき》の翼《つばさ》が生《は》えている。手《て》に持《も》っている剣《けん》はつららをそのまま剣《けん》にしたかのようだ。ふたりはよく似《に》ているが双子《ふたご》でない。きょうだいのようだ。

ひとりは牡牛《おうし》のような巨体《きょたい》で、上《うえ》は真《ま》っ赤《か》なホッケーのユニフォーム、下《した》はだぶだぶのトレーニングパンツ。黒《くろ》い革《かわ》のスパイクシューズをはいている。いつもけんかばかりしているらしい。目《め》のまわりはあざだらけで、歯《は》をむき出《だ》しても欠《か》けているところが目立《めだ》つ。

もうひとりはリオの母親《ははおや》の一九八〇年代《ねんだい》ロック歌手《かしゅ》のアルバムジャケットから飛《と》び出《だ》してきたかのようだ。白《しろ》い髪《かみ》は前《まえ》と横《よこ》は短《みじか》く、うしろだけ長《なが》くのばしてある。有名《ゆうめい》ブランドのぴちぴちのパンツに先《さき》のとがった革靴《かわぐつ》。ださいシルクシャツは上《うえ》から三つ目《め》までボタンをはずしてある。超《ちょう》いかした愛《あい》の天使《てんし》のつもりらしい。しかし体重《たいじゅう》は四十キロもないはずだし、顔《かお》じゅうにきびだらけだ。

天使《てんし》ふたりはドラゴンの目《め》の前《まえ》でとまり、剣《けん》をかまえてホバリングしている。

ホッケー天使《てんし》が低《ひく》い声《こえ》でいった。「ちゃくりく、だめ」

「今《いま》なんて？」とリオ。

「君《きみ》たちの飛行計画《ひこうけいかく》はファイルにない」ロック天使《てんし》がいった。この天使《てんし》には文句《もんく》をつけたいことだらけだが、さらにわざとらしいフランス語《ご》なまりでしゃべっているのを見《み》るとフランス語《ご》はろくにできないのだろう。「このエリアには飛行制限《ひこうせいげん》がある」

「やっちまう？」ホッケー天使《てんし》はすきまだらけの歯《は》を見《み》せてにっと笑《わら》った。

フェスタスの口元《くちもと》から白《しろ》い蒸気《じょうき》がもれている。リオたち三人《にん》を守《まも》る態勢《たいせい》だ。ジェイソンは金《きん》の剣《けん》を呼《よ》び出《だ》した。しかしリオが叫《さけ》んだ。「待《ま》て！　先《さき》にあいさつくらいしたっていいんじゃないか？せめてこれからたたきのめす相手《あいて》の名前《なまえ》くらい知《し》っておきたい」

「おれ、カラ！」ホッケー天使《てんし》がどすのきいた声《こえ》でいう。胸《むね》を張《は》って、自慢《じまん》そうだ。今《いま》のせりふを暗記《あんき》するのに相当練習《そうとうれんしゅう》したらしい。

「カラはカライスの愛称《あいしょう》だ」とロック天使《てんし》。「残念《ざんねん》ながらきょうだいは簡単《かんたん》な言葉《ことば》しかいえなくて——」

「ピザ！　ホッケー！　やっちまえ！」カラがいってみせた。

「——もちろん自分《じぶん》の名前《なまえ》も愛称《あいしょう》でしかいえない」ロック天使《てんし》がいう。

「おれ、カラ」カラがくり返《かえ》す。「こいつ、ゼテス！　きょうだい！」

「わお」リオがいった。「今《いま》、いっぺんに三つもいえたじゃん。えらい！」

カラは短《みじか》くうなった。大満足《だいまんぞく》らしい。

「まったく、ばかなんだから」ロック天使《てんし》がぼやく。「からかわれているだけなのに。だがどうでもいい。ぼくはゼテスだ。愛称《あいしょう》もゼテスだ。そちらにいるお嬢《じょう》さんは——」パイパーにウィンクしたが、顔《かお》が引《ひ》きつったようにしか見《み》えない。「好《す》きなように呼《よ》んでくれ。お嬢《じょう》さん、処刑《しょけい》される前《まえ》に有名《ゆうめい》なもと英雄《えいゆう》と一緒《いっしょ》にディナーでもどう？」

パイパーはのどに飴《あめ》が詰《つ》まったような声《こえ》を出《だ》した。「それは……どうもご親切《しんせつ》に」

「どういたしまして」ゼテスの眉《まゆ》がぴくっと動《うご》く。「ボレアスの息子《むすこ》たちはとてもロマンティックなんだ」

「ボレアスの息子《むすこ》たち？」ジェイソンが横《よこ》からいった。「北風《きたかぜ》の神《かみ》ボレアスの息子《むすこ》なのか？」

「そんなに有名《ゆうめい》？」ゼテスはうれしそうだ。「われわれふたりは父上《ちちうえ》の門番《もんばん》だ。だから、わかると思《おも》うけど、父上《ちちうえ》のエリア内《ない》を中古《ちゅうこ》ドラゴンに乗《の》った無許可《むきょか》の者《もの》どもに飛《と》びまわらせるわけにはいかない。頭《あたま》の悪《わる》い人間《にんげん》どもが怯《おび》えるからね」

ゼテスは下《した》を指《ゆび》さした。人々《ひとびと》がこちらに気《き》づきだした。指《ゆび》をさしている人《ひと》もいる——まだ怖《こわ》がってはいない——眉《まゆ》をひそめて迷惑《めいわく》そうにしている。警察《けいさつ》のヘリコプターがなんであんな低《ひく》いところを飛《と》んでいるんだ、という顔《かお》だ。

「というわけで残念《ざんねん》だが、緊急着陸《きんきゅうちゃくりく》でないかぎり」ゼテスはにきびだらけの顔《かお》から髪《かみ》をはらった。「極刑《きょっけい》に処《しょ》す」

「やっちまえ！」カラがいった。むだにはしゃいでいる。

「待《ま》って！」パイパーがいった。「緊急着陸《きんきゅうちゃくりく》なの」

「えーーーっ」カラは一気《いっき》にがっかり。リオは少《すこ》し気《き》の毒《どく》になった。

ゼテスはパイパーを見《み》つめた。といっても、さっきからずっとそうしている。「かわいいお嬢《じょう》さん、緊急着陸《きんきゅうちゃくりく》の理由《りゆう》は？」

「ボレアスに会《あ》いにきたの。緊急中《きんきゅうちゅう》の緊急《きんきゅう》なの。お願《ねが》い！」パイパーはほほ笑《え》んで見《み》せた。心《こころ》の中《なか》では正反対《せいはんたい》の顔《かお》をしているにちがいないが、まだアフロディテの祝福《しゅくふく》が効《き》いている。すごくかわいい。声《こえ》も——ひとことひとことに説得力《せっとくりょく》がある。ジェイソンも「まったくそうだ」という顔《かお》でうなずいている。

ゼテスはシルクシャツのえりに目《め》をやった。胸元《むなもと》がちゃんと開《あ》いているかどうか心配《しんぱい》なのだろう。「いや……かわいいお嬢《じょう》さんをがっかりさせたくはないが、その、ぼくには妹《いもうと》がいて、君《きみ》たちを通《とお》したら妹《いもうと》に怒《おこ》られ――」

「あとね、このドラゴン、故障《こしょう》してるの！」パイパーはいった。「いつ墜落《ついらく》してもおかしくないの！」

フェスタスはそれを証明《しょうめい》するかのように身震《みぶる》いすると、首《くび》をかしげた。耳《みみ》から油《あぶら》がたれ、下《した》の駐車場《ちゅうしゃじょう》にとまっていた黒《くろ》いベンツにかかった。

「やっちまう、だめ？」カラはべそをかいている。

ゼテスは考《かん》えこんだ。そしてまたひきつった顔《かお》でパイパーにウィンクした。「しかたない、君《きみ》はかわいい。いや、君《きみ》のいうとおりだ。ドラゴンが故障《こしょう》――緊急事態《きんきゅうじたい》だ」

「あとで、やっちまう？」カラにしてはひかえめな反応《はんのう》なのかもしれない。

「少《すこ》し説明《せつめい》が必要《ひつよう》になるだろう」ゼテスがいった。「父上《ちちうえ》は近頃《ちかごろ》、来客《らいきゃく》に厳《きび》しいんだ。しかし、わかった。故障中《こしょうちゅう》のドラゴンとその乗組員《のりくみいん》、一緒《いっしょ》に来《き》なさい」

ボレアスきょうだいは剣《けん》をさやにおさめ、ベルトから小型《こがた》の武器《ぶき》を引《ひ》っぱり出《だ》した――少《すく》なくともリオには武器《ぶき》に見《み》えた。ボレアスきょうだいがスイッチを入《い》れる。交通巡査《こうつうじゅんさ》が路肩《ろかた》で合図《あいず》するときに使《つか》うような、オレンジ色《いろ》のコーンを先《さき》にかぶせた懐中電灯《かいちゅうでんとう》だ。カラとゼテスはふり返《かえ》り、古城《こじょう》ホテルの塔《とう》にむかって急降下《きゅうこうか》を始《はじ》めた。

リオはふり返《かえ》ってジェイソンとパイパーを見《み》た。「いいやつらじゃん。後《あと》についていくか？」

ジェイソンもパイパーも乗《の》り気《き》ではない。

「目的地《もくてきち》は」ジェイソンがいう。「ここでよかったみたいだ。だけど、どうしてボレアスは来客《らいきゃく》に厳《きび》しいんだろう」

「会《あ》ってから判断《はんだん》すれば？」リオは口笛《くちぶえ》を鳴《な》らした。「フェスタス、さっきの懐中電灯《かいちゅうでんとう》を追《お》え！」

城《しろ》がせまってくるにつれ、塔《とう》に激突《げきとつ》しないか心配《しんぱい》になってきた。ボレアスきょうだいは減速《げんそく》しないまま緑《みどり》の三角屋根《さんかくやね》につっこんでいく。すると三角屋根《さんかくやね》の一カ所《しょ》がスライドして開《ひら》き、フェスタスがらくに通《とお》れる大《おお》きさの入《い》り口《ぐち》ができた。入《い》り口《ぐち》の上下《じょうげ》にぎざぎざの歯《は》のようなつららが並《なら》んでいる。

「いやな予感《よかん》がする」ジェイソンがつぶやいた。しかしリオはボレアスきょうだいにならってフェスタスを急降下《きゅうこうか》させ、入《い》り口《ぐち》から中《なか》に入《はい》った。

そこはかつては最上階《さいじょうかい》のスイートルームだったにちがいない。しかし急速冷凍《きゅうそくれいとう》されているらしい。玄関《げんかん》ホールの天井《てんじょう》は十数《すう》メートルの高《たか》さのアーチ型《がた》で、大《おお》きな窓《まど》には全部厚手《ぜんぶあつで》のカーテンがかかり、床《ゆか》には高級絨毯《こうきゅうじゅうたん》が敷《し》いてある。奥《おく》の階段《かいだん》をのぼったところにも同《おな》じような大広間《おおひろま》があり、左右《さゆう》に長《なが》い廊下《ろうか》がつづいている。しかし豪華《ごうか》な部屋《へや》も凍《こお》ってしまうと少《すこ》し怖《こわ》い。リオがフェスタスから床《ゆか》にすべりおりると、足《あし》の下《した》で絨毯《じゅうたん》がバリッと音《おと》を立《た》てた。家具《かぐ》も霜《しも》におおわれている。カーテンはぴくりとも動《うご》かない。凍《こお》りついている。氷《こおり》の張《は》った窓《まど》からは日《ひ》の光《ひかり》が変《へん》に歪《ゆが》んで入《はい》ってくる。天井《てんじょう》にも小《ちい》さなつららがびっしりついている。階段《かいだん》はといえば、あがろうとしたらすべって首《くび》の骨《ほね》を折《お》りそうだ。

「あのさ」リオがいう。「この部屋《へや》に暖房《だんぼう》を入《い》れてくれたら、おれは迷《まよ》わず引《ひ》っ越《こ》してくるよ」

「ぼくはいやだ」ジェイソンは不安《ふあん》げな目《め》で階段《かいだん》を見《み》た。「なんかいやな予感《よかん》がする。あの階段《かいだん》の上《うえ》に何《なに》か……」

フェスタスが身震《みぶる》いし、鼻《はな》から火《ひ》を噴《ふ》いた。フェスタスのうろこにも霜《しも》がついてきた。

「だめ、だめ」ゼテスが足早《あしばや》に近《ちか》づいてきた。あんなに先《さき》のとがった靴《くつ》でよく歩《ある》けるものだ。「ドラゴンは機能停止《きのうていし》させてくれ。ここは火気厳禁《かきげんきん》だ。ぼくの髪《かみ》は熱《ねつ》に弱《よわ》いんだ」

フェスタスがうなり、ドリルの歯《は》が回転《かいてん》しだした。

「だいじょうぶ、落《お》ち着《つ》け」リオはフェスタスにそういってからゼテスを見《み》た。「このドラゴンは『機能停止《きのうていし》』って言葉《ことば》に少《すこ》し敏感《びんかん》なんだ。けど、いい解決法《かいけつほう》がある」

「やっちまう？」カラがいった。

「いや。『やっちまう』話《はなし》はもういい。ちょっと待《ま》って」

「リオ」パイパーは心配《しんぱい》そうだ。「いったい何《なに》を――」

「いいから見てな。昨日《きのう》フェスタスを修理《しゅうり》してたとき、いろんなスイッチを見《み》つけたんだ。中《なか》には、なんのスイッチか知《し》らないほうがいいのもある。けどそれ以外《いがい》は……あった、これだ」

リオはフェスタスの左前足《ひだりまえあし》の裏《うら》にあるスイッチを入《い》れた。フェスタスの頭《あたま》の先《さき》からかぎつめの先《さき》までが小刻《こきざ》みに震《ふる》えた。全員《ぜんいん》があとずさって見《み》ている前《まえ》で、フェスタスが折《お》り紙《がみ》のようにたたまれていく。青銅《せいどう》の板《いた》が折《お》れては重《かさ》なり、首《くび》も尾《お》も胴体《どうたい》の中《なか》にたたまれていく。翼《つばさ》がたたまれ、胴体《どうたい》もどんどん小《ち》さくなり、最後《さいご》には底面《ていめん》が長方形《ちょうほうけい》で先《さき》がすぼまった青銅《せいどう》のかたまりになった。大《おお》きさはスーツケースくらいだ。

リオが持《も》ちあげようとしたが、重《おも》さは何《なん》トンもある。「えっと……そうか。ちょっと待《ま》って。たぶん――これだ」

リオはまた別《べつ》のスイッチを入《い》れた。青銅《せいどう》のかたまりの上部《じょうぶ》に取《と》っ手《て》が、底《そこ》に車輪《しゃりん》が出《で》てきた。

「じゃーん！　世界一重《せかいいちおも》い手荷物《てにもつ》のできあがり！」

「信《しん》じられない」ジェイソンがいう。「あんなに巨大《きょだい》なドラゴンがこんな――」

「待《ま》て！」ゼテスがいった。ゼテスもカラも剣《けん》を抜《ぬ》き、リオをにらみつけている。

リオは両手《りょうて》をあげた。「わかったって……おれが何《なに》をするっていうんだ？　落《お》ち着《つ》いてくれ。そんな迷惑《めいわく》なら、このドラゴンは手荷物《てにもつ》にしないで――」

「君《きみ》は何者《なにもの》だ？」ゼテスは剣《けん》の先《さき》をリオの胸《むね》に押《お》しつけた。「南風《みなみかぜ》の子《こ》どもがスパイに来《き》たのか？」

「え？　まさか！」リオはいった。「おれはヘパイストスの息子《むすこ》、やさしい鍛冶屋《かじや》だ。なんの害《がい》もない！」

カラがうなり、リオの鼻先《はなさき》に顔《かお》を近《ちか》づけた。至近距離《しきんきょり》で見《み》ても、あざだらけの目《め》に、殴《なぐ》られて陥没《かんぼつ》した口《くち》じゃやっぱりかわいくない。「ひ、におう。ひ、よくない」

「えっ」リオはどきっとした。「そうなんだ……服《ふく》がちょっと焦《こ》げちゃって。それに仕事《しごと》で機械《きかい》油使《あぶらつか》うだろ。あと――」

「もういい！」ゼテスは剣《けん》の先《さき》でリオを押《お》した。「われわれは火《ひ》のにおいをかぎつけることができる。中古《ちゅうこ》ドラゴンのにおいかと思《おも》っていたが、ドラゴンは今《いま》やスーツケース。しかしまだ火《ひ》のにおいがする……」

部屋《へや》の温度《おんど》が氷点下《ひょうてんか》二十度《ど》でなければ汗《あせ》が吹《ふ》き出《で》たところだ。「いや……ちがうって……そんなの知《し》らな――」リオは言葉《ことば》につまってジェイソンとパイパーを見《み》た。「なんかいってくれよ」

ジェイソンはすでに金貨《きんか》を握《にぎ》っている。ゼテスを見《み》すえたまま一歩前《いっぽまえ》に出《で》る。「何《なに》かの間違《まちが》いだ。リオに火《ひ》を操《あやつ》る力《ちから》はない。リオ、ちゃんといってやれ。火《ひ》なんて操《あやつ》れないって」

「それが……」

「ゼテス？」パイパーはまたかわいくほほ笑《え》んで見《み》せたが、寒《さむ》さと緊張《きんちょう》で少《すこ》し引《ひ》きつっている。「ここではみんな友《とも》だち。剣《けん》をおろして楽《たの》しくおしゃべりしましょ」

「じつに美《うつく》しいお嬢《じょう》さんだ」ゼテスがいう。「もちろん、君《きみ》もぼくの魅力《みりょく》にくらくらしていることだろう。しかし、残念《ざんねん》なことに、今《いま》はうつつを抜《ぬ》かしている場合《ばあい》ではない」ゼテスはさらにリオの胸《むね》に剣先《けんさき》をつきつけた。リオのシャツに霜《しも》が広《ひろ》がり、皮膚《ひふ》の感覚《かんかく》がなくなっていく。

フェスタスを再起動《さいきどう》できれば、とリオは思《おも》った。このままではやられてしまう。しかしフェスタスがまた動《うご》きだすまで数分《すうふん》かかる。それも紫《むらさき》の翼《つばさ》のボレアスきょうだいにじゃまされず、スイッチに手《て》が届《とど》いたとしての話《はなし》だ。

「すぐ、やっちまう？」カラがゼテスにたずねた。

ゼテスがうなずく。「残念《ざんねん》だが、そうするしか――」

「待《ま》ってくれ」ジェイソンの声《こえ》は落《お》ち着《つ》いている。しかしリオにはわかった。ジェイソンはあと二秒《びょう》で金貨《きんか》をはじき、フル戦闘《せんとう》モードになる。「リオはただのヘパイストスの息子《むすこ》だ。なんの危《き》険《けん》もない。パイパーはアフロディテの娘《むすめ》だし、ぼくはゼウスの息子《むすこ》だ。ぼくたち三人《にん》は平和《へいわ》に……」

ジェイソンはそこでいうのをやめた。ボレアスきょうだいがはっとジェイソンを見《み》たからだ。

「今《いま》なんといった？」ゼテスがいう。「ゼウスの息子《むすこ》？」

「そ……そうだ」とジェイソン。「それが何《なに》か？　名前《なまえ》はジェイソンだ」

カラは驚《おどろ》き、今《いま》にも手《て》から剣《けん》が落《お》ちそうだ。「ジェイソン、うそ。かお、ちがう」

ゼテスは前《まえ》に来《き》てジェイソンの顔《かお》をまじまじと見《み》ている。「いや、『あの』ジェイソンじゃない。あのジェイソンはもっとおしゃれだった。ぼくには負《ま》けるが――おしゃれだった。しかも、あのジェイソンは何千年《なんねん》も前《まえ》に死《し》んだ」

「待《ま》ってくれ」ジェイソンはいった。「『あの』ジェイソンって……神話《しんわ》に出《で》てきたイアソン？　ジェイソンはギリシャ語読《ごよ》みでイアソンだろ？　金《きん》の羊毛《ようもう》をとってきた英雄《えいゆう》イアソンのことか？」

「あたりまえだ」ゼテス。「われわれはかつてイアソンのアルゴ船《せん》の乗組員《のりくみいん》だった。当時《とうじ》のわれわれはハーフだったが、その後、父上《ちちうえ》に仕《つか》えるため不死《ふし》の身《み》となることを選《えら》んだ。したがってぼくはいつまでもハンサムだし、ばかきょうだいのカラも一生《いっしょう》ピザとホッケーを楽《たの》しめる」

「ホッケー！」カラがうなずく。

「しかしイアソンは――あのジェイソンは――不死身《ふじみ》ではなかったため死《し》んでしまった」ゼテスはいった。「君《きみ》がイアソンのはずがない」

「そうだ、ちがう」ジェイソンはいった。

「やっちまう？」カラがいった。カラのわずかな脳細胞《のうさいぼう》はここまでの会話《かいわ》でへとへとのようだ。

「いや」ゼテスが残念《ざんねん》そうにいう。「もしこいつがゼウスの息子《むすこ》なら、われわれが待《ま》っていたハーフかもしれない」

「待《ま》っていた？」リオがいった。「それ、いい意味《いみ》で？　ほうびを山《やま》ほど与《あた》えようと思《おも》って？　それとも、悪《わる》い意味《いみ》で？　ジェイソンに何《なに》か問題《もんだい》でも？」

少女《しょうじょ》の声《こえ》がした。「それは父上《ちちうえ》のご意向《いこう》しだい」

リオは声《こえ》のしたほうを見《み》て心臓《しんぞう》がとまりそうになった。階段《かいだん》のいちばん上《うえ》に白《しろ》いシルクのローブ姿《すがた》の少女《しょうじょ》が立《た》っている。肌《はだ》は透《す》き通《とお》るように白《しろ》く、雪《ゆき》のようだ。一方《いっぽう》、豊《ゆた》かな髪《かみ》は黒《くろ》く、目《め》は濃《こ》い茶色《ちゃいろ》。親《した》しげにほほ笑《え》むこともなく、無表情《むひょうじょう》でリオを見《み》つめている。しかしそんなことはどうでもいい。リオは恋《こい》に落《お》ちた。こんなにかわいい女《おんな》の子《こ》は初《はじ》めてだ。

少女《しょうじょ》はジェイソン、そしてパイパーにも目《め》をむけ、すぐに事情《じじょう》をのみこんだようだ。

「父上《ちちうえ》が会《あ》いたいのはジェイソンという名《な》の者《もの》だけです」少女《しょうじょ》がいった。

「では、やはりこいつが？」ゼテスは興奮《こうふん》している。

「あとでわかります」少女《しょうじょ》がいった。「ゼテス、客人《きゃくじん》をこちらに」

リオは青銅《せいどう》のドラゴンのスーツケースの取《と》っ手《て》をつかんだ。これを持《も》って階段《かいだん》をあがれるかどうかわからないが、あの少女《しょうじょ》のそばに行《い》ってだいじなことを——メールアドレスや電話番号《でんわばんごう》などを聞《き》かなくてはならない。

リオは階段《かいだん》に足《あし》をかけようとしたが、少女《しょうじょ》ににらまれてかたまった。本当《ほんとう》に瞬間冷凍《しゅんかんれいとう》されたのかと思《おも》ったくらいだ。

「リオ・バルデス、あなたはだめです」

頭《あたま》のすみでリオは、どうしておれの名前《なまえ》を知《し》ってる？　と思《おも》ったが、がっかりしたショックのほうが大《おお》きかった。

「なんで？」思《おも》わずだだっ子《こ》のようないい方《かた》をしてしまった。

「あなたは父上《ちちうえ》の前《まえ》に出《で》ることはできません」少女《しょうじょ》がいった。「火《ひ》と氷《こおり》——やめておいたほうがいいでしょう」

「リオも一緒《いっしょ》だ」ジェイソンはリオの肩《かた》に手《て》を置《お》いた。「それか、ぼくも行《い》かないかだ」

少女《しょうじょ》は首《くび》をかしげた。口《くち》ごたえされることがめずらしいのだろう。「ジェイソン・グレイス、あなたが問題《もんだい》を起《お》こさないかぎり、リオに危害《きがい》は加《くわ》えません。カライス、リオ・バルデスをここで見張《みは》っていて。見《み》ているだけ。殺《ころ》してはだめよ」

カラは口《くち》をとがらせた。「ちょっとだけ、殺《ころ》す。だめ？」

「だめ」少女《しょうじょ》はいった。「それから、父上《ちちうえ》が判断《はんだん》をくだすまで、あのスーツケースも見張《みは》っておいて」

ジェイソンとパイパーはリオを見《み》た。ふたりとも〈どうする？〉と目《め》でたずねている。リオは思《おも》わずうれしくなった。ふたりともリオのために戦《たたか》う覚悟《かくご》だ。リオをホッケー天使《てんし》とふたりきりにするつもりはない。リオも心《こころ》のどこかでは戦《たたか》いたかった。工具《こうぐ》ベルトを出《だ》し、自分《じぶん》の実力《じつりょく》を試《ため》したかった。場合《ばあい》によっては火《ひ》の玉《たま》を二、三個《こ》呼《よ》び出《だ》し、この部屋《へや》を暖《あたた》めてやろうかとも思《おも》った。しかし、ボレアスきょうだいは手強《てごわ》い。階段《かいだん》の上《うえ》の少女《しょうじょ》はさらに手強《てごわ》そうだ。もちろん、電話番号《でんわばんごう》を聞《き》きたい気持《きも》ちは変《か》わらないが。

「わかったよ」リオはいった。「むだに問題《もんだい》を起《お》こすつもりはない。ふたりとも、行《い》ってきな」

「だいじょうぶ」少女《しょうじょ》がいった。「リオ・バルデスの安全《あんぜん》は保証《ほしょう》します。ゼウスの息子《むすこ》、あなたにもそういってあげられるといいのですが。さあ、いらっしゃい。北風《きたかぜ》の神《かみ》ボレアスがお待《ま》ちです」

19 ジェイソン

リオを残《のこ》していくのは心配《しんぱい》だった。しかし、今《いま》の状況《じょうきょう》ではホッケー天使《てんし》とひまつぶしをするのがいちばん安全《あんぜん》なのかもしれない。

ジェイソンとパイパーは氷《こおり》の階段《かいだん》をのぼった。ゼテスは剣《けん》を抜《ぬ》いてうしろからついてくる。ゼテスは見《み》た目《め》はディスコ世代《せだい》のできそこないだが、剣《けん》を見《み》たら、とても笑《わら》えない。この剣《けん》で刺《さ》されたら一瞬《いっしゅん》にして凍《こお》りついてしまう。

王女《おうじょ》はふたりの前《まえ》を歩《ある》いている。ときどきうしろをむいてジェイソンにほほ笑《え》むが、表情《ひょうじょう》は冷《つめ》たい。珍《めずら》しい昆虫《こんちゅう》を見《み》るかのような目《め》つき――早《はや》く解剖《かいぼう》してみたい、とでもいいたげだ。

ゼテスと王女《おうじょ》がボレアスの子《こ》なら、その父親《ちちおや》に会《あ》うのは気《き》が進《すす》まない。アナベスは、ボレアスは風《かぜ》の神々《かみがみ》の中《なか》ではいちばん親切《しんせつ》だといっていた。おそらく、ほかの風《かぜ》の神々《かみがみ》のように即座《そくざ》に英雄《えいゆう》を殺《ころ》すことはないという意味《いみ》だろう。

ジェイソンは不安《ふあん》になってきた。自分《じぶん》のせいで仲間《なかま》をこんな目《め》にあわせてしまった。もし危険《きけん》な状況《じょうきょう》におちいったら、仲間《なかま》の命《いのち》を守《まも》れるかどうか自信《じしん》がない。ジェイソンは思《おも》わずパイパーの手《て》を握《にぎ》った。

パイパーは一瞬《いっしゅん》、驚《おどろ》いたが手《て》はそのままだ。

「だいじょうぶ」パイパーがいう。「話《はなし》をするだけでしょ？」

王女《おうじょ》が階段《かいだん》の上《うえ》でふり返《かえ》り、ふたりが手《て》をつないでいるのに気《き》づいた。顔《かお》から笑《え》みが消《き》える。突然《とつぜん》、パイパーと手《て》をつないでいるジェイソンの手《て》が冷《つめ》たくなった——燃《も》えるように冷《つめ》たくなった。手《て》を離《はな》すと、指先《ゆびさき》からドライアイスのような煙《けむり》が出《で》ていた。パイパーも同《おな》じだ。

「ここで温《ぬく》もりは禁物《きんもつ》」王女《おうじょ》がいった。「とくに、生《い》きるか死《し》ぬかの鍵《かぎ》を私《わたし》が握《にぎ》っているときは。さあ、こっちよ」

パイパーは不安《ふあん》げな顔《かお》でジェイソンを見《み》た。「どういうこと？」

ジェイソンにもわからない。ゼテスが氷《こおり》の剣《けん》でジェイソンの背中《せなか》をつついた。ジェイソンとパイパーは王女《おうじょ》について広《ひろ》い廊下《ろうか》を進《すす》んだ。廊下《ろうか》のタペストリーも霜《しも》におおわれている。凍《こお》りつくような風《かぜ》が前《まえ》からうしろから吹《ふ》いてくる。ジェイソンの頭《あたま》の中《なか》も同《おな》じように乱《みだ》れていた。ドラゴンに乗《の》って北《きた》へ飛《と》ぶあいだ、考《かんが》える時間《じかん》はじゅうぶんにあった。しかし今《いま》、異常《いじょう》に混《こん》乱《らん》していた。

タレイアの写真《しゃしん》はまだポケットに入《はい》っているが、もう見《み》る必要《ひつよう》はない。タレイアの顔《かお》は心《こころ》に焼《や》きついている。自分《じぶん》の過去《かこ》を思《おも》い出《だ》せないだけでじゅうぶんつらい。けれど、自分《じぶん》の過去《かこ》を知《し》っているかもしれない姉《あね》がいるとわかったのに会《あ》えない——そう思《おも》うと頭《あたま》がおかしくなりそうだ。

写真《しゃしん》のタレイアはジェイソンと似《に》ていない。ふたりとも目《め》が青《あお》い、それだけ。タレイアの髪《かみ》は黒《くろ》く——顔《かお》は浅黒《あさぐろ》い。鼻筋《はなすじ》のとおったタカのような顔立《かおだ》ちだ。

にもかかわらず、タレイアには親《した》しみを感《かん》じた。ヘラはジェイソンにタレイアが姉《あね》だとわかる記憶《きおく》だけ残《のこ》した。しかしふたりがきょうだいだと知《し》ってアナベスは驚《おどろ》いていた。初耳《はつみみ》だったらしい。タレイアはジェイソンのことを知《し》っていた？　ふたりはなぜ離《はな》れて暮《く》らすことになった？

ヘラはそういう記憶《きおく》は盗《ぬす》んだ。ジェイソンの過去《かこ》からすべてを奪《うば》い、ジェイソンを新《あたら》しい生活《せいかつ》にほうりこみ、今《いま》になって「奪《うば》った記憶《きおく》を返《かえ》してあげるから私《わたし》を檻《おり》から出《だ》してちょうだい」といいだした。こんなひどい話《はなし》はない。知《し》るもんか。ヘラなんて檻《おり》の中《なか》で腐《くさ》ってしまえばいい。しかし無視《むし》することはできない。まったく、ヘラの思惑《おもわく》どおりだ。ジェイソンは自分《じぶん》の過去《かこ》をもっと知《し》りたかった。そしてそんな自分《じぶん》が腹立《はらだ》たしかった。

「ね」パイパーがジェイソンの腕《うで》に手《て》を置《お》いた。「だいじょうぶ？」

「あ……うん、ごめん」

パイパーがいてよかった。話《はな》し相手《あいて》が必要《ひつよう》だ。ありがたいことにパイパーにかかったアフロディテの祝福《しゅくふく》は消《き》えてきた。化粧《けしょう》は落《お》ち、髪《かみ》もじょじょに両側《りょうがわ》に細《ほそ》い三《み》つ編《あ》みを垂《た》らした雑《ざつ》な髪《かみ》型《がた》にもどってきた。このほうがパイパーらしいし、かわいい。

ジェイソンは今《いま》では確信《かくしん》していた。パイパーにはグランドキャニオンで初《はじ》めて会《あ》った。パイパーがジェイソンをボーイフレンドだと思《おも》っているのはミストのせいだ。しかしパイパーと一緒《いっしょ》にいる時間《じかん》が長《なが》くなるにつれ、それが本当《ほんとう》だったらいいのにと思《おも》うようになってきた。

〈だめだ〉ジェイソンは自分《じぶん》にいい聞《き》かせた。そんなこと考《かんが》えるなんてパイパーに悪《わる》い。過去《かこ》をとりもどしたら何《なに》が、いや、だれが待《ま》っているかわからない。しかし以前《いぜん》の自分《じぶん》がハーフ訓練所《くんれんじょ》と無関係《むかんけい》なのはたしかだ。この冒険《ぼうけん》の旅《たび》のあとどうなるかはだれにもわからない。無事《ぶじ》に帰《かえ》れるかどうかもわからない。

廊下《ろうか》のいちばん奥《おく》に世界地図《せかいちず》の描《か》かれた両開《りょうびら》きのオークのドアがあった。世界地図《せかいちず》の四隅《よすみ》それぞれに男《おとこ》の顔《かお》が描《えが》かれているが、みんなあごひげを生《は》やし、口《くち》から風《かぜ》を吹《ふ》いている。前《まえ》にも似《に》たような地図《ちず》を見《み》たことがある気《き》がする。しかしこの地図《ちず》に描《えが》かれているのは四人《にん》とも冬《ふゆ》の神《かみ》だ。世界《せかい》の四隅《よすみ》から氷《こおり》や雪《ゆき》を吹《ふ》きつけている。

王女《おうじょ》がふり返《かえ》った。茶色《ちゃいろ》の目《め》が輝《かがや》いている。受《う》けとったばかりのクリスマスプレゼントを見《み》るような目《め》つきでジェイソンを見《み》ている。

「ここが父上《ちちうえ》の謁見室《えっけんしつ》よ。くれぐれも失礼《しつれい》のないように。父上《ちちうえ》はとても……冷《つめ》たいことがあるから。私《わたし》が通訳《つうやく》になってあなたの話《はなし》を最後《さいご》まで聞《き》いてもらえるよう努力《どりょく》してみます。あなたが助命《じょめい》されるよう心《こころ》から願《ねが》うわ。そうしたら、一緒《いっしょ》に楽《たの》しく過《す》ごせるものね」

王女《おうじょ》の「楽《たの》しく」の意味《いみ》はジェイソンの思《おも》っている意味《いみ》とはちがうのだろう。

「あ、うん」ジェイソンはとりあえずいった。「だけど、ぼくたちは少《すこ》し相談《そうだん》をしにきただけだ。これが終《お》わったらすぐ出発《しゅっぱつ》する」

王女《おうじょ》はほほ笑《え》んだ。「私《わたし》、英雄《えいゆう》が大好《だいす》きなの。感心《かんしん》するくらい無知《むち》なんだもの」

パイパーは短剣《たんけん》に手《て》をかけた。「ねえ、自己紹介《じこしょうかい》くらいしてもいいんじゃない？　さっき通訳《つうやく》をするっていったけど、こっちはあなたが何者《なにもの》かさえ知《し》らない。名前《なまえ》は？」

王女《おうじょ》はいやな顔《かお》をした。「私《わたし》がだれだかわからなくてもしかたないわ。古代《こだい》ギリシャの人《ひと》びとでさえ、私《わたし》のことはよく知《し》らなかった。エーゲ海《かい》の島々《しまじま》は温暖《おんだん》で、私《わたし》の国《くに》からはとても遠《とお》かった。私《わたし》はボレアスの娘《むすめ》、キオネ。雪《ゆき》の女神《めがみ》よ」

キオネが指先《ゆびさき》で宙《ちゅう》に円《えん》を描《えが》いた。すると、キオネをつつむように風《かぜ》が起《お》き――大《おお》きな綿雪《わたゆき》の渦《うず》ができた。

「さあ、いらっしゃい」キオネがいった。両開《りょうびら》きのオークのドアが大《おお》きく開《ひら》き、中《なか》から冷《つめ》たく青《あお》い光《ひかり》があふれてきた。「相談《そうだん》が無事《ぶじ》に終《お》わるといいわね」

20 ジェイソン

玄関《げんかん》ホールが家庭用冷凍庫《かていようれいとうこ》だとしたら、謁見室《えっけんしつ》は業務用冷凍庫《ぎょうむようれいとうこ》だ。空気《くうき》が白《しろ》く凍《こお》っている。ジェイソンは身震《みぶる》いした。吐《は》く息《いき》は真《ま》っ白《しろ》だ。壁《かべ》に飾《かざ》られた紫《むらさき》のタペストリーには雪《ゆき》におおわれた森《もり》、茶色《ちゃいろ》い山々《やまやま》、氷河《ひょうが》が描《えが》かれている。高《たか》い天井《てんじょう》にはさまざまな色《いろ》の光《ひかり》の帯《おび》――オーロラの光《ひかり》――がうねっている。床《ゆか》は薄《うす》く雪《ゆき》が積《つ》もっているので足元《あしもと》に気《き》をつけて歩《ある》かなくてはならない。謁見室《えっけんしつ》のあちこちに実物大《じつぶつだい》の氷《こおり》の兵士《へいし》の像《ぞう》が立《た》っている――ギリシャ風《ふう》のよろいを身《み》につけた兵士《へいし》も、中世《ちゅうせい》の兵士《へいし》も、現代《げんだい》の迷彩服《めいさいふく》の兵士《へいし》もいる――どれも剣《けん》や銃《じゅう》を勇《いさ》ましくかまえている。

ジェイソンの目《め》には氷《こおり》の像《ぞう》に見《み》えた。ところが、槍《やり》を持《も》つギリシャの戦士《せんし》二体《たい》のあいだを進《すす》もうとしたら、両方《りょうほう》ともいきなり動《うご》きだした。関節《かんせつ》がきしみ、氷《こおり》の結晶《けっしょう》が飛《と》び散《ち》る。二本《ほん》の槍《やり》がクロスしてジェイソンの行《ゆ》く手《て》をはばんだ。

謁見室《えっけんしつ》の奥《おく》から男《おとこ》の声《こえ》が響《ひび》いてきた。フランス語《ご》のようだ。部屋《へや》は縦《たて》に長《なが》く、もやがかかっているため奥《おく》までよく見《み》えない。男《おとこ》が何《なに》をいったかわからないが、氷《こおり》の兵士《へいし》ふたりはクロスしていた槍《やり》をおろした。

「だいじょうぶよ」キオネがいう。「父上《ちちうえ》は今《いま》、『まだ殺《ころ》すな』と命《めい》じたの」

「まだ、か」ジェイソンはいった。

ゼテスが剣《けん》の先《さき》でジェイソンの背中《せなか》をつついた。「ジェイソン・ジュニア、前《まえ》に進《すす》め」

「その呼《よ》び方《かた》はやめてくれ」

「父上《ちちうえ》は気《き》が短《みじか》い」ゼテスがいう。「ところで美《うつく》しいパイパーの髪《かみ》にかかっていた魔法《まほう》は、残念《ざんねん》なことに、みるみる解《と》けてきている。あとで、時間《じかん》があればの話《はなし》だが、ぼくのヘアムースコレクションの中《なか》からどれか貸《か》してあげよう」

「ありがと」パイパーはとりあえずそういった。

部屋《へや》の奥《おく》へ進《すす》んでいくと、もやが晴《は》れ、氷《こおり》の玉座《ぎょくざ》に座《すわ》る男《おとこ》の姿《すがた》が見《み》えてきた。ごつい体《からだ》つきで、雪《ゆき》で作《つく》ったように見《み》えるおしゃれな白《しろ》いスーツ姿《すがた》。背中《せなか》に濃《こ》い紫《むらさき》の翼《つばさ》が生《は》えている。長《なが》い髪《かみ》もあごひげも凍《こお》りついてつららのようになっているため、白髪《はくはつ》なのか、氷《こおり》で白《しろ》いのかわからない。つりあがった眉《まゆ》のせいで怒《おこ》っているように見《み》えるが、目《め》はキオネより温《あたた》かく輝《かがや》いている——永久凍土層《えいきゅうとうどそう》のどこかにユーモアのセンスが隠《かく》れているのかもしれない。ジェイソンはそう願《ねが》った。

「Bienvenu《ビアンヴニュ》」ボレアスがいった。「Je《ジュ》 suis《スイ》 Boreas《ボレアス》 le《ル》 Roi《ロワ》. Et《エ》 vous《ヴ》 ?」

キオネが通訳《つうやく》しようとした。が、パイパーが一歩《いっぽ》前《まえ》に出《で》て深々《ふかぶか》とおじぎした。

「Votre《ヴォートル》 Majesté《マジェステ》」パイパーがいう。「Je《ジュ》 suis《スイ》 Piper《パイパー》 McLean《マクリーン》. Et《エ》 c'est《セ》 Jason《ジェイソン》, fils《フィス》 de《デ》 Zeus《ゼウス》」

ボレアスの顔《かお》に驚《おどろ》きと喜《よろこ》びの混《ま》じった笑《え》みが広《ひろ》がる。「Vous《ヴ》 parlez《パルレ》 français《フロンセ》 ? Très《トレ》 bien《ビアン》!」

「パイパー、フランス語《ご》が話《はな》せるのか？」ジェイソンが聞《き》いた。

パイパーは眉《まゆ》をひそめた。「ううん。どうして？」

「今《いま》しゃべっていた」

パイパーが目《め》をしばたたく。「あたしが？」

ボレアスがまた何《なに》かいった。パイパーはうなずいた。「Oui《ウィ》, Votre《ヴォートル》 Majesté《マジェステ》」

ボレアスは大声《おおごえ》で笑《わら》い、手《て》をたたいた。喜《よろこ》んでいるらしい。ボレアスはまたさらに何《なに》かいい、手《て》で払《はら》うしぐさをした。キオネに、さがりなさい、といったようだ。

キオネはむっとした。「父上《ちちうえ》は今《いま》――」

「あたしはアフロディテの娘《むすめ》」パイパーが横《よこ》からいった。「だからフランス語《ご》が話《はな》せて当然《とうぜん》だって。フランス語《ご》は愛《あい》の言葉《ことば》だから。あたしにはわけがわからないけど。あと、もうキオネの通訳《つうやく》は必要《ひつよう》ないって」

うしろでゼテスが短《みじか》く笑《わら》った。キオネは恐《おそ》ろしい目《め》でゼテスをにらんでから、ボレアスにぎこちなくおじぎをしてうしろにさがった。

ボレアスはジェイソンをまじまじと見《み》ている。ジェイソンもあわてておじぎした。「初《はじ》めまして、ジェイソン・グレイスです。ありがとうございます。その、殺《ころ》さないでくださって。質問《しつもん》なんですが……ギリシャの神《かみ》がどうしてフランス語《ご》を話《はな》すんですか?」

パイパーがまたボレアスの言葉《ことば》を伝《つた》えた。

「ボレアスは自分《じぶん》を迎《むか》え入《い》れた国《くに》の言葉《ことば》を話《はな》す。神々《かみがみ》はみんなそうするみたい。ギリシャの神々《かみがみ》のほとんどは現在《げんざい》アメリカで暮《く》らしているから英語《えいご》を話《はな》す。でもボレアスはアメリカでは歓迎《かんげい》してもらえなかった。ボレアスの領域《りょういき》はつねに北端《ほくたん》にあった。今《いま》はこのケベックが気《き》に入《い》っているため、フランス語《ご》を話《はな》す」

ボレアスがさらに何《なに》かいった。するとパイパーは真《ま》っ青《さお》になった。

「ボレアスは今《いま》……」パイパーが口《くち》ごもる。「その――」

「私《わたし》が訳《やく》すわ」とキオネ。「父上《ちちうえ》はあなたたちを殺《ころ》せという命令《めいれい》を受《う》けている。これ、さっきいわなかったかしら?」

ジェイソンはびくっとした。ボレアスは相変《あいか》わらずやさしくほほ笑《え》んでいる。いい話《はなし》だろ、とでもいいたげに。

「殺《ころ》す？」ジェイソンはいった。「どうして？」

「なぜなら」ボレアスがかたことの英語《えいご》でいう。「アイオロス様《さま》から、そう命《めい》じられた」

ボレアスが立《た》ちあがった。玉座《ぎょくざ》の置《お》かれた台《だい》からおり、翼《つばさ》をたたんだ。キオネとゼテスが深々《ふかぶか》とおじぎしたので、ジェイソンとパイパーもそれにならった。

「私《わたし》も、おまえたちの言葉《ことば》で、話《はな》そう」ボレアスがいう。「パイパー・マクリーンは、私《わたし》に敬意《けいい》を払《はら》い、フランス語《ご》を使《つか》った。アフロディテの子《こ》は、よい子《こ》ばかりだ。ジェイソン・グレイス、もしおまえがゼウスの息子《むすこ》なら……殺《ころ》す前《まえ》にまず話《はなし》を聞《き》いておけ、とアイオロス様《さま》はおっしゃるだろう」

ポケットの中《なか》の金貨《きんか》がずしりと重《おも》くなった。今戦《いまたたか》うことになったら勝《か》ち目《め》はない。剣《けん》を呼《よ》び出《だ》すには少《すく》なくとも二秒《びょう》かかる。その前《まえ》に北風《きたかぜ》の神《かみ》、その子《こ》ども二名《めい》、氷《こおり》の兵士《へいし》の大軍《たいぐん》に囲《かこ》まれてしまうだろう。

「アイオロスはあらゆる風《かぜ》の支配者《しはいしゃ》ですよね？」ジェイソンはいった。「そのアイオロスがどうしてぼくたちを殺《ころ》したいんですか？」

「おまえたちはハーフだ」ボレアスがいう。これ以上《いじょう》の説明《せつめい》は必要《ひつよう》ない、とでもいいたげだ。

「アイオロス様《さま》の仕事《しごと》は風《かぜ》を支配《しはい》すること。ところがハーフに悩《なや》まされてばかりだ。ハーフはアイオロス様《さま》にたのみごとばかりするくせに、風《かぜ》を解《と》き放《はな》ち、混沌《こんとん》をもたらす。しかしもっとも記《き》憶《おく》に新《あたら》しいアイオロス様《さま》に対《たい》する侮辱《ぶじょく》は、この夏《なつ》のテュポンとの戦《たたか》いのとき……」

ボレアスが手《て》で合図《あいず》した。宙《ちゅう》に超薄型《ちょううすがた》テレビのような氷《こおり》のシートが現《あらわ》れる。戦《たたか》いの様子《ようす》が映《うつ》し出《だ》された——嵐雲《あらしぐも》をまとった巨人《きょじん》が、地平線《ちへいせん》に浮《う》かぶマンハッタンの高層《こうそう》ビルのシルエットを目《め》指《ざ》して川《かわ》を渡《わた》っていく。小《ちい》さく光《ひか》る人影《ひとかげ》がいくつも——おそらく神々《かみがみ》だ——怒《おこ》った虫《むし》のように巨《きょ》人《じん》のまわりを飛《と》び、稲妻《いなずま》や炎《ほのお》で攻撃《こうげき》している。ついに川《かわ》の水《みず》が竜巻《たつまき》のように盛《も》りあがり、巨人《きょじん》は水《みず》の渦《うず》にのまれて消《き》えた。

「嵐《あらし》の怪物《かいぶつ》、テュポンだ」ボレアスがいった。「大昔《おおむかし》、神々《かみがみ》がテュポンを倒《たお》したとき、テュポンの死《し》によって大勢《おおぜい》の嵐《あらし》の精《せい》が——だれのいうこともきかない野蛮《やばん》な風《かぜ》が解放《かいほう》された。それらをすべて捕《と》らえ、城《しろ》に閉《と》じこめるのはアイオロス様《さま》の仕事《しごと》だった。ほかの神々《かみがみ》は——協力《きょうりょく》しなかった。大変《たいへん》な仕事《しごと》をたのんで申《もう》し訳《わけ》ないとあやまりもしなかった。すべての嵐《あらし》の精《せい》を狩《か》り集《あつ》めるのに何《なん》世紀《せいき》もかかった。そして当然《とうぜん》、アイオロス様《さま》は立腹《りっぷく》した。そこに、この夏《なつ》、テュポンがふたたび倒《たお》された——」

「そしてまた大勢《おおぜい》のウェンティが解放《かいほう》されてしまった」ジェイソンがいった。「アイオロスはさらに怒《おこ》った」

「C'est vrai《セヴレ》」ボレアスがうなずく。

「でも」パイパーがいった。「神々《かみがみ》はテュポンと戦《たたか》うしかなかったんです。テュポンはオリンポスを滅《ほろ》ぼそうとした！　それをハーフのせいにしてハーフに罰《ばつ》をあたえるなんておかしい！」

ボレアスは肩《かた》をすくめた。「アイオロス様《さま》は神々《かみがみ》に怒《いか》りをぶつけることができない。神々《かみがみ》はアイオロス様《さま》の上司《じょうし》であり、また強大《きょうだい》な力《ちから》を持《も》っている。そこでアイオロス様《さま》は神々《かみがみ》の味方《みかた》をしたハーフにほこ先《さき》を向《む》け、命令《めいれい》をくだした。風《かぜ》に協力《きょうりょく》を求《もと》めにきたハーフに容赦《ようしゃ》は無用《むよう》。そんなやつらは踏《ふ》みつぶしてしまえと」

気《き》まずい沈黙《ちんもく》が流《なが》れる。

「ずいぶん乱暴《らんぼう》な……命令《めいれい》ですね」ジェイソンは思《おも》い切《き》っていった。「だけど、今《いま》すぐ踏《ふ》みつぶす気《き》はないですよね？　まず話《はなし》を聞《き》いてください。今回《こんかい》の冒険《ぼうけん》の旅《たび》について聞《き》いたらきっと――」

「わかった、わかった」ボレアスがいう。「アイオロス様《さま》はこうもおっしゃった。ゼウスの息子《むすこ》が助《たす》けを求《もと》めにくるであろう。その場合《ばあい》は殺《ころ》す前《まえ》に話《はなし》を聞《き》け。というのもおまえのおかげで――アイオロス様《さま》はたしかこうおっしゃっていた――われわれの毎日《まいにち》がいっそう楽《たの》しくなるかもしれぬから、と。しかし私《わたし》は、とりあえず話《はなし》を聞《き》け、といわれているだけだ。そのあとでどう判断《はんだん》するかは私《わたし》の自由《じゆう》。まずは聞《き》いてやろう。キオネもそう望《のぞ》んでいる。おまえを殺《ころ》さない可能性《かのうせい》もある」

ジェイソンは少《すこ》し呼吸《こきゅう》が楽《らく》になった。「よかった。ありがとうございます」

「礼《れい》はいらない」ボレアスがほほ笑《え》む。「毎日《まいにち》を楽《たの》しくする方法《ほうほう》はいろいろある。見《み》てのとおり、ときにハーフを手元《てもと》において楽《たの》しむこともある」

ボレアスは部屋《へや》じゅうに並《なら》ぶ氷《こおり》の像《ぞう》を手《て》でしめした。

パイパーはごくりとつばをのんだ。「ていうことは——ここにある像《ぞう》は全部《ぜんぶ》ハーフ？　凍《こお》ってるの？　生《い》きたまま？」

「おもしろいことをいう」ボレアスは、そんなこと考《かんが》えたこともなかった、という顔《かお》だ。「みな私《わたし》の命令《めいれい》によってしか動《うご》けない。それ以外《いがい》のときはただの氷《こおり》の塊《かたまり》だ。それも解《と》けなかったとしての話《はなし》だが。解《と》けたら解《と》けたでめんどうだ」

キオネがジェイソンのうしろから横《よこ》にまわり、冷《つめ》たい指先《ゆびさき》でジェイソンの首筋《くびすじ》に触《ふ》れた。「父上《ちちうえ》はいつも私《わたし》に素敵《すてき》なプレゼントをくれるの」ジェイソンに耳元《みみもと》でささやく。「ここで一緒《いっしょ》に暮《く》らしましょう。そうしたらあなたの仲間《なかま》を自由《じゆう》にしてあげてもいいわ」

「なんだって？」ゼテスも黙《だま》ってはいない。「キオネがそいつをもらえるなら、ぼくはこの娘《むすめ》がほしい。キオネはプレゼントをもらってばかりだ！」

「ふたりとも、静《しず》かに」ボレアスがしかった。「親《おや》が甘《あま》やかしていると思《おも》われるではないか！　そう、あせるな。まだこのハーフの話《はなし》を聞《き》いてもいないのだ。処遇《しょぐう》は話《はなし》を聞《き》いてから決《き》める。ジェイソン・グレイス、話《はな》すがいい」

ジェイソンは一瞬《いっしゅん》頭《あたま》が働《はたら》かなくなった。パイパーの顔《かお》を見《み》たらパニックを起《お》こすと思《おも》い、そちらは見《み》ないようにした。パイパーを今回《こんかい》の冒険《ぼうけん》の旅《たび》に巻《ま》きこんだのは自分《じぶん》だ。そして今《いま》ふたりとも命《いのち》の危険《きけん》にさらされている――いや、それより悪《わる》い。ボレアスの娘《むすめ》や息子《むすこ》のおもちゃになり、この謁見室《えっけんしつ》で氷《こおり》の像《ぞう》として一生《いっしょう》を終《お》えるかもしれない。じょじょに氷焼《こおりや》けして醜《みにく》い姿《すがた》になりながら。

キオネは何《なに》かつぶやきながらジェイソンの首筋《くびすじ》を指《ゆび》でなぞっている。自分《じぶん》でも知《し》らないうちにジェイソンの体《からだ》から火花《ひばな》が散《ち》った。「ボンッ！」と大《おお》きな音《おと》がしてキオネがうしろにふっ飛《と》び、そのまま床《ゆか》をすべっていった。

ゼテスが笑《わら》った。「いい気味《きみ》だ！　ジェイソン、よくやってくれた。そのおかげで君《きみ》を即刻殺《そっこくころ》さなくてはならなくなった」

キオネはあっけにとられて何《なに》もできなかった。が、次《つぎ》の瞬間《しゅんかん》、小《ちい》さなふぶきが起《お》こり、キオネをつつんで渦巻《うずま》きだした。「よくも――」

「待《ま》って」ジェイソンはできるかぎり声《こえ》をはりあげた。「ぼくたちはここで殺《ころ》されるつもりも、足止《あしど》めを食《く》うつもりもありません。ぼくたちは神々《かみがみ》の女王《じょおう》を救《すく》う冒険《ぼうけん》の旅《たび》の途中《とちゅう》です。だから、ヘラにこの王宮《おうきゅう》に乗《の》りこんできてほしくないなら、ぼくたちを解放《かいほう》してください」

思《おも》ったよりはるかに自信《じしん》に満《み》ちたいい方《かた》だ。敵《てき》もはっとした。キオネをとり巻《ま》くふぶきがおさまり、ゼテスは剣《けん》をおろした。ふたりともボレアスの顔《かお》を見《み》て言葉《ことば》を待《ま》っている。

「ふむ」ボレアスがいった。目《め》が輝《かがや》いているが、怒《おこ》ったせいなのか、おもしろがっているせいなのかはわからない。「ゼウスの息子《むすこ》よ、ヘラにたのまれた？　初耳《はつみみ》だ。いきさつを話《はな》すがいい」

ジェイソンはあせった。話《はなし》をするチャンスをもらえるとは思《おも》っていなかった。さっきから話《はな》す機会《きかい》を待《ま》っていたが、話《はな》せといわれたとたん、声《こえ》が出《で》なくなった。

パイパーが助《たす》けてくれた。「あたしが代《か》わりに」といい、ふたたびおじぎした。生《い》きるか死《し》ぬかの瀬戸際《せとぎわ》なのにすごく落《お》ち着《つ》いている。パイパーはグランドキャニオンでのことから予言《よげん》のことまで、ボレアスにすべて話《はな》した。ジェイソンならこんなに要領《ようりょう》よく話《はな》せなかっただろう。

「助言《じょげん》がほしいだけなんです」パイパーは最後《さいご》にいった。「あたしたちを襲《おそ》った嵐《あらし》の精《せい》は、邪悪《じゃあく》な『大女神様《だいめがみさま》』の命令《めいれい》で動《うご》いています。嵐《あらし》の精《せい》を見《み》つければ、ヘラを見《み》つけられるかもしれないんです」

ボレアスはあごひげのつららをさすっている。窓《まど》の外《そと》はすでに夜《よる》。天井《てんじょう》のオーロラの光《ひかり》で何《なに》もかもが赤《あか》と青《あお》に染《そ》まっている。

「その嵐《あらし》の精《せい》なら知《し》っている」ボレアスがいった。「どこに飼《か》われているかも、また嵐《あらし》の精《せい》が捕《つか》まえた者《もの》のことも知《し》っている」

「ヘッジ先生《せんせい》のことですか？」ジェイソンが聞《き》いた。「先生《せんせい》は無事《ぶじ》なんですか？」

ボレアスは手《て》で払《はら》うしぐさをした。「今《いま》のところはな。しかし嵐《あらし》の精《せい》に命令《めいれい》をくだしている者《もの》については……敵《てき》にまわさないほうがよい。氷《こおり》の像《ぞう》となってここにとどまるほうがましだ」

「ヘラが危険《きけん》なんです」ジェイソンがいった。「あと三日《みっか》で——よくわかりませんが——パワーを吸《す》いとられるか、亡《な》き者《もの》にされるか、大変《たいへん》なことになるんです。それに、ギガンテスがよみがえってしまうんです」

「ああ」ボレアスがうなずく。ジェイソンははっとした。ボレアスがキオネをにらんだ気《き》がしたのだ。「恐《おそ》ろしい者《もの》どもが大勢《おおぜい》目覚《めざ》めつつある。わが子《こ》でさえすべてを報告《ほうこく》しようとしない。クロノスに始《はじ》まった怪物《かいぶつ》どもの大覚醒《だいかくせい》は——おまえの父《ちち》ゼウスはおろかにも、タイタン族《ぞく》の敗北《はいぼく》によって終結《しゅうけつ》すると信《しん》じていた。しかし、歴史《れきし》はくり返《かえ》す。戦《たたか》いの最終章《さいしゅうしょう》はこれからだ。また、今《いま》目覚《めざ》めつつあるギガンテスはどのタイタン族《ぞく》より恐《おそ》ろしい。嵐《あらし》の精《せい》は──始《はじ》まりにすぎない。大《だい》地《ち》にはもっとおぞましいものが大勢《おおぜい》眠《ねむ》っている。怪物《かいぶつ》どもがタルタロスから抜《ぬ》け出《だ》し、ハデスが死者《ししゃ》の魂《たましい》を冥界《めいかい》にとどめておくことができなくなったそのとき……オリンポスは恐《おそ》れおののくことになる」

ジェイソンはボレアスの話《はなし》をすべて理解《りかい》したわけではなかったが、キオネの笑《え》みは気《き》になる。そうなったら「一緒《いっしょ》に楽《たの》しく過《す》ごそう」ってことなのか？

「で、協力《きょうりょく》してくれるんですか？」ジェイソンはボレアスにたずねた。

ボレアスは顔《かお》をしかめた。「そうとはいっていない」

「お願《ねが》いします」とパイパー。

みんなの目《め》がパイパーにむけられた。パイパーは怖《こわ》くてしかたがないに決《き》まっている。しかしその姿《すがた》は美《うつく》しく、自信《じしん》に満《み》ちている──が、それはアフロディテの祝福《しゅくふく》のせいではない。パイパーは昔《むかし》のパイパーにもどった。髪《かみ》はぼさぼさでノーメーク、服《ふく》もおさがりだというのに、凍《い》てつく謁見室《えっけんしつ》の中《なか》で温《あたた》かい光《ひかり》につつまれているように見《み》える。「嵐《あらし》の精《せい》の居場所《いばしょ》を教《おし》えていただけたら、あたしたち三人《にん》で捕《つか》まえて、アイオロスのもとに連《つ》れていきます。そうすればボレアス様《さま》の体面《たいめん》も保《たも》てます。アイオロスはあたしたち三人《にん》やほかのハーフも許《ゆる》してくれるかもしれません。ヘッジ先生《せんせい》だって助《たす》けられるかもしれない。みんなが助《たす》かります」

「この子《こ》、かわいい」ゼテスがつぶやく。「いや、この子《こ》のいうとおり」

「父上《ちちうえ》、この子《こ》のいうことに耳《みみ》を貸《か》してはいけません」キオネがいう。「この子《こ》はアフロディテの子《こ》。神《かみ》を話術《わじゅつ》でたぶらかそうとしているのです。今《いま》すぐ凍《こお》らせてください！」

ボレアスは考《かんが》えこんでいる。ジェイソンはポケットに手《て》を入《い》れ、金貨《きんか》を出《だ》す用意《ようい》をした。いざとなったらすばやく行動《こうどう》しなくてはならない。

ジェイソンの動《うご》きにボレアスが目《め》をとめた。「その腕《うで》の模様《もよう》はなんだ？」

コートの袖《そで》がまくりあがってタトゥーが少《すこ》し見《み》えていた。しかたない。ジェイソンはボレアスに全部《ぜんぶ》見《み》せた。

ボレアスの目《め》が大《おお》きくなった。キオネは舌打《したう》ちして後《あと》ずさった。

しかし、ボレアスの反応《はんのう》は予想外《よそうがい》だった。大声《おおごえ》で笑《わら》いだした。天井《てんじょう》のつららの一本《ぽん》にひびが入《はい》り、玉座《ぎょくざ》のすぐ横《よこ》に落《お》ちて粉々《こなごな》になった。ボレアスの姿《すがた》が揺《ゆ》らめき、あごひげが消《き》えた。背《せ》がのびて細身《ほそみ》になり、着《き》ている物《もの》は紫《むらさき》の縁《ふち》どりのある古代《こだい》ローマのトーガに変《か》わった。頭《あたま》には霜《しも》でおおわれた月桂冠《げっけいかん》をかぶり、腰《こし》にはジェイソンのと同《おな》じような古代《こだい》ローマの短剣《たんけん》グラディウスをさしている。

「アクィロン」ジェイソンは呼《よ》びかけた。自分《じぶん》でもボレアスのローマ名《めい》がどこから出《で》てきたかわからない。

ボレアスは頭《あたま》をかがめた。「この姿《すがた》のほうがなじみがあるはずだ。にもかかわらず、おまえはハーフ訓練所《くんれんじょ》から来《き》たというのか？」

ジェイソンは落《お》ち着《つ》かなくなった。「だけど……そうなんです」

「ヘラに送《おく》りこまれたんだな……」ボレアスはうれしくてたまらないという表情《ひょうじょう》だ。「なるほど。ヘラは危険《きけん》な賭《か》けに出《で》た。大胆《だいたん》だが危険《きけん》な賭《か》けだ！　オリンポスが閉《と》ざされたのも無理《むり》はない。オリンポスの神々《かみがみ》はヘラが始《はじ》めた賭《か》けに震《ふる》えているにちがいない」

「ジェイソン」パイパーは不安《ふあん》げだ。「どうして風《かぜ》の神《かみ》は姿《すがた》を変《か》えたの？　トーガに月桂冠《げっけいかん》。どういうこと？」

「これはボレアスのローマ神《しん》としての姿《すがた》だ」ジェイソンがいう。「だけどどういうことなのか――ぼくにもわからない」

ボレアスが笑《わら》った。「だろうな。興味深《きょうみぶか》く見守《みまも》らせてもらおう」

「あたしたちを自由《じゆう》にしてくれるって意味《いみ》ですか？」パイパーが聞《き》いた。

「いいか」ボレアスがいう。「私《わたし》にはおまえたちを殺《ころ》す理由《りゆう》がない。ヘラの計画《けいかく》が失敗《しっぱい》すれば、おそらく失敗《しっぱい》するだろうが、おまえたちはたがいに殺《ころ》し合《あ》うことになる。アイオロス様《さま》がハーフの心配《しんぱい》をする必要《ひつよう》はいっさいなくなる」

ジェイソンは、キオネがまた冷《つめ》たい指《ゆび》で首筋《くびすじ》に触《さわ》っているのかと思《おも》ったが、ちがった――ボレアスの言葉《ことば》に首筋《くびすじ》が寒《さむ》くなったのだ。ハーフ訓練所《くんれんじょ》に来《き》て以来《いらい》、何《なに》かが間違《まちが》っている気《き》がしてならないこと、ケイロンが「君《きみ》がここに来《き》たことによって大惨事《だいさんじ》が起《お》こるかもしれない」といったこと――ボレアスはその理由《りゆう》を知《し》っているのだ。

「ちゃんと説明《せつめい》してくれませんか？」ジェイソンはいった。

「甘《あま》い！　ヘラの計画《けいかく》をじゃまするつもりはない。ヘラがおまえの記憶《きおく》を奪《うば》ったのも当然《とうぜん》だ」ボレアスはゆかいそうに笑《わら》った。まだハーフが殺《ころ》し合《あ》う場面《ばめん》を想像《そうぞう》して喜《よろこ》んでいるのだろう。「いいか、私《わたし》は協力的《きょうりょくてき》な風《かぜ》の神《かみ》という評判《ひょうばん》だ。きょうだいたちとちがい、人間《にんげん》とも恋《こい》をすることで有名《ゆうめい》だ。そうそう、ゼテスもカライスももとはハーフだったが――」

「だからふたりとも頭《あたま》が悪《わる》いのです」キオネがいった。

「うるさい！」ゼテスがいい返《かえ》す。「そっちは両親《りょうしん》とも神《かみ》だからって――」

「ふたりとも、凍《こお》らせるぞ」ボレアスがいった。これはボレアス一家《いっか》にとってかなりきつい言葉《ことば》らしい。ふたりとも完全《かんぜん》にかたまった。「さて、話《はなし》のつづきだが、私《わたし》の評判《ひょうばん》はいい。しかしボレアスが神々《かみがみ》の務《つと》めにおいて重要《じゅうよう》な役割《やくわり》を果《は》たすことはほとんどない。私《わたし》は文明《ぶんめい》のはずれにある宮《きゅう》殿《でん》で玉座《ぎょくざ》に腰《こし》かけているだけだ。したがって楽《たの》しみとは縁《えん》がない。見《み》るがいい。南風《みなみかぜ》のばかノトスでさえ、今《いま》カンクンで春休《はるやす》みをとっている。私《わたし》に何《なに》がある？　ケベック市民《しみん》が裸《はだか》で雪《ゆき》の中《なか》を転《ころ》げまわる冬祭《ふゆまつ》りだけだ！」

「ぼくは好《す》きだけどな」ゼテスがつぶやく。

「つまりだ」ボレアスがいう。「私《わたし》にも今《いま》やっと注目《ちゅうもく》を浴《あ》びるチャンスがまわってきた。そう、おまえたちには冒険《ぼうけん》の旅《たび》をつづけさせてやる。嵐《あらし》の精《せい》を見《み》つけたいなら風《かぜ》の街《まち》に行《い》きさえすればいい。シカゴに行《い》けば――」

「父上《ちちうえ》！」キオネがとめようとした。

ボレアスは聞《き》こえないふり。「もし嵐《あらし》の精《せい》を捕《つか》まえることができたら、アイオロス様《さま》の城《しろ》に無《ぶ》事《じ》入《はい》ることができるかもしれん。もし奇跡的《きせきてき》に成功《せいこう》したなら、アイオロス様《さま》に伝《つた》えてくれ。私《わたし》の命令《めいれい》で嵐《あらし》の精《せい》を捕《つか》まえた、とな」

「わかりました」ジェイソンはいった。「それで、シカゴには嵐《あらし》の精《せい》を操《あやつ》っている女《おんな》がいるんですね？　その女《おんな》がヘラを檻《おり》に閉《と》じこめたんですね？」

「ふむ」ボレアスはにっと笑《わら》った。「今《いま》のふたつの質問《しつもん》を混同《こんどう》するな、ユピテルの息子《むすこ》よ」

〈ユピテル〉ジェイソンは聞《き》き逃《のが》さなかった。〈さっきはゼウスの息子《むすこ》と呼《よ》んだのに〉

「嵐《あらし》の精《せい》を支配《しはい》している女《おんな》は」ボレアスがつづけた。「そう、シカゴにいる。しかしその女《おんな》も手《て》下《した》にすぎない──おまえたちはその手下《てした》にあっさりやられてしまうだろう。もしおまえがその女《おんな》の手《て》から嵐《あらし》の精《せい》を奪《うば》うことに成功《せいこう》したなら、アイオロス様《さま》に会《あ》いにいくがいい。地球上《ちきゅうじょう》のすべての風《かぜ》について知《し》るのはアイオロス様《さま》のみ。どんな秘密《ひみつ》も最後《さいご》にはアイオロス様《さま》の城《しろ》に届《とど》く。ヘラの居場所《いばしょ》について知《し》る者《もの》があるとすればアイオロス様《さま》しかいない。おまえたちがついにヘラの檻《おり》を見《み》つけたとき、そこでだれに会《あ》うかは──いや、今《いま》それを教《おし》えたら、ここで氷《こおり》の像《ぞう》になるほうがましだと思《おも》うだろう」

「父上《ちちうえ》」キオネは不満《ふまん》げだ。「そんなに簡単《かんたん》に──」

「私《わたし》は自分《じぶん》のしたいようにする」声《こえ》の調子《ちょうし》がきつくなった。「この宮殿《きゅうでん》の主人《しゅじん》がだれかわかっているな？」

ボレアスはキオネをにらんだ。どうやらこの親子《おやこ》は以前《いぜん》からもめているらしい。キオネは目《め》に怒《いか》りの色《いろ》を浮《う》かべ、歯《は》を食《く》いしばっている。「どうぞお好《す》きなように」

「ふたりとも、もう行《い》くがいい」ボレアスがいった。「私《わたし》の気《き》が変《か》わらないうちにな。ゼテス、ふたりを無事出発《ぶじしゅっぱつ》させろ」
ボレアス以外《いがい》の全員《ぜんいん》がおじぎした。北風《きたかぜ》ボレアスはもやの中《なか》に消《き》えた。

一行《いっこう》が玄関《げんかん》ホールにもどると、カラとリオが待《ま》っていた。リオは寒《さむ》そうだが危害《きがい》を加《くわ》えられた様子《ようす》はない。それどころか顔《かお》も手《て》もきれいになって、服《ふく》もホテルの洗濯《せんたく》サービスに出《だ》したのか、洗《あら》いたてのように見《み》える。フェスタスももとの姿《すがた》にもどり、霜《しも》がつかないよう体《からだ》に火《ひ》を吐《は》きかけている。

ジェイソンとパイパーの先頭《せんとう》に立《た》って階段《かいだん》をおりてくるキオネを、リオはほれぼれ見《み》つめている。しまいに手《て》で髪《かみ》を整《ととの》えだした。おいおい、とジェイソンは思《おも》った。この雪《ゆき》の女神《めがみ》についてリオにあとで警告《けいこく》してやらなくては。リオがのぼせあがったらまずい。

階段《かいだん》をおりたところでキオネがふり返《かえ》ってパイパーを見《み》た。「あなた、父《ちち》をうまくだましたわね。けれど私《わたし》はだまされない。まだ決着《けっちゃく》はついていないわ。それから、ジェイソン・グレイス、近《ちか》いうちに氷《こおり》の像《ぞう》になったあなたと謁見室《えっけんしつ》で再会《さいかい》するのを楽《たの》しみにしているわ」

「ボレアスのいうとおりだ」ジェイソンがいった。「君《きみ》は甘《あま》やかされて育《そだ》ったらしいな。お元気《げんき》で、冷《つめ》たいお姫様《ひめさま》」

キオネの目《め》が白《しろ》く燃《も》えあがった。めずらしく言葉《ことば》を失《うしな》っている。いきおいよく階段《かいだん》を駆《か》けあがっていったが——途中《とちゅう》でふぶきに変《か》わり、そして消《き》えた。

「気《き》をつけろ」ゼテスがいった。「キオネは侮辱《ぶじょく》されたらけっして忘《わす》れない」

カラもうなずいている。「いもうと、こわい」

「キオネは雪《ゆき》の女神《めがみ》だ」ジェイソンがいう。「何《なに》をするっていうんだ？ 雪《ゆき》の玉《たま》でも投《な》げてくるのか？」いや、キオネはもっと恐《おそ》ろしいことをするだろう。

リオは肩《かた》を落《お》としている。「むこうで何《なに》があった？ 王女《おうじょ》を怒《おこ》らせたのか？ おれのことも怒《おこ》ってたか？ あの子《こ》はおれの恋人候補《こいびとこうほ》だぞ！」

「あとで説明《せつめい》するから」パイパーは口《くち》ではそういったが、目《め》ではジェイソンに「ちゃんと説明《せつめい》してね」といっている。

むこうで何《なに》があったのかは、ジェイソンにもよくわからなかった。ボレアスはローマ神《しん》アクィロンに姿《すがた》を変《か》えた。原因《げんいん》はジェイソンのようだった。

ジェイソンがハーフ訓練所《くんれんじょ》に連《つ》れていかれた、そう聞《き》いてボレアスはおもしろがっていた。しかしボレアス／アクィロンがジェイソンたち三人《にん》を解放《かいほう》するのは好意《こうい》からではない。ボレアスの目《め》には冷酷《れいこく》な喜《よろこ》びが踊《おど》っていた。犬《いぬ》のけんかに賭《か》けをしたとでもいうように。

〈おまえたちは殺《ころ》し合《あ》うことになる〉ボレアスはうれしそうな顔《かお》でいった。〈アイオロス様《さま》がハーフの心配《しんぱい》をする必要《ひつよう》はいっさいなくなる〉

ジェイソンはパイパーから目《め》をそらした。不安《ふあん》を悟《さと》られないように。「うん。あとでぼくから説明《せつめい》する」

「かわいいお嬢《じょう》さん、気《き》をつけて」ゼテスがいった。「ここからシカゴに行《い》くまでにいる風《かぜ》どもは気性《きしょう》が荒《あら》い。ほかにも邪悪《じゃあく》なやつらが大勢《おおぜい》目覚《めざ》めようとしている。君《きみ》がここに残《のこ》らないのは残念《ざんねん》だ。鏡《かがみ》に使《つか》えるくらいぴかぴかの氷《こおり》の像《ぞう》になりそうなのにな」

「ありがと」パイパーがいった。「でもそれならカラとホッケーをするほうがいい」

「ホッケー？」カラの目《め》が輝《かがや》く。

「冗談《じょうだん》よ」とパイパー。「ところで、嵐《あらし》の精《せい》を捕《つか》まえればあとは簡単《かんたん》、ってわけじゃないのよね？」

「そうだ」ゼテスがうなずく。「まだ先《さき》がある。もっと手《て》ごわい相手《あいて》が出《で》てくる」

「てごわい、あいて」カラがくり返《かえ》す。

「それ、だれのこと？」パイパーはゼテスとカラににっこりほほ笑《え》んだ。

今回《こんかい》はふたりともその手《て》にはのらなかった。紫《むらさき》の翼《つばさ》を持《も》つボレアスきょうだいはそろって首《くび》をふった。屋根《やね》のスライドドアが開《ひら》いた。外《そと》は星空《ほしぞら》、凍《い》てつく寒《さむ》さだ。フェスタスは早《はや》く飛《と》び立《た》ちたくて足《あし》を踏《ふ》み鳴《な》らしている。

「アイオロス様《さま》に聞《き》けばいい」ゼテスの声《こえ》は暗《くら》い。「アイオロス様《さま》なら知《し》っている。気《き》をつけてな」

三人《にん》を心配《しんぱい》しているようないい方《かた》だ。ついさっきまではパイパーを氷《こおり》の像《ぞう》にしたがっていたのに。

カラがリオの肩《かた》をたたいた。「おまえ、やっちまわれるな」こんなに長《なが》いせりふをいったのは生《う》まれて初《はじ》めてだろう。「こんど——ホッケー。ピザ」

「さあ、出発《しゅっぱつ》だ」ジェイソンは夜《よる》の闇《やみ》を見《み》つめた。この冷《つめ》たいスイートルームから一刻《いっこく》も早《はや》く出《で》たかった。と同時《どうじ》に、今後《こんご》はこの何倍《なんばい》も厳《きび》しい毎日《まいにち》がつづくんだろうと思《おも》った。「シカゴに行《い》こう。やっちまわれないよう気《き》をつけよう」

21 パイパー

ケベックシティの街明《まちあ》かりがはるかうしろに消《き》えて初《はじ》めて、パイパーは胸《むね》をなでおろした。

「パイパー、さっきはすごかったな」ジェイソンがいった。

ほめられて喜《よろこ》びたいところだが、頭《あたま》はこれから先《さき》のことでいっぱいだ。〈邪悪《じゃあく》なやつらが目覚《めざ》めようとしている〉ゼテスはそういった。いわれなくてもわかる。冬至《とうじ》が近《ちか》づけば近《ちか》づくほど、パイパーは決断《けつだん》をせまられる。

パイパーはジェイソンにフランス語《ご》でいった。〈もしあたしのことを本当《ほんとう》に知《し》ってるなら、すごい、なんて思《おも》わないはず〉

「えっ？」ジェイソンがいった。

「あたしはボレアスと話《はなし》をしただけ。すごくなんかない」

ジェイソンの顔《かお》を見《み》なくてもほほ笑《え》んでいるのがわかる。

「いや」とジェイソン。「パイパーのおかげでキオネの氷《こおり》のヒーローコレクションに加《くわ》わらずにすんだ。感謝《かんしゃ》している」

そんなのお安《やす》い御用《ごよう》、とパイパーは思《おも》った。あの氷《こおり》の魔女《まじょ》にジェイソンをとられるくらいならなんでもする。気《き》になっているのはボレアスがローマ神《しん》に姿《すがた》を変《か》えたこと。ボレアスが三人《にん》を解《かい》放《ほう》した理由《りゆう》も気《き》になる。どちらもジェイソンの過去《かこ》、それにジェイソンの腕《うで》のタトゥーと関係《かんけい》がある。ボレアスは、ジェイソンが古代《こだい》ローマと関係《かんけい》があるようないい方《かた》をしていた。ローマの神々《かみがみ》とギリシャの神々《かみがみ》は仲《なか》が悪《わる》い。ジェイソンが自分《じぶん》から説明《せつめい》してくれればいいが話《はな》したくないようだ。

パイパーは今《いま》まではジェイソンが「自分《じぶん》がハーフ訓練所《くんれんじょ》にいるのは間違《まちが》いだ」といっても笑《わら》っていられた。ジェイソンはハーフだ。ハーフ訓練所《くんれんじょ》に来《き》て当然《とうぜん》だ。でも今《いま》は……もしジェイソンに別《べつ》の顔《かお》があったら？　本当《ほんとう》は敵《てき》だったら？　そんなの、キオネと同《おな》じくらいがまんできない。

リオがバックパックからサンドイッチを出《だ》し、パイパーとジェイソンに渡《わた》した。リオは謁見室《えっけんしつ》でのやりとりを聞《き》いたあと、ずっと黙《だま》ったままだ。「キオネのこと、まだ信《しん》じられないよ。あんなに親切《しんせつ》そうだったのに」

「だけど本当《ほんとう》なんだ」ジェイソンがいう。「雪《ゆき》はきれいかもしれないけど、手《て》にとると冷《つめ》たいし、汚《きたな》かったりする。リオにはもっといい相手《あいて》を見《み》つけてやるよ」

パイパーもほほ笑《え》んだが、リオはうかない顔《かお》だ。ひとりで待《ま》っていたあいだのことも、また、「火《ひ》のにおいがする」せいでボレアスに会《あ》えなかった理由《りゆう》についてもほとんど話《はな》さない。リオは何《なに》か隠《かく》している、とパイパーは思《おも》った。その内容《ないよう》はわからないがリオの気分《きぶん》はフェスタスにも影響《えいきょう》するらしい。フェスタスは不満《ふまん》げにうなりながら、極寒《ごっかん》のカナダ上空《じょうくう》で凍《こお》りつかないよう、むきになって飛《と》んでいる。今《いま》のフェスタスはハッピードラゴンには見《み》えない。

三人《にん》は空《そら》を飛《と》びながらサンドイッチを食《た》べた。どこから持《も》ってきたのかパイパーには不思議《ふしぎ》だったが、リオはパイパー用《よう》のベジタリアンサンドも忘《わす》れていなかった。特製《とくせい》チーズ&《アンド》アボカドサンドはすばらしくおいしかった。

三人《にん》とも黙《だま》ったままだ。シカゴで何《なに》が待《ま》っているかわからない。ただこれだけははっきりしている。ボレアスが三人《にん》を見逃《みのが》したのは、この冒険《ぼうけん》の旅《たび》が自殺行為《じさつこうい》だと知《し》っていたからだ。

月《つき》が高《たか》くなり、星空《ほしぞら》がゆっくりめぐっていく。パイパーはまぶたが重《おも》くなってきた。ボレアスとその子《こ》どもたちの前《まえ》では正直《しょうじき》、かなり緊張《きんちょう》した。おなかがいっぱいになってアドレナリンが切《き》れてきた。

〈しっかりしろ！〉ヘッジ先生《せんせい》ならここでこう叫《さけ》ぶだろう。〈寝《ね》ている場合《ばあい》か！〉

ヘッジ先生《せんせい》は生《い》きている、ボレアスからそう聞《き》いてからずっとパイパーは先生《せんせい》のことを考《かんが》えていた。今《いま》までいい先生《せんせい》だと思《おも》ったことは一度《いちど》もなかったが、崖《がけ》から飛《と》びおりてリオを救《すく》ってくれたし、展望橋《てんぼうばし》にいるパイパーたち三人《にん》を守《まも》るために自《みずか》ら犠牲《ぎせい》になってくれた。ヘッジ先生《せんせい》は学校《がっこう》ではいつもパイパーをせっつき、「もっと早《はや》く走《はし》れ！」「さあ腕立《うでた》て伏《ふ》せの時間《じかん》だ！」とどなっていた。パイパーがだれかに意地悪《いじわる》されても知《し》らんぷりで、パイパーに自力《じりき》で解決《かいけつ》させようとした。今《いま》ならその理由《りゆう》がわかる。ヤギ先生《せんせい》はパイパーにとっては迷惑《めいわく》なやり方《かた》で、パイパーを助《たす》けようとしていた——パイパーにハーフとして生《い》きる準備《じゅんび》をさせようとしていたのだ。

展望橋《てんぼうばし》の上《うえ》で嵐《あらし》の精《せい》ディランも、先生《せんせい》について何《なに》かいっていた。先生《せんせい》は歳《とし》をとりすぎたために左遷《させん》されてココハグ校《こう》に来《き》たと。罰《ばつ》か何《なに》かのようないい方《かた》だった。どういうこと？　だからヘッジ先生《せんせい》はいつも不機嫌《ふきげん》だった？　真実《しんじつ》がどうであれ、ヘッジ先生《せんせい》が生《い》きているなら絶対《ぜったい》救《すく》い出《だ》さなくては。

あせっちゃだめ。パイパーは自分《じぶん》にいい聞《き》かせた。あたしにはもっと大《おお》きな問題《もんだい》がある。この冒険《ぼうけん》の旅《たび》はハッピーエンドにはならない。

パイパーはサイリナと同《おな》じ、裏切《うらぎ》り者《もの》だ。仲間《なかま》に知《し》られるのも時間《じかん》の問題《もんだい》だ。

パイパーは星空《ほしぞら》を見《み》あげ、ある晩《ばん》のことを思《おも》い出《だ》した。何年《なんねん》も前《まえ》、父親《ちちおや》と一緒《いっしょ》に祖父《そふ》の家《いえ》の前《まえ》でキャンプをしたときのことだ。祖父《そふ》は数年前《すうねんまえ》に亡《な》くなったが、父親《ちちおや》はその後《ご》もしばらく祖父《そふ》の住《す》んでいたオクラホマの家《いえ》をそのままにしておいた。自分《じぶん》が育《そだ》った家《いえ》だったからだ。

しかしある日《ひ》、父親《ちちおや》はこの家《いえ》を少《すこ》しきれいにして売《う》ってしまおうと考《かんが》え、パイパーを連《つ》れて数《すう》日間帰省《じっかんきせい》した。しかし、ガラス窓《まど》の代《か》わりによろい戸《ど》しかなく、タバコのにおいがする小《ちい》さな部《へ》屋《や》がふたつしかないおんぼろ小屋《ごや》を買《か》いたい人《ひと》がいるだろうか？　最初《さいしょ》の夜《よる》から暑《あつ》くて寝苦《ねぐる》しかった。八月《がつ》のさなかにエアコンなしだ。そこで父親《ちちおや》が外《そと》で寝《ね》ようといい出《だ》した。

ふたりそれぞれの寝袋《ねぶくろ》に寝《ね》て、セミの声《こえ》に耳《みみ》をかたむけた。パイパーは本《ほん》で読《よ》んで知《し》っている星座《せいざ》――ヘラクレス、アポロンの竪琴《たてごと》、いて座《ざ》を指《ゆび》さした。

父親《ちちおや》は頭《あたま》のうしろで腕《うで》を組《く》んでいた。着古《きふる》したT《ティー》シャツとジーンズ姿《すがた》の父親《ちちおや》はオクラホマ州《しゅう》タレクア出身《しゅっしん》の男《おとこ》、つまり自分《じぶん》たちの部族《ぶぞく》の土地《とち》にとどまったチェロキー族《ぞく》の男《おとこ》そのものだ。「トムじいさんならいうだろうな。ギリシャ神話《しんわ》の星座《せいざ》なんてばかばかしいと。トムじいさんは、星《ほし》は光輝《ひかりかがや》く獣《けもの》だと教《おし》えてくれた。魔法《まほう》のハリネズミだ、と。そのハリネズミは昔《むかし》、森《もり》でチェロキー族《ぞく》の狩人《かりゅうど》たちに捕《つか》まったことも何度《なんど》かあったそうだ。狩人《かりゅうど》は夜《よる》になって星《ほし》の獣《けもの》が輝《かがや》きだして初《はじ》めて、獲物《えもの》の正体《しょうたい》を知《し》った。星《ほし》の獣《けもの》から金色《きんいろ》の火花《ひばな》が飛《と》んだそうだ。狩人《かりゅうど》は星《ほし》の獣《けもの》を空《そら》に返《かえ》してやった」

「パパは魔法《まほう》のハリネズミがいるって信《しん》じてるの？」

父親《ちちおや》は笑《わら》った。「パパから見《み》たらトムじいさんだってギリシャの人《ひと》びとに負《ま》けないくらいばかばかしい。だが空《そら》は広《ひろ》い。ヘラクレスも魔法《まほう》のハリネズミも、どこかにいるかもしれないな」

ふたりともしばらく黙《だま》っていたが、パイパーは前《まえ》からずっと気《き》になっていたことを聞《き》いてみることにした。「ねえ、どうしてインディアンの役《やく》はやらないの？」

一週間前《しゅうかんまえ》、父親《ちちおや》は数百万《すうまん》ドルのギャラがもらえる役《やく》を断《ことわ》った。『ローン・レンジャー』という昔《むかし》の映画《えいが》のリメイク版《ばん》の、トントというインディアンの役《やく》だった。パイパーにはまだその理由《りゆう》がわからない。父親《ちちおや》は今《いま》までいろいろな役《やく》——ロサンゼルスの荒《あ》れた学校《がっこう》の南米系教師《なんべいけいきょうし》、アクション&《アンド》アドベンチャー大《だい》ヒット作《さく》の威勢《いせい》のいいイスラエル人《じん》スパイ、ジェームズ・ボンドシリーズのシリア人《じん》テロリストなど——を演《えん》じてきた。そしてもちろん、代表作《だいひょうさく》は『スパルタの王《おう》』だ。

しかし、インディアンの役《やく》は——それがどんなキャラクターだったとしても——すべて断《ことわ》った。

父親《ちちおや》はパイパーにウィンクした。「ふるさとに近《ちか》すぎるんだ。自分《じぶん》でない役《やく》を演《えん》じるほうが簡単《かんたん》だ」

「それは昔《むかし》の話《はなし》でしょ？　演《えん》じてみたいと思《おも》わない？　もしみんなの先入観《せんにゅうかん》を変《か》えるのにぴったりの役《やく》があったら？」

「もしそういう役《やく》があるとしても」父親《ちちおや》は残念《ざんねん》そうにいった。「まだお目《め》にかかっていない」

パイパーは星空《ほしぞら》を見《み》あげ、輝《かがや》くハリネズミをさがした。しかし自分《じぶん》の知《し》っている星座《せいざ》しか見《み》えない——ヘラクレスが怪物退治《かいぶつたいじ》に行《い》こうと空《そら》を走《はし》っている。父親《ちちおや》のいうとおりなのだろう。ギリシャ人《じん》もチェロキー族《ぞく》もどうかしている。星《ほし》は火《ひ》の玉《たま》にすぎない。

「ふるさとに近《ちか》すぎるのがいやなのに、どうして今《いま》ここで寝《ね》てるの？」

父親《ちちおや》の笑《わら》い声《ごえ》が静《しず》まり返《かえ》ったオクラホマの夜《よる》に響《ひび》く。「パイパーにはかなわないな」

「本気《ほんき》でこの家《いえ》を売《う》るつもりじゃないんでしょ？」

「ああ」父親《ちちおや》はため息《いき》をついた。「たぶん、売《う》る気《き》はない」

パイパーは目《め》をしばたたき、現実《げんじつ》にもどろうとした。フェスタスの背中《せなか》でうたた寝《ね》をしてしまったらしい。どうやったら父親《ちちおや》のように自分以外《じぶんいがい》の役《やく》を演《えん》じることができるのだろう？　パイパーも演《えん》じようとして、そして苦《くる》しんでいる。

たぶん、もうしばらくは演《えん》じつづけられるだろう。そのうちに仲間《なかま》を裏切《うらぎ》らずに父親《ちちおや》を救《すく》う方法《ほう》が夢《ゆめ》で見《み》つかるかもしれない——しかし今《いま》の時点《じてん》でハッピーエンドは魔法《まほう》のハリネズミと同《おな》じくらいありえないことに思《おも》える。

パイパーはうしろにいるジェイソンの温《あたた》かい胸《むね》にもたれた。ジェイソンは何《なに》もいわない。パイパーは目《め》を閉《と》じ、すぐに眠《ねむ》りにおちた。

夢《ゆめ》の中《なか》でパイパーはまた山《やま》の頂上《ちょうじょう》にいた。紫《むらさき》のかがり火《び》が森《もり》に不気味《ぶきみ》な影《かげ》を落《お》としている。煙《けむり》が目《め》にしみる。地面《じめん》がなま暖《あたた》かく、ブーツの底《そこ》がべたべたしている気《き》がする。

暗《くら》がりから低《ひく》い声《こえ》が聞《き》こえた。「おまえは自分《じぶん》の義務《ぎむ》を忘《わす》れた」

パイパーには声《こえ》の主《ぬし》が見《み》えないが、いちばん会《あ》いたくない相手《あいて》に決《き》まっている――エンケラドスという名《な》の巨人族《きょじんぞく》ギガンテスだ。パイパーは父親《ちちおや》の姿《すがた》をさがしたが、以前《いぜん》父親《ちちおや》がしばりつけられていた杭《くい》も見《み》あたらない。

「パパはどこ？」パイパーは聞《き》いた。「パパをどうしたの？」

エンケラドスの笑《わら》い声《ごえ》は火山《かざん》から流《なが》れ出《だ》す溶岩《ようがん》のようだ。「体《からだ》はまったく無事《ぶじ》だ。しかし気《き》の毒《どく》に、あの男《おとこ》の頭《あたま》は現実《げんじつ》を受《う》け入《い》れようとしない。なぜか――拒否《きょひ》している。娘《むすめ》よ、いそげ。でないとあの男《おとこ》の大部分《だいぶぶん》は失《うしな》われる」

「パパを自由《じゆう》にして！　代《か》わりにあたしを連《つ》れていって。パパはふつうの人間《にんげん》なんだから！」

「だが」エンケラドスの声《こえ》が轟《とどろ》く。「われわれも親《おや》に対《たい》する愛情《あいじょう》を証明《しょうめい》しなくてはならない。おれは今《いま》まさにそれをしている。父親《ちちおや》の命《いのち》をだいじに思《おも》うなら、いわれたとおりにするがいい。どちらがだいじだ？　自分《じぶん》の父親《ちちおや》と、嘘《うそ》つきの女神《めがみ》と、どちらがだいじだ？　おまえを利用《りよう》し、おまえの気持《きも》ちをもてあそび、おまえの記憶《きおく》をねじ曲《ま》げたヘラはおまえにとってなんだ？」

パイパーは体《からだ》が震《ふる》えてきた。怒《いか》りと恐《おそ》れがわいてきて、これだけいうのがやっとだった。「仲間《なかま》を裏切《うらぎ》れ、そういうことね」

「残念《ざんねん》だがおまえの仲間《なかま》は死《し》ぬ運命《うんめい》にある。今回《こんかい》の冒険《ぼうけん》の旅《たび》は失敗《しっぱい》に終《お》わる。もしおまえたちが成功《せいこう》するとしても、予言《よげん》を聞《き》いただろう。ヘラの怒《いか》りを解放《かいほう》すればおまえたちは破滅《はめつ》する。つまりどちらを選《えら》ぶかだ——仲間《なかま》とともに死《し》ぬか、父親《ちちおや》とともに生《い》きるか」

かがり火《び》がごうごうと燃《も》えだした。パイパーはうしろにさがろうと思《おも》ったが、足《あし》が重《おも》い。地面《じめん》がぬれた砂《すな》のようにブーツにへばりつき、パイパーを引《ひ》きずりこもうとしている。空《そら》は紫《むらさき》の火《ひ》花《ばな》のシャワーにおおわれている。東《ひがし》から太陽《たいよう》がのぼってきた。眼下《がんか》の谷《たに》に街《まち》がぼんやり浮《う》かびあがっている。はるか西《にし》の稜線《りょうせん》に目《め》をやると、たれこめた霧《きり》の中《なか》に、なつかしい建物《たてもの》が高《たか》くそびえている。

「どうしてあたしにこんなものを見《み》せるの？　ここがどこかばれちゃうじゃない」

「そう、おまえはここがどこか知《し》っている。仲間《なかま》を今回《こんかい》の旅《たび》の目的地《もくてきち》ではなく、ここに連《つ》れてこい。そうすればあとはおれが引《ひ》き受《う》ける。あるいは、ここに到着《とうちゃく》する前《まえ》に仲間《なかま》が死《し》ぬよう手《て》はずを整《とと》えてやってもいい。好《す》きなようにしろ。いずれにしても冬至《とうじ》の正午《しょうご》までにこの山《やま》の頂上《ちょうじょう》に来《こ》い。そうすればおまえは父親《ちちおや》をとりもどし、無事《ぶじ》に帰《かえ》れる」

「だめ、あたしにはそんなこと――」

「いつもおまえをこまらせ、隠《かく》し事《ごと》までしているバルデスとかいうまぬけな小僧《こぞう》は裏切《うらぎ》ればいい。妄想《もうそう》のボーイフレンドはあきらめろ。父親《ちちおや》のほうがずっとだいじだろう？」

「あんたを倒《たお》す方法《ほうほう》を見《み》つけて、パパも仲間《なかま》も救《すく》ってみせる」

エンケラドスが暗《くら》がりのむこうでうなった。「おれもかつては高慢《こうまん》だった。神々《かみがみ》などにおれを倒《たお》すことはできないと思《おも》っていた。ところが神々《かみがみ》はおれの頭上《ずじょう》に山《やま》を落《お》とした。おれは押《お》しつぶされ、大地《だいち》にめりこみ、痛《いた》みに気《き》が遠《とお》くなりながら長年《ながねん》もがきつづけ、そのとき耐《た》えることを学《まな》んだ。あせって行動《こうどう》するべきではないときを知《し》った。今《いま》、おれは目覚《めざ》めつつある大地《だいち》の力《ちから》を借《か》り、爪《つめ》を立《た》てて地上《ちじょう》に這《は》いあがってきた。これは始《はじ》まりにすぎない。きょうだいたちがあとからつづく。われわれの復讐《ふくしゅう》のじゃまはさせない――今度《こんど》こそは。そして、パイパー・マクリーン、おまえには謙虚《けんきょ》とはどういうことか学《まな》んでもらおう。おまえの反抗心《はんこうしん》など簡単《かんたん》に打《う》ちくだけることを見《み》せてやる」

夢《ゆめ》がぼやけていく。パイパーは目《め》を覚《さ》ました。悲鳴《ひめい》をあげ、体《からだ》は宙《ちゅう》を落下《らっか》していた。

22 パイパー

パイパーは空《そら》を落《お》ちていた。眼下《がんか》に夜明《よあ》けを迎《むか》えたばかりの街《まち》がぼんやり見《み》える。数百《すう》メートル離《はな》れたところで青銅《せいどう》のドラゴンもコントロールを失《うしな》い、くるくるまわりながら落《お》ちている。翼《つばさ》は力《ちから》なくさがり、口《くち》の中《なか》で火《ひ》がちらついている。まるで切《き》れる寸前《すんぜん》の電球《でんきゅう》のようだ。

だれかがパイパーのすぐそばをよぎった――リオだ。悲鳴《ひめい》をあげ、夢中《むちゅう》で雲《くも》をつかもうとしている。「やめてくれーーーー！」

パイパーは声《こえ》をかけようとしたが、リオはもうずっと下《した》に行《い》ってしまった。上《うえ》のほうからジェイソンの声《こえ》がした。「パイパー、滑空《かっくう》しろ！　手《て》と足《あし》を広《ひろ》げるんだ！」

パイパーはなんとか気持《きも》ちを落《お》ち着《つ》かせ、いわれたとおりにしてバランスをとった。スカイダイビングのように手足《てあし》を大《おお》きく広《ひろ》げて落《お》ちていく。風《かぜ》が体《からだ》の正面《しょうめん》に氷《こおり》の塊《かたまり》になってぶつかってくる。と思《おも》ったら、ジェイソンが来《き》て、パイパーの腰《こし》を両手《りょうて》で抱《かか》えてくれた。

助《たす》かった、とパイパーは思《おも》った。「うれしい！」と叫《さけ》びたい気《き》もした。ジェイソンに抱《だ》きしめられたのは今週《こんしゅう》二回目《かいめ》。でも二回《かい》とも死《し》のダイビングのさいちゅうだ。

「リオをつかまえなくちゃ！」パイパーは叫《さけ》んだ。

ジェイソンが風《かぜ》を操《あやつ》っているので、ジェイソンとパイパーの落下《らっか》する速度《そくど》は遅《おそ》くなったが、がくんがくん揺《ゆ》れるのはどうしようもない。風《かぜ》は全面的《ぜんめんてき》に味方《みかた》なわけではない。

「ちょっと乱暴《らんぼう》だけど」ジェイソンがいった。「しっかりつかまって！」

パイパーはジェイソンにしがみついた。ジェイソンは急降下《きゅうこうか》を始《はじ》めた。パイパーは悲鳴《ひめい》をあげたかもしれないが、声《こえ》は出《で》たとたんにかき消《け》される。視界《しかい》がぼやけてきた。

そして、ドスン！　ふたり一緒《いっしょ》にだれかにぶつかった――リオだ。まだ体《からだ》をよじり、悪態《あくたい》をついている。

「暴《あば》れるな！」ジェイソンがいった。「ぼくだ！」

「おれのドラゴンが！」リオは叫《さけ》んだ。「フェスタスを助《たす》けてくれ！」

ジェイソンはパイパーとリオをつかまえて飛《と》ぶだけで精一杯《せいいっぱい》だ。そのうえ五十トンのドラゴンを助《たす》けられるはずがない。ジェイソンがリオをなだめようとした、そのとき、下《した》のほうで爆音《ばくおん》がした。倉庫群《そうこぐん》のむこうで大《おお》きな火《ひ》の玉《たま》があがった。リオは「フェスタス！」と涙声《なみだごえ》で呼《よ》んだ。

ジェイソンは顔《かお》を真《ま》っ赤《か》にして三人《にん》の下《した》にエアクッションを作《つく》ろうとしている。しかしときどき急《きゅう》ブレーキをかけるようにして落下《らっか》の速度《そくど》を遅《おそ》くするのがやっとだ。まっさかさまの墜落《ついらく》は逃《のが》れたが、巨大《きょだい》な階段《かいだん》を一度《いちど》に三十メートルくらい転《ころ》げ落《お》ちているような感《かん》じだ。パイパーは胃《い》がむかむかしてきた。

三人一緒《にんいっしょ》に左右《さゆう》に大《おお》きく揺《ゆ》れながら落《お》ちていく。しだいに眼下《がんか》の倉庫群《そうこぐん》の様子《ようす》が見《み》えてきた――倉庫《そうこ》、煙突《えんとつ》、有刺鉄線《ゆうしてっせん》の柵《さく》、雪《ゆき》をかぶった車《くるま》の並《なら》ぶ駐車場《ちゅうしゃじょう》。こんな高度《こうど》から地面《じめん》に着地《ちゃくち》――いや、落《お》ちたらぺしゃんこになる。そのとき、ジェイソンが苦《くる》しそうにいった。「もう、だめだ――」

三人《にん》かたまって岩《いわ》のように落《お》ちていく。

三人《にん》はいちばん大《おお》きな倉庫《そうこ》の屋根《やね》をつき破《やぶ》り、暗《くら》い倉庫内《そうこない》に飛《と》びこんだ。

不運《ふうん》なことに、パイパーは足《あし》から着地《ちゃくち》しようとした。足《あし》が悲鳴《ひめい》をあげる。左《ひだり》の足首《あしくび》に痛《いた》みが走《はし》り、パイパーは冷《つめ》たい金属《きんぞく》の床《ゆか》に倒《たお》れこんだ。

数秒間《すうびょうかん》、痛《いた》みしか感《かん》じられなかった――耳鳴《みみな》りがし、視界《しかい》が真《ま》っ赤《か》になる。

そのとき、下《した》のほうからジェイソンの声《こえ》が聞《き》こえた。倉庫《そうこ》じゅうに響《ひび》き渡《わた》っている。「パイパー、どこだ？」

「おい、痛《いた》いって！」リオがうめいた。「それはおれの背中《せなか》だ！　おれはソファじゃない！　パイパー、どこにいる?」

「ここ」パイパーには弱々《よわよわ》しい声《こえ》しか出《で》ない。

足《あし》を引《ひ》きずって歩《ある》く音《おと》とぼやく声《こえ》が聞《き》こえ、金属《きんぞく》の階段《かいだん》を走《はし》る足音《あしおと》が聞《き》こえてきた。

パイパーの視界《しかい》がはっきりしてきた。倉庫内《そうこない》を一巡《いちじゅん》するキャットウォークの上《うえ》にいるらしい。ジェイソンとリオは一階《かい》に落《お》ち、階段《かいだん》をあがってくるところだ。パイパーは自分《じぶん》の左足《ひだりあし》を見《み》た。吐《は》き気《け》がした。つま先《さき》がおかしな方向《ほうこう》をむいている。

嘘《うそ》でしょ。パイパーはもどしそうになる前《まえ》に目《め》をそらした。何《なに》かほかのことを考《かんが》えなくちゃ。なんでもいいから。

見《み》あげると、屋根《やね》に星型《ほしがた》の穴《あな》が空《あ》いている。そこまで五メートル以上《いじょう》ある。あんなところから落《お》ちてよく無事《ぶじ》だったものだ。天井《てんじょう》からさがっている数個《すうこ》の電球《でんきゅう》がまたたいている。しかしこの広《ひろ》い倉庫《そうこ》を照《て》らすには足《た》りない。パイパーのすぐ横《よこ》のトタン板《いた》の壁《かべ》に会社《かいしゃ》のマークが大《おお》きく書《か》いてあるが、スプレーペンキの落書《らくが》きでほぼぬりつぶされている。暗《くら》い一階《かい》に目《め》を移《うつ》すと、巨大《きょだい》な機械《きかい》やロボットアーム、組《く》み立《た》てラインに並《なら》ぶ作《つく》りかけのトラックなどが見《み》えてきた。何年《なんねん》も使《つか》われていないようだ。

ジェイソンもリオもそばに来《き》てくれた。

「パイパー、だいじょう――」リオはそういってすぐパイパーの左足首《ひだりあしくび》に気《き》づいた。「ぶ、じゃないな」

「わかってくれてありがと」パイパーはうめくようにいった。

「たいしたけがじゃない」ジェイソンはそういったが、声《こえ》は心配《しんぱい》そうだ。「リオ、救急《きゅうきゅう》セットはあるか?」

「あ――ああ」リオは工具《こうぐ》ベルトをさぐり、ガーゼとダクトテープを出《だ》した。どちらも大《おお》きくて、あんなに小《ちい》さいポケットに収《おさ》まっていたとは思《おも》えない。パイパーは昨日《きのう》の朝《あさ》からリオが工具《こうぐ》ベルトをしているのに気《き》づいていたが、聞《き》くまでもないと思《おも》っていた。特別《とくべつ》なベルトには見《み》えない――鍛冶職人《かじしょくにん》や大工《だいく》がつけるような、ポケットがたくさんついた幅《はば》の広《ひろ》い革製《かわせい》のベルトだ。それに何《なに》も入《はい》っていないように見《み》えた。

「どうして――」パイパーは起《お》きあがろうとして、痛《いた》みに顔《かお》をしかめた。「そのベルト、空《から》っぽなんじゃないの?」

「魔法《まほう》のベルトなんだ」リオがいう。「まだ全部《ぜんぶ》ためしたわけじゃないけど、そのへんの道具《どうぐ》ならなんでも出《だ》せる。ほかにも役立《やくだ》つものがいろいろ入《はい》ってる」リオは別《べつ》のポケットに手《て》を入《い》れ、小《ちい》さな四角《しかく》い缶《かん》を出《だ》した。「ミントキャンディー、いる?」

ジェイソンはリオの手《て》から缶《かん》を取《と》りあげた。「そんなのいいから。それより、パイパーの足《あし》を治《なお》せるか？」

「おれは機械工《きかいこう》だからな。パイパーが車《くるま》なら……」リオは指《ゆび》を鳴《な》らした。「待《ま》てよ。あれ、なんだったっけ？　訓練所《くんれんじょ》でおまえが薬《くすり》がわりにもらった神々《かみがみ》の食《た》べ物《もの》――ランボーフードだっけ？」

「アンブロシアでしょ」パイパーは歯《は》を食《く》いしばりながらいった。「あたしのバックパックに入《はい》ってるはず。つぶれてるかもしれないけど」

ジェイソンはパイパーの肩《かた》からそっとバックパックをはずした。バックパックにはアフロディテコテージの仲間《なかま》が用意《ようい》してくれたものがいろいろ入《はい》っていた。透明《とうめい》な密閉袋《みっぺいぶくろ》につぶれかけた黄色《きいろ》くて四角《しかく》い焼《や》き菓子《がし》のようなものが詰《つ》めてある。ジェイソンは一個《こ》出《だ》してパイパーに食《た》べさせた。

味《あじ》は想像《そうぞう》とちがった。小《ちい》さいときに父親《ちちおや》が作《つく》ってくれた黒豆《くろまめ》スープの味《あじ》に似《に》ている。風邪《かぜ》を引《ひ》くといつも食《た》べさせられた。パイパーは思《おも》わず涙《なみだ》ぐみそうになったが、思《おも》い出《で》の味《あじ》にほっとした。足首《あしくび》の痛《いた》みはおさまった。

「もう少《すこ》しちょうだい」パイパーはいった。

ジェイソンは眉《まゆ》をひそめた。「やめておいたほうがいい。食《た》べすぎると体《からだ》が燃《も》えあがるらしい。

それより、骨《ほね》をもとの位置《いち》にもどせるかどうかやってみよう」

パイパーは胃《い》がむかむかしてきた。「前《まえ》にもやったことがあるの？」

「うん……そんな気《き》がする」

リオがそばに落《お》ちていた古《ふる》い木《き》の板《いた》を半分《はんぶん》に折《お》って、そえ木《ぎ》を作《つく》った。次《つぎ》にガーゼとダクトテープも用意《ようい》した。

「パイパーの足《あし》をしっかりおさえてくれ」ジェイソンはリオにいった。「パイパー、少《すこ》し痛《いた》いかもしれない」

ジェイソンが曲《ま》がった足首《あしくび》をもとの位置《いち》に直《なお》した瞬間《しゅんかん》、パイパーは痛《いた》みに耐《た》えかねてリオの腕《うで》を殴《なぐ》ってしまった。リオもパイパーに負《ま》けないくらいの悲鳴《ひめい》をあげた。また視界《しかい》がはっきりして、ふつうに呼吸《こきゅう》ができるようになってやっと、パイパーは足《あし》がもとの形《かたち》にもどったのに気《き》づいた。足首《あしくび》にはそえ木《ぎ》、ガーゼ、ダクトテープが巻《ま》いてある。

「よかった」パイパーはいった。

「かんべんしてよ、ミス・ハーフ！」リオは腕《うで》をさすっている。「顔《かお》じゃなくて助《たす》かったけど」

「ごめん」パイパーはいった。「でも『ミス・ハーフ』はやめて。でないとまたぶつからね」

「ふたりともよくがんばった」ジェイソンはパイパーのバックパックから水筒《すいとう》を出《だ》し、パイパーに水《みず》を飲《の》ませた。しばらくすると、パイパーは気持《きも》ち悪《わる》いのがおさまった。

痛《いた》みがおさまって、うなるのをやめたパイパーの耳《みみ》に、外《そと》の風《かぜ》のうなりが聞《き》こえてきた。屋根《やね》の穴《あな》から雪《ゆき》が舞《ま》いおりてくる。キオネに会《あ》ったあとでは、雪《ゆき》なんて見《み》たくもない。

「ドラゴンはどうなったの？」パイパーは聞《き》いた。「ここはどこ？」

リオの表情《ひょうじょう》が一気《いっき》にくもる。「フェスタスのことはわからない。見《み》えない壁《かべ》にあたったみたいにはね返《かえ》って墜落《ついらく》した」

パイパーはエンケラドスの警告《けいこく》を思《おも》い出《だ》した。〈おまえの反抗心《はんこうしん》など簡単《かんたん》に打《う》ちくだけることを見《み》せてやる〉エンケラドスはあんな遠《とお》くからドラゴンを撃《う》ち落《お》としたのだろうか？　ありえない。エンケラドスにそれほどの力《ちから》があるなら、パイパーに仲間《なかま》を裏切《うらぎ》れなんていうはずがない。自分《じぶん》が手《て》を下《くだ》せばいい。しかも何《なん》千キロも離《はな》れた雪嵐《ゆきあらし》の中《なか》にいるパイパーを見張《みは》るのは不可能《ふかのう》だ。

リオは壁《かべ》のロゴを指《ゆび》さした。「ここはどこかっていうと……」スプレーペンキの下《した》に目《め》をこらすと、赤《あか》い大《おお》きな目《め》のマークと〈ヒトツメ・モータース　第《だい》一組立工場《くみたてこうじょう》〉という文字《もじ》が読《よ》めた。

「閉鎖《へいさ》された自動車工場《じどうしゃこうじょう》かな」リオがいった。「デトロイトに不時着《ふじちゃく》したらしい」

デトロイトの自動車工場《じどうしゃこうじょう》の多《おお》くが閉鎖《へいさ》になったニュースは有名《ゆうめい》だ。しかし不時着《ふじちゃく》するならもっと楽《たの》しいところがよかった。「シカゴまであとどのくらい？」

ジェイソンはパイパーに水筒《すいとう》を渡《わた》した。「ケベックから四分《ぶん》の三くらいは来《き》たんじゃないか？　フェスタスが消《き》えた今《いま》、あとは陸路《りくろ》を行《い》くしかない」

「嘘《うそ》だろ」とリオ。「危険《きけん》だらけだ」

パイパーは夢《ゆめ》で大地《だいち》に引《ひ》きずりこまれそうになったことを思《おも》い出《だ》した。またボレアスは「大地《だいち》にはおぞましい者《もの》が大勢眠《おおぜいねむ》っている」といっていた。「リオのいうとおり。それにあたしは歩《ある》けないかもしれない。三人一緒《にんいっしょ》に――ジェイソンがリオとあたしを抱《かか》えてシカゴまで空《そら》を飛《と》んでいくなんて無理《むり》よね」

「残念《ざんねん》ながら」ジェイソンがいう。「リオ、フェスタスは故障《こしょう》したんじゃないのか？　だって、作《つく》られたのはかなり昔《むかし》だろ。だから――」

「ちゃんと修理《しゅうり》できなかったんじゃないかって？」

「そうはいっていない。ただ――また直《なお》せないかと思《おも》って」

「どうかな」リオはすっかり元気《げんき》をなくしている。ポケットからねじをいくつか取《と》り出《だ》し、手《て》でいじりだした。「フェスタスがどこに落《お》ちたかさがしにいきたい。ばらばらになってなければの話《はなし》だけどな」

「すべて、あたしのせいなの」パイパーは思《おも》わずいっていた。もうがまんできない。父親《ちちおや》についての秘密《ひみつ》が体《からだ》の奥《おく》で熱《あつ》くふくらんできた。アンブロシアを食《た》べすぎたらこういう感《かん》じになるのかもしれない。このまま隠《かく》しつづけたら全身《ぜんしん》が燃《も》えつきてしまう。

「パイパー」ジェイソンがやさしくいった。「フェスタスはパイパーが眠《ねむ》っているあいだに墜落《ついらく》した。パイパーは関係《かんけい》ない」

「そうだよ、考《かんが》えすぎだ」リオもうなずく。冗談《じょうだん》でごまかそうともしない。「けがしたせいだ。少《すこ》し休《やす》んでな」

パイパーはすべてを話《はな》してしまいたいのに言葉《ことば》が出《で》なかった。ジェイソンもリオもやさしい。でも、もしエンケラドスがどこかで見《み》ているなら、うっかりしたことを口《くち》にすれば父親《ちちおや》は殺《ころ》されてしまうかもしれない。

リオが立《た》った。「あのさ、ジェイソン、パイパーを見《み》ててくれないか？　おれはフェスタスをさがしてくる。この倉庫《そうこ》の近《ちか》くに落《お》ちてる気《き》がするんだ。見《み》つけたらなんで墜落《ついらく》したのか調《しら》べて、修理《しゅうり》できるかもしれない」

「いや」ジェイソンがいう。「ひとりじゃ危《あぶ》ない」

「おれにはダクトテープとミントキャンディーがある。心配《しんぱい》ないって」リオは少《すこ》し早口《はやくち》だ。顔《かお》には出《だ》さないが、かなりあせっている。「ふたりとも、おれを置《お》いて逃《に》げるなよ」

リオは魔法《まほう》の工具《こうぐ》ベルトから懐中電灯《かいちゅうでんとう》を出《だ》すと、ひとりで階段《かいだん》をおりていった。

ジェイソンはパイパーにほほ笑《え》んだが、少《すこ》しとまどっているようにも見《み》える。ココハグ校《こう》の寮《りょう》の屋根《やね》の上《うえ》で初《はじ》めてキスしたあとの表情《ひょうじょう》と同《おな》じだ――あのときも、くちびるにあるチャームポイントの小《ちい》さな傷跡《きずあと》がきゅっと三日月《みかづき》になった。パイパーは思《おも》い出《だ》して温《あたた》かい気持《きも》ちになった。でも、あれはミストが作《つく》った思《おも》い出《で》でしかない。

「なおってよかった」ジェイソンがいった。

足首《あしくび》のこと？　それともきれいになる魔法《まほう》が解《と》けたこと？　パイパーのジーンズは屋根《やね》をつき破《やぶ》って落《お》ちたせいでぼろぼろ。ブーツは泥混《どろま》じりの雪《ゆき》で汚《よご》れている。顔《かお》も自分《じぶん》ではわからないが、ひどいことになっているのだろう。

何《なに》を気《き》にしてるの？　以前《いぜん》のパイパーならそんなことはどうでもよかったはずだ。余計《よけい》なことばかり気《き》になるのは浅《あさ》はかな母親《ははおや》、愛《あい》の女神《めがみ》アフロディテのせい？　もし今度《こんど》ファッション雑誌《ざっし》を読《よ》みたくなったりしたら、アフロディテを見《み》つけて引《ひ》っぱたいてやらなくちゃ。

今《いま》は足首《あしくび》のことだけ考《かんが》えよう。動《うご》かさなければそう痛《いた》くない。「ジェイソンのおかげ。応急処置《おうきゅうしょち》、どこでならったの？」

ジェイソンは肩《かた》をすくめた。「こたえは前《まえ》と同《おな》じ。わからない」

「でも、記憶《きおく》が少《すこ》しずつもどってきてるんでしょ？　訓練所《くんれんじょ》では予言《よげん》をラテン語《ご》でいったし、オオカミの夢《ゆめ》も思《おも》い出《だ》したし」

「ただ、あいまいなんだ。デジャブと似《に》ている。単語《たんご》や名前《なまえ》を忘《わす》れて、舌《した》の先《さき》まで出《で》かかっているのに言葉《ことば》にならない――自分《じぶん》の過去《かこ》全部《ぜんぶ》がそうなんだ」

パイパーもジェイソンのいいたいことがわかる気《き》がした。この数《すう》カ月間《げつかん》――ジェイソンと恋人《こいびと》同士《どうし》だと思《おも》っていた日々《ひび》は――ミストが作《つく》った幻覚《げんかく》だった。

〈妄想《もうそう》のボーイフレンドはあきらめろ〉エンケラドスはいっていた。〈父親《ちちおや》のほうがずっとだいじだろう〉

黙《だま》っていようと思《おも》ったのに思《おも》わず、昨日《きのう》から気《き》になっていたことを聞《き》いてしまった。

「ポケットに入《はい》ってた写真《しゃしん》、昔《むかし》の知《し》り合《あ》い？」

ジェイソンの顔《かお》がこわばった。

「ごめん」パイパーはいった。「余計《よけい》なお世話《せわ》だった。忘《わす》れて」

「いや――いいんだ」表情《ひょうじょう》がやわらぐ。「ただ、まだわからないことがあってね。名前《なまえ》はタレイア。ぼくの姉《ねえ》さんなんだけど、くわしいことは思《おも》い出《だ》せない。どうして姉《あね》だってわかったのか、それさえわからない。だけど――え、何《なに》かおかしい？」

「なんでもない」パイパーは顔《かお》がほころびそうになるのをこらえようとした。昔《むかし》のガールフレンドじゃなかった。すごくうれしい。「その——思《おも》い出《だ》せてよかったな、って。タレイアはアルテミスのハンター隊《たい》に入《はい》った、ってアナベスはいってたっけ？」

ジェイソンがうなずく。「タレイアをさがせ、そういわれている気《き》がする。ヘラは何《なに》か理由《りゆう》があってタレイアの記憶《きおく》は奪《うば》わなかった。今回《こんかい》の冒険《ぼうけん》の旅《たび》と関係《かんけい》があるにちがいない。だけど……危険《きけん》な気《き》もする。自分《じぶん》が真実《しんじつ》を知《し》りたいかどうかもわからない。ぼく、変《へん》かな？」

「ううん。ぜんぜん」

パイパーは壁《かべ》のロゴを見《み》つめた。ヒトツメ・モータース。赤《あか》い目《め》がひとつ。なぜか気《き》になる。おそらく、エンケラドスが父親《ちちおや》を人質《ひとじち》にし、どこかからパイパーを見張《みは》っているのを知《し》っているからだろう。父親《ちちおや》を助《たす》けなくちゃ。でも、仲間《なかま》を裏切《うらぎ》りたくはない。

「ジェイソン、じつはね、ジェイソンに話《はな》したいことがあるの——パパのことなんだけど——」

またチャンスを逃《のが》した。下《した》のほうで大《おお》きな音《おと》がした。金属製《きんぞくせい》のドアが大《おお》きな音《おと》を立《た》てて閉《し》まるような音《おと》が倉庫《そうこ》じゅうに響《ひび》いた。

ジェイソンが立《た》ちあがった。金貨《きんか》を出《だ》し、指《ゆび》ではじいたかと思《おも》うと、金《きん》の剣《けん》を握《にぎ》っていた。手《て》すりから下《した》をのぞく。「リオか？」

返事《へんじ》はない。

ジェイソンはパイパーの横《よこ》でしゃがんだ。「いやな予感《よかん》がする」

「リオに何《なに》かあったのかも。見《み》てきて」

「パイパーを置《お》いていけない」

「だいじょうぶ」本当《ほんとう》は怖《こわ》いが怖《こわ》がっている場合《ばあい》ではない。短剣《たんけん》カトプトリスを抜《ぬ》き、勇《いさ》ましい顔《かお》をしてみせる。「変《へん》なやつが近《ちか》づいてきたら、串刺《くしざ》しにしてやる」

ジェイソンはためらった。「バックパックを置《お》いていくよ。もし五分以内《ふんいない》にもどらなかったら――」

「大騒《おおさわ》ぎしていい？」

ジェイソンは笑《わら》ってみせた。「もとのパイパーになってよかった。化粧《けしょう》をしてドレスを着《き》たパイパーは短剣《たんけん》よりはるかに怖《こわ》かったよ」

「早《はや》く行《い》って、イケメン君《くん》。でないと串刺《くしざ》しにしちゃうから」

「イケメン君《くん》？」

ジェイソンは顔《かお》をしかめてもかっこいい。ずるい。そのジェイソンは階段《かいだん》のほうに移動《いどう》し、そして暗《くら》がりに姿《すがた》を消《け》した。

パイパーは自分《じぶん》の呼吸《こきゅう》に合《あ》わせて秒《びょう》を数《かぞ》えた。四十と少《すこ》し数《かぞ》えたところでめんどうになった。そのとき、倉庫内《そうこない》で音《おと》がした。バン！

また静《しず》まりかえる。パイパーは心臓《しんぞう》がどきどきしていたが、声《こえ》はあげなかった。直感《ちょっかん》で声《こえ》を出《だ》してはいけないと思《おも》った。

ねんざした足《あし》を見《み》る。〈走《はし》るのは無理《むり》〉もう一度《いちど》ヒトツメ・モータースのロゴを見《み》た。頭《あたま》のどこかから危険《きけん》を知《し》らせる声《こえ》が聞《き》こえる。ギリシャ神話《しんわ》に関係《かんけい》があるような……。

パイパーの手《て》がバックパックにのびる。アンブロシアを取《と》り出《だ》す。食《た》べ過《す》ぎたら燃《も》えあがってしまうけれど、あともう少《すこ》し食《た》べたら足首《あしくび》は完全《かんぜん》に治《なお》るかもしれない。

ブーン。今度《こんど》の音《おと》はもっと近《ちか》い。真下《ました》から聞《き》こえた。パイパーはアンブロシアを一個《こ》まるごとほおばった。鼓動《こどう》が一気《いっき》に早《はや》くなる。体《からだ》がかっと熱《あつ》くなる。

そえ木《ぎ》をつけた足《あし》をゆっくりのばしてみる。痛《いた》みはない。曲《ま》げても平気《へいき》。短剣《たんけん》でダクトテープを切《き》ったとたん、階段《かいだん》からみょうに重《おも》い足音《あしおと》が聞《き》こえてきた——金属製《きんぞくせい》のブーツをはいているかのようだ。

五分《ふん》たった？　もっと？　ジェイソンの足音《あしおと》とはちがう気《き》がするが、リオを抱《かか》えているのかもしれない。パイパーはとうとうがまんできなくなった。短剣《たんけん》を手《て》に、大《おお》きな声《こえ》で聞《き》いた。「ジェイソン？」

「うん」暗《くら》がりから返事《へんじ》があった。「今《いま》そっちに行《い》く」

間違《まちが》いない。ジェイソンの声《こえ》だ。それなのになぜか、パイパーの本能《ほんのう》は「逃《に》げろ」といっている。

パイパーはなんとか立《た》ちあがった。

足音《あしおと》が近《ちか》づいてくる。

「だいじょうぶだ」ジェイソンの声《こえ》がいう。

階段《かいだん》の上《うえ》の暗闇《くらやみ》に、顔《かお》がひとつ現《あらわ》れた——薄気味悪《うすきみわる》い笑《え》み。鼻《はな》はつぶれ、額《ひたい》の真《ま》ん中《なか》に血走《ちばし》った目《め》がひとつ。

「問題《もんだい》ない」ひとつ目《め》キュクロプスがいった。ジェイソンの声《こえ》そっくりだ。「ディナーに間《ま》に合《あ》った」

23 リオ

なんでトイレなんだ、とリオは思《おも》った。自分《じぶん》だったら不時着《ふじちゃく》の場所《ばしょ》にトイレは選《えら》ばない。工場《こうじょう》の敷地内《しきちない》に並《なら》んでいた十数個《すうこ》の仮設《かせつ》トイレはすべてフェスタスの下《した》でぺしゃんこになっている。運《うん》のいいことにどれも長《なが》いこと使《つか》われていなかったし、墜落時《ついらくじ》にあがった炎《ほのお》で中身《なかみ》のほとんどは燃《も》えた。とはいってもトイレの残骸《ざんがい》のあちこちから汚物《おぶつ》の混《ま》じった溶剤《ようざい》がもれ出《だ》している。リオは息《いき》をとめ、汚物《おぶつ》を踏《ふ》まないよう気《き》をつけながらフェスタスに近《ちか》づいた。雪《ゆき》が激《はげ》しく降《ふ》っているがフェスタスの表面《ひょうめん》はまだ熱《あつ》く、蒸気《じょうき》があがっている。もちろん、リオはへっちゃらだ。

動《うご》かないフェスタスの体《からだ》によじのぼって数分後《すうふんご》、リオは頭《あたま》をかきむしった。フェスタスは見《み》た目《め》はなんの問題《もんだい》もない。たしかに空《そら》から落《お》ち、地面《じめん》に激突《げきとつ》したが、へこみなどひとつもない。炎《ほのお》があがったのはトイレ内《ない》にたまったメタンガスに引火《いんか》したのが原因《げんいん》で、フェスタスは無傷《むきず》だ。翼《つばさ》はついたままだし、どこも壊《こわ》れていない。機能停止《きのうていし》する理由《りゆう》がない。

「墜落《ついらく》したのはおれのせいじゃない」リオはつぶやいた。「フェスタス、おまえのせいでおれの信用《しんよう》に傷《きず》がついたぞ」

頭《あたま》にあるコントロールパネルを開《あ》け、リオはぎょっとした。「嘘《うそ》だろ?」

配線《はいせん》が凍《こお》っている。昨日《きのう》はだいじょうぶだった。さびついていた配線《はいせん》は全部念入《ぜんぶねんい》りに直《なお》したはずだ。ところが、機械熱《きかいねつ》で凍《こお》るはずのない脳内《のうない》がすっかり凍《こお》りついている。そのせいでシステムに負荷《ふか》がかかり、コントロールディスクが焼《や》けてしまった。なぜこんなことになったのだろう?

たしかにドラゴンは老朽化《ろうきゅうか》していたが、それでも理解《りかい》できない。

ワイヤーは交換《こうかん》すればいい。しかし、コントロールディスクが焼《や》けたのはまずい。ディスクの縁《ふち》に刻《きざ》まれたギリシャ文字《もじ》や図柄《ずがら》には魔法《まほう》の力《ちから》があるようだが、全部《ぜんぶ》ぼやけたり、焦《こ》げたりしている。

替《か》えがないコントロールディスク——それが壊《こわ》れた。またた。

母親《ははおや》の声《こえ》が聞《き》こえる気《き》がした。〈よく見《み》ればどこが悪《わる》いかわかるはずよ。修理《しゅうり》できないものなんてないの〉

リオの母親《ははおや》はほとんどなんでも修理《しゅうり》できた。しかし五十年前《ねんまえ》に作《つく》られた魔法《まほう》の青銅《せいどう》のドラゴンの修理《しゅうり》はしたことがなかったはずだ。

リオは一《いち》か八《ばち》かでやってみることにした。デトロイトからシカゴまで雪嵐《ゆきあらし》の中《なか》を歩《ある》くつもりはないし、仲間《なかま》を立《た》ち往生《おうじょう》させるつもりもない。

「よし」リオはつぶやき、肩《かた》に積《つ》もった雪《ゆき》を払《はら》った。「ナイロンブラシ、ゴム手袋《てぶくろ》、あとスプレー洗剤《せんざい》もあればほしい」

工具《こうぐ》ベルトはいうことをきいた。リオは必要《ひつよう》な道具《どうぐ》を引《ひ》っぱり出《だ》しながら思《おも》わずほくそ笑《え》んだ。工具《こうぐ》ベルトには限界《げんかい》がある。ジェイソンの剣《けん》のような魔法《まほう》の武器《ぶき》は出《だ》せない、チェーンソーのような巨大《きょだい》なものも出《だ》せない。どちらもすでに試《ため》した。またいっぺんにいろんなことをたのんだあとは、少《すこ》し休《やす》ませなくてはならない。要求《ようきゅう》が複雑《ふくざつ》であればあるほど長《なが》い休息《きゅうそく》が必要《ひつよう》になる。しかし町工場《まちこうば》にあるような小型《こがた》で単純《たんじゅん》な道具《どうぐ》なら——たのめばすぐに出《で》てくる。

リオはコントロールディスクのそうじを始《はじ》めた。雪《ゆき》はやまず、フェスタスの体《からだ》はどんどん冷《ひ》えていく。リオはときおり手《て》を休《やす》めて火《ひ》を呼《よ》び出《だ》し、フェスタスに積《つ》もった雪《ゆき》を解《と》かさなくてはならなかったが、ほぼ作業《さぎょう》はらくに進《すす》んだ。頭《あたま》でほかのことを考《かんが》えていても手《て》が勝手《かって》に仕事《しごと》をしてくれた。

リオは、ボレアスの宮殿《きゅうでん》でのうかつな行動《こうどう》を反省《はんせい》していた。北風《きたかぜ》の神《かみ》の親子《おやこ》ならリオを見《み》ただけでいやな顔《かお》をするのはわかっていたはずだ。火《ひ》の神《かみ》へパイストスの息子《むすこ》が、火《ひ》を吐《は》くドラゴンに乗《の》って氷《こおり》の宮殿《きゅうでん》に飛《と》んできた——歓迎《かんげい》されるはずがない。それでも面会拒否《めんかいきょひ》なんて心外《しんがい》だ。ジェイソンとパイパーは謁見室《えっけんしつ》に通《とお》され、リオはホッケー好《ず》きで頭《あたま》に問題《もんだい》のあるハーフ、カラと一緒《いっしょ》に玄関《げんかん》ホールで待《ま》たされた。

〈ひ、よくない〉カラはそういった。

つまり、そういうことだ。仲間《なかま》にいつまでも内緒《ないしょ》にしておけるはずがない。訓練所《くんれんじょ》にいたときから、大予言《だいよげん》の一行《ぎょう》が頭《あたま》に引《ひ》っかかっている。〈世界《せかい》は嵐《あらし》もしくは炎《ほのお》によって滅《ほろ》びる〉

一六六六年《ねん》のロンドン大火災以降《だいかさいいこう》、リオほどの火《ひ》の使《つか》い手《て》はいない。自分《じぶん》が何《なに》をできるか仲間《なかま》に話《はな》したら——〈おい、聞《き》いてくれ、おれ、世界《せかい》を丸焼《まるや》きにしちゃうかもしれないんだ！〉——訓練所《くんれんじょ》にもどったリオをだれが歓迎《かんげい》する？　また逃《に》げ出《だ》さなくてはならない。逃《に》げるのは得意《とくい》だが、考《かんが》えると憂《ゆう》うつになる。

キオネのこともある。すごくかわいい子《こ》だった。すっかり舞《ま》いあがってしまった。一時間仕上《じかんしあ》げで服《ふく》を洗濯《せんたく》してもらって——話《はなし》はそれるが——とても気分《きぶん》がよかった。髪《かみ》の毛《け》をくしでとかし——これは苦労《くろう》した——工具《こうぐ》ベルトからミントキャンディーが出《だ》せることもわかった。どれもこれもすべてキオネと親《した》しくなりたかったからだ。当然《とうぜん》、思《おも》いどおりにはいかなかった。

リオはしめ出《だ》された——ずっとそうだった——親戚《しんせき》からも、施設《しせつ》からも、どこに行《い》っても。ココハグ校《こう》でもこの数週間《すうしゅうかん》はじゃま者《もの》の気分《きぶん》だった。唯一友《ゆいいつとも》だちといえるジェイソンとパイパーがつき合《あ》いだしたからだ。ふたりがハッピーなのはうれしい反面《はんめん》、自分《じぶん》の居場所《いばしょ》がなくなったような気《き》がした。

ジェイソンがココハグ校《こう》にいたのは幻覚《げんかく》だった——一種《いっしゅ》の記憶《きおく》ちがいだった——と知《し》って、リオはひそかに喜《よろこ》んでいた。リセットのチャンスだ。ところがジェイソンとパイパーはまた恋人同士《こいびとどうし》になる方向《ほうこう》にむかっている——これはついさっきの工場《こうじょう》でのふたりの態度《たいど》から明《あき》らかだ。どちらもふたりきりで話《はな》したい感《かん》じだった。自分《じぶん》は何《なに》を期待《きたい》していたんだろう？　結局《けっきょく》またのけ者《もの》だ。キオネはそっぽをむくのが人《ひと》より少《すこ》し早《はや》かっただけだ。

「わかったよ、バルデス君《くん》」リオは自分《じぶん》をしかった。「おまえがつまらない人間《にんげん》だからといって、だれも同情《どうじょう》してくれない。さっさとこのばかドラゴンを修理《しゅうり》しな」

リオは作業《さぎょう》に集中《しゅうちゅう》していて時間《じかん》を忘《わす》れていた。そこに、声《こえ》が聞《き》こえた。

〈それはちがう〉

手元《てもと》が狂《くる》い、ブラシをフェスタスの頭《あたま》の中《なか》に落《お》としてしまった。リオは立《た》ちあがったが、だれもいない。地面《じめん》を見《み》た。雪《ゆき》、汚物《おぶつ》まじりの溶剤《ようざい》、アスファルトまでがゆっくり溶《と》けて混《ま》じっていく。幅《はば》三メートルの泥《どろ》だまりに目《め》、鼻《はな》、口《くち》が現《あらわ》れ——巨大《きょだい》な眠《ねむ》る女《おんな》の顔《かお》が浮《う》かびあがった。

女《おんな》の顔《かお》は実際《じっさい》には何《なに》もしゃべっていない。くちびるは閉《と》じたままだ。しかしリオの頭《あたま》の中《なか》には女《おんな》の声《こえ》が聞《き》こえていた。震動《しんどう》が地面《じめん》から足《あし》に伝《つた》わり、骨《ほね》に響《ひび》いてくる。

〈彼《かれ》らはおまえを必要《ひつよう》としている。ある意味《いみ》、おまえは七名《めい》の中《なか》でもっとも重要《じゅうよう》――ドラゴンの脳内《のうない》にあるコントロールディスクと同《おな》じだ。おまえがいなければ、ほかの六名《めい》の力《ちから》にはなんの意《い》味《み》もない。彼《かれ》らだけで私《わたし》をさがしあてることも、私《わたし》をとめることもできないだろう。彼《かれ》らのじゃまさえなければ、私《わたし》は完全《かんぜん》に目覚《めざ》めることができる〉

「あんただ」リオは体《からだ》がぶるぶる震《ふる》えて、声《こえ》がちゃんと出《で》ているかどうか自分《じぶん》でもわからなかった。この女《おんな》の声《こえ》を最後《さいご》に聞《き》いたのは八歳《さい》のとき。だけど間違《まちが》いない。工場《こうじょう》に姿《すがた》を現《あらわ》した眠《ねむ》る土《つち》の女《おんな》だ。「あんたが母《かあ》ちゃんを殺《ころ》した」

女《おんな》の表情《ひょうじょう》が変《か》わった。眠《ねむ》ったまま口《くち》がほほ笑《え》む。楽《たの》しい夢《ゆめ》を見《み》ているかのようだ。〈だがね、リオ、私《わたし》もおまえの母親《ははおや》――母《はは》なる母《はは》なのだよ。私《わたし》にさからってはならない。今《いま》すぐここから去《さ》れ。わが息子《むすこ》ポルピュリオンを目覚《めざ》めさせ、王《おう》とせよ。そうすればおまえの重荷《おもに》をらくにしてやろう。大地《だいち》を軽々《かるがる》と歩《ある》かせてやろう〉

リオは手近《てぢか》にあったものを――仮設《かせつ》トイレの便座《べんざ》を――つかみ、女《おんな》の顔《かお》に投《な》げつけた。「ほっておいてくれ！」

トイレの便座《べんざ》は泥《どろ》だまりに沈《しず》んだ。雪《ゆき》まじりの泥《どろ》がさざ波《なみ》を立《た》て、顔《かお》が消《き》えた。

リオは地面《じめん》を見《み》つめ、顔《かお》がまた現《あらわ》れるのを待《ま》った。しかし現《あらわ》れない。今《いま》のは夢《ゆめ》だった。そう思《おも》いたいくらいだった。

そのとき、工場《こうじょう》のほうで大《おお》きな音《おと》がした――ダンプカー二台《だい》が衝突《しょうとつ》したような音《おと》だ。金属《きんぞく》がひしゃげ、きしむ音《おと》が敷地《しきち》じゅうに響《ひび》きわたる。リオははっとした。ジェイソンとパイパーがあぶない。

〈今《いま》すぐここから去《さ》れ〉女《おんな》はそういった。

「んなはずないだろ」リオはいった。「いちばんでっかいハンマーをくれ」

リオは工具《こうぐ》ベルトに手《て》を入《い》れ、特大《とくだい》サイズのハンマーを引《ひ》っぱり出《だ》した。そしてドラゴンの背《せ》中《なか》から飛《と》びおり、工場《こうじょう》にむかって走《はし》った。

24 リオ

リオはドアの前《まえ》で立《た》ちどまり、呼吸《こきゅう》を整《ととの》えた。眠《ねむ》る土《つち》の女《おんな》の声《こえ》が耳《みみ》の奥《おく》でしつこく響《ひび》いて、母《はは》親《おや》が死《し》んだときのことを思《おも》い出《だ》させる。暗《くら》い工場《こうじょう》に飛《と》びこむのは二度《にど》とごめんだ。リオは急《きゅう》にまた八歳《さい》の子《こ》どもにもどってしまった。だいじな人《ひと》が閉《と》じこめられ、窮地《きゅうち》に陥《おちい》っているのに何《なに》もできない。

考《かんが》えるな。リオは自分《じぶん》にいい聞《き》かせた。それこそあの女《おんな》の思《おも》う壺《つぼ》だ。

しかし怖《こわ》いものは怖《こわ》い。リオは大《おお》きく深呼吸《しんこきゅう》して中《なか》をのぞいた。すべてさっきと同《おな》じだ。屋根《やね》の穴《あな》から明《あか》るい朝《あさ》の光《ひかり》が差《さ》しこんでいる。電球《でんきゅう》がいくつか弱々《よわよわ》しく光《ひか》っているが一階《かい》はまだ暗《くら》い。上《うえ》のほうにキャットウォークがあり、組《く》み立《た》てラインの両側《りょうがわ》に重機《じゅうき》があるのがぼんやり見《み》えるが、動《うご》くものはない。ジェイソンとパイパーはどこにもいない。

リオは大声《おおごえ》で呼《よ》びそうになったが思《おも》いとどまった——理由《りゆう》はよくわからない。いや、何《なに》かにおいがする。いやなにおいだ——エンジンオイルが焼《や》けたにおいと、すえた口臭《こうしゅう》が混《ま》ざったような悪臭《あくしゅう》だ。

工場内《こうじょうない》に人間《にんげん》以外《いがい》の生《い》き物《もの》がいる。間違《まちが》いない。緊張《きんちょう》がたかまり、全身《ぜんしん》の神経《しんけい》がぴりぴりしてきた。

工場《こうじょう》の一階《かい》のどこかからパイパーの声《こえ》がした。「リオ、助《たす》けて！」

しかしリオは口《くち》をつぐんでいた。足首《あしくび》をねんざしたパイパーがどうやってキャットウォークをおりたんだ？　リオはするりと中《なか》に入《はい》り、すばやくコンテナのうしろに隠《かく》れた。ハンマーを手《て》に、箱《はこ》やトラックのシャーシに隠《かく》れながらゆっくり部屋《へや》の中央《ちゅうおう》に進《すす》んでいく。ついに組《く》み立《た》てラインまでたどりつき、いちばん近《ちか》くの機械《きかい》――ロボットアームつきのクレーン――のうしろにしゃがみこんだ。

パイパーの声《こえ》がまた呼《よ》んだ。「リオ？」さっきより小《ちい》さな声《こえ》だがかなり近《ちか》い。

リオは機械《きかい》をながめた。組《く》み立《た》てラインの反対側《はんたいがわ》にあるクレーンが、巨大《きょだい》なトラックのエンジンをぶらさげてベルトコンベヤーにのせようとしている――エンジンは約《やく》十メートル上《うえ》にぶらさがっている。工場《こうじょう》が閉鎖《へいさ》されてすべてが停止《ていし》したときのままなのだろう。エンジンの真下《ました》にトラックのシャーシがひとつあり、そのまわりにフォークリフト車《しゃ》サイズの黒《くろ》いかたまりが三つ。すぐ横《よこ》にある別《べつ》のクレーンのアーム二本《ほん》の先《さき》に、小《ちい》さなものがひとつずつぶらさがっている――

エンジンだろうか。いや、片方《かたほう》はミノムシのように身《み》をよじっている。

そのとき、黒《くろ》いかたまりだと思《おも》っていたものがひとつ立《た》ちあがった。巨大《きょだい》な怪物《かいぶつ》だ。「なんでもないといっただろ」声《こえ》が轟《とどろ》く。野蛮《やばん》で低《ひく》い声《こえ》は人間《にんげん》のものではない。

もうひとつの黒《くろ》いかたまりがもぞもぞっと動《うご》き、パイパーの声《こえ》で叫《さけ》んだ。「リオ、助《たす》けて！　あたしを助《たす》けて――」そういいかけて途中《とちゅう》で声色《こわいろ》が変《か》わり、男《おとこ》のうなり声《ごえ》になる。「な、だれもいない。ハーフならもっと騒々《そうぞう》しく入《はい》ってくる、だろ？」

最初《さいしょ》の怪物《かいぶつ》がおもしろそうに笑《わら》う。「逃《に》げたんだろうよ。痛《いた》い目《め》にあわないうちにさ。でなきゃ三人目《にんめ》のハーフがいるって、娘《むすめ》の言葉《ことば》が嘘《うそ》だったかだ。さあ、料理《りょうり》を始《はじ》めよう」

パチッ！　明《あか》るいオレンジの光《ひかり》がいきなり点灯《てんとう》した――発炎筒《はつえんとう》だ――リオは一瞬《いっしゅん》目《め》が見《み》えなくなった。クレーンのうしろに隠《かく》れたまま、見《み》えるようになるのを待《ま》ってまたのぞいてみると、ティア・カリダも驚《おどろ》きの悪夢《あくむ》が目《め》に飛《と》びこんできた。

クレーンのアームにぶらさがっているミノムシみたいなものはエンジンではなかった。ジェイソンとパイパーだ。ふたりとも足首《あしくび》をしばられてさかさにつるされ、顔以外《かおいがい》は鎖《くさり》がぐるぐる巻《ま》きだ。パイパーは自由《じゆう》になろうと暴《あば》れている。口《くち》にさるぐつわをはめられているが生《い》きている。ジェイソンのほうは少《すこ》し心配《しんぱい》だ。体《からだ》はぐったりして、白目《しろめ》をむき、左《ひだり》の眉《まゆ》の上《うえ》に大《おお》きな赤《あか》いみみずばれができている。

ベルトコンベヤーの上《うえ》にある作《つく》りかけの小型《こがた》トラックの荷台《にだい》が、炉《ろ》の代《か》わりに使《つか》われている。発炎筒《はつえんとう》からタイヤや木屑《きくず》の山《やま》に火《ひ》が移《うつ》る。においからすると、灯油《とうゆ》をかけてあったようだ。火《ひ》の上《うえ》に太《ふと》くて長《なが》い金属《きんぞく》のポールが一本渡《ぽんわた》してある――焼《や》き串《ぐし》だ。つまりここで料理《りょうり》するつもりだ。

しかしいちばん恐《おそ》ろしいのは火《ひ》を囲《かこ》む三人《にん》だ。

ヒトツメ・モータース。赤《あか》いひとつ目《め》のロゴ。リオは今《いま》になってわかった。巨体《きょたい》の怪物《かいぶつ》三人《にん》が火《ひ》のまわりに集《あつ》まってきた。ふたりは立《た》って火《ひ》の番《ばん》。いちばん体《からだ》の大《おお》きい怪《かい》物《ぶつ》はリオに背中《せなか》をむけてしゃがんでいる。リオのほうをむいて立《た》っているふたりはどちらも身長《しんちょう》約《やく》三メートル。筋肉《きんにく》のもりあがった体《からだ》は毛深《けぶか》く、肌《はだ》の出《で》ている部分《ぶぶん》は火《ひ》に照《て》らされて赤《あか》く光《ひか》っている。片方《かたほう》は鎖《くさり》で編《あ》んだ腰巻《こしまき》をつけている。着心地《きごこち》は悪《わる》そうだ。もう片方《かたほう》はファイバーグラスで作《つく》ったトーガを着《き》ているが、ぼろぼろで毛羽《けば》立《だ》っている。リオの着《き》たい服《ふく》トップテンには入《はい》りそうにない。ふたりは着《き》ているものはちがうがうりふたつ。どちらも獣《けもの》のような形相《ぎょうそう》で、目《め》は額《ひたい》にひとつだけ。三人《にん》ともキュクロプスだ。

リオは脚《あし》が震《ふる》えてきた。これまでに嵐《あらし》の精《せい》や、翼《つばさ》の生《は》えた北風《きたかぜ》の親子《おやこ》や、タバスコソース好《ず》きの青銅《せいどう》のドラゴンなど、不気味《ぶきみ》なものばかり見《み》てきたが、今回《こんかい》はちがう。本物《ほんもの》の、生身《なまみ》の身長《しんちょう》三メートルの怪物《かいぶつ》だ。その怪物《かいぶつ》が仲間《なかま》を夕食《ゆうしょく》にしようとしている。

リオは恐怖《きょうふ》で頭《あたま》がまともに働《はたら》かなくなった。フェスタスがここにいれば。こんなときこそ火《ひ》を吐《は》く全長《ぜんちょう》二十メートルの戦車《せんしゃ》のようなドラゴンの出番《でばん》だ。しかしリオが持《も》っているのは工具《こうぐ》ベルトとバックパックだけ。巨大《きょだい》ハンマーもキュクロプスとくらべたらおもちゃにしか見《み》えない。

眠《ねむ》る土《つち》の女《おんな》がいっていたのはこのことだ。土《つち》の女《おんな》は、リオが逃《に》げ仲間《なかま》を見殺《みごろ》しにするのを待《ま》っている。

リオはそれで決心《けっしん》がついた。あいつの思《おも》いどおりになんか——二度《にど》となるもんか。今度《こんど》こそ勇《ゆう》気《き》をふりしぼって立《た》ちむかってやる。リオは肩《かた》からバックパックをはずし、そっとチャックを開《あ》けた。

腰巻《こしまき》をつけたキュクロプスがパイパーに近《ちか》づいた。パイパーは体《からだ》をよじり、相手《あいて》の目《め》に頭突《ずつ》きしようとした。「さるぐつわをとっていいか？　ハーフの悲鳴《ひめい》を聞《き》きたい」

質問《しつもん》はいちばん体《からだ》の大《おお》きなキュクロプスにむけられている。このキュクロプスがリーダーらしい。しゃがんでいたキュクロプスがのどの奥《おく》で返事《へんじ》をした。腰巻《こしまき》のキュクロプスはパイパーのさるぐつわをはずした。

パイパーは悲鳴《ひめい》はあげなかった。肩《かた》で大《おお》きく息《いき》をし、自分《じぶん》を落《お》ち着《つ》かせようとしている。

そのあいだにリオはバックパックの中《なか》からさがしていたものを見《み》つけた。九番《ばん》シェルターからくすねてきた小型《こがた》リモコン数個《すうこ》だ。少《すく》なくとも、リオはリモコンであることを祈《いの》った。クレーンの操作《そうさ》パネルは簡単《かんたん》に見《み》つかった。リオは工具《こうぐ》ベルトからドライバーを出《だ》して仕事《しごと》にかかった。

しかし、ゆっくりやらなくてはならない。キュクロプスのリーダーとは五、六メートルしか離《はな》れていない。キュクロプスは耳《みみ》もよさそうだ。音《おと》を立《た》てずに作業《さぎょう》を進《すす》めることは不可能《ふかのう》に近《ちか》いが、やるしかない。

トーガを着《き》たキュクロプスが火《ひ》をつついた。火《ひ》は赤々《あかあか》と燃《も》え、天井《てんじょう》にむかって黒《くろ》い煙《けむり》があがっている。腰巻《こしまき》のキュクロプスがパイパーをにらみつけて、反応《はんのう》を待《ま》っている。「悲鳴《ひめい》をあげな！悲鳴《ひめい》ほどゆかいなものはない！」

パイパーがやっと口《くち》を開《ひら》いた。いたずらな子犬《こいぬ》にいい聞《き》かせるような、落《お》ち着《つ》いて大人《おとな》びた口調《くちょう》だ。「キュクロプスのみなさん、あたしたちを殺《ころ》してはだめ。あたしたちを逃《に》がしてくれたほうがずっと得《とく》よ」

腰巻《こしまき》のキュクロプスはぼさぼさ頭《あたま》をかき、トーガのキュクロプスを見《み》た。「トーク、この子《こ》ちょっとかわいいな。逃《に》がしてやるか」

トーガのキュクロプス、トークがうなった。「サンプ、だれが最初《さいしょ》に見《み》つけたと思《おも》っているんだ。逃《に》がすならおれだ！」

サンプとトークはいい合《あ》いを始《はじ》めた。リーダーのキュクロプスが立《た》ちあがって叫《さけ》んだ。「うるさい！」

リオは思《おも》わずドライバーを落《お》としそうになった。リーダーのキュクロプスは女《おんな》だった。トークやサンプより約《やく》一メートル背《せ》が高《たか》く、体《からだ》つきもはるかにごつい。鎖《くさり》を編《あ》んで作《つく》ったぶかぶかのワンピースを着《き》ている。リオの意地悪《いじわる》なおば、ローサが着《き》ていたような――ムームードレス？そう、キュクロプスおばさんは、鎖《くさり》ムームーを着《き》ている。黒《くろ》い髪《かみ》は油《あぶら》でなでつけ、銅線《どうせん》やワッシャーを編《あ》みこんでおさげにしてある。鼻《はな》は大《おお》きく、くちびるは厚《あつ》いがどちらも顔《かお》にめりこんで見《み》える。いつもひまつぶしに壁《かべ》に顔《かお》を打《う》ちつけているのかもしれない。しかし赤《あか》い目《め》は悪《わる》がしこそうに光《ひか》っている。

キュクロプスおばさんが大《おお》またで近《ちか》づいてサンプを押《お》しのけた。サンプはベルトコンベヤーに激突《げきとつ》。トークはあわてて後《あと》ずさった。

「この娘《むすめ》はウェヌスの娘《むすめ》だ」キュクロプスおばさんがいう。「おまえたちを話術《わじゅつ》でたぶらかそうとしているんだ」

パイパーはいった。「ちがう。あたしは――」

「お黙《だま》り！」キュクロプスおばさんはパイパーの腰《こし》をつかんだ。「あたしをだまそうったって、そうはいかないよ！　あたしの名《な》はマ・ガスケット！　おまえより勇《いさ》ましい英雄《えいゆう》を何人《なんにん》もランチにしてきたんだからね！」

リオはパイパーが握《にぎ》りつぶされるんじゃないかとひやひやした。しかし、マ・ガスケットは手《て》を離《はな》し、パイパーはまた鎖《くさり》の下《した》で揺《ゆ》れた。マ・ガスケットはサンプにむかって「なんてばかなんだ」とどなりはじめた。

リオはけんめいに作業《さぎょう》をつづけた。ワイヤーをつなぎ合《あ》わせたり、スイッチを入《い》れたり、ほとんど無意識《むいしき》に手《て》を動《うご》かし、ついにリモコンと接続《せつぞく》することができた。リオはキュクロプス三人《にん》がもめているあいだに、ひとつ隣《となり》のロボットアームの操作《そうさ》パネルまで這《は》っていった。

「――じゃあ、娘《むすめ》を食《た》べるのは後回《あとまわ》し？」サンプがマ・ガスケットに聞《き》いた。

「ばか息子《むすこ》！」マ・ガスケットがどなった。サンプとトークはマ・ガスケットの息子《むすこ》だった。つまり醜《みにく》いのは遺伝《いでん》だ。「こんなことなら赤《あか》ん坊《ぼう》のときにふたりとも捨《す》てちまえばよかった。キュクロプスの習慣《しゅうかん》どおりにね。そしたら、ふたりとももっと賢《かしこ》く育《そだ》っただろうに。親心《おやごころ》が仇《あだ》になったよ！」

「親心《おやごころ》？」トークがつぶやく。

「なんだい？　この恩知《おんし》らずが」

「なんでもないって。おふくろはやさしいっていっただけだ。おれたちはおふくろのために働《はたら》いたり、飯《めし》を用意《ようい》したり、爪《つめ》にマニキュアを塗《ぬ》ったりしているじゃないか――」

「もっと感謝《かんしゃ》してほしいもんだね！　いいから、トーク、火《ひ》の番《ばん》をしな！　サンプ、サルサソースの入《い》れ物《もの》があっちの倉庫《そうこ》にあるからとってきな。あたしにソースもつけずにハーフを食《た》べろっていうつもりじゃないだろうね！」

「もちろん！」サンプがいった。「いや、もちろん、そんなつもりは――」

「さっさととってきな！」マ・ガスケットは手近《てぢか》のトラックのシャーシを取《と》りあげ、サンプの頭《あたま》にたたきつけた。サンプは膝《ひざ》からくずれた。ふつうなら死《し》んでしまうところだが、サンプは慣《な》れっこらしい。頭《あたま》の上《うえ》でひしゃげた帽子《ぼうし》のようになったシャーシをどかし、よろよろしながら立《た》つと、走《はし》ってサルサを取《と》りにいった。

今《いま》だ、とリオは思《おも》った。人数《にんずう》が少《すく》ないうちに。

リオは二台目《だいめ》の機械《きかい》への接続《せつぞく》を終《お》え、三台目《だいめ》に移動《いどう》した。アームからアームにいそいで移動《いどう》するリオにキュクロプスは気《き》づかない。しかし、パイパーは気《き》づいた。怯《おび》えていたパイパーの顔《かお》が「嘘《うそ》でしょ」という表情《ひょうじょう》に変《か》わり、思《おも》わず声《こえ》がもれた。

マ・ガスケットがふり返《かえ》ってパイパーを見《み》た。「なんだい？　骨《ほね》でも折《お》れたかい？」

ありがたいことにパイパーは頭《あたま》の回転《かいてん》がいい。リオから目《め》をそらしていった。「肋骨《ろっこつ》が折《お》れたみたい。内出血《ないしゅっけつ》してたら食《た》べてもおいしくないと思《おも》う」

マ・ガスケットは吠《ほ》えるような声《こえ》で笑《わら》った。「りこうな娘《むすめ》だね。ついこのあいだ食《た》べた英雄《えいゆう》は──トーク、覚《おぼ》えているかい？　メルクリウスの息子《むすこ》だったかい？」

「そうだよ」トークがこたえる。「あいつはうまかった。ちょっと筋《すじ》っぽかったけど」

「メルクリウスの息子《むすこ》も同《おな》じような手《て》を使《つか》ったねえ。病気《びょうき》で薬《くすり》を飲《の》んでいるといった。けれどなかなかの味《あじ》だった！」

「マトンの味《あじ》がした」トークがいう。「紫《むらさき》のシャツを着《き》て、ラテン語《ご》をしゃべるやつだった。そう、筋《すじ》っぽかったけどうまかった」

操作《そうさ》パネルを調《しら》べていたリオの指《ゆび》がとまる。パイパーもはっとして聞《き》き返《かえ》した。「紫《むらさき》のシャツ？　ラテン語《ご》？」

「おいしくいただいたよ」マ・ガスケットがいう。「それはそうと、よくお聞《き》き。あたしらは人間《にんげん》が思《おも》っているほどまぬけじゃない！　あたしら北《きた》のキュクロプスは、つまらない嘘《うそ》にだまされたり引《ひ》っかかったりしないのさ！」

リオの手《て》は作業《さぎょう》をつづけていたが、頭《あたま》は別《べつ》のことを考《かんが》えていた。ラテン語《ご》を話《はな》すハーフがここでつかまった――そいつはジェイソンと同《おな》じで紫《むらさき》のシャツを着《き》ていた？ それが何《なに》を意味《いみ》するかはわからない。質問《しつもん》するのはパイパーにまかせることにした。キュクロプスを倒《たお》すなら、サンプがサルサソースをとってもどってくる前《まえ》に行動《こうどう》するしかない。

リオはキュクロプスがおこした火《ひ》の真上《まうえ》にぶらさがっているエンジンの塊《かたまり》を見《み》あげた。あれを使《つか》えたら――格好《かっこう》の武器《ぶき》になる。しかしあのエンジンをつるしているクレーンはベルトコンベヤーのむこう側《がわ》だ。キュクロプスに見《み》られずにあそこまで行《い》くのは無理《むり》だ。それに、時間《じかん》がない。

作戦《さくせん》の最終段階《さいしゅうだんかい》がいちばんやっかいだった。工具《こうぐ》ベルトから数本《すうほん》のワイヤー、無線《むせん》アダプター、小《ちい》さめのドライバーを出《だ》し、万能《ばんのう》リモコンを作《つく》った。リオは心《こころ》の中《なか》で初《はじ》めて父親《ちちおや》に――ヘパイストスに――礼《れい》をいった。魔法《まほう》の工具《こうぐ》ベルトをありがとう。ついでに〈おれをここから出《だ》してくれ〉と祈《いの》った。〈そうしたらもう「くそおやじ」なんて思《おも》わないからさ〉

パイパーはしゃべりつづけ、キュクロプスおばさん一家《いっか》をほめちぎっている。「北《きた》のキュクロプスの噂《うわさ》なら聞《き》いたことがある！」嘘《うそ》に決《き》まっているが説得力《せっとくりょく》がある。「こんなに体《からだ》が大《おお》きくて頭《あたま》がいいなんて知《し》らなかった！」

「おべっかを使《つか》ってもむだだよ」マ・ガスケットは口《くち》ではそういっているが、まんざらでもなさそうだ。「そのとおり、おまえはいちばん賢《かしこ》いキュクロプスの朝飯《あさめし》になるんだ」

「でもキュクロプスはものを作《つく》るのが得意《とくい》なんでしょ？」とパイパー。「神々《かみがみ》のために武器《ぶき》を作《つく》ったんじゃなかった？」

「ばかな！ 作《つく》るのは得意《とくい》なんてもんじゃない。ま、人間《にんげん》を食《た》べるのも、たたきつぶすのも得意《とくい》だけどね。あたしらはものを作《つく》るのも、そう、得意《とくい》だけど、神々《かみがみ》のためには作《つく》らない。親戚《しんせき》の年《とし》寄《よ》りキュクロプスは作《つく》るがね。あの年寄《としよ》りどもはあたしらより何千年《なんねん》も長生《ながい》きしているってだけで、自分《じぶん》たちはえらい、自分《じぶん》たちは力《ちから》がある、と思《おも》っているんだ。南《みなみ》の島《しま》でヒツジの世話《せわ》をしている親戚《しんせき》もいるが、どいつもこいつもばかばかり！ けどね、あたしら北《きた》に住《す》むキュクロプスがいちばん優秀《ゆうしゅう》なんだ！ この古《ふる》い工場《こうじょう》にヒトツメ・モータースって会社《かいしゃ》をおこし――最高《さいこう》の武器《ぶき》、よろい、戦車《せんしゃ》、低燃費《ていねんぴ》SUV《エスユーブイ》も作《つく》る！ ところがだ――閉鎖《へいさ》に追《お》いこまれた。一族《いちぞく》のほとんどがくびになった。戦《たたか》いはあっというまに終《お》わり、タイタン族《ぞく》は敗《やぶ》れた。なんてことだ！ キュクロプスの作《つく》る武器《ぶき》の出番《でばん》はなくなった」

「残念《ざんねん》ね」パイパーは気《き》の毒《どく》そうにいった。「素敵《すてき》な武器《ぶき》をいっぱい作《つく》ったのに」

トークがにっと笑《わら》った。「キーキー鳴《な》る戦槌《せんつい》！」長《なが》い棒《ぼう》の先《さき》にアコーディオンのような金属製《きんぞくせい》の四角《しかく》いものがついた武器《ぶき》を手《て》にとり、思《おも》い切《き》り地面《じめん》を殴《なぐ》りつける。コンクリートの床《ゆか》にひびが入《はい》ると同時《どうじ》に、世界最大《せかいさいだい》のゴム製《せい》のアヒルのおもちゃを踏《ふ》みつぶしたみたいな音《おと》が出《で》た。

「こわっ」パイパーがいった。

トークはうれしそうだ。「爆発斧《ばくはつおの》ほどの威力《いりょく》はないが、こっちは何度《なんど》でも使《つか》える」

「持《も》ってみてもいい？」パイパーが聞《き》いた。「もし手《て》を自由《じゆう》にしてくれたら――」

トークがいそいそと前《まえ》に出《で》てきたところでマ・ガスケットがいった。「ばか！　この子《こ》はまただまそうとしているんだ。おしゃべりはもうおよし！　あっちの小僧《こぞう》が自分《じぶん》でくたばってしまう前《まえ》に片《かた》づけておしまい！　肉《にく》は新鮮《しんせん》なほうがいいからね」

〈冗談《じょうだん》じゃない！〉リオの指《ゆび》が急《きゅう》ピッチでワイヤーとリモコンをつなぐ。〈あともうちょっとだ！〉

「ね、待《ま》って」パイパーもキュクロプスの気《き》をそらそうとしている。「ひとつ聞《き》きたいことがあるんだけど――」

つなぎ合《あ》わせようとしていたワイヤーから火花《ひばな》が飛《と》んだ。キュクロプスたちがはっとし、リオのほうを見《み》た。トークがトラックをつかみ、リオにむかって投《な》げた。

機械《きかい》をなぎ倒《たお》して飛《と》んでくるトラックを、リオは床《ゆか》を転《ころ》がってよけた。一瞬遅《いっしゅんおそ》かったら押《お》しつぶされたところだ。

リオは立《た》ちあがったが、マ・ガスケットに見《み》つかってしまった。「トーク、このキュクロプスのできそこない！　あいつを逃《に》がすんじゃないよ！」

トークがリオにむかって突進《とっしん》してきた。リオはとっさに完成《かんせい》したばかりのリモコンのスイッチをオンにした。

トークが十五メートル先《さき》までせまってきた。あと五メートル。

そのとき、最初《さいしょ》のロボットアームがウィーンと音《おと》を立《た》てて動《うご》きだした。重量《じゅうりょう》三トンの黄色《きいろ》い金《きん》属《ぞく》のかぎづめに背中《せなか》をぶん殴《なぐ》られ、トークは顔《かお》から地面《じめん》に倒《たお》れた。アームはすかさずトークの片《かた》足《あし》をつかみ、天井《てんじょう》にむかってほうり投《な》げた。

「ぎゃーーーー！」トークはロケットのように暗闇《くらやみ》に飛《と》んでいく。天井《てんじょう》は真《ま》っ暗《くら》だし、相当《そうとう》に高《たか》いためトークがどうなったかわからないが、ガチャンという大音響《だいおんきょう》からして天井《てんじょう》の大梁《おおばり》にぶつかったようだ。

トークは落《お》ちてこない。その代《か》わり、黄色《きいろ》いほこりが降《ふ》ってきた。トークははじけて消《き》えた。

マ・ガスケットは目《め》を見開《みひら》いてリオを見《み》ている。「せがれを……お……おまえは……」

それが合図《あいず》だったかのように、サンプが火明《ひあ》かりの中《なか》に飛《と》びこんできた。手《て》にサルサの入《い》れ物《もの》を持《も》っている。「ほら、激辛《げきから》のサルサソースがあったよ――」

サンプは最後《さいご》までいえなかった。リオはリモコンのスイッチを入《い》れた。二機目《きめ》のクレーンのアームがサンプの胸《むね》を強打《きょうだ》した。サルサの入《い》れ物《もの》が風船《ふうせん》のようにはじけ、サンプはうしろにふっ飛《と》んで三機目《きめ》のクレーンの車体《しゃたい》に激突《げきとつ》。サンプは車体《しゃたい》にぶつかるくらいは平気《へいき》だったが、五千キロの威力《いりょく》があるアームには歯《は》が立《た》たなかった。三機目《きめ》のクレーンのアームに床《ゆか》にたたきつけられ、粉袋《こなぶくろ》が爆発《ばくはつ》したようにはじけて消《き》えた。

キュクロプスふたりを撃退《げきたい》。さすがは「コウグベルト指揮官《しきかん》」、とほくそ笑《え》むリオをマ・ガスケットがにらみつけた。マ・ガスケットは手近《てぢか》のクレーンのアームをつかむと、おたけびをあげながらむしりとった。「よくもせがれをちりにしてくれたね！　あの子《こ》らをちりにしていいのはあたしだけなんだ！」

リオはまたスイッチを入《い》れた。残《のこ》りのクレーン二機《き》のアームが動《うご》きだした。マ・ガスケットは片方《かたほう》のアームをつかみ、半分《はんぶん》に折《お》った。もう一本《ぽん》のアームがマ・ガスケットの頭《あたま》をぶん殴《なぐ》った。しかし、マ・ガスケットは怒《いか》り狂《くる》ってアームを引《ひ》きちぎり、野球《やきゅう》のバットのようにふりまわした。バットの先《さき》がパイパーとジェイソンの体《からだ》をかすめた、と思《おも》ったら、マ・ガスケットが手《て》を放《はな》した——バットが回転《かいてん》しながらリオのほうに飛《と》んでくる。リオは悲鳴《ひめい》をあげ、転《ころ》がってよけた。すぐ横《よこ》にあった機械《きかい》が粉々《こなごな》になった。

だめだ。激怒《げきど》したおばさんキュクロプスは、リモコンとドライバーで戦《たたか》える相手《あいて》ではない。コウグベルト指揮官《しきかん》の将来《しょうらい》が危《あや》うい。

マ・ガスケットはリオから五、六メートルのところに立《た》っている。火《ひ》のすぐ横《よこ》だ。マ・ガスケットはこぶしを握《にぎ》り、歯《は》をむき出《だ》している。鎖《くさり》で編《あ》んだムームーと、油《あぶら》でてかてかのおさげ髪《かみ》はこっけいだ――しかし身長《しんちょう》が三メートル以上《いじょう》で、巨大《きょだい》な赤《あか》いひとつ目《め》をぎらぎら光《ひか》らせているのを見《み》ると、とても笑《わら》っていられない。

「持《も》ちネタはそれでおしまいかい？」マ・ガスケットがいった。

リオはちらっと上《うえ》を見《み》た。チェーンの先《さき》にエンジンがぶらさがっている――あれもリモコンで操作《そうさ》できるようにしておけばよかった。もしマ・ガスケットがもう一歩前《いっぽまえ》に出《で》てきてくれたら。チェーンはかなり高《たか》いところにあるので見《み》えるはずはないが、リオには直感《ちょっかん》でわかった。チェーンの輪《わ》のひとつがもろくなっている。

「いや、まだある！」リオはリモコンを持《も》つ手《て》をあげた。「もう一歩前《いっぽまえ》に出《で》てみな。火《ひ》で焼《や》きつくしてやる！」

マ・ガスケットが笑《わら》った。「やってもらおうか？　キュクロプスは火《ひ》なんてへっちゃらだ。けれどおまえが火遊《ひあそ》びをしたいなら、手伝《てつだ》ってやるよ！」

マ・ガスケットは素手《すで》で赤《あか》く燃《も》える石炭《せきたん》をすくいあげ、リオにぶつけた。石炭《せきたん》はリオにあたって足元《あしもと》に落《お》ちた。

「痛《いた》くもかゆくもないぞ」リオは自分《じぶん》でも信《しん》じられなかった。しかしマ・ガスケットはにやっと笑《わら》い、トラックの横《よこ》にあるドラム缶《かん》を持《も》ちあげた。リオがドラム缶《かん》の文字《もじ》——灯油《とうゆ》——に気《き》がついたのと同時《どうじ》に、マ・ガスケットがそれを投《な》げた。ドラム缶《かん》はリオのすぐ前《まえ》でひしゃげて、灯油《とうゆ》が床《ゆか》に広《ひろ》がった。

石炭《せきたん》から火花《ひばな》があがる。リオは目《め》をつぶった。パイパーが叫《さけ》ぶ。「だめ！」リオのまわりが勢《いきお》いよく燃《も》えあがった。リオが目《め》を開《あ》けると、渦《うず》を巻《ま》く高《たか》さ五メートルの火柱《ひばしら》につつまれていた。

マ・ガスケットはうれしそうな声《こえ》をあげている。ところがリオは燃《も》えなかった。灯油《とうゆ》の火《ひ》はしだいにおさまり、ところどころで小《ちい》さな火《ひ》がちらつくだけになった。

パイパーが思《おも》わず声《こえ》をあげた。「どういうこと？」

マ・ガスケットはあっけにとられている。「なぜ死《し》なない？」一歩前《いっぽまえ》に出《で》る。リオの作戦《さくせん》どおりだ。「おまえは何者《なにもの》だ？」

「ヘパイストスの息子《むすこ》だ。それより、さっきいったとおり、火《ひ》で焼《や》きつくしてやる」

リオは人差《ひとさ》し指《ゆび》を立《た》てた手《て》を高《たか》くあげ、全神経《ぜんしんけい》を集中《しゅうちゅう》させた。これまでやったことのない大技《おおわざ》だ——指先《ゆびさき》から白熱《はくねつ》した火《ひ》の玉《たま》が、エンジンの塊《かたまり》をつりさげているチェーンにむかって飛《と》んだ。キュクロプスおばさんの真上《まうえ》だ——火《ひ》の玉《たま》は鎖《くさり》が腐食《ふしょく》して弱《よわ》くなっている部分《ぶぶん》を直撃《ちょくげき》した。

火《ひ》の玉《たま》が消《き》える。何《なに》も起《お》こらない。マ・ガスケットが声《こえ》をあげて笑《わら》った。「おもしろいものを見《み》せてもらったよ。火《ひ》の使《つか》い手《て》のハーフを見《み》たのは何世紀《なんせいき》かぶりだ。さぞかし辛《から》みのきいた前菜《ぜんさい》になるだろう!」

チェーンがピシっと鳴《な》る——火《ひ》の玉《たま》がまともにあたった部分《ぶぶん》だ——エンジンが落《お》ちた。静《しず》かな殺人兵器《さつじんへいき》として。

「どうかな」リオがいう。

マ・ガスケットは上《うえ》を見《み》る余裕《よゆう》さえなかった。

ドガッ! キュクロプスおばさんは消《き》えた——残《のこ》ったのは五トンのエンジンの塊《かたまり》とちりの山《やま》だけ。

「エンジンにはかなわないだろ?」リオがいった。「ざまあみろ!」

そういったとたん、リオは床《ゆか》に膝《ひざ》をついた。頭《あたま》ががんがん鳴《な》っている。数分後《すうふんご》、パイパーが名《な》前《まえ》を呼《よ》ぶ声《こえ》で目《め》が覚《さ》めた。

「リオ！　だいじょうぶ？　動《うご》ける？」

リオはふらふらしながら立《た》ちあがった。あんなに威力《いりょく》のある火《ひ》を呼《よ》び出《だ》したのは初《はじ》めてだ。体《たい》力《りょく》を使《つか》い果《は》たしてしまった。

パイパーをチェーンからおろすのも手《て》こずった。そのあと、パイパーとふたりでジェイソンをおろしたが、ジェイソンはまだ気《き》を失《うしな》っている。パイパーがジェイソンの口《くち》を開《あ》けてネクタルを少《すこ》し飲《の》ませると、ジェイソンがうめいた。額《ひたい》のみみずばれがじょじょに薄《うす》れ、顔色《かおいろ》も少《すこ》しよくなった。

「ほら、ジェイソンは頭《ず》がい骨《こつ》が厚《あつ》いから」リオがいう。「もうだいじょうぶだ」

「よかった」パイパーはため息《いき》をつき、そして化《ば》け物《もの》を見《み》るような目《め》でリオを見《み》た。「さっきどうやって——火《ひ》を——リオは前《まえ》から……」

リオはうつむいた。「そう、おれは危険《きけん》な火遊《ひあそ》びができるんだ。あやまる。もっと前《まえ》に話《はな》しときゃよかったんだけど——」

「あやまる？」パイパーはリオの腕《うで》にパンチした。リオが顔《かお》をあげると、パイパーはにっこり笑《わら》っていた。「かっこよかった！　リオはあたしとジェイソンの命《いのち》を助《たす》けてくれた。何《なに》をあやまるの？」

リオは目《め》をしばたたいた。笑顔《えがお》が浮《う》かぶ。しかしほっとしたのもつかの間《ま》、パイパーの足元《あしもと》の様子《ようす》が気《き》になった。

黄色《きいろ》いちりが——キュクロプスの、おそらくはトークのなれの果《は》てが——見《み》えない風《かぜ》に掃《は》き集《あつ》められるかのように、少《すこ》しずつ集《あつ》まってくる。

「もとにもどろうとしてる」とリオ。「ほら」

パイパーはちりから少《すこ》し離《はな》れた。「まさか。アナベスは、怪物《かいぶつ》は死《し》んだら粉々《こなごな》になるって。タルタロスに帰《かえ》って、しばらくは出《で》てこないって」

「このちりにそう教《おし》えてやれよ」とリオ。ちりはこんもりした山《やま》になり、またゆっくり広《ひろ》がりはじめた。手《て》や足《あし》の形《かたち》ができていく。

「嘘《うそ》でしょ」パイパーは真《ま》っ青《さお》だ。「そういえばボレアスがいってた——大地《だいち》にはもっとおぞましいものが大勢《おおぜい》眠《ねむ》っている。『怪物《かいぶつ》どもがタルタロスから抜《ぬ》け出《だ》し、ハデスが死者《ししゃ》の魂《たましい》を冥界《めいかい》にとどめておくことができなくなったそのとき』って。あと何分《なんぷん》で生《い》きかえっちゃう？」

リオはさっき地面《じめん》に浮《う》かびあがった顔《かお》のことを思《おも》い出《だ》した——あの眠《ねむ》る土《つち》の女《おんな》は間違《まちが》いなく「大地《だいち》に眠《ねむ》っているおぞましいもの」だ。

「わからない」リオはいった。「けど早《はや》いとこ逃《に》げよう」

25 ジェイソン

ジェイソンは夢《ゆめ》を見《み》ていた。全身《ぜんしん》をチェーンでぐるぐる巻《ま》きにされ、肉《にく》の塊《かたまり》のように逆《さか》さにつるされている。あちこちが痛《いた》い——手《て》も、足《あし》も、胸《むね》も、頭《あたま》も。とくに頭《あたま》が。ぱんぱんに張《は》った水風船《みずふうせん》のようだ。

「もし死《し》んでいるなら」ジェイソンはいう。「どうしてこんなに痛《いた》いんだ?」

「わが英雄《えいゆう》、あなたは死《し》んでいません」女《おんな》の声《こえ》がいう。「まだそのときではありません。こちらにいらっしゃい。話《はなし》があります」

ジェイソンの思考《しこう》は体《からだ》とは別《べつ》のところを漂《ただよ》っている。耳《みみ》に怪物《かいぶつ》のおたけび、仲間《なかま》の悲鳴《ひめい》、爆音《ばくおん》が聞《き》こえるが、すべてほかの惑星《わくせい》の出来事《できごと》のようだ——そしてどんどん遠《とお》くなる。

気《き》がつくとジェイソンは石《いし》と木《き》のひげ根《ね》がからみ合《あ》った塔《とう》の檻《おり》に閉《と》じこめられていた。すき間《ま》から干《ひ》あがった池《いけ》の底《そこ》が見《み》える。池《いけ》の反対側《はんたいがわ》には黒《くろ》い塔《とう》がある。ふたつの塔《とう》をU《ユー》字型《じがた》に囲《かこ》むように、焼《や》け落《お》ちた大邸宅《だいていたく》の赤岩《あかいわ》の壁《かべ》が立《た》っている。

塔《とう》に閉《と》じこめられているのはジェイソンひとりではない。隣《となり》に黒《くろ》いローブを身《み》につけ、頭《あたま》にベールをかぶった女《おんな》があぐらをかいて座《すわ》っている。女《おんな》がベールを上《うえ》にあげ、顔《かお》を見《み》せた。気高《けだか》く、美《うつく》しい——が、その顔《かお》は苦《くる》しみにゆがんでいる。

「ヘラ」ジェイソンはいった。

「私《わたし》の檻《おり》にようこそ。ジェイソン、今日《きょう》はあなたの最期《さいご》の日《ひ》ではありません。あなたの仲間《なかま》が救《すく》ってくれます——とりあえずは」

「とりあえず？」

ヘラは檻《おり》を作《つく》る木《き》の根《ね》をしめした。「もっとつらい試練《しれん》が待《ま》っています。私《わたし》たちの意思《いし》に反《はん》し、大地《だいち》が目覚《めざ》めようとしているのです」

「あなたは女神《めがみ》だ。自力《じりき》で逃《に》げればいいじゃないですか？」

ヘラは悲《かな》しげにほほ笑《え》んだ。全身《ぜんしん》が光《ひか》りだし、檻《おり》の中《なか》に目《め》もくらむほどの光《ひかり》があふれる。檻内《おりない》の空気《くうき》がヘラのパワーで小《ちい》さく振動《しんどう》し、核爆発《かくばくはつ》でも起《お》きたかのように分子《ぶんし》が飛《と》びかっている。これが夢《ゆめ》でなかったらジェイソンも気化《きか》して消《き》えていただろう。檻《おり》も粉々《こなごな》に吹《ふ》き飛《と》んでいいはずだ。地面《じめん》は裂《さ》け、大邸宅《だいていたく》の廃墟《はいきょ》もぺしゃんこになっていい。しかしまぶしい光《ひかり》が消《き》えても、檻《おり》はびくともしない。外《そと》の様子《ようす》も変《か》わらない。変《か》わったのはヘラだけ——先《さき》ほどよりうなだれ、つかれている。

「オリンポスの神々《かみがみ》よりはるかに強大《きょうだい》な力《ちから》もあるのです。私《わたし》をとらえるのは容易《ようい》ではありません。私《わたし》は一度《いちど》に複数《ふくすう》の場所《ばしょ》にいることができます。ですが、私《わたし》の神《かみ》としての本質《ほんしつ》がとらえられたときは、クマ用《よう》の罠《わな》に足《あし》を入《い》れたと同《おな》じ。逃《に》げることはかなわず、ほかの神々《かみがみ》の目《め》に私《わたし》の姿《すがた》は見《み》えなくなります。私《わたし》を見《み》つけられるのはジェイソン、あなただけ。そして私《わたし》は日《ひ》ごとに弱《よわ》っていきます」

「それより、どうしてここに？　どうしてつかまったんですか？」

ヘラはため息《いき》をついた。「私《わたし》は手《て》をこまねいていることはできなかったのです。しかし、あなたの父《ちち》ユピテルはこう考《かんが》えています。自分《じぶん》が世界《せかい》から退《しりぞ》けば、敵《てき》もまた自然《しぜん》と眠《ねむ》りにつくだろう。私《わたし》たちオリンポスの神々《かみがみ》は人間界《にんげんかい》に、そして、私《わたし》たちの血《ち》を引《ひ》くハーフの運命《うんめい》に干渉《かんしょう》しすぎた。とくに、前回《ぜんかい》のタイタンとの戦《たたか》いの後《あと》にハーフの子《こ》はすべて認知《にんち》すると約束《やくそく》して以来《いらい》、その傾向《けいこう》は強《つよ》くなりました。これにより敵《てき》が目覚《めざ》めてしまった。そこでユピテルはオリンポスを閉《と》ざすことにしたのです」

「だけど、あなたは賛成《さんせい》しなかった」

「そのとおり。夫《おっと》の気分《きぶん》や決断《けつだん》は理解《りかい》できないことがよくあります。ですが、いくらゼウスでも、今回《こんかい》はやりすぎです。なぜゼウスがそこまで頑固《がんこ》になっているのか私《わたし》には理解《りかい》できません。こんなやり方《かた》は……ゼウスらしくない。ヘラとして喜《よろこ》んで夫《おっと》の決断《けつだん》にしたがいたいと思《おも》う一方《いっぽう》、私《わたし》はユノでもあるのです」ヘラの姿《すがた》が揺《ゆ》らめいた。黒《くろ》いローブがぼやけ、青銅《せいどう》の胸当《むねあ》てをつけ、ヤギ皮《がわ》のマントをはおった女神《めがみ》の姿《すがた》が見《み》えた。「私《わたし》はかつてユノ・モネータ――警告《けいこく》をするユノと呼《よ》ばれていました。私《わたし》は国家《こっか》の守護神《しゅごしん》、永遠《えいえん》のローマ帝国《ていこく》の保護者《ほごしゃ》でした。私《わたし》はわが民《たみ》の子孫《しそん》の破《は》滅《めつ》を黙《だま》って見《み》ていることはできません。私《わたし》はこの神聖《しんせい》なる場所《ばしょ》に危険《きけん》を感《かん》じました。ある声《こえ》に――」一瞬《いっしゅん》ためらう。「声《こえ》によって私《わたし》はここに呼《よ》ばれたのです。神々《かみがみ》にはいわゆる意識《いしき》はありません。夢《ゆめ》も見《み》ません。ですが、その声《こえ》は私《わたし》にうったえました――やさしい声《こえ》で何度《なんど》も、すぐここに来《き》なさい、と私《わたし》を呼《よ》んだのです。そこで、ゼウスがオリンポスを閉《と》ざした日《ひ》に、私《わたし》はこっそりオリンポスを抜《ぬ》け出《だ》しました。ゼウスには内緒《ないしょ》で。とめられたらこまりますからね。そして、ひとりでここに様子《ようす》を見《み》にきました」

「それは罠《わな》だった」

ヘラがうなずく。「大地《だいち》がこれほど急速《きゅうそく》に目覚《めざ》めるとは知《し》りませんでした。私《わたし》はユピテルより、はるかにおろかでした――衝動《しょうどう》のままに動《うご》いてしまったのが間違《まちが》いでした。これでは最初《さいしょ》のときとまったく同《おな》じ。最初《さいしょ》のときも私《わたし》は巨人族《きょじんぞく》ギガンテスに捕《とら》えられ、それが原因《げんいん》で戦争《せんそう》が始《はじ》まりました。今《いま》また敵《てき》が目覚《めざ》めつつあります。神々《かみがみ》が勝利《しょうり》をおさめるためには、現代《げんだい》の偉大《いだい》な英雄《えいゆう》たちの協力《きょうりょく》が必要《ひつよう》です。ただ、ギガンテスが仕《つか》えるあの者《もの》を……あの女《おんな》を亡《な》き者《もの》にすることはできません――眠《ねむ》らせることができるだけです」

「よくわかりません」

「そのうちにわかります」

根《ね》がからみ合《あ》い、檻《おり》がせまくなってきた。ヘラの姿《すがた》がそよ風《かぜ》に吹《ふ》かれたろうそくの炎《ほのお》のように揺《ゆ》れる。檻《おり》の外《そと》を見《み》ると、池《いけ》の片側《かたがわ》に人影《ひとかげ》が集《あつ》まってきた――背《せ》が曲《ま》がり、頭《あたま》のはげた怪物《かいぶつ》がのしのし歩《ある》きまわっている。ジェイソンの見間違《みまちが》いでなければ――全員腕《ぜんいんうで》が三本《ぼん》、四本《ほん》、いやそれ以上《いじょう》ある。オオカミの声《こえ》も聞《き》こえるが、ルパの群《む》れのオオカミではない。別《べつ》の群《む》れだ――ルパの群《む》れより獰猛《どうもう》で、狂暴《きょうぼう》で、血《ち》に飢《う》えている。

「ジェイソン、いそぎなさい」ヘラがいった。「見張《みは》りがやってきます。あなたの目覚《めざ》めのときも近《ちか》い。私《わたし》は弱《よわ》りきっています。二度《にど》とあなたの前《まえ》に姿《すがた》を現《あらわ》すことはできないでしょう。たとえ夢《ゆめ》の中《なか》でも」

「待《ま》ってください。ボレアスはいっていました。ヘラは危険《きけん》な賭《か》けをしたと。どういう意味《いみ》ですか？」

ヘラの目《め》がぎらりと光《ひか》る。ヘラは本当《ほんとう》にとんでもない賭《か》けに出《で》てしまったのだろうか？

「交換《こうかん》したのです。平和《へいわ》をもたらすにはそうするしかありませんでした。敵《てき》は私《わたし》たちが仲《なか》たがいするのを待《ま》っています。私《わたし》たちにとって分裂《ぶんれつ》は破滅《はめつ》を意味《いみ》します。ジェイソン、あなたは私《わたし》が平《へい》和《わ》のために捧《ささ》げる供物《くもつ》――長年《ながねん》にわたる憎《にく》しみを終《お》わらせる架《か》け橋《はし》なのです」

「どういうことですか？　ぜんぜん――」

「話《はな》せるのはここまでです。あなたが今《いま》まで生《い》きてこられたのは、私《わたし》があなたの記《き》憶《おく》を奪《うば》ったおかげ。ここを見《み》つけなさい。出発点《しゅっぱってん》にもどりなさい。あなたの姉《あね》が助《たす》けてくれます」

「タレイアですか？」

夢《ゆめ》の世界《せかい》がぼやけていく。「さようなら、ジェイソン。シカゴでは用心《ようじん》なさい。あなたにとってもっとも危険《きけん》な人間《にんげん》が待《ま》ちうけています。もしあなたの命《いのち》を奪《うば》う者《もの》がいるとすれば、その女《おんな》です」

「だれのことですか？」

しかしヘラの姿《すがた》は消《き》え、ジェイソンは目《め》が覚《さ》めた。

ジェイソンはぱっと目《め》を開《あ》けた。「キュクロプスだ！」

「やだ、寝《ね》ぼけてる」パイパーの声《こえ》がした。ジェイソンは青銅《せいどう》のドラゴンに乗《の》っていた。うしろからパイパーが支《ささ》えてくれている。リオはいちばん前《まえ》で操縦《そうじゅう》している。フェスタスは何事《なにごと》もなかったかのように冬《ふゆ》の空《そら》を順調《じゅんちょう》に飛《と》んでいる。

「デ、デトロイトだろ」ジェイソンはつかえながらいった。「不時着《ふじちゃく》したんじゃなかったっけ？てっきり――」

「だいじょうぶだって」リオがいう。「三人《にん》とも無事《ぶじ》だ。けどジェイソンは脳震《のうしん》とうを起《おこ》してた。気分《きぶん》はどう？」

ジェイソンは頭《あたま》がずきずきしてきた。閉鎖《へいさ》された工場《こうじょう》にいて、キャットウォークをおりたら化《ば》け物《もの》がせまってきた――ひとつ目《め》、巨大《きょだい》なこぶし――そしてすべてが真《ま》っ暗《くら》になった。

「どうやって――キュクロプスを――」

「リオが粉々《こなごな》にしたの」パイパーがいう。「すごかったんだから。リオは火《ひ》を呼《よ》び出《だ》すことが――」

「たいしたことじゃないって」リオがすかさずいった。

パイパーはけらけら笑《わら》った。「バルデス君《くん》は黙《だま》ってて。あたしが話《はな》す」

パイパーは話《はな》しだした――リオがひとりでキュクロプス母子《おやこ》を倒《たお》したこと、リオとパイパーでジェイソンをチェーンからはずしていたらキュクロプスが再生《さいせい》しだしたこと、リオがフェスタスのワイヤーを交換《こうかん》し、フェスタスが三人《にん》を乗《の》せて飛《と》びたった瞬間《しゅんかん》、工場内《こうじょうない》からキュクロプスの「仕返《しかえ》ししてやる」となる声《こえ》が聞《き》こえてきたこと。

ジェイソンは感動《かんどう》してしまった。工具《こうぐ》セットでキュクロプス三人《にん》を倒《たお》した？　すごい。ジェイソンは自分《じぶん》が死《し》ぬ一歩手前《いっぽてまえ》だったと聞《き》いても怖《こわ》くはなかった。むしろ恥《は》ずかしかった。敵《てき》の不意《ふい》打《う》ちを食《く》らい、仲間《なかま》が戦《たたか》っているあいだずっと気《き》を失《うしな》っていた。こんな冒険《ぼうけん》の旅《たび》のリーダーがいるか？　三人《にん》を襲《おそ》ったキュクロプスは、以前《いぜん》、紫《むらさき》のシャツを着《き》てラテン語《ご》を話《はな》すハーフを食《た》べたことがある。それをパイパーから聞《き》き、ジェイソンは頭《あたま》が破裂《はれつ》しそうになった。メルクリウスの息子《むすこ》……、知《し》っている気《き》がする。しかし名前《なまえ》が思《おも》い出《だ》せない。

「そうか、ぼくひとりじゃないのか」ジェイソンはいった。「同《おな》じような子《こ》がほかにもいるんだ」

「ジェイソン」パイパーがいう。「ジェイソンはひとりじゃない。あたしたちがいる」

「わ――わかっている……。だけどヘラがいっていた。夢《ゆめ》を見《み》たんだ……」

ジェイソンは夢《ゆめ》で見《み》たこと、檻《おり》の中《なか》でヘラがいったことをパイパーとリオに話《はな》した。

「交換《こうかん》？」パイパーがいう。「どういう意味《いみ》？」

ジェイソンは首《くび》をふった。「だけどヘラの賭《か》けというのは、ぼくのことだ。ぼくをハーフ訓練《くんれん》所《じょ》に送《おく》りこんだだけでもヘラはルールを破《やぶ》ったことになるんだと思《おも》う。ヘラは何《なに》かとんでもないことをしてしまった——」

「それがあたしたちを助《たす》けることになるのかもしれない」パイパーがいった。「ギガンテスが仕《つか》える女《おんな》って——リオが見《み》たっていう眠《ねむ》る土《つち》の女《おんな》のことじゃない？」

リオが咳払《せきばら》いした。「その女《おんな》だけど……デトロイトで、トイレの泥《どろ》だまりの中《なか》にまた出《で》てきた」

ジェイソンは思《おも》わず聞《き》き返《かえ》した。「え……トイレ？」

リオは工場《こうじょう》の敷地内《しきちない》で見《み》た大《おお》きな顔《かお》のことを話《はな》した。「絶対《ぜったい》に倒《たお》せない相手《あいて》かどうかはわからないけど、トイレの便座《べんざ》じゃ倒《たお》せない。それは保証《ほしょう》する。仲間《なかま》を裏切《うらぎ》れ、女《おんな》にそういわれたんだけど、こっちとしては『おいおい、泥《どろ》だまりの顔《かお》のいうことなんか聞《き》いてられないよ』って感《かん》じだ」

「あたしたちに仲間割《なかまわ》れさせようとしてるのよ」パイパーはジェイソンの腰《こし》を抱《かか》えていた手《て》をすっと離《はな》した。ジェイソンにはふり返《かえ》らなくてもパイパーが緊張《きんちょう》したのがわかった。

「どうした？」ジェイソンは聞《き》いた。

「ちょっと思《おも》っただけ……敵《てき》はどうしてあたしたちをもてあそぶの？　眠《ねむ》る土《つち》の女《おんな》は何者《なにもの》？　エンケラドスとどういう関係《かんけい》なの？」

「エンケラドス？」ジェイソンがたずねた。初《はじ》めて聞《き》く名前《なまえ》だ。

「その……」パイパーの声《こえ》が震《ふる》えている。「ギガンテスのひとり。知《し》ってる名前《なまえ》をいっただけ」

ジェイソンは、それだけじゃなさそうだと思《おも》ったが、聞《き》くのはやめておいた。今日《きょう》はもうこれ以上《いじょう》パイパーにつらい思《おも》いをさせたくない。

リオが頭《あたま》をかいた。「あのさ、エンチラーダ（訳注《やくちゅう》：メキシコ料理《りょうり》の一種《いっしゅ》）ってよく知《し》らないんだけど――」

「エンケラドス」パイパーがいい直《なお》す。

「それそれ。けど、泥《どろ》だまりの顔《かお》がいったのは別《べつ》の名前《なまえ》だ。ホルスタインとか、そんな名前《なまえ》」

「ポルピュリオンじゃない？」とパイパー。「ポルピュリオンはギガンテスの王《おう》よ」

ジェイソンは池《いけ》にあった黒《くろ》い塔《とう》を思《おも》い出《だ》した――ヘラが弱《よわ》るのに比例《ひれい》して育《そだ》っていた。「考《かんが》えすぎかもしれないけど、昔話《むかしばなし》だとポルピュリオンがヘラを誘拐《ゆうかい》したのが引《ひ》き金《がね》となってギガンテスと神々《かみがみ》の戦《たたか》いが始《はじ》まったことになっている」

「あたしも読《よ》んだことがある。でも神話《しんわ》って間違《まちが》って伝《つた》わったり、矛盾《むじゅん》だらけだったりするでしょ。まるで真実《しんじつ》が語《かた》り継《つ》がれたらこまる、って感《かん》じ。あたしが覚《おぼ》えてるのは、戦争《せんそう》になって、ギガンテスはなかなか死《し》ななかったってことだけ」

「神々《かみがみ》とハーフは協力《きょうりょく》しなくてはならない」ジェイソンがいった。「ヘラはそういった」

「それって大変《たいへん》だぞ」リオがぼやく。「神々《かみがみ》はハーフに話《はな》しかけようともしないんだから」

ドラゴンは西《にし》に飛《と》んでいる。ジェイソンはひとり考《かんが》えこんだ——どれも悪《わる》いことばかりだ。しばらくしてふと気《き》づくと、ドラゴンは雲《くも》の割《わ》れ目《め》を急降下《きゅうこうか》していた。下《した》は街《まち》だ。冬《ふゆ》の光《ひかり》をあびてまぶしく光《ひか》っている。街《まち》のすぐ横《よこ》は巨大《きょだい》な湖《みずうみ》。湖岸《こがん》に高層《こうそう》ビルが並《なら》び、そこから西《にし》の地平線《ちへいせん》にむかって街《まち》がチェス盤《ばん》のように広《ひろ》がっている。家《いえ》も道路《どうろ》も雪《ゆき》におおわれている。

「シカゴだ」ジェイソンがいった。

ヘラに夢《ゆめ》でいわれたことを思《おも》い出《だ》した。〈あなたにとってもっとも危険《きけん》な人間《にんげん》が待《ま》ちうけています。もしあなたの命《いのち》を奪《うば》う者《もの》がいるとすれば、その女《おんな》です〉

「ひとつ問題《もんだい》がある」リオがいった。「おれたちは無事《ぶじ》ここに着《つ》いた。で、どうやって嵐《あらし》の精《せい》をさがす？」

ふと下《した》を見《み》たジェイソンの目《め》が、小《ちい》さな動《うご》きをとらえた。小型飛行機《こがたひこうき》？　それにしては小《ちい》さい。黒《くろ》っぽくて動《うご》きが早《はや》い。それは形《かたち》を変《か》えながららせんを描《えが》いて高層《こうそう》ビルにむかっていく——途中《とちゅう》で一瞬《いっしゅん》、馬《うま》の姿《すがた》になった。

「あとをつけてみよう」ジェイソンがいった。「何《なに》が待《ま》っているか楽《たの》しみだ」

下巻《げかん》につづく

本書は、二〇一一年にほるぷ出版から刊行された「オリンポスの神々と7人の英雄」第一巻『消えた英雄』を二分冊にし、静山社ペガサス文庫のために新たに編集したものです。

リック・リオーダン 作

1964年、米テキサス州サンアントニオ生まれ。『ビッグ・レッド・テキーラ』（小学館）でシェイマス賞、アンソニー賞。『ホンキートンク・ガール』（小学館）でアメリカ探偵作家クラブ賞（エドガー賞）最優秀ペーパーバック賞を受賞。「パーシー・ジャクソンとオリンポスの神々」シリーズは、全世界でシリーズ累計5000万部となり、映画化された。

金原瑞人《かねはらみずひと》 訳

1954年、岡山市生まれ。法政大学教授。翻訳家。おもな訳書に『豚の死なない日』（白水社）、『青空のむこう』（求龍堂）、「バーティミアス」シリーズ（理論社）、『さよならを待つふたりのために』（岩波書店）など多数。

小林《こばやし》みき 訳

1968年生まれ。英米文学翻訳家。訳書に『タイム・マシン』（集英社）、『クレイジー・ジャック』（ジュリアン、共訳）、『若草物語』『ドリトル先生』（ポプラ社）、『名探偵アガサ＆オービル1～4』（文溪堂、共訳）などがある。

静山社ペガサス文庫

パーシー・ジャクソンとオリンポスの神々《かみがみ》 シーズン2
オリンポスの神々《かみがみ》と7人《にん》の英雄《えいゆう》❶
消《き》えた英雄《えいゆう》〈1-上〉

2018年11月7日　初版発行

作者　リック・リオーダン
訳者　金原瑞人　小林みき
発行者　松岡佑子
発行所　株式会社静山社
〒102-0073 東京都千代田区九段北1-15-15
電話・営業 03-5210-7221
https://www.sayzansha.com
フォーマットデザイン　城所 潤（ジュン・キドコロ・デザイン）
印刷・製本　中央精版印刷株式会社

ISBN 978-4-86389-482-2 Printed in Japan
Published by Say-zan-sha Publications Ltd.

「静山社《せいざんしゃ》ペガサス文庫《ぶんこ》」創刊《そうかん》のことば

小《ちい》さくてきらりと光《ひか》る、星《ほし》のような物語《ものがたり》を届《とど》けたい――一九七九年《ねん》の創業以来《そうぎょういらい》、静山社《せいざんしゃ》が抱《いだ》き続《つづ》けてきた願《ねが》いをこめて、少年少女《しょうねんしょうじょ》のための文庫《ぶんこ》「静山社《せいざんしゃ》ペガサス文庫《ぶんこ》」を創刊《そうかん》します。

読書《どくしょ》は、みなさんの心《こころ》に眠《ねむ》っている想像《そうぞう》の羽《はね》を広《ひろ》げ、未知《みち》の世界《せかい》へいざないます。読書体験《どくしょたいけん》をとおしてつちかわれた想像力《そうぞうりょく》は、楽《たの》しいとき、苦《くる》しいとき、悲《かな》しいとき、どんなときにも、みなさんに勇気《ゆうき》を与《あた》えてくれるでしょう。

ギリシャ神話《しんわ》に登場《とうじょう》する天馬《てんま》・ペガサスのように、大《おお》きなつばさとたくましい足《あし》、しなやかな心《こころ》で、みなさんが物語《ものがたり》の世界《せかい》を、自由《じゆう》にかけまわってくださることを願《ねが》っています。

二〇一四年《ねん》

静《せい》山《ざん》社《しゃ》